有爱的青春陪伴者

苹果核

yespear ·著

江苏凤凰文艺出版社

图书在版编目（CIP）数据

苹果核 / yespear著. -- 南京：江苏凤凰文艺出版社, 2025. 3. -- ISBN 978-7-5594-9390-3
Ⅰ. I247.5
中国国家版本馆CIP数据核字第2025DW6503号

苹果核

yespear 著

责任编辑	王昕宁
特约编辑	周丽萍
出版发行	江苏凤凰文艺出版社
	南京市中央路165号，邮编：210009
网　　址	http://www.jswenyi.com
印　　刷	天津睿和印艺科技有限公司
开　　本	880mm×1230mm 1/32
印　　张	10
字　　数	327千字
版　　次	2025年3月第1版
印　　次	2025年3月第1次印刷
书　　号	ISBN 978-7-5594-9390-3
定　　价	45.80元

江苏凤凰文艺版图书凡印刷、装订错误，可向出版社调换，联系电话025-83280257

目录

CONTENTS

第一章 / 今日伦敦雨 / 001

第二章 / 两小无猜时 / 018

第三章 / 难定义关系 / 033

第四章 / 旧电影灼痕 / 046

第五章 / 成长取景框 / 072

第六章 / 酸涩生长痛 / 109

第七章 / 心跳加速中 / 129

目 录
CONTENTS

第八章 / 青春双人游 / 157

第九章 / 回温进行时 / 182

第十章 / 暧昧压轴题 / 208

第十一章 / 苹果核隐喻 / 236

第十二章 / 翻译我爱你 / 261

第十三章 / 苹果成熟时 / 285

番外 / 等待下雨天 / 304

后记 / 青苹果之味 / 312

第一章
今日伦敦雨

灰扑扑的课后傍晚下起霏霏细雨。

宋杳难得地忘记在包里塞伞，于是将鸭舌帽的帽檐压得很低，紧紧地把装着教材、笔记和电脑的单肩包抱在胸前，裹紧了线头粗糙的毛绒大衣，加快脚步。

耳机里播着音乐，捏着包的手被冻得僵硬，她一边狼狈地在雨水滴答的街边屋檐下躲着雨，一边庆幸自己幸好昨天没洗头。

拐过几个街角，等了两个红绿灯，再直行几百米，宋杳脚步轻快地小跑进公寓。

她气喘吁吁地爬过几层台阶，又手忙脚乱地从单肩包夹层中摸出钥匙，终于在大雨落下之前，回到她在伦敦的短暂的家。

宋杳租住的公寓很小很旧，地段也不算好，但胜在离学校近。这也已经是她在英国能寻到的性价比最高的租房了。

十平方米左右的小屋，只堪堪放得下一张发挥着床榻功能的床垫、一套从宜家购置费力组装的书桌椅、一个从二手市场购入的衣柜，再加上狭小到伸展不开手脚的浴室和厨房，以及存在感极强的不规则散落在整个房间的各种书籍，这就组成了宋杳在英国生活的二分之一。

宋杳将大衣脱下，抖抖衣服上的雨珠，踮起脚将它挂在衣架最高处，再把单肩包里的电脑和笔记本拿出，妥帖地放在书桌上，随后摘下吸饱了水的鸭舌帽，最后将面包放进已经变得空旷的冰箱里。

发尾被潮湿雨水氲得湿漉漉的，宋杳随便抓了一根发绳绑了个高马尾。

蓝牙耳机没有摘，随机播放着"算不清多少跨年夜一起过，要是依然念念不忘太不称头"。

她小声哼着歌。

被突如其来的雨水浇熄的心情因在楼下面包店蹭到的打折优惠而重新雀跃，才花十磅就抢到可以当两天口粮的面包，省去好多时间的同时又省下一些钱去买原装书。

宋杳从冰箱里拿出中午冷藏的米饭再次加热，又拎出上周末分装好的几小袋从中超购入的菜。她挽起袖子，嘴里小声唱着歌，认真地准备晚饭。

牛肉焯水切片放入碗中备用，香菜和小米椒切碎加入，撒一把芝麻，加入香醋和孜然搅拌，最后小锅热油淋入，小小的房间里顿时漾满香气。

宋杳脸上牵起笑，将米饭和凉拌牛肉摆上书桌，拿起手机对着今天的晚餐"咔嚓"拍下一张照片，丢在她和张虹、宋清平的三人家庭群中，再附带一个得意扬扬的小猫头表情包。

可等了半天都没有等到群里的回复，她下意识地瘪了瘪嘴。

爸妈是不是还在忙搬家的事情呢？她揣测着，算了，终于举起筷子，决定开动。

耳机里却突然响起电话铃声，打断音乐，也打断她的晚餐。

宋杳轻轻叹气，拿起手机接通电话，看见来电联系人上备注的"周霁年"三个字时，她下意识地屏住呼吸。

耳机里传来他清浅的呼吸声，她莫名地感觉耳朵发痒，于是断开蓝牙摘下耳机，有点后悔没看清姓名就接通电话了。

"宋杳。"

被连名带姓地一唤，宋杳感觉耳朵在升温。

他开口问："你在家吗？"

"嗯，我在家。"

"我可以上去找你吗？"他问，声音有点哑。

"啊？"宋杳有点惊讶，连忙起身，小跑到窗前，隔着玻璃窗与淋漓雨幕往下望。

雨声嘈杂，周霁年撑着一把伞站在公寓对面的路边，穿着白色高领毛衣和毛绒风衣外套，以及水洗牛仔裤和黑色运动鞋，像个附近大学的年轻学生。

透过黑框平光眼镜，隔着细碎雨滴，他望向她。

明明没有笑，可周霁年的眉眼却忽然柔和了。

"啊,你赶紧上来吧!站在下面淋雨傻不傻呀!"宋杳的一颗心莫名乱成一团被小猫玩乱的毛线球。她有点手足无措地挪开目光,轻声报着自己的房门号。

挂断电话,宋杳没空搭理桌上还未动的晚餐,急速将床上、椅子上胡乱丢着的衣物收纳好,又整理了一下不算混乱的房间。

最后,她急急忙忙寻出一只小板凳,摆在屋子中央,怎么看怎么奇怪。

这个小公寓除了她,没有人会光顾,于是在安置时,宋杳压根儿就没准备招待客人的家具和物品,于是现在连一把可以让周雾年坐的椅子都寻不到。

宋杳有点头大,可她也没有时间再纠结了,因为下一秒公寓的房门就被叩响。

她踢踏着拖鞋赶紧去开门,猝不及防地撞见他的脸,一下又踌躇了。

他好像又瘦了些,可能是为了维持上镜最佳状态。她胡乱猜测着,慌乱地扫过他的脸。

"进来吧。"宋杳尽量让自己的声音不那么生涩,"你怎么来伦敦啦?"然后接过他手中滴着雨珠的伞,把它靠在门口的脚垫上。

"来英国取景拍个杂志封面,经过伦敦,顺便过来看看你。"周雾年咳嗽了声。宋杳怕冷,暖气开得很足,屋子里暖乎乎的,他脱下外套,搭在手上。

"你先进来坐,我等一下给你倒水。"宋杳小声催促。两个人站在门口干聊天是怎么一回事呀,她极其顺手地伸手拿过他的外套。

周雾年一米八多,外套也跟他的人一样长。宋杳只得踮起脚,将它和自己的大衣一起挂在衣架最高处。

她身上的白色毛衣是短款,来了英国后用洗衣机乱洗一通,毛衣都被洗得缩水了,现在一踮脚一伸手,衣服下摆处露出一小截腰。

明晃晃的牛奶质感。

周雾年像是被灼到般地垂下眼,摘下眼镜,走进她的小小公寓,却局促着寻不到一个落脚点。

打开冰箱门,宋杳的指尖刚触上冰冷的矿泉水,就想起他微哑的声音和短促的咳嗽声,于是空着手关上冰箱门。

按下热水壶开关,在"咕噜咕噜"的水声中,宋杳短暂地失了神,一颗心好像也连同壶中水一般翻来覆去地沸腾。

热水壶自动跳停，她回神，往手边装着半杯凉水的玻璃杯中兑入热水，用手背碰了碰杯子，估摸着差不多是刚好可以入口的温度才拿着杯子往外走。

周霁年没有坐下，只是站在桌边，低头看着她随意贴在墙上的旅行明信片和一些拍立得照片。

听见她的脚步声，他敛眸回头看她。

宋杳将水杯递给他："喝点水吧。"然后自己主动在小板凳上坐下，朝着椅子的方向扬了扬下巴，示意他坐下。

看着坐在小板凳上缩成小小一只的宋杳，周霁年没有说什么，顺从地坐下，举起水杯抿了口。

而宋杳就这样仰着头看他喝水，两人都没有说话，狭小的屋子中无声的尴尬在流淌。

她的视线落在他的脖子上，顺着他宽阔的肩颈线条和紧身毛衣勾勒着的小臂肌肉又掉在手上，滑过他的手腕与指节，停在水位线渐渐降低的玻璃杯上。

然后，宋杳发现，她刚才手忙脚乱递给周霁年的玻璃杯是她自己的杯子！

毛衣下摆被她攥得凌乱。他喝水的声音都被放大，而滚动的喉结成为节拍器。

一杯水剩了一半，宋杳觉得过大的玻璃杯在周霁年手中却显得小巧，杯子上花花绿绿的背景与Q版的小鹿斑比图案怎么看，怎么都和他的气质不搭。

宋杳习惯性地咬着唇，撇开头，刚才还咕噜噜叫的肚子，一下就涨满了情绪。

上次见面是什么时候了？

宋杳努力让自己不要去想她的"小鹿斑比"，于是在脑海中翻翻找找，记忆的灰尘在阳光下熠熠闪烁。

好像，是出国前了吧？

他那时还在拍电影，特意抽了个空，领着陈秀兰、张虹和宋清平一起到机场送她。

其实分别的话跟爸妈已经说了很多，去对门也找了好几趟陈姨，本以为已经做好离别的准备了，可到了机场，捏着登机牌，却还是泪眼汪汪了，就连宋清平也悄悄抹了抹眼睛。

但是，那个画面中的周霁年好像一瞬间过曝了，宋杳怎么回想，都看不清他的脸，也想不起他的表情，唯独登机前，轮流拥抱时，与他轻飘飘的那一个拥抱倒是依旧清晰。

他落在她脖颈上的呼吸滚烫，宋杳此刻回忆，还是下意识地想缩脖子。

明明不是好的回忆，甚至可能没有丰富的意义，可宋杳却忍不住蜿蜒泛滥地持续书写起与他的一切。

她用手贴了贴发烫的脸，书写记忆的笔打一个岔，止住一切。

"你感冒了？"

"你还没吃晚饭？"

小小的公寓静得能听见隔壁音响里播着的抒情间奏，两个人同时开口。

"杂志拍摄在户外，衣服比较薄。"

"刚要吃。"

又是一起开口。

宋杳抿抿唇，算不上笑，只是右边脸颊的酒窝又陷下去了。

"我本来想带你去中餐厅吃饭的，但下雨了，那家店是露天餐馆。"他闷声说。

他手指在杯子上印着的小鹿图案上敲了敲："我晚上就离开伦敦了，叔叔阿姨让我来看看你。"

周霁年："张姨让我带了些腊肉、干货什么的给你，我妈也熬了几罐肉酱和高汤要我拿给你，陈潮等下来载我的时候应该会一同拿上来给你。"

周霁年话里的叔叔阿姨是宋清平和张虹，而陈潮是他的经纪人，宋杳也算见过几面。

他们其实算得上是青梅竹马了吧。

他们住在同一栋筒子楼的上下房，幼儿园、小学、初中、高中都是同学。周霁年看过宋杳换牙时哭花脸的可怜又好笑的模样；宋杳也看过周霁年红着脸大早上顶着未明的太阳，手洗贴身衣物的样子。

后面好不容易等到拆迁，两家父母还特意选了同一小区对门的房子。两人大学还在一个城市，寒暑假坐同一趟飞机，所有返乡放假的愉悦都留给对方见证。

连明后天两家人再搬家,搬去的仍是一同购买的新小区上下层的房子,装修都是一起敲定的风格。

耳边缭绕到大的是"杏杏比小苹爱读书""小苹比杏杏更乖巧"这样来回谦让着比较的话语。除了玉兰小区,他们一同生活在同一个学校、同一个班级,甚至是同一个补课班。小初高的每一张试卷都不只属于一个人,而是来回在两个家庭中打转。老师的夸奖与批评成为家长聊天的谈资,一点点八卦都会被放大成为巨大的噪声。

谁更好,谁更棒,谁更乖巧,他们生活在比较中,对方的名字会成为一种条件反射。

渐渐地,所谓"青梅竹马"不过是张贴在悄然滋生的青春竞赛上的一张漂亮贴纸。

比起爱,或许青梅竹马的他们先学会的是——嫉妒。

但周霁年的忽然成名好像是一场出逃,他先她一步退出"比赛",早一步迈入所谓的无限光明的成人世界。

失去了"对手",宋杏却突然怅然若失,好像一瞬间就沦为了手下败将。

来回翻阅先前的日记,几乎每一页都有周霁年的身影,而她的耳边总是幻听,他轻声笑着唤她"杏杏"。

她忽然迟疑,是不是,青春竞赛只是她一厢情愿的执念。

宋杏一听见张虹要他给她带东西就头大,想都不用想就知道肯定又满满装了几个袋子,公寓老旧的冰箱肯定装不下。

而且让当红大明星拎着那些不值钱的东西漂洋过海,怎么想都不像话。

"你先去吃饭吧。"周霁年起身,将椅子让给宋杏,玻璃杯还握在手里,"我就来看你一下。"

宋杏慢吞吞地起身再坐下,举着筷子,明明饭菜还是温热的,她却没有胃口了。

因为感觉他的目光还落在她身上。

宋杏加快了咀嚼的速度,急匆匆地吃了一顿。她将碗碟堆在洗碗池中,来不及清理就先走出来和他闲聊。

"你吃了吗?"宋杏吃饱后才忽然想起询问他,没话找话。

周霁年轻轻摇摇头:"胃口不好。"

"就算不饿也随便垫点东西吧!"宋杏有点后知后觉吃独食的尴尬,学着张虹唠叨她的语气说,"晚上回国落地不知道要多晚,我这儿有些面包,你要不要先吃一点,或者我给你下一碗面?"

他继续摇头,转移话题问她:"你要不要看一下'富士'?"

宋杏用力点头,眨着一双杏眼,一动也不动地看着他。

周霁年便掏出手机,联想到"富士",小狗等他给它开肉罐头时,也是这样的眼神望他。

他总是很难拒绝。

"富士"是宋杏在高三毕业的暑假捡到的一只流浪小狗,很乖很可爱,一直很黏宋杏。只是张虹鼻炎严重,她板着脸严词拒绝宋杏把小狗带回家,更声称宋杏和狗家里只能留一个。

宋杏抱着富士,一人一狗红着眼睛可怜兮兮地蹲在楼道里,不知所措,心中轮番滚过她和富士露宿街头的各种走向、各种画风的连环小画,还没踏出楼,就已经幻想到饥寒交迫的未来了。

于是,当赶场参加完各种点映活动的周霁年结束一天的奔波终于赶回家时,电梯门一开,就看见了委委屈屈蹲着的宋杏,怀里还捧着一只黑白斑点的小狗。

听到电梯"叮咚"声响,一人一狗同时抬起头望向他,眼睛是如出一辙的湿漉,像是夏日汽水瓶中浸满酸甜气泡的澄澈玻璃珠。

不用宋杏开口央求什么,周霁年不需要任何理由就心软了,揉着鼻子好脾气地把富士抱回了家,身后还跟着一个转忧为喜的宋杏。

所以,宋杏每天理直气壮地准时准点出现在他家抱着小狗一通乱玩,一会儿抱着狗窝在沙发上和陈秀兰一起看言情八点档电视剧,一会儿牵着富士乐滋滋地跑去隔壁公园乱逛,要不然她就搂着小狗在他空闲的卧室中翻腾午休。

周霁年一结束宣传活动,总会在他白色柔软的床单上抓出几缕黑白色的绒毛和黑色的长发。

然后,他就会打一晚上喷嚏。

宋杳出国留学也有小半年了，只能靠着手机里周霁年偶尔丢过来的几张小狗照片和几段视频来缓解思念。

但她又不好意思麻烦当红大明星周霁年，于是，她只能提高与陈秀兰的交流频率，在视频的边边角角偷偷寻找她的毛绒小狗富士，惹得陈秀兰都忍不住捻酸。

周霁年拿出手机点开宠物监控软件，打开语音喊了声"富士"，手机屏幕中一只黑白小狗摇着尾巴扑腾扑腾循着声音跑进画面。

宋杳踮着脚，忍不住将脑袋凑向周霁年的手机前，马尾轻轻扫过他的手腕。

伦敦潮湿的水汽好像还未在她长发上褪尽，于是他的皮肤上落下一行连绵的雨。

周霁年将手机递给宋杳，看着她弯弯的藏不住好心情的眉眼，将玻璃杯中变凉的水慢慢喝完。

宋杳捧着手机，认真看着手机屏幕里因听见她声音而活蹦乱跳的小狗富士，一颗心软塌塌的，对着小狗什么肉麻的话都说得出口，一时间几乎都将身边杵着的周霁年遗忘。

还是等到他手机消息提示栏中突然蹦出几条未读消息时，她泛滥的"母爱"才被打断，慢半拍又不好意思地将手机递还给周霁年。

见他还握着空荡荡的玻璃杯，宋杳接过水杯："我再给你倒杯水！"然后小跑去厨房，像是一场无厘头的下意识逃窜。

听见他在打电话，宋杳在厨房中磨磨蹭蹭地回避。

一杯水倒来倒去，磨磨蹭蹭还是倒进了她那印着小鹿斑比的玻璃杯。

算了，喝都喝了，宋杳想。

好像他的声音还有点哑？

于是，宋杳又往玻璃杯的温水中搅入几勺蜂蜜。

等周霁年结束电话，她才捧着水走出来，默不作声地塞到他手里，然后又在小板凳上坐下。

"回去又要马上工作吗？"宋杳轻声问。

"嗯，明天上午要进组拍一个微电影，"他小口喝着水，尝出一点甜意，"中间还要穿插几个综艺录制，为刚上线的电视剧宣传。"

"这么忙!"她下意识地蹙起眉,"那你的感冒怎么办？有时间去看医生吗？"

"只是感冒,应该睡一觉就好了。"周霁年低声回答,只是声音依旧发涩。

"要不要我泡一杯感冒冲剂给你喝？你工作那么忙,还需要倒时差,应该还经常临时出差什么的,硬熬过去肯定不行的。"宋杳说着就要起身。

她刚站起身来,就被周霁年攥住手。

他的手好烫,熨得她一颗心忽然咕噜噜地沸腾。

周霁年朝她摇摇头:"不用了,我喝点水就好了,空腹也喝不了药,你坐下陪我聊聊天吧。"

宋杳又在小板凳上坐下,随手扎的马尾已经松松垮垮的,还带着点潮的发尾晃呀晃地扫过脖颈,有点痒,只是她现在早已无暇顾及,全部心神都系在他虚虚环住她手腕的那骨节分明的手上。

"在英国还适应吗？"

"还好吧。每天都在读很多书,翻译很多文字,写很多不知所云的东西。好像一忙起来,就被迫适应了。

"你呢,最近事业怎么样？是有新剧要上映了吧？"

"刚拍完一部电影,电视剧上周上线了,手里还有两部片子,零星的综艺画报和时装周,还是挺累的。"他扯了扯嘴角,难得泄露出一点疲倦情绪。

她在英国摸爬滚打才慢慢靠近陌生的学术世界,可他却在这短短一年中实现了从当红小生到闪亮大明星的合格蜕变。

宋杳总是在手机的各种软件中看见他的名字或面容,总是会觉得有点陌生。

好像,在不知不觉的某个时间点,"小苹"与"周霁年"开始割裂,她被他抛在了那个盈满玉兰花香的灰扑扑的玉兰小区中。

好像这也是他们第一次安安静静坐下交流起这些属于"大人"的事情,宋杳有点走神。

说起来,真是不合格的青梅竹马。

有一搭没一搭地聊着天,宋杳感觉自己被他握着的手腕也被他的体温感染而发烫,可她却莫名不敢抽回手,就任由他轻轻攥着。

而周霁年好像也没有察觉到他们俩仍交握的手,他只慢吞吞地喝着那杯蜂蜜水。

他们的聊天就像肥皂水面上漂浮的透明泡泡,在暖和的阳光下折射出灿烂的光彩。可惜今天下雨了。

而这场见面也不过是空荡荡的谜面,被雨砸碎,一戳就破。

玻璃杯中的蜂蜜水被饮完,房间又回归沉默,他的手机适时响起。

周霁年好像才恍然发觉他还握着宋杳的手腕,他急忙松手,眼神飘忽,拿出手机接通电话。

她悄悄松了口气,双手交握,十指纠缠,两只手的温度不同。

"嗯,你到楼下等我。"

他对着电话那头只说了一句就挂断了,放下杯子起身,低下眸又看了宋杳一眼,双眼皮褶皱耷拉下来。他的目光让她联想到前几日她仰头朝天收获的那小小的一捧初雪。

宋杳忽然不敢直视他,于是就盯着他鼻尖的那颗痣。

"我先走了。"他对她说,然后伸手轻轻理了理她凌乱的刘海,像是一个抚摸,但更像是小心翼翼地触碰,就像是在触碰细雨中一朵颤颤巍巍的茉莉花。

"嗯。路上小心。"宋杳克制着自己扭开头避开他的冲动,站起身送他。

她再次踮起脚拿下高挂在衣架上的外套,转身递给他,却发现他认真地看着她那面贴得乱七八糟的书桌墙。

周霁年穿上外套,而宋杳突然转身走进厨房,不知从哪儿翻出几包她漂洋过海带过来的感冒冲剂,又从冰箱里拿出她晚上刚买的面包,一同塞进他手里,认真地叮嘱:"晚上落地后给我发个消息吧,然后赶紧吃点东西,再喝个药,不要拖成重感冒。"

周霁年应了声,拿上被屋内暖气烘得半干的雨伞,扯开一个浅浅的笑:"我回去如果有空,会多发一些富士的照片和视频给你的。"

宋杳眼睛像灯泡一样,而富士是开关,她眸子瞬间亮了起来,欢快地点头。

"好好吃饭,好好睡觉,不要太累,"他补充,"有事要找我。"

她敷衍地点头。

"好了,关门吧。"他说。

其实应该再讲些什么的,只是她毫无头绪,待反应过来时已经依言关上门,门外的水汽与冷空气偷溜进屋。

周霁年还没离开多久，小公寓的房门又被敲响。

宋杳放下洗了一半的碗，两手湿漉漉地去开门。

门口是大汗淋漓、两手挂满东西的陈潮，他脚边甚至还放着几大箱。

宋杳手忙脚乱地接过他手上的东西，仍一头雾水。

陈潮用着不知哪儿掏出来的手帕擦着汗："周霁年让我给你的，一些外卖，以及你爸妈和他妈妈嘱托的特产；还有一套衣服，是这次来拍杂志品牌送的，女款；代言的品牌化妆品还有首饰什么的也都还没有拆开，书好像是你之前提过的买不到的那几本。你点一点。"

宋杳发愣，连声道谢，而陈潮随便应了句"别谢我"后就急匆匆又转身下楼，只留下浓郁的香水味。

陈潮拉开车门坐入，透过后视镜瞥了眼握着几包感冒冲剂合着眼休息的周霁年，嘴上一点都不留情地拆穿道："东西都给你送到门口了。

"我看你还挺适合接一些痴情男二戏码的。

"明明在爱丁堡拍摄，却要绕一大圈从伦敦登机。

"刚退烧，什么都没来得及吃就巴巴地跑过来淋雨。

"给你打了几个电话都按掉，快误机了才舍得下来，却连东西都不敢亲手送出。"

司机小汪悄悄竖起耳朵偷听八卦，却迟迟等不到当事人的回应，只有陈潮沉重的"呼噜噜"喘气声在车内回响，失望地踩下油门提速冲去机场。

宋杳拎着两大袋东西，手上的水把袋子打湿了，等听见楼下车发动的声音后才如梦初醒地关门，转身走进屋子。

她将两大袋东西放下，又将门口的箱子挪进来，还是选择先将泡在水中的碗洗完。

擦干手，宋杳走出厨房，蹲下身开始整理起东西。

首先是张虹让周霁年人肉托运过来的特产，有各种口味的泡面，有她爱吃的蜜饯，有淮市才有的小吃，还有国内的几本刊登她稿件的文学杂志。

然后是周霁年不知从哪里打包的中餐，半成品包子和饺子，还有一些腌制好的排骨和牛肉，最后还有她在朋友圈发过一次的说特别馋的拍黄瓜和海带丝。

袋子里还装着一套衣服,是和他同款的外套、高领毛衣,比他的小几码,但是她穿却应该刚刚好,底下垫着一条围巾,从样式就认得出牌子的羊绒围巾。另一箱满满当当的都是首饰与化妆品,还有几本她在朋友圈和最近几篇文章中寥寥几句在边角提及的书。

宋杏抿着嘴,将这些东西一一收纳好,擦擦手,倚在桌上,拿出手机给他发消息。

Song: 东西我拿到啦,谢谢你啦!

附赠一个她自己制作的富士眨眼的表情包。

周霁年回得很快,同样简单的一句。

周霁年: 明天伦敦下雨,记得带伞。

宋杏将自动熄了屏的手机揣进口袋里,视线从屏幕上收回,然后就撞见镜子中有点狼狈的自己。

被雨打湿的头发松松垮垮地散在脑后,脸上素淡,嘴唇连一点颜色都没有,倒是眼眶下的黑眼圈醒目。

哎呀,忘记洗头了。

宋杏后知后觉地有些不好意思,但是片刻,又释怀了。

她什么难堪的模样,周霁年没见过啊。

他如果在意的话,就不会喜欢自己了吧……

宋杏咬唇,止住这个念头,站直身,回忆着周霁年的眼神方向,看向自己书桌的那面复杂缭乱的墙。

两张和陈桢桢的合照,一张是高中毕业时拍的,一张是大学毕业时拍的;一张十八岁时迟椿和连城在沪市共同提笔的明信片,还有一张出国前和他们匆忙用拍立得拍的合照;一张一家人在机场的离别合照……

还有一张她和周霁年的合照,应该是初三时拍的吧。

那年,她刚拿到又一笔正式的比赛奖金,便兴冲冲去买了一台胶片机,刚开始不会玩,就习惯性地拉着一同上学、一同补课、一同回家的周霁年乱拍一通。

而这张应该是在初三中考前,在玉兰小区大门前央求路口阿美水果店的阿姨帮忙拍的。

明明那天光线很好，可阿姨还是贴心地打开了闪光灯，于是果不其然地过曝。

周霁年没有笑，表情冷冷的，好像还在生她的气就被忽然扯过来拍照；而她却恍然未知，扎着两条麻花辫，嘴唇上涂了点粉红色的润唇膏，自顾自笑得灿烂。

这是那卷胶卷的最后一张，可照片拍完后，宋杳却一直迟迟未去冲洗出来，一直忙于中考、择校和相关繁杂的事情。最后还是等到高一寒假，她抱着一堆拍完的胶卷求着周霁年去沪市拍戏时帮忙洗一下才真正成为实体。

这张照片并不完美，可宋杳却莫名很喜欢。

那时玉兰小区还没拆迁，两个家庭充满琐碎又温暖的幸福，而她和周霁年还是再普通不过的中学生，每天还在为着书包里越来越多的作业而烦恼。周霁年会将廉价可乐酷的第一口冰激凌让给她，而她也会自然地接过他的吸管喝下一大口冰可乐，然后往他嘴里塞一颗张虹千叮咛万嘱咐要服用的每日维生素。

出国前，莫名其妙地，宋杳将贴在家中书桌前的这张照片撕下带走，又无厘头地在大洋彼岸的书桌前贴上。

所以，他刚才一直看着的就是这张照片吗？

宋杳搞不懂，好像越长大她就越读不懂周霁年。

脑袋里乱糟糟的，像是刚被塞满的乱糟糟的冰箱一样。

于是，宋杳选择求助，她拿起手机，找到与陈桢桢的聊天框。

Song：周霁年刚才来看我了。

明明此刻的京市已是深夜两三点，可正在红圈事务所实习的陈桢桢不知道哪儿来那么多空余时间，隔着七小时时差马上秒回，回了一大堆问号和感叹号。

手机被刷屏，宋杳无奈。

陈桢桢：如果我没记错的话，这是他表白后，你们第一次见面吧！

Song：嗯。

陈桢桢：啊啊啊，这样的青梅竹马能不能送我一个啊！

陈桢桢：他肯定对你还没死心！

陈桢桢：你能不能告诉我，你到底为什么拒绝周霁年啊？他可是周霁年哎！

　　宋杳看着陈桢桢那些对着屏幕就可以想象到语气的句子，咬着唇，半天敲不下一个字，不只是脑袋，一颗心也开始凌乱。

　　就像是那张过曝的照片一样，只能看见一些人影，其他全是空白。

　　Song：可能就是因为，我们是青梅竹马吧。

　　青春的假想敌，忽然变成了笔记本上少女心事的代名词。

　　怎么看怎么奇怪，不是吗？

　　宋杳也不等陈桢桢再回复些什么，心烦意乱地退出聊天界面，刚要熄灭手机，置顶群聊中却忽然跳出一堆消息。

　　消息来自"幸福小宋家"的家庭群聊。

　　宋杳还是没想到宋清平和张虹居然收拾个搬家行李能熬到这么晚，无奈地点开群聊查看。

　　女儿奴宋清平给宋杳发了一大堆消息，张虹对他们父女情深的场景见怪不怪，往群里丢了好几张照片，都是今晚整理搬家行李时在犄角旮旯的角落中搜出来的各种落灰的东西。

　　宋杳应付地与宋清平重温了一下父女亲情，然后点开张虹发来的那些照片，找到了自己神秘丢失的一堆发绳发夹、消失了很久的有线耳机、找了小半年还是下落不明的多个日记本，以及高中一毕业就凭空消失的翻来覆去找了四五趟还是无踪影的二手小小 DV 机。

　　宋杳往手边的玻璃杯中倒入温水，一手给张虹发着消息，央着她帮忙导出一下 DV 机内存卡中的照片和视频传给她，一手端着杯子慢吞吞地喝着水。

　　张虹难得心情好，也没拉扯什么就依言帮宋杳导视频，口袋里揣着好几沓清理家里时搜出来的宋清平不知道什么时候偷藏的私房钱。

　　屏幕上缓慢跳出来的是张虹导出的一堆照片和视频，宋杳轻轻点开查看。

　　有实验中学被足球队踢得坑坑洼洼的青黄草坪，有高三楼下被雨打湿的可怜的白玉兰，有只属于高中时代晚读时分的绚丽晚霞，有六一儿童节班主任老刘分发的糖果，有圣诞节林老师组织的英语舞台剧班会联谊比赛，有高三每日跑操时大家汗流浃背的狼狈欢闹……

　　她悬而未决的青春时代在这些高中照片映入瞳孔的瞬间，被画下"剧终"的句点。

一些温暖、潮湿、模糊、锋利、语义不清的青涩记忆纷至沓来。

宋杳深呼吸，手指轻颤地打开最后那个终于缓慢传送过来的视频。

片头是吵闹的走廊，尖锐的笑声或许是来自挽着她举着相机的手的陈桢桢，镜头迟钝地掠过一个个被黑蓝白校服包裹的生长着的身躯，穿过长长的走廊与澄澈的阳光，相机的视角在高三（8）班的班牌上定格一瞬后就跑到教室内。

讲台上，数学老师兼班主任的老刘头发还不算少，对着络绎不绝排队找他讲题的同学激动讲解。

轮值的同学用力擦着黑板，粉笔灰满教室纷飞，模糊了镜头，像是老旧电视中信号不良的雪花点。

二手DV机聚焦缓慢，下一个画面已经转换。搞不懂原意，但十七八岁的宋杳将镜头对准同样十七八岁的陈桢桢，陈桢桢的脸庞有点模糊，偷偷戴着的银色耳针却清晰明亮。

焦点缓慢地转换定格，凝在陈桢桢因鼻炎而擤得红红的鼻尖上。

二十三岁的宋杳回想起十八岁的自己笑嘻嘻地问："你好，陈桢桢同学，可以采访一下你认为二十岁的你会是什么模样吗？"

陈桢桢边走回座位，边把手中刚去找梁敏分析完的语文月考卷子卷成柱状，凑到唇边充当话筒，表情一本正经："你好，宋杳同学，很荣幸能参与你的采访，"语气却含着藏不住的笑意，"我想二十岁的我会成为一个很厉害的大人，会考上很好的大学，会学喜欢的专业，会是一个不让我觉得遗憾的陈桢桢。"

"好的，谢谢你能接受我的采访，祝你成为理想的自己！"持着相机的宋杳认真回应，然后将镜头再次调转。

这次，她的镜头对准的是陈桢桢的同桌——任桥。

"请问任同学，还有一百天就高考了，你对高考或者高考后的自己有什么想说的吗？"

二十三岁的宋杳在伦敦的雨夜中忽然回忆起沉甸甸的记忆，这个视频好像是她在百日誓师前的课间随手拍摄的。

任桥抓了抓课间睡得凌乱的头发，睡眼惺忪，接过陈桢桢的语文卷子版麦克风，声音还闷闷的，就开始一番胡扯了。

"嗯,还有一百天就高考了,我想对高考说放马过来吧!考不了高分和读不好书又不是什么错,肯定决定不了我意气风发的人生,我相信我还是有无限光明的未来的!"他越说越亢奋,语气高昂,倒是有几分他在田径场上的张扬意味。

十八岁的宋杳连忙截住他的话筒,简单表示感谢后就马不停蹄地转过身继续采访下一个人。

"请问郑晓秋同学,你对你就读了三年的实验中学有什么想说的吗?"

"李同学,你对我们高三文科八班有什么想说的吗?"

…………

视频中,宋杳的提问是失真的旁白,扫过一个个青涩的脸庞,声音是不同又相似的稚嫩与蓬勃朝气。

"八班我爱你!"

"青春的遗憾可以有很多,没考过第一,没有拥有过一个完整的假期……但或许就是这些遗憾汇聚成了我高中的圆满吧。"

…………

视频在一秒一秒地接近尾声,讲台上已经没有了老刘的身影,黑板上密密麻麻的凌乱板书被擦拭干净,明亮的教室映入昏黄的晚霞,教室中的同学们各自收拾着未写完的试卷习题,拿上背诵默写的小册子,往本子上夹上几支笔,随时等待着广播铃响就前往操场集合迎接所谓的百日誓师。

DV机的视角在下降,十八岁的宋杳终于结束了自己无厘头的随机青春采访,喘着气在自己的座位上休息,镜头被桌上堆叠成山的习题册、卷子、笔记本掩盖。

视频中的青春摇摇晃晃的,下一个瞬间便定格在相邻课桌上的那枚MP3上。

十八岁的宋杳将DV机翻转,于是变成自拍模式。

画面中,她扎着高高的马尾,黑眼圈浓浓,脸颊上缀着颗青春痘,算不上漂亮,只是眼睛却是闪亮亮的美丽。

她侧过脸冲着未入镜的人说:"你听什么歌呢?"

"《天天》。"有人回答,淡淡的语气,像是晴天忽然降落的几滴太阳雨,很快就会蒸发消失一样。

镜头向左移了移，于是周霁年的脸闯进画面，那个瞬间好像都明亮了几分。

他分给她一枚耳机，她接过，两个人肩并肩静静地听着。

他的目光落在桌上摊开的"王后雄"上，而她的目光却降落在他慢慢写着题的手上。

"你有什么想对我说的吗？"这或许是视频的最后一个问题。

周霁年慢条斯理地写下一个"解"与一个冒号，耳机中陶喆唱着"我想要天天说，天天说"。

而他迟了几拍，慢慢开口："没有什么想说的。"

十八岁的宋杳撑着下巴静静听着歌，紧抿的唇中藏着一大段话，刚张了张嘴，却被忽然响起的广播铃声打断，于是只得匆忙按断视频。

手机屏幕最后定格在她凑近的脸庞上，眼神清澈，青春的肌肤纹理清晰。

宋杳端着一个已经空荡荡的玻璃杯，失神地望着手机上十八岁的自己。

手机滚烫，屏幕上跳出许多张虹发来的照片，是宋杳那一摞的日记本，从幼儿园歪歪扭扭学写字起到高三记满小测与考试安排，从横七竖八到练成一手行楷。

她的童年、青春与成长被浓缩成文字，在遥远的此刻成为步步惊心的回忆。

宋杳或许需要感谢自己喜欢记录的习惯，可一点开照片就看见好几个"周霁年"的字眼，顿时脑袋直发晕。

宋杳落荒而逃般地掐灭手机，眼睛寻不到落脚点，稀里糊涂地又降落在墙上她与周霁年并肩的照片上。

雨滴噼里啪啦地敲打着窗，唤醒宋杳凌乱的思绪，她后知后觉地发现，自己手中的杯子是刚才递给周霁年的那个小鹿斑比玻璃杯。

"青梅竹马。"

她无声地在唇齿间咀嚼这个词，分辨不出语义与词态，最后只酝酿成一个孤枕难眠的夜晚。

第二章

两小无猜时

沿着淮市中山路一直朝东走，在遇见第一个红绿灯后右拐，继续沿着树荫道直走，直到看见一株开得盛大的芬芳玉兰树便停住脚步，朝左转，便能看见玉兰小区的大门。

二十世纪九十年代气派的黄铜色栅栏大门被经年累月的风吹日晒，折腾得褪色成一扇稍显完整的破旧的废铜烂铁。

大家只要朝着局促破旧的门卫室里，戴着老花镜看着《淮市早报》的王大爷点点头，招呼一下，便可以行动自如地走入小区。

沿着小区坑坑洼洼的石板主路向前走个十来米，遇见一面被水彩笔与粉笔涂鸦得乱七八糟的灰墙，便朝右拐弯，沿着灰墙直走，不过八九步就能看见一株含苞的玉兰树。

而玉兰树浓绿的枝叶背后掩隐的楼道便是玉兰小区D1栋的入口。

大家都是从玉兰小区一建成就一同搬进来的，看着楼下的玉兰树苗一天天长成一棵还不赖的小树，对于这栋楼的熟悉程度是喝醉了也能顺利摸回家。

走上光秃秃的水泥楼梯，爬过两层，左手边是玉兰小区D1栋201室，周霁年在这里出生，上幼儿园、小学、初中、高中，一切都在这小小两居室中发生。

迈开腿，再往上走一层，同样是左手边，玉兰小区D1栋301室是宋杳的家。

一层楼的距离，一上一下的方位，不远不近的关系，让青梅竹马成为他们最好的形容词。

周霁年自认一直没有宋杳厉害，没有她看的书多，没有她能说会道，没有她讨人喜欢……他不如她的地方很多。

可在关于"青春期"的觉悟上，周霁年或许比宋杳聪明一些。

当宋杳还在为青春期扭扭捏捏、口是心非时，周霁年已快一步领悟了青春真谛。

某一天傍晚，夕阳似跌进香醇酒液中的乌梅，酝酿出令人心醉的颜色。

放学后，周霁年载着车后座戴着耳机听着MP3、哼着歌的宋杳，吭哧吭哧地骑车回家。

他偶遇红灯而紧急刹车，换得她坐在车后座的一个紧紧拥抱。

那个瞬间，她的手攀上他的腰腹，拽皱他的校服，胸膛与他后背相贴，体温与心跳被共享。

周霁年顿悟了惯性的伟大，同时也在沉醉在晚霞中，后知后觉地捕获了自己错拍的心跳，在街边桂花簇簇的芬芳中，解出了关于暗恋的最佳答案。

但这是属于十七八岁青涩的故事。

时间轴轻轻往前拨动一下，让故事回溯到玉兰小区中漫长又短暂的童年时代。

宋杳的小名叫杳杳。

因为张虹在怀孕期间爱吃杏子，小两口合计着如果肚子里闹腾个不停的是个小女孩，就取名叫作宋杏。

结果，宋清平抱着宝贝女儿去登记上户口时，喜得女儿的幸福冲昏了他的头脑，笔下的字也跟着龙飞凤舞，登记员一看错眼，户口本上的名字由宋杏变成了宋杳。

小两口看着户口本上陌生的名字大眼瞪小眼，而怀里的宋杳眯着小眼咿咿呀呀唤个不停。

小两口默念几遍"宋杳"这个名字，也挺好听的，好像也算顺口，无奈对视——那就叫宋杳吧！

而杳杳则顺移成为宋杳的小名。

而周霁年的小名叫作小苹。

他刚出生几个月，父亲周文才身为人民警察在某次任务中意外殉职，母亲陈秀兰刚出月子就天天以泪洗面。

家里少了一个人，多了一张挂在墙上的照片，还有一张被陈秀兰深深藏在柜子底的烈士光荣证。

空落落的二居室弥漫着悲伤的情绪，泪水将回忆浸泡得泛白。

周文才最后给亲爱的儿子留下的最亲切的怀念只有一个名字——周霁年。

陈秀兰怀孕时，天气是潮湿的多雨，惹得敏感的她更加伤春悲秋，周文才每天都得哄好几次。

分娩那天，淮市却迎来了一个难得的好天气。

周文才翻遍了字典，与身为语文老师的陈秀兰商量了好几次，终于敲定了"周霁年"这个名字。

他们希望他诞生后的每天都天晴，希望他的人生只剩晴朗与璀璨。

陈秀兰还是擦干了眼泪，给还在襁褓中什么都不知晓的儿子取小名为"小苹"。

是平安夜出生的"苹"，是平平安安的"苹"，也是第一次约会时周文才眼神恍惚，耳朵红成苹果，用冻红的手递出的那袋酸涩的青苹果的"苹"。

杏杏和小苹，是住在楼上楼下的邻居。

周霁年叫宋杏时只需叫"杏杏"，而宋杏唤周霁年却需要在"小苹"后面加上一个"哥哥"。

宋杏的小脑瓜搞不懂，为什么周霁年出生在1995年的圣诞节前夜，她出生在1996年的情人节前夕，明明差了不到两个月，却隔了一个冬春，轻而易举地让周霁年从小伴着"小苹，你要看好妹妹"这句话长大，而她也听"杏杏，叫哥哥"这声招呼听到耳朵长茧。

宋杏说话早，识字也早，才会说话不久就会冲人自来熟地叽叽喳喳个不停。

宋清平和张虹小两口被女儿小小年岁便浮现的语言和文字天赋烦得不行。两个人都还只有二十几岁，还处于蜜里调油的热恋期，好不容易结束工作，下班想腻歪一下，就被宋杏小朋友一些"天真烂漫"的语句给尴尬打断。

怎么办呢？

小两口在夜里宋杏咿咿呀呀含混不清讲着自己乱编的故事不肯睡觉的时，郁闷地思考。

而楼下201室，陈秀兰一边深陷与丈夫生离死别的感伤中，一边勉力提起精神处理周文才的身后事，自己还有身为老师的各种学校班级事务要处理，一时之间就把周霁年先抛在了脑后。

等陈秀兰缓过神来想好好照顾儿子时,她却慢半拍地发现,怎么自家的儿子那么不爱说话!有时逗个半天也不见他应一句。

一桩接一桩的烦恼事冲陈秀兰砸下来,她却无法退缩,只能直起身去努力承担。

身为语文老师的她首先买了一堆绘本和文字卡片回家,也把班主任的职位暂时辞掉了,睡前也都耐心地给他念各种故事听,想尽办法哄他开口。

可成果却是惨淡。

于是,在玉兰小区 D1 栋居民楼中,201 室整天听不到几个声响,可 301 室却噼里啪啦吵个不停,两家人各自有各自的烦恼。

应该是个春天。

张虹牵着口齿不清,却还含含糊糊讲个不停的宋杳走下楼,给她背上小书包和小水壶,再塞上一把用来哄她的水果糖,为终于能把这个小喇叭丢到幼儿园而痛快地松了一口气。

刚牵着短腿的宋杳慢吞吞地走下一层楼,张虹就遇见了同样牵着周霁年走出门准备送他去幼儿园的陈秀兰。

宋杳抓着自己的麻花小辫,绘声绘色地跟张虹描述自己昨夜被青蛙王子和大大卷超人袭击的梦境。

周霁年背着书包,抿着嘴,手里拿着一盒陈秀兰为他订的每日早餐奶,自认为不动声色地看了宋杳一眼。

"陈老师,你也带小苹去南华路那家小太阳幼儿园吗?"张虹主动上前搭话。

"嗯,你们家杳杳也是去那家吗?"陈秀兰锁上门,冲她扯开一个笑。

张虹拍拍宋杳的小脑袋,示意她喊人:"杳杳,叫阿姨和哥哥!"然后语气松快地对陈秀兰说,"终于把这小话痨送进幼儿园了,我跟清平总算松了一口气。"

宋杳脆生生地冲陈秀兰甜甜地喊了一声"阿姨",然后眼神移向一旁安静站着不说话的周霁年,噘着嘴犹豫了片刻,还是小声地对他叫了一句"哥哥"。

"杳杳真乖!"陈秀兰也不好意思堵在楼梯口继续聊天,领着周霁年走下楼梯,从装满教案和批改作业的挎包中摸出几颗糖塞给宋杳。

张虹冲着宋杳点点头后，宋杳才敢收下。张虹又客气地回了句："你们家小苹那才算得上乖！我们家这捣蛋鬼可跟乖不沾边，有她在，我们家可是没个安分的。"

陈秀兰半是玩笑半是愁闷地说："你可别这么说。杳杳漂亮又可爱，乖巧得很，我可羡慕极了；倒是我家这小子，跟个锯嘴葫芦似的，你说个半天也不见得他回一句。"

"你家小苹不爱说话，我家杳杳话多得能凑一箩筐。"张虹笑着说，"干脆让他们凑一起玩得了，看看能不能性格互补一下，我们大人也省心多了。"

本是一句玩笑话，可陈秀兰却认真思索起了可行性。

陈秀兰马上要接初三班了，肯定不可能每天都避掉晚自习，可把小苹一个人放在家她也不放心。而宋清平和张虹小两口是双职工，正常上学什么的还应付得了，可寒暑假他们就抽不开空管教宋杳了。

如果把两个小孩放在一起照顾，那么寒暑假由她看，轮到她加班或者晚自习的时间就麻烦他们小两口儿照顾一下周霁年。

主要是，周霁年老是不愿意开口讲话、不愿和人玩也不是个办法，还是得找个小朋友和他一起玩，逗逗他，可能会好一点。

于是，从玉兰小区出发到小太阳幼儿园的短暂路上，陈秀兰与张虹认真讲了讲自己灵光一现的想法。张虹也没有马上答应，只先扯着笑说得跟宋清平商量一下才能做决定。

两个大人在幼儿园门口谈论着事情，而宋杳扯过周霁年的手就往园中狂奔。

"嗯？"

周霁年小喘着气不解地看了宋杳一眼。

"你赶紧喝牛奶呀！"宋杳叉着腰，小辫子跑得歪七扭八，笑起来眼睛亮亮的，噘起嘴小声催促着，"你忘了吗，幼儿园不让吃自己的零食的！但是这个地方不会有老师过来的，你赶紧偷偷喝完，我帮你把风！"

终于能用上她在《阿里巴巴和四十大盗》绘本中学到的"把风"这个词，宋杳有点小得意。

周霁年看了一下手中的早餐奶，今天的是青苹果味的，是他最讨厌的味道，他一点也不想喝。

可是每次妈妈递给他牛奶的时候，他总是开不了口说不喜欢喝。他不想看见妈妈不开心的脸，外婆说了，妈妈已经很累了，他不能再烦妈妈了。

将吸管插上，周霁年皱着眉，捧着绿色牛奶盒，还是接受不了这个味道，然后，他一抬眼就看见眨着眼睛一动不动地盯着他手中青苹果味早餐奶的宋杏。

"你快喝呀！"宋杏见他好久没有动作，急性子地又催促。

"我不想喝。"周霁年闷闷地说，也搞不懂自己为什么会突然跟她解释。

"为什么呀！你的早餐奶可是青苹果味的哎！酸酸甜甜可好喝了！而且苹果那么好吃，你为什么会不想喝呀？"宋杏不解。

"我跟妈妈求了好久她都不愿意给我订这个味道的，我都想象不到这有多好喝！你赶紧喝喝看，然后告诉我！"

看着宋杏弯弯的眼睛，周霁年将手里的早餐奶递给她："我不喜欢喝，给你喝吧。"

宋杏如获至宝般捧着那盒青苹果味早餐奶，小小的脸蛋上满是不可置信的惊喜，再三确认地问着："真的吗？"

周霁年点点头，于是收获了一句甜得能淌蜜的："谢谢哥哥！"

宋杏小心翼翼地喝着青苹果味早餐奶，一瞬间好像畅游在了青苹果与牛奶构建的甜蜜海洋中，三两口就把牛奶纸盒吸瘪了，轻轻地咂咂嘴怀念着青苹果味早餐奶的美味。

周霁年受不了她跟小区流浪小狗遇见骨头一般的热腾腾的神色，转开头，别别扭扭地对她说了句："我以后要是有青苹果味的早餐奶，可以拿来让你帮忙喝吗？"

青苹果一般的脑袋瓜里，闪过无数句绘本与小人书中提及的"不食嗟来之食""不为五斗米折腰"这类她看不懂的话，一番纠结后，宋杏兴高采烈地迅速点了点头。

从那个瞬间起，宋杏在自己脑袋里的草稿本上，将宇宙无敌好喝的"青苹果味牛奶"与楼下那个明明大她不到两个月却还是得憋屈唤他哥哥的"周霁年"画上了等号。

果然，小苹就是一颗青苹果！

而另一边，张虹骑着自行车往医院赶，在几个红绿灯跳转的间隙思考着陈秀兰早上那番提议的可行性。她耐不住性子，趁着轮班换值的休息间隙连忙给宋清平打了个电话告知了这件事。

两人一合计，感觉可以。

周文才殉职，只留下陈秀兰和周霁年孤儿寡母两人。

陈秀兰一个人带孩子也不容易，他们街坊邻居的平时也是能搭把手帮忙就搭把手。

而张虹作为护士也总有轮值夜班的时候，宋清平出差开会进修也是常态，他们俩不能保证能够全天候地照顾宋杳。

再说了，陈秀兰可是淮市实验中学出了名的语文名师，把杳杳给陈秀兰带，他们小两口也放心。

小苹性子静，而杳杳皮得不得了，把他们俩凑在一起或许真能中和一下两人的性格。小朋友嘛，多个玩伴总是好的。

于是，张虹当天下班后，去小太阳幼儿园接完宋杳，却并没有急着直接回家，而是骑着自行车载着话说个不停的宋杳直奔菜市场。

张虹两手提得满满的，将今明两天的菜都一口气买齐，又牵着宋杳晃到了菜市场门口的零食小卖部，数了数钱包里的钱，不顾宋杳在星球杯和丽丽薯片前流连的目光，径直提了一箱纯牛奶去结账。

宋杳紧紧将嘴抿成一个等待转机的破折号，拽着张虹的衣摆，恋恋不舍地与她的星球杯和薯片道别。

张虹重重叹气，还是心软地给宋杳买了两个星球杯，递进她手里，认真嘱咐着："一个给你吃，另一个去陈阿姨家，你要记得分给小苹哥哥！"

宋杳捧着两杯星球杯，好心情一下就被点亮，眼睛笑成一座桥，承载着很多快乐的情绪。

但听见张虹话里的那句"小苹哥哥"，她还是忍不住郁闷了一下。

明明他们的生日折着手指数，才差了不到一百天，为什么她就得喊他"哥哥"！

宋杳闷闷不乐地坐在张虹自行车后座，傍晚的风将她的小辫子吹乱，她伸手拨了拨头发，继续低头认真舀着她的星球杯。

张虹吭哧吭哧骑着自行车，忍不住开口试探性地询问："杳杳，你喜欢小苹哥哥吗？"

宋杳下意识地想赌气硬邦邦地回复一句"不喜欢"，可糊满代可可脂巧克力的嘴巴里却忽然泛起青苹果味牛奶的清甜,将那一句"不喜欢"堵在了喉咙口。

"喜欢。"宋杳语气闷闷地说。

宋杳抿抿嘴,在满嘴巧克力的醇香中回忆青苹果味牛奶甜甜的滋味。

张虹变着法子哄宋杳:"杳杳,爸爸妈妈还有陈阿姨上班都很忙,可能以后你会经常去楼下找陈阿姨,小苹哥哥也会经常上楼来找你玩,好不好呀?

"我们家杳杳那么乖,一定可以和小苹哥哥一起好好玩的吧!小苹哥哥如果来我们家,我相信杳杳肯定能当好小主人招待好他的对不对?而且陈阿姨家也有很多书给你看,还有小苹哥哥陪你玩,是不是很幸福呢!"

宋杳的简单脑袋一下就被张虹绕晕了,不住地点点头,光是想想陈阿姨家满屋子的书,她就莫名地感觉到无边的快乐!

而张虹趁着红绿灯偷偷回头,看见宋杳吃得满嘴巧克力印渍的傻乐模样,轻轻松了口气。

张虹在楼下停好车,锁上车锁,把宋杳抱下车并顺便给她擦了擦嘴,一手提着一箱牛奶,一手牵着宋杳走上楼。

一、二、三……宋杳边迈着小腿爬着楼梯,边默数着台阶。

十九、二十……

哎,怎么就只走了二十四级台阶就停住了呢!

宋杳仰着脑袋看着张虹,满脸疑惑。她明明数过好几遍了,回家是要数到四十多才能到的!

张虹此刻才没有工夫去理会宋杳的疑惑,松开牵着她的手,转而抬手敲了敲201室的门。

陈秀兰听见敲门声就加快了手上炒菜的速度,高声冲着屋内喊了一句:"小苹,去帮妈妈开个门!"

周霁年没有任何怨言地迅速放下手里的二十六个字母绘本,扑腾扑腾迈着腿就跑过去开门。

他踮着脚打开门闩,拉开门,意料之外地看见了楼上的张阿姨和一脸不解的宋杳。

"阿姨。"虽然有点疑惑,周霁年还是乖巧地打着招呼,然后扭过头看着宋杏扑闪扑闪的眼,轻声叫了声"杏杏"。

陈秀兰听见门口声响,心里已经估摸到几分了,急忙关火装盘,习惯性洗了个手在围裙上擦了擦,然后便赶紧跑到门口。

"哎呀,是我们杏杏来啦!"陈秀兰的眼神瞥到张虹手里拎的那箱牛奶,对自己早上那个提议已经有七八分把握了,扯着笑,伸手摸了摸宋杏的小辫,然后笑脸相迎地招呼她们进屋。

"陈姐,我们买了箱牛奶给小苹喝,你可要收下!"张虹将手里那箱牛奶递给她。

"哎呀,还买啥牛奶!多破费!"陈秀兰连忙推托。

张虹继续客气地拉扯:"我们杏杏蹭了你那么多书,你还天天投喂她零食,我买箱牛奶算不上什么,后面把杏杏交给你照顾,不知道还得多麻烦你呢!"

陈秀兰一听,一颗心稳稳妥妥地落下,喜笑颜开,对周霁年嘱托道:"小苹,带妹妹去屋里一起看书好不好?舅舅不是给你从国外带了些零食吗,记得要分给妹妹吃哦!"

周霁年点了点头,敏感地看出张虹与陈秀兰之间好像有事情要商谈的氛围。他主动上前牵起宋杏的手,对她说:"去我房间玩好不好?"还附带一个笑。

宋杏攥紧了手心里的那个星球杯,下意识地望了望张虹,看见她点头后才兴高采烈地跟着周霁年跑进他的房间。

她知道,他的房间里有好多书!

周霁年牵着宋杏往里走,总感觉手里牵的是一朵云,又像是一团棉花糖,表姐上次喂他的甜津津的云朵棉花糖。

"喏。"

宋杏朝周霁年摊开手心,一个被她攥得暖暖的星球杯躺在她温热的手心中,递到他面前。

"我给你星球杯,你可以借书给我看吗!"

她的睫毛随着话语的平仄而一颤一颤的。

有风从窗中潜入,带来夏日傍晚忽如其来的阵雨气息,周霁年感觉他同窗檐那盆随手种下的小花生苗一齐被浇了个措手不及。

她摊着手不肯收回，用着眼神无声催促着。

周霁年只得小心翼翼地从她手心中捏走那个星球杯，然后冲她点了点头。

然后，他便看见她马不停蹄地冲去他的小小书架前，眼睛亮亮地开始挑选起书来。

周霁年将星球杯揣进口袋，瞥了她一眼，好像听见她在小声哼着曲。他走到窗前，踮起脚，将那盆小花生移进屋内，然后费力地关上窗。

雨丝轻飘飘地淋在手上，周霁年忽地想起：《种太阳》。

她哼的是《种太阳》。

宋杏弯腰从书架中抽出一本《没头脑与不高兴》，脸上挂着讨好的笑，冲着周霁年眨了眨眼："我可以看这本书吗？"语气是难以抑制的雀跃与期待。

她从来没看过这种书！家里仅有的那几本小书都要被她翻烂了。

周霁年又点了点头，然后便看见她迫不及待地翻开书开始读。

他想起陈秀兰的话，轻手轻脚地绕过埋进书里的宋杏，拉开书桌抽屉，拿出表姐送给他的一个小铁盒，拧开盖子，在眼花缭乱的糖果中挑出几枚苹果味的巧克力与苹果夹心的棉花糖藏进手心里。

他想，她是喜欢苹果的。

可是看着她一股脑掉进书里的沉醉模样，周霁年握紧了手，糖果棱角分明的包装在他的掌心中烙出印子，忽然变成了烫手山芋。

宋杏痛快淋漓地看着书，撞见好多不认识的字，一知半解地揣测着读音与意思，飞速地翻着页。

她脸颊红红的，嘴唇也红红的，是表姐去年生日送给他的蛇果一样的颜色。

周霁年无端感觉自己那颗小小的心脏也成了她手中的书，被她翻阅着。

周霁年已经不记得自己最后是怎么将被攥得乱糟糟的糖果送出去的，也不记得宋杏在回家前有没有看完那本《没头脑和不高兴》。

他们在一瞬间开始成为大人口中所打趣的"青梅竹马"，像窗外淋漓的夏日骤雨一般突然。

暑期周末。

夏末秋初的灼人温度被摇头晃脑的电风扇驱赶。

宋杏没骨头地躺倒在周霁年那晒得留存着阳光气味的松软床榻上，晃着两条白嫩嫩的腿，哼着小曲翻着书。

周霁年则端坐在书桌前，按着陈秀兰的要求提笔临着帖练字，有时也会陪着宋杏一同看书，偷偷吭哧吭哧地翻着砖头厚的字典查着生字，然后故作一番轻松的样子在她为着一个字音字义而苦恼的时候说出答案，换得宋杏闪亮亮的目光。

甚至，周霁年需要一心两用回答宋杏一些天马行空的问题。

比如"为什么公主一定要等待王子来拯救呢？公主自己举不起宝剑吗"，又比如"为什么海水一定是蓝色的，草地一定是绿色的"，还比如"你说什么是爱呢，是我一见到小狗就忍不住想去抱它的心情吗"。

虽然有时也难免有点烦，但更多的时候，周霁年想，他已经习惯了这种叽叽喳喳的吵闹。

关于童年潮湿夏季的记忆，或许更多的落脚在那一个个他俩捧着白色描花搪瓷杯，争先恐后地饮着陈秀兰细心熬煮的冰冰凉甜滋滋酸梅汤的炎热午后。

陈秀兰做事很细致，害怕两个小孩天天吃糖吃得火气旺，便隔三岔五地在锅里咕噜噜煮一些败火凉茶。

煮了一个月，陈秀兰便发现只有煮酸酸甜甜的酸梅汤时，两个小孩才会把杯底都喝空，于是每周一碗冰镇得恰恰好的酸梅汤成了夏日常态。

她还会取巧地在汤中丢一小簇干桂花，香香甜甜的，周霁年和宋杏可以一口气喝两大杯。

宋杏越来越喜欢去楼下找周霁年玩了。

她折着年糕条一样白白嫩嫩的手指向宋清平和张虹细数原因。

楼下有好多书！楼下有好多零食！楼下有好吃的奶油棒冰和动画碟片！而且楼下还有周霁年哎！

宋清平、张虹小两口根本不知道该买哪些书给宋杏看，他们买的那些幼稚小人书她早就看腻了。

但楼下201室光书柜就有两大架！书都塞得满满的，横跨古今中外，当然也有有趣的识字书和小人画，宋杏恨不得一头栽进201室如海一般的书中。

怕宋杏吃糖坏了一口牙，张虹压根儿不让她多吃零食，偶尔她在幼儿园中得了小红花，才大发慈悲地准许她吃几颗大白兔奶糖。

而宋杏在楼下201室却可以敞开肚子吃个尽兴。陈秀兰宠她，每次她蹦蹦跳跳地爬上楼回家，口袋里都装了满满一袋的据说是周霁年舅舅从国外带回来的进口零食！吃上一颗就可以甜蜜一整天！

而且201室还有301室没有的电视机！

宋杏最爱看《哪吒传奇》，还有《蓝猫淘气三千问》！她用着一个月的幼儿园大红花换得了宋清平奖励的一套动画碟片，于是往楼下跑得越发勤快了。

哪吒自刎的那一集可把她看得两眼泪汪汪，害得周霁年从冰箱里拿出一根奶油棒冰给她才把她勉强哄好。

宋清平小两口听着宋杏兴高采烈地细数楼下201室的好，越听越烦恼。

陈秀兰对他们家杏杏那么好，他们得怎么对周霁年才可以让这份好意对等呢？

但幸好，陈秀兰千好万好，唯有一点厨艺不太好，买了无数本菜谱，观摩了无数人做菜，最后自己做出来的菜也不过是勉强能吃的水平。

但周霁年对吃的要求也不高，他总是乖乖巧巧地将陈秀兰煮的糟糕饭菜吃得干干净净。

可看见宋杏第一次留在他家吃晚饭时，笨手笨脚地舀起一勺海鲜粥，看着鲜甜的虾仁和鱼片，满怀期待地大吃一口，下一秒却偷偷摸摸皱起了整张脸，周霁年忍不住偷偷抿起个笑。

于是每次周一和周三轮到陈秀兰去晚自习值班时，周霁年就背上他的小书包，装了一书包所谓的课外书，再在口袋里揣上几颗糖果，满怀期待地跑上楼等待一顿晚餐。

301室的主厨是宋清平，当初他就是以一手好厨艺征服了张虹，在七年后的现在，也顺便把周霁年给征服了。

一道酸辣牛肉、一盘白灼娃娃菜、一盆番茄虾仁汤，快把周霁年的舌头鲜掉了。

周霁年脑袋里还记着妈妈耳提面命的"讲礼貌，懂规矩"，放慢了吃饭的速度，努力抑制住自己捧起碗"呼噜噜"吃的冲动，一小口一小口地认真吃光自己碗里的饭菜。

宋清平看着周霁年吃得弯起来的眼，欣慰地给自己的厨艺打了一百分，然后便开始构思起明天要煮什么菜。张虹则是舒了口气，往他碗里又夹了几筷子肉，她可得把小苹照顾好！

吃完饭，张虹便哄着宋杳带周霁年去房间里玩，还大发慈悲地准许她今天可以拿四颗糖果，虽然其中两颗需要分给周霁年，可宋杳还是开心得活蹦乱跳。

因为宋杳知道，如果周霁年有两颗糖，他肯定会分一颗给她的。

周霁年也挺喜欢去楼上301室的。

吃好喝好，可以听宋杳不停息地讲"脱口秀"，偶尔还可以听宋叔叔弹吉他。

宋杳摆弄着自己满床的娃娃，小嘴叭叭个不停，把自己憋了好久的故事绘声绘色地演绎了一遍。

"这个是小鹿！这个是它的好朋友花花！有一天，它们俩一起跑进森林去玩……"

宋杳一手抱着一个小鹿玩偶，一手牵着一个斑点小狗玩偶，眉飞色舞地讲着故事，而坐在窗前的周霁年托着腮听着她讲故事。

宋杳是未成名的小说家，而周霁年是她的忠实读者。

等宋杳讲到口干舌燥的时候，周霁年就会适时从书包里掏出一盒青苹果味牛奶，别别扭扭地说一句："你知道我不喜欢苹果味，你要不要替我喝一下？"

宋杳会美滋滋地毫不客气地接过，顺便甜甜地对他说一句："谢谢！"

比幼儿园午后吃的草莓更甜一点。

不过宋杳也不是每次都有故事可以讲，她有时挨骂了心情差得像窗外蔫蔫的小芽，便闷闷不乐，一句话都不想开口说，只捧着一本绘本翻来覆去地闷声苦看。

这时，周霁年就会轻轻从书包里掏出青苹果味牛奶放在她小小的床头柜上，再拿出一本古诗词开始默背。

宋杳经受不住青苹果味牛奶的诱惑，忍不住蹑手蹑脚地拆了吸管包装开始喝，又含含糊糊地对他说了声"谢谢"。

宋杳把吸管咬成扁扁的形状，还是忍不住语气闷闷地开口："好想快快长大啊!"

周霁年捧场地回应给她一个疑惑的眼神。

像是在心底打了无数遍的满腹草稿终于在纸上找到了倾诉的冒号。

宋杏一口气喝完牛奶,瘪瘪的纸盒发出空响,她捧着下巴轻声说:"长大了就不用被爸爸妈妈管了!也不用被他们骂了!爸爸好烦,妈妈好凶,我好累呀!"

一开口说起伤心事,宋杏的声音里就浸上了颤颤巍巍的哭腔,眼睛红了,鼻子也红了。她垂下头看着手中捏着的牛奶盒上的青苹果,往日的甜蜜褪尽,只感觉酸掉牙了。

周霁年不知所措地丢下书,伸手悄悄抚了抚她的头,压根儿不知道怎么哄人,只得笨拙地尝试着开口:"不要伤心啦,宋叔叔和张阿姨都是为你好,他们工作也很辛苦,我们俩要乖乖长大。"

宋杏噘起嘴:"我才不要他们对我好!"

"有那么多人对你好已经是一件很幸运的事情了,"周霁年俯下身子去寻宋杏红彤彤的眼,"我只有妈妈对我好。"

其实小孩子才不知道什么是生离死别。

周霁年只知晓在玉兰小区 D1 栋 201 室的小小家中有一个很爱他的妈妈,还有一张挂在墙上的照片。

妈妈说照片中意气风发笑着的男人是他的爸爸。

小时候,他也会疑惑,为什么杏杏的爸爸会接她上下学,会给她骑大马,会偷偷为她买冰糖葫芦……可他的爸爸却只生活在薄薄的一张照片中。

周霁年也曾问过陈秀兰,可是看见她一瞬间泛起泪的眼睛,他就后悔了,只慌忙踮起脚为她擦眼泪,好像怎么都擦不尽。

妈妈说爸爸在天上保护着他。

其实周霁年知道这是在骗他,但是如果妈妈不再偷偷流眼泪了,他愿意被她骗一辈子。

周霁年自揭伤疤,换得宋杏心神不宁。

所有关于家庭的烦恼都烟消云散,她抿着嘴,不知道应该如何接下这句话。她抬起头,偷偷摸摸地观察他平静的脸。

最后,她只能冲他落下一句:"没关系的,还有我会对你好的!"

"我会一直对你好的!"

周霁年用手指轻轻地把她凌乱的头发捋了捋别在耳后,浅浅扯开一个笑:"我也会一直对你好的。"

第三章

难定义关系

笨拙粗糙又澄澈珍贵的大学时期，宋杳在一门专业选修课关于"文学启蒙"主题展示上，曾故作轻松地提起生命中关于文字的一切——

提及十几分钟就可以翻阅完毕的儿童绘本，讲到六七岁窝在小小木床上，囫囵吞枣一知半解地翻阅完的《水浒传》；说起那一个个厚着脸皮蹲坐在小镇书店冰凉的地板上一个劲读书的假日午后；怀念贴吧中那一个个她畅所欲言的文学相关的帖子；回忆起花里胡哨的各种酸掉牙的文学杂志和许多许多。

那一个个以为已经过期的，打着诺基亚手电筒，在被窝里费力裁剪语句的遥远夜晚；那一页页无署名的废弃文字与文档中错误百出的各种虚构；还有那些在枯燥数学课上，提着心，放轻动作，翻阅着藏在空白练习册下的课外书的日子……

原以为遥远的一切，却在那短暂的十分钟汇报内，在课堂上流淌的夏日午后中重新上映。

演示文稿上跳出她在一个个中学时代的晚自习与课间废寝忘食撰写满未知咒语的草稿本，还有那一摞摞陈旧的杂志与书籍，偶尔还夹杂几张来自青春时代的文学比赛获奖奖状……

还有几张老照片，是毫无构图的抓拍，拍她的书写，拍她的阅读，拍她骄傲地举起奖状的瞬间……

最终，伴随着她的致谢定格在一张合照上——

沪市冬日，雨点般细小的雪花降落，在巨鹿路的尽头，好心路人帮她按下一张合照，和周霁年的。

那是宋杳第一次参加全国性的作文比赛，她侥幸获得最高级别的奖项，也让她得以迈入 R 大的珍贵门票。

好像是水土不服导致的感冒，她围着厚重的格子围巾，脸上是尘埃落定的清澈笑意，傻傻地举着两根手指比着"耶"。

而身旁的周霁年面无表情地插着兜，身上的羽绒服板型是中规中矩的笨重，额前稍长的鬓发被凛冽的风吹乱，但还是意外的帅气。

就算照片清晰度不足，飘落的小雪像是雪花噪点，可她的笑还是清晰又灿烂，他眉眼中的春色也隐约泄露。

宋杳关闭网页，听见底下有同学小声惊叹"照片中那个男生"的帅气，也听见"长得好像周霁年哦"的感慨，她只加快了走下讲台的步伐。

但或许只有宋杳知道，那个帅气的瞬间，他藏在大衣口袋的掌心中，应该攥着一板感冒胶囊。

那年，作文比赛时间接近年关，宋清平在单位忙得焦头烂额，而张虹手上都是春节调休的工作，家中没人能陪宋杳出这趟远门，于是自然而然地想起了楼下的周霁年。

当时，陈秀兰的手术已经做完，身体恢复得也不错，周霁年的舅舅一家那年春节也回国了，也算有人照顾她，而且周霁年因着拍戏去沪市待过小几个月，对那儿也算熟悉。

于是，陈秀兰给周霁年塞了点钱，就让他陪着宋杳出门了，当然，出发前还是忍不住絮絮叨叨地对他旁敲侧击地嘱托了许多。

所以，周霁年陪她去参加网友的线下聚餐，与其他家长一同在冬日寒风中守在学校门口等待她比赛结束，牵着她的手共享加速心跳，期待获奖名单上的名字。

比赛认识的几个朋友笑着打趣宋杳："你男朋友挺帅的。"

宋杳将头摇得像拨浪鼓，为冲刺高考而毫无意义剪短的头发像春柳一样抚过脖颈，童年倔强不肯说出口的"哥哥"在此刻却轻而易举地成为澄清的证据。

周霁年只是在一旁，抿了抿唇，然后为她系紧毛茸茸的围巾。

在位置上坐下，宋杳拧开水杯瓶盖仰头痛快地饮下一大口来缓解上台展示残余的紧张情绪。

讲台上陆陆续续有人上去又下来，老师最后站起身总结点评大家的"文学启蒙"。这个老师很有魅力，选课人数永远爆满，课堂上也鲜有走神的人。

可在这个水淋淋的燥热夏日午后，宋杏后知后觉地走了神。

她忽然想起来……

她的文学启蒙，除去无数的铅字，删减厚重的书籍，忽略鼻梁上的眩晕近视眼镜，排除右手中指上的茧，好像还剩下一个周霁年。

除去青梅竹马的关系，好像周霁年也莫名其妙成为她文学启蒙史的一部分，且贯穿前后，他不是钢筋水泥般的文字，他像是可有可无的句号与逗号，存在于每一个瞬间。

于是在课间，宋杏忍不住打开上一则对话还停留在好久之前的对话框，下意识地咬着唇，对着页面顶上的"周霁年"三个字，无厘头地敲打下一行字。

Song：我们是不是认识好久了？

看着这句在页面上显得格外突兀的话语，宋杏后知后觉地耳热起来，没有上下文好像总容易产生误读。

宋杏恨自己下意识地高语境解读。

她手忙脚乱地又急匆匆补了句：因为课堂汇报需要，翻出来了好多照片和文字。

她又觉着语气怎么看怎么尴尬，胸膛闷着口气，索性尝试去撤回那一条莫名其妙的信息，但早已错过了撤回时间。

于是，她又在对话框内敲下几个"微笑"的表情，屏着口气，一股脑全发送出去。

后悔的心情像是忽然被摇晃后拉开拉环的易拉罐汽水，扑腾地往外冒，化成一地狼藉。

老师讲到重点，提高了语气吸引注意力。

宋杏乖乖熄灭手机，深呼吸，为手机没有任何动静有一些小小的遗憾与尴尬情绪。

好丢脸啊。

宋杏一边仰着头认真看着黑板上不断增生的板书，一边慢吞吞地想。

果然，他们只是不合格的青梅竹马。

她偷偷走着神，桌上的手机忽然振动，把宋杏化作风筝随窗外热腾腾的风一同翩飞的心一下子拽了回来。

她忍不住悄悄打开手机查看，是来自"周霁年"的未读消息。

周霁年：原来我们只是认识的关系，我以为我们算青梅竹马的。

周霁年：但是，我应该算你的忠实读者吧。

周霁年在片场休息间隙争分夺秒地回复她的消息，心情像是一颗被冰水久久浸泡的柠檬，饱胀的欣喜夹杂着不可言说的酸涩。

其实骗她的。

他才不想只和她当青梅竹马，也不想只止步于读者与作家。

他有很多关于她的幻想。

看着消息中他故作拈酸的语气，宋杳嘴角抿起一个笑。

她从表情包中挑挑拣拣选出一个拥抱的小熊表情发过去，然后贴心配上一句充满商务语气的"我也是周大明星永远的粉丝"。

从来没想过他们现在的交流会如此生疏与尴尬。

毕竟在十几岁的宋杳心中的草稿纸上，"周霁年"这三个字是与"假想敌"画上等号的。

他们应该是最亲密的对手，而不是朋友。

是这样的吧？

宋杳交到的第一个好朋友是幼儿园的同桌——莉莉。

和周霁年相处了这么久，两人共享过同一杯橙汁，也分担过同一顿责骂，可以躺在阳光暴晒后的草坪上漫无边际地东扯西拉，也可以在淅沥沥的阵雨中天真烂漫地胡乱踩水花。

但是，提起"好朋友"这个词，宋杳并不会在第一时间想起周霁年。

"好朋友"这个词就像是一本常伴在手边的书。

童年爱读《一千零一夜》，长大一点后读《窗边的小豆豆》，而青春期读《寂寞的十七岁》，步入成年世界后或许读的就是《文城》了。

与书一起学习，一起游戏，一起见证对方的成长；但"好朋友"这本书是有年限设置的，每个时间段的手边爱书都不同。

"好朋友"就是这样的，每个时间段都会从天而降一本人生之书，但这本书也只能陪伴一段时间。

宋杳固执地认为，周霁年不会是她的好朋友。

或许是因为，他能陪伴她很多很多年。

话题扯远了。

幼儿园时期的宋杳并不知道她与预计要陪伴她很久很久的周霁年是怎么越走越远的，那时的宋杳只知道，莉莉是她最好的好朋友。

莉莉全名是什么，宋杳已经不记得了，她只记得莉莉每天都穿着不一样的漂亮小裙子、复杂编发上有可爱又闪亮的发饰、身上有香喷喷的难以幻想的味道。

她用"莉莉"代称这个好朋友，因为莉莉一听就很适合作为一个公主的名字。

莉莉温柔又美丽，会将自己粉色饭盒中的许多新奇水果与宋杳一同分享，会细心地为顶着午睡后一头乱糟糟头发的她耐心梳发，会往她书包里偷偷塞一些写着陌生语言的糖果点心……最重要的是，莉莉在幼儿园毕业的前夕送给了宋杳一整套《红楼梦》！

虽然这套书是莉莉随便在书店选的，选它的原因是它的封面上有着许多个漂亮小人。虽然幼儿园的宋杳根本看不懂这本书，只能当成猜字游戏般闯关阅读，但这套书是宋杳拥有的第一部所谓的名著，为她赢得了无限无意义的夸奖，陪她度过无数的夜晚。

《红楼梦》也成了宋杳的好朋友，和莉莉手牵手住在了她的记忆城堡中。在那时懵懂的宋杳眼中，莉莉就像是存在于童话故事书中的公主。

而宋杳愿意成为待在阴森古堡中没日没夜研究着复杂晦涩书籍与文献的小魔女。

公主误闯古堡，与小魔女成为无话不谈的好朋友。

这多适合成为一个美丽的童话故事呀！

可听着一脸兴致勃勃的宋杳热情叙述着关于魔女与公主的童话故事的周霁年却不这么认为。

他偷偷攥紧了口袋中预备要送给宋杳的草莓奶糖，绷直了唇，一句疑问哽在喉咙间说不出口。

他想问：

她的故事里怎么没有他呀？

小学开学第一天。

宋杳与周霁年被张虹嘱咐着戴好口罩，手牵着手，背着装着叮当响铅笔盒的新书包，活蹦乱跳地走进淮市实验小学。

幼升小前夕，张虹和陈秀兰忧心忡忡地聚在小太阳幼儿园门口开了个小会。

她们从城东的第一小学聊到郊区的英才小学，从不同小学的面试风格聊到基础设施，最后心思还是落在实验小学上。

虽然淮市实验小学离玉兰小区不算近，和家长们上班的方向也是背道而驰，上学通勤算得上是个小问题。但淮市实验小学可以称得上是淮市市直最好的小学，拥有老牌师资，校风建设也好，每年的毕业生入淮市实验中学可达百分之六七十。

实验小学一年段有六个班，一班是心知肚明的好班，实小的教师子女都在一班扎堆，人情账一算，一班的老师质量和教学水平也就水涨船高。稍微对孩子学业重视一点的家长就挤破了脑袋想把孩子塞进一班。

于是，张虹与陈秀兰一合计，小学选定了实验小学，她们两个势要把宋杳和周霁年送进一班。

晚上，周霁年端着一小盘洗净的草莓与葡萄，再抓起两本书，跑去了301室。而陈秀兰则提着一篮新鲜蔬果和一小盒燕窝去找了在实验小学任教的师范老同学叙了叙旧。

经过简单的面试培训，宋杳和周霁年走了一遍入学面试流程，然后两人的名字顺理成章地烙在校门口张贴的红色新生分班表内一班底下那一栏。

陈秀兰和张虹明晃晃地落下了一颗心。两个小孩才不懂什么是人情世故，只惊奇于两人居然又同班！

宋杳为着小学又有人愿意听她讲故事而开心，而周霁年则为自己家中滞销的那些青苹果味牛奶找到了好去处而松了口气。

趁着大人们在校门口交谈的瞬间，宋杳扑腾着小腿忍不住又跑到红榜前，踮着脚将上面的名字从一班头看到六班尾。

她反复巡查了好几遍，还是找不到熟悉的莉莉的名字，于是闷闷不乐地拖沓着脚步走回去牵张虹的手。

扎着漂亮辫子的小脑瓜里预演着无数种可能性。

是善良的莉莉公主被恶龙骗走了吗？还是像妈妈爱看的都市伦理剧碟片里上演的一样，莉莉公主被离了婚的妈妈带去了遥远的城市？或者是莉莉公主生病了，不能和杳杳一起上小学了……

宋杳藏不住事的脸蛋上各种表情轮番上演，惹得一旁偷偷看着她的周霁年忍不住抿嘴笑。

但是小孩子忘性大，宋杳一进小学校园，认识到新的好朋友后，就把莉莉丢到了脑后。

只是偶尔在翻阅越来越少摊开的公主故事集和在芭比系列电影的结尾怅然若失地想起莉莉，想起她闪亮的发饰，想起她笑起来时为了所谓笑不露齿而绷紧的唇与偷偷随着笑意溜出来的可爱贝齿，想起在家中安静躺着的《红楼梦》。

在淮城灰扑扑的冬天里，七岁的宋杳在与一年级"ａ ｏ ｅ"的抗争中毫无防备地预知了关于友情的谜底。

小学开学第一天，一年级开学第一课，必不可少的就是自我介绍、排座位和领取教材环节。

在闹哄哄的班级里，一个又一个小朋友排队走上讲台自我介绍，有的扭扭捏捏，有的风风火火，但总而言之都还是小孩模样。

宋杳撑着下巴，用眼睛浏览大家的脸与小孩黏糊糊的话语，兴致寥寥地听着大家的介绍，心中偷偷为每一个人编织着属于他们的故事。

一霎走神，等宋杳再回过神时，讲台上的人影已经从小胖换成了一个戴着眼镜的瘦瘦高高白白的男生，像是她路过街角进口碟片店时"不小心"看过几集的动漫男主的缩小版。

于是，她伸手戳了戳端坐在一旁的周霁年的手臂，扭过头凑近他耳边，小声说："周霁年，你看，现在在自我介绍的那个男生居然戴着眼镜哎！"

耳朵像是触到了一片云，又像是笼了一层雾，周霁年将手指攥了攥，偏了偏脑袋，顺着她的话往台上望。

那个小眼镜穿着熨出清晰线条的干净白衬衫，他手上戴的手表，周霁年在表姐那儿见过同款。对方脸上的表情淡淡的，自我介绍的话语条理清晰。

对方一点都不像一个一年级新生。身为一年级新生的周霁年默默评价。

"大家好，我叫宗成豫。我是江市人，但是我在淮城长大，我的爱好是阅读和拉小提琴，希望能和大家一起成长和学习。"

小眼镜说完还冲他们和班主任小唐老师鞠了个躬。于是，周霁年不出意外地看见小唐老师脸上满意的笑容,以及台下女同学们亮晶晶的眼。

周霁年扭头去寻宋杳的眼,她的眼睛也有花朵在绽开。他莫名有点不开心,都已经快到秋天了,怎么还有春花在开呢。

宋杳却不饶过他,在他耳边叽叽喳喳:"哎!那个宗成豫也喜欢阅读哎,和我一样!"然后语气更激动了,"而且他还会拉小提琴!和你一样!"

"他和我们俩有点配!"宋杳又小声评价。

好吧,周霁年还是轻而易举地被她口中无比自然的那个"我们俩"给哄好了。

虽然他也没搞清楚为什么会有点不开心。

"但是,我相信你拉小提琴肯定比他好听!"宋杳又扯了扯他的袖子,更小声地补充说明。

周霁年抿了抿唇,但笑意还是从眼睛里跑了出来。

充斥着孩童啼哭的吵闹声、电视机嗡嗡的放映声、街头巷尾招呼的八卦声,还有家长里短对话声的玉兰小区,在陈秀兰把周霁年送往少年宫后又多出来一道悠扬的小提琴声,伴随着簇簇玉兰花香飘呀飘,飘到301室宋杳的卧室中。

然后,宋杳用着张虹放在空荡铁皮饼干盒中的针线捆上一张字迹歪七扭八的小纸片丢下窗户,估摸着距离降落在周霁年卧室的窗前。

周霁年边练着入门曲子,边无奈地被那张迎着玉兰香味的春风晃晃荡荡的小纸片吸引。

他投降地放下琴弓,走到窗前推开窗,踮着脚去够那张纸片,脸上是自己都未察觉的笑。然后,他看见一句:都怪你拉《小星星》,今天的星星被吵得不敢出来啦!但是你拉得还不错嘛!

短暂神游时,唤起一些前情,周霁年还没有开口应答宋杳的话,就猝不及防地被小唐老师点名去台上自我介绍了。

"大家好,我叫周霁年,我的好朋友是宋杳同学。我会拉小提琴和写毛笔字,也在学习英语和做奥数,希望能和大家成为好朋友,也希望能和大家在小学生活中一起学习进步。"

周霁年一本正经的样子唬过了好多人,刚才为宗成豫热烈鼓掌的同学此刻也在为他认真喝彩。

看着讲台上迎着很多目光与赞赏而淡然自若的周霁年,宋杏忽然不太高兴地撇撇嘴。

全班只有她知道周霁年小提琴才学了两年,毛笔字也刚跟他外公学了一小段时间,英语和奥数也是他们俩一起报的补课班!

也只有她知道周霁年住在玉兰小区 D1 栋 201 室,知道他不喜欢吃香菜、玉米和青苹果味早餐奶,知道他紧张时会下意识抿嘴,知道他的血型是 A 型……

虽然周霁年不是她的好朋友。

但是,宋杏还是勉为其难地暂时愿意成为他的好朋友,没有戳穿他。

宋杏才刚胡思乱想了一瞬,就马上被小唐老师唤上去做自我介绍。

她整了整身上张虹为她开学特意新买的裙子,昂首挺胸地走上讲台,与自我介绍完走回座位的周霁年在狭窄过道错身,他身上洗衣液的香味直往她鼻子里钻。

然后,她听见他那一声"加油"。

宋杏攥紧手,走上讲台。

她长长的头发被张虹编成蓬松漂亮的鱼骨辫,虽然没有闪亮的发饰,可依旧是漂亮的,同样漂亮的还有她自信大方的微笑。

深呼吸,宋杏将自己想象成故事中勇敢的骑士,举起坚硬的宝剑,风吹动她的披风与裙摆。

然后,她仰头向国王、向城民、向美丽温柔的公主,骄傲地介绍自己,并宣誓自己有信心也一定会战胜小学学习这个"恶龙"!

"大家好!我叫宋杏,是周霁年的好朋友!也希望和大家成为好朋友!我喜欢读很多很多的书,也很乐意与大家进行读书分享和交流!我相信我们会一起建设最好的一班,也会度过很棒的六年的!"

在宋杏的故事中,她应该是勇敢自信的酷酷骑士,可此刻站在讲台上穿着碎花小裙子、梳着漂亮鱼骨辫的小小人儿分明也是一个小公主。

捧着一颗活蹦乱跳的心回到座位上,宋杏的尾巴摇得欢快,屁股一沾座位,亮晶晶的眼睛就忍不住看向周霁年。

她明晃晃地向他讨要一个夸奖。

如她所愿,周霁年伸手将被她甩乱的辫子捋好:"杏杏的自我介绍讲得真好，比我讲得好多了。"附带一双弯成月牙的笑眼。

明明年纪只差了不到两个月，明明宋杳硬邦邦地并不愿唤他"哥哥"，可周霁年却一直自然地将自己摆在"哥哥"的身份上去照顾宋杳。

其实他也不是多讨厌青苹果味早餐奶，可是她喜欢，于是便有了名正言顺将它偷偷攒给她喝的理由。

他对那些乱七八糟的故事也没有特别感兴趣，可是杳杳喜欢讲给他听，那他就做她最忠实的读者。

舅舅寄过来的那些巧克力和零食他也很喜欢吃，但好像与杳杳分享后，看着她被点亮的眼睛，好像嘴巴里的巧克力都香醇了几分。

…………

再说妈妈在他耳边不知道说了多少次，要他好好照顾妹妹，所以，成为"哥哥"这个角色，已经成了周霁年下意识的条件反射。

可是，不知道为什么比起"妹妹"，周霁年更喜欢喊她"杳杳"。

杳杳，橙黄的热情的甜蜜小果，多可爱啊。

理所应当地，在小唐老师把全班人叫出去按着身高排排站好要安排位置时，周霁年明确地想和宋杳当同桌。

是邻居，是同桌，是青梅竹马，这不是很自然的吗？

可没料到，小唐老师看了眼名单，再看看面前两排小萝卜头们，大手一挥，就把周霁年和宗成豫排成了同桌。

在大多数小孩还是胖墩墩模样的时候，他们已经稍微抽条了一些，对比之下就像两棵青翠的小白杨树苗，把他们俩安排在最后一排，在小唐老师看来好像并没有什么问题。

周霁年背着书包，冷着脸在最后一排站定，从口袋中抽出一张纸巾，将积攒了一暑假灰尘的桌椅擦拭干净。

周霁年自顾自干着活，没有给身旁的宗成豫分任何一个多余的眼神。

宗成豫也不太在乎，只掏出铅笔认真地在刚分发下来的教材上一本一本挨个落下自己的名字。

教室很快被小鸡仔一般的小朋友们按着小唐老师分配的座位填满。

小学生们是天生的自来熟，教室里咕噜噜地沸腾着密密麻麻的喧嚣。

"嘿！"

刚擦干净的坑坑洼洼的破旧木书桌上落下一双白嫩嫩的小手。

周霁年抬头，看见宋杳在他前面的座位坐下，正扭过身开心地向他招呼着："小果！我坐你前面哎！"

他无奈地笑了笑，内双的双眼皮褶皱清晰藏着一点点雀跃的情绪。周霁年徒劳地无数次象征性澄清："我不叫小果。"

明明小名是小苹，可宋杳却特立独行地喜欢喊他"小果"。

她叉着腰，摇头晃脑又理直气壮地解释原因："你是小苹，小苹等于苹果，那你就代表着苹果！那为什么不可以叫小果呀！小果多可爱啊！

"而且，只有我会叫你小果，是不是很独特，很好辨认！"

宋杳一口气说完一长串话后，咬着吸管认真喝了一大口青苹果味早餐奶，脸上是得意又可爱的笑。

周霁年一如既往地无可奈何。

"小果小果小果！"宋杳才不听周霁年的澄清，故意连声喊着逗他。

周霁年低着头随便翻着教材佯装不理她，倒是一旁的宗成豫乐开了花。

不过宋杳也就逗了周霁年几句，很快就把心思花去跟新同桌、前桌、邻桌聊天了。

只留周霁年一人在最后一排看着书，默读着"鹅鹅鹅，曲项向天歌"。身旁还有一个自从听见那一声"小果"后脸上的笑就没掉下来过的讨人厌的宗成豫。

小学生活的第一页就像过家家游戏的介绍。

由自我介绍、同学介绍、老师介绍构成，包含班干部角色扮演与语数英游戏大乱斗。

新同桌可能是游戏配角，一起去操场包干区值日的隔壁班陌生同学也可能是游戏的重要角色……

游戏难度可能是易，可能是难，也可能是地狱模式。可是不管怎样，英雄骑士宋杳有信心扮演好自己的角色并通关游戏达成完美结局。

她在餐桌上边偷偷挑出张虹夹到碗中的那一筷子菜里她不喜欢的豆芽，边挺着胸脯自信满满地宣誓。

张虹只揉了揉她的头发，然后又把她费尽心思挑出来的豆芽夹回她碗中，鼓励性地夸了句："我们家杳杳是最棒的！"

张虹和宋清平隐晦地交换了个眼神,默默在心中叹气,想着杏杏只得了个吃力不讨好的纪律委员和值日班长当。

而楼下的小苹都当了个学习委员呢!

虽然都是"委员",可学习委员听起来就是比纪律委员好。张虹闷闷不乐地想。

大人的这些乱七八糟的心思宋杏才不懂。

宋杏只努力背着声母表和韵母表,每天为着小明追小丽、A口输水B口放水、小鸡小兔在同一笼子里而苦恼,但更多的时间还是在看书。

她看很多冒险小说,看一些童话故事,书桌上堆着一摞《笑猫日记》,马小跳和皮皮鲁的故事烂熟于心。她按着学校分发的暑期阅读书单读《假如给我三天光明》《草房子》,每周准时准点出现在街角书店,将书架上的拆封样书轮番阅读。

小学六年像是一张简约的简笔画,横平竖直,偶尔弯折。

宋杏从值日班长莫名晋升为副班长,戴上了红领巾,学会了骑自行车去上学,当了中队委,长高了,头发长了,生理期第一次来得手忙脚乱,辗转在英语班和奥数班的烦恼,偶尔为着各种八卦不解,更多的是为着有那么多的书还没读过而惊慌。

六年其实只是一瞬,但瞬息万变。

比如同桌从小白辗转几次变成了静静,还比如她的语文是一等一的好,可数学又要被老师敲脑壳批评,再比如,她和周霁年的关系从再清白不过的青梅竹马变成了不尴不尬的难定义关系。

于是,宋杏在为自己填写小学毕业同学录时,在最好的朋友那栏填的是"周霁年",可最讨厌的人那一栏也填的是"周霁年"。

喜欢他是因为,他会耐心为她讲解什么鬼追及问题、什么鬼鸡兔同笼问题,小苹的数学可是年段第一呢!

喜欢他还因为,他会在她犯懒不想骑自行车上下学时,耐着性子蹬着脚踏板吭哧吭哧地载着她上学,书包侧边袋子中还揣着给她带的早餐鸡蛋和豆浆。

喜欢他陪着她一同偷偷玩电脑,电脑还是周霁年舅舅某年回国时给他们母子俩费了好大力气带的。那是聊天社交软件刚面世的时代,他们挤在小小电脑桌前玩着对对碰、连连看与新潮的企鹅宠物和农场,轮流挂机刷着皮卡堂的等级。

…………

可宋杳讨厌他一看见她拿着卫生巾去厕所就脸红的样子。

也讨厌他忽然生长蓬勃的身躯和热腾腾的骨肉,讨厌他书桌内繁衍的不知名礼物,讨厌他熟稔的肢体接触,讨厌他混在那群叽叽喳喳烦人的只会讨论谁喜欢谁的男生堆里,讨厌他的高人气与一张自带三分笑的脸!

反正就是讨厌他!

这种奇怪心事是酸甜的柠檬糖,是厚厚书中描绘的易感青春期,是笨拙又天真诚挚的感情,是同学录上反复出现的"周霁年"这三个字。

这就是她的小学幼稚时代。

第四章

旧电影灼痕

宋杳在暖气片罢工的狭窄伦敦公寓中被冻醒,鼻子闷闷的,脑袋也闷闷的。

感冒了?

被周霁年传染了?

她下意识地扭头看向一旁桌上安静站立的小鹿斑比的玻璃杯。

睡不着,宋杳索性从潮冷的被窝里爬起来,用那条陌生的围巾密不透风地裹住身子。宋杳蹲坐在电脑前的椅子上,对着空荡荡的文档页面失神。

然后,她伸手拉开书桌抽屉,捞出一盒线香与一个廉价的塑料打火机。

指尖有火星闪烁,小小房间内弥漫起檀木香味,却只加深了鼻子的沉重,宋杳对着线香上闪烁的火星失神。

脑袋里是七八岁时和十一二岁时的周霁年和宋杳在嬉笑打闹闹别扭,搞得她的脑袋有种眩晕的疼。

连线香的余烬绵绵掉落在昂贵围巾上都未察觉。

待回过神时,羊绒格子上只残留那一个浅浅的灼痕。

她和周霁年的少年时代,也是一道落在她胸膛的灼痕。

宋杳掸了掸围巾上遗落的香灰,看着淡淡的灼痕难免心疼,深呼吸,让淡淡檀香驱散被英国阴雨浸润的胸膛中的潮湿。

忽然想起自己的第一次酒醉。

宋杳第一次喝酒是在高考后的暑假。

她拿着一些文学类的奖状,考了一个正常发挥的高考成绩,所以顺理成章地考入R大中文系。

淮市实验中学门口红榜上高高挂着她的名字与照片,宋清平与张虹热火朝天地组织着庆功升学宴，相识的学长学姐与学弟学妹们都发来贺喜短信，连着加的一些编辑老师与竞赛朋友也象征性地询问并恭喜了。

可对宋杏而言，一切并没有什么特别的实感，即将来临的大学生活好像也不过是从一层巴别塔攀上另一层巴别塔。

比起自己考上心仪的学校和专业，可能更让宋杏开心的是，她能继续和一群好友在同一个城市上大学。

当然了，她也挺为周霁年开心的。

这个暑假，周霁年算得上是风光无限。

一边是担任着男主角的电影压了两年终于上映，他跟着剧组跑了好几个地方参与宣传，趁着流量的春风，勉强跨入当红小生的门槛；一边靠着两学年的埋头苦读，他将高一时为着拍戏丢掉的功课苦苦补了回来，高考踩着线报上了京市的985。

事业、学业双丰收，等上了大学，来点桃花，补上爱情这条线的进度，那他可就人生圆满了。

宋杏这样打趣他。

宋杏虽然搞不清楚是在哪个潮湿的盛夏，两人的关系忽然像是未被妥帖收藏而发酵发霉的果酱，甜蜜掺杂着酸苦而咕噜噜冒泡，变成了进退两难的关系。但宋杏还是自掏腰包用着实验中学发的高考奖学金，买了几十张《野池塘》的电影票，慷慨地分给周边认识的不认识的所有人给周霁年捧场。

《野池塘》是关于潮湿夏季的少男少女的文艺苦情故事，有亲情线，有暧昧的爱情线，有成长的生长痛，而导演彭焕最拿手拍这种酸溜溜的文艺片。

《野池塘》打着他收官之作的名头拿下不少票房，更重要的是，还稀里糊涂地拿了几个奖。

随后，"周霁年"这个名字伴随着电影中一张他仰着头侧着脸，望着毛玻璃窗外翠绿的雨幕对瓶饮下一大杯啤酒的照片而一下红成夏日傍晚绚烂的火烧云。

宋杏关于酒精的启蒙或许便是来源于此。

宋杏挤在坐满人的破旧电影院中看见这一帧时，掌心中捧着的爆米花稀稀落落掉了满裙子。

浑身焦糖味，手心中的纹路都是甜腻的，可宋杏像是被周霁年望着窗灌下的那瓶啤酒淹没，脑袋触电宕机。

完蛋！他会被陈姨骂的吧！

这是宋杳脑袋重启后冒出来的第一个想法，然后紧跟着的就是关于"酒精是什么滋味"的疑问，期间还夹杂着"他都没有跟我说他学会了喝酒""之前在他拍戏的时候跟他视频他怎么都没有透露啊"的胡思乱想。

身边细碎地冒着小女生的可爱惊呼声，各种虎狼之词钻进宋杳耳朵中。

一场电影看下来，宋杳的脸红成了苹果，手心是焦糖味的黏腻。

宋杳漫不经心地熬过这一个暑假，没见到周霁年几面。

偶尔撞见，他总是行色匆匆，清瘦了很多，也沉默了些许，但总会冲她扯开一个笑。

在两家一起合办的升学宴上，宋杳还是忍不住偷偷问他。

"喝酒是什么感觉啊？"宋杳眨着眼，盯着周霁年问。

这是暑假后的第几次对话呢？四？五？还是六？

周霁年搞不清楚，于是认真地看着她圆圆的眼，看她额头泛红的小痘，看她翩飞的睫毛，看她小小的鼻子。他回答的语气是与灼热目光相反的轻飘飘："没什么感觉，只是道具假啤酒，我没有喝。"

没听到预料中的有趣回答，宋杳一下蔫了，心中对他的澄清并不相信，继续与他对话的念头像是啤酒上涌的泡沫一般忽地消散，眼神飘忽，左顾右盼地寻着理由，想逃离此刻与周霁年相顾无言的尴尬局面。

只是刚悄悄迈开腿，她就又被周霁年唤住。

他不知从哪里掏出几张小纸片，对着宋杳摊开手心："喏，前几天出席活动，看见你之前很喜欢的民谣歌手，帮你要了几张签名。"

宋杳兴冲冲地去拿，手指轻轻触到他温热的手心。

像一朵花忽然砸落在手心上的触感，周霁年莫名地觉着痒，只用力攥了攥手。

对着龙飞凤舞的签名辨认了好久，宋杳才艰难认出是哪个歌手的签名，敛了表情，却努力调动着语气，足够诚恳认真地冲他说了声："谢谢！"

这确实是她之前喜欢的歌手，但也只是之前喜欢而已。自从关于这个歌手的一些抄袭黑料爆出，宋杳就把他拉入黑名单了，但还是谢谢周霁年的一番好意吧。

如果是以前，此刻的宋杳应该会噘着嘴，恼他不知晓她喜好的变迁。

到底是怎么沦落到这个尴尬境地的呢？

宋杳搞不清楚。

宋杳捧着宋清平在高考后给她新换的手机，在名为"重生之我是闪亮大文豪"的三人小群中用语音发问："你们说喝酒是什么感觉呢？"

迟椿回得很快，简简单单一句："不好喝。"

连城紧跟着也回了句："跟喝溜冰黑咖是差不多的感觉。"

这个三人小群是去沪市参加文学比赛时建的。

三人都是参赛选手，也都是文科生，迟椿和连城都大宋杳一级，在备赛群中聊了几句而认识。

三人在沪市的漫天细雪中交换自己酸不溜秋的文青梦，算投缘，也玩得到一起去，于是就建了个群，漫无边际地乱聊。

被他们俩这样一讲，宋杳更感兴趣了，脑袋里转来转去的都是那一帧关于周霁年的画面。

于是某天，宋杳偷偷摸摸出了门，绕了大半个淮市去街角旮旯里不知名的小店买了瓶苹果味酒精饮料。

当了十八年乖乖女，宋杳还是有贼心没贼胆，那一瓶酒孤零零地在新家卧室的床头柜抽屉里待了小半个月。

不同于宋杳的拖拖拉拉，周霁年的走红速度跟火箭蹿的速度一样快。

《野池塘》一下子就成了暑期档黑马，周霁年也跟着上了不少新闻，连综艺都上了好几个，才一个多月粉丝后援会都建起来了。

直到某天，连城忽然在"重生之我是闪亮大文豪"的群里丢了个链接，还不忘专门艾特一下宋杳，附上一句：你的小竹马怎么刚火就偷偷恋爱了？

搞不懂连城为什么一直看不惯周霁年，连城在沪市那几天对着谁都一副知书达理的富家子模样，不知骗了多少小女生的春心，但只对周霁年冷言冷语的。

迟椿偷偷与宋杳猜测，统一认为是连大诗人嫉妒周霁年比他好看。

周霁年确实好看，不然也不会在万人海选中被彭焕选中去出演电影男主角。

看到这条消息时,宋杳正咬着根冰棍盘腿坐在阳台上,慵懒地晒太阳。

她下意识先点进链接,于是便跳转到微博热搜页面,而热搜顶上明晃晃地挂着"周霁年疑似恋爱"。

她的牙齿猝不及防地被红豆棒冰冻了个正着,表情也被冰冻定格。

宋杳紧紧闭上嘴,含着那块凉到甜味都被掩盖的红豆冰,点开热搜。

微博内容是几张照片和采访画面截图。

照片是周霁年与一个女生举止亲密的画面,那女生戴着口罩,辨认不出面容,只看得见她挽着他的手,他碰她的头,是超越她与他青梅竹马的亲密。而采访截图是前几天记者在首映后采访他的画面。

记者问:"《野池塘》中你所扮演的李川暗恋着隔壁街的风尘女姐姐江晓,一边又接受着同班同学陈微然的好感,最后却选择与火车上陌生的小谢一同私奔去看海。如果是你,你会选择哪一个女生呢?"

周霁年只沉默地摇了摇头,为着宣传而稍稍留长了些的头发微微遮住眉眼,看不清神色。

"爱与被爱从来不是选择,李川很幸运地能拥有爱也能体验爱,于我而言也已经足够。"

记者才不满意他这种绕着圈子的回答,更直白地继续提问:"那跳出《野池塘》中的李川,你喜欢什么样的女生呢?"

一旁一同接受采访的导演彭焕刚想开口帮他解围,却不料周霁年自己先出声回答了。

周霁年说:"我喜欢苹果核一样的女生。"

记者一头雾水,还没来得及继续追问,就被淹没在其他台记者的提问中了。

本来单看这个片段好像没有什么问题,含含糊糊的答案没有什么特别的价值,可结合今天爆出来的这些照片,好像就精彩多了。

伴随"周霁年疑似恋爱"这个话题冲上热搜的还有"苹果核小姐"。红豆冰在嘴里化成了一汪工业糖精灌溉的糖水,而手上的棒冰也在温暾的太阳下滴滴答答地在白色的睡裙下摆留下泪印。

宋杳感觉自己中暑了。

夜晚,宋杳翻来覆去睡不着觉,借着月光从床头柜抽屉里摸出那瓶酒,轻声拉开瓶盖，敞开窗，迎着风慢慢学着喝酒。

她措手不及地被呛了个正着，小声抽气咳嗽着，心中默默抱怨一句：

酒有什么好喝的啊！

苦得像苹果核。

易拉罐中啤酒泡沫涌动，宋杏盯得出神。

然后，有人唤她。

"杏杏，你在喝酒？"

宋杏循声慌乱地望去，与周霁年隔着窗台对视。

由上下楼变成隔壁间就是这点不好，小区户型也糟糕，宋杏默默抱怨，怎么她的卧室和周霁年的卧室刚好就窗对着窗呢！

宋杏手忙脚乱，支支吾吾不知道怎么答，只"砰"地关上窗权当梦游，一时间将那一声熟悉又陌生的"杏杏"抛在脑后。

而周霁年惺忪的睡意被驱赶，他皱着眉手足无措，掏出手机给她发消息。

周霁年先发了个问号过来。

床头柜上和空荡荡的易拉罐放在一起的手机在振动，宋杏打开一看就看到一个问号。

好像那口酒还未咽下去，不上不下地憋在胸膛，宋杏用力敲着键盘回复。

Song：干吗？就准你能喝酒我不能喝？

周霁年回得很快。

周霁年：喝酒不好，我没喝，你也不要喝了好不好？

很多拼音与偏旁部首在脑袋里乱窜，就是汇不成一句完整的话，她不知道怎么回。

周霁年：舅舅他们回国来处理房产问题，嘉毓姐前几天顺便给我送了些英文原版小说，你要不要来找我拿？

周霁年：嘉毓姐给我送趟书，还被狗仔拍到上了热搜，为着这些书我可被她骂了好久呢。

哦。

原来是嘉毓姐啊。

宋杏忽然就没脾气了。

原版书不要白不要，于是，她马上就回复了个"好"，还跟了个可爱的表情包。

那苹果核是什么意思呢?

宋杳又在纠结文字游戏,酒精的味道弥漫在胸膛里散不去。

白白浪费的一个夜晚,但至少她学会了喝酒。

对着渐暗的电脑屏幕,宋杳慢慢敲打键盘,边回忆边叙述。

光标往后退,她吐出一句干巴巴的话:初二暑假,在拧得出水的夏天中,我拥有了第一台相机,相机捕捉住的第一张照片,关于他。

小学做了六年的前后桌,周霁年每次抬起头看黑板时总会瞥到她晃悠悠的马尾。

明明发梢扫过的是她的脖颈,可为什么发痒的却是他的眼睛。

上下学路上,宋杳吭哧吭哧骑着自行车,周霁年也不紧不慢地跟在她后面,看她被风吹得像鼓鼓气泡的蓝白校服。明明所有的豆芽菜小学生都穿一样的简陋校服,可好像只有她穿得像一棵甜甜的杏子树一样,一不留神就会有泛青的果子掉落,把他砸晕。

他们一起参加课后合唱团,男低音部的周霁年也是站在女中音部的宋杳身后。周霁年表演时永远站在她身后一级台阶上,于是一低头就可以看见她薄薄眼睑上那层亮闪闪的蓝色眼影,还有她一张一合的苹果一般红的嘴唇,然后他嘴里的曲子就忍不住跑调。

他们就连小升初考出来的成绩也一前一后,只是这次侥幸在前的是周霁年,宋杳不服输地闷闷不乐了好几天,还得周霁年拎着蛋糕去楼上找她,才勉强把她哄好。

小升初成绩一公布,陈秀兰和张虹都忍不住乐开了花,虽然他们俩考的成绩不算数一数二,但也在淮市前二十名了,确确实实地拥有了择校的主动权。

陈秀兰与张虹带上一个啥也不懂的宋清平彻夜长谈,最后三人顶着如出一辙的黑眼圈终于敲定了,让小苹和杏杏一起报淮市实验中学。

淮市实验中学应该称得上是淮市最好的中学,抛下极高的升学率和各种表彰不说,实验中学离玉兰小区步行只有十几分钟的路程,宋杳和周霁年上下学还方便。更重要的是,陈秀兰在实验中学当老师多少能关照点。

乖乖填好志愿后,周霁年和宋杳便收拾好一背包行李,怀揣着一颗彻夜未眠的"怦怦"跳着的心，登上了一同前往沪市的夏令营大巴。

两家人一起报的夏令营，想着好不容易考完了放他们出去玩一玩，增长一下眼界，顺便去参观一些名校，看看能不能立下宏大理想。而且两个人一起出去，路上也能有点照应。

宋杏也期待极了，一下子就把小升初考试比周霁年少零点五分的苦闷忘却，满心念着终于可以去看看书上写的繁华大都市了，还能去登东方明珠，还有数不清的大书店！

她的脚还没踏到沪市，关于沪市的梦就接二连三地做了好几个。

而周霁年是唯杏杏至上主义者，见她兴冲冲地报了名，也马上点头让陈秀兰帮他也报一个。

关于那一周的枯燥夏令营生活，其实两人也记不得什么了，印象中只有颠簸闷热的大巴、喋喋不休的带队老师、调皮捣蛋的同行小孩，还有翻江倒海的晕车反胃……高楼林立的繁华沪市在盛夏阳光不留情面的暴晒下，成了七月份手心留在紧攥的衣摆上的汗涔涔印渍。

可周霁年依然怀念那一晚拂面的黄浦江温柔的晚风。

望着忽地亮起的外滩灯火，宋杏晃了晃两人相握的手，圆圆的杏眼中倒映着霓虹光彩，在人声鼎沸中，对着失神的周霁年轻声说："小果，我回去要把这一周写成一篇文章，我还要把你写进去，你是我的男主角！在我的故事里，今夜的满江灯火都是为你而亮的！"

多"中二病"的话语，宋杏头脑一热的白日梦，却成了周霁年深藏心底并深信不疑的神秘咒语。

一周幻灭的夏令营终于结束，被晒成蔫蔫小树的宋杏迫不及待地奔回家，丢下一身疲倦扑进柔软床铺。

周霁年则任劳任怨地提着她的行李帮她归纳清楚，然后再掏出一瓶雪花膏递给张虹，腼腆地对她说这是他去沪市给她带的伴手礼，然后再从书包翻出一把妥帖包装好的折扇，麻烦张虹替他拿给杏杏。

他看宋杏在博物馆的纪念品小店围着这把扇子转了一圈又一圈，然后摸摸口袋又遗憾地转身离开，就已经隐隐约约猜到了些什么。

于是，他偷偷躲着宋杏，拿着那把扇子去结账，藏了两三天，终于在今天送出手了。

张虹看着面前挺拔清俊又腼腆的周霁年，心中叹气无数声，小苹真的懂事得让人心疼啊，哪像自己家杏杏还是一副孩子样。

于是，她亲亲热热地接过他的礼物，嘴上亲近地嗔怪他乱花钱，然后忙从冰箱里拿出点宋清平卤好的卤味和煮好的高汤让他带回楼下。

周霁年背着重重的行囊，两手还端着大盘小盘的菜下楼回家，一推开门就嗅见一股煳味，急忙放下手上的东西冲进厨房。

他关掉煤气灶，看着锅中不明原貌的焦黑一坨，无奈地叹气，将电饭煲调至保温，然后再把从301室带回来的菜和汤热了热。

将饭菜端上桌后，周霁年拧开了书房的门，然后不出所料地看见了正在废寝忘食照着新出炉的教育局考纲备着课的陈秀兰。

他倚在门边看了一会儿陈秀兰，看她紧皱的眉头，看她每写下些什么便重重叹息一次，看她厚重的眼镜镜片，看她鬓边不知何时冒出来的白发。

周霁年吸了吸鼻子，压下酸意，然后敲了敲门。陈秀兰听见声响抬起头，眼前忽然出现一周未见的宝贝儿子。

她丢下笔急忙起身，后知后觉地闻到空气中煳掉的味道。陈秀兰一拍脑袋："我给你炖的补汤是不是煳啦！哎呀，我这个记性真的是！"她加快脚步，刚想冲去厨房就被周霁年牵住手。

"我都收拾完了，宋叔做了好多菜让我带下来一起吃。"

周霁年好久没有牵过陈秀兰的手了，忽然发现原来母亲的手也那么小，手指上还有长年累月握笔写教案批改作业而留下的坚硬的茧。

"妈，你工作不要太累了。"

陈秀兰也握了握他的手，还是搞不懂襁褓中小小的软软的小孩，怎么一下子就长成了与自己同高的少年了。

温馨地吃完了一桌的饭菜，陈秀兰把已经挽起袖子准备洗碗的周霁年赶回房间收拾行李，然后把刚才大改的考纲与备考的烦恼抛在脑后，心情颇好地哼着小曲洗完碗，擦了擦手上的水，刚出厨房门，就被背着手一脸不好意思站着的周霁年堵住。

"妈，"周霁年难得不好意思，眼神四处飘忽找不到落脚点，"这是我给你买的礼物。"

陈秀兰喜出望外地接过，礼物是一条丝巾，勾勒着漂亮的花纹，她仔细打量，眼睛泛酸。

"妈，你那么漂亮，也要打扮得漂亮点。"周霁年一肚子话想说，比如劝她去寻找下一春，比如他知道教数学的张叔叔在追她，比如他希望她可以过得更好，但说出口，只成了一句干巴巴的话。

可这句话也足够惹得陈秀兰眼眶红一晚了。

将一颗被暑假搞得飘荡的心收了收，宋杳被张虹压着去 201 室跟着周霁年一起学了好几天数学，陈秀兰还去找学校的老师朋友要了一堆初中的教材和练习册，一股脑丢给两人，美其名曰先培养些学习的氛围。

一人一只耳机分享着叽里呱啦的英语，偶尔偷偷插播几首周杰伦和陶喆的歌，耳机线将两人的距离扯近再扯近。

近到周霁年可以看见她脸颊上杏子般的绒毛。

宋杳咬着笔头对着地球直径和半径以及经纬度大眼瞪小眼，偶尔藏着几本课外书窝在他床上翻阅，然后握着铅笔在周霁年写满数学公式的草稿纸上落下几句云里雾里的句子，是脑袋中编织的宏大故事的预告。

周霁年则经常性认真读书，偶尔发呆，期间穿插一些宋杳专属的数学解答活动。在奥运会热闹举办的同时，他的那一颗小小的心脏中也举办着只属于他的派对，每一次突然加速的心跳都是为宋杳而绽的烟花。

在昏昏欲睡的夏末阳光下，两人肩并肩地度过了剩下的半个完美暑假。

然后，在一个睡眼惺忪的早晨，宋杳被暑假宠坏的生物钟被张虹粗鲁地唤醒。

宋杳一看闹钟，糨糊一样的脑袋一下子就清醒了，手脚并用地穿上衣服，胡乱洗漱了下，灌了几口豆浆，再在嘴里塞上一个小笼包，急匆匆地背上书包就打算冲出门。

刚跑到二楼，她就遇见靠着墙耐心等着她一同上学的周霁年。

周霁年听见她急促的脚步声，有所预料地抬头看她，然后冲她笑了一下，鼻尖的小痣都显得可爱。

黄油一般的阳光轻轻地涂抹在他身上，好像在发光，破旧的小区楼道被照亮。

而宋杳的心跳忽然空了一拍。

"我就知道你会睡迟，"周霁年带着点笑意对她说，"我妈提前出门去迎接新生报到，让我载你去上学。"

宋杳小跑几步跟上他，嘴里的小笼包还没塞进胃里，说话都含含糊糊的。

"幸好有你等我上学，我的自行车钥匙不知道被我丢哪儿去了，还不熟悉去实验中学的路，估计在学校里找个教学楼都得迷路半天！"

她咽下最后一口小笼包，抬起头冲着他讨好一笑，杏子一般圆圆的眼睛眯成小月牙。

"多谢你啦，小果！"

周霁年的耳朵泛上一层薄薄的红，他别开眼，不去看她甜甜的笑脸，带着点恼羞成怒地低声说："不要叫我小果了。"

"那叫你什么啊？"宋杳不怕死地继续逗他。

一个暑假的吃喝玩乐，促使她把那些说不清道不明的尴尬情绪丢到九霄云外，明明是初中生了，却还是像小学生一样幼稚。

"小果，小苹，小苹果，小年，霁年……"她数着手指头各种尝试。

周霁年还没恼，宋杳先把自己激起了一身鸡皮疙瘩，后知后觉地发现自己喊得是不是有点肉麻了。

明明是班级中算得上最熟悉和亲近的两个人，周霁年可以平静地唤她"宋杳"或"杳杳"，可她却奇怪地喊不出口他的名字，"霁年"简简单单的两个字于她而言却像是不能言说的咒语，怎么叫怎么觉得暧昧和不习惯。

于是，宋杳叫周霁年永远只有干巴巴的"周霁年"，或是带着调皮捣蛋意味的"小果"，但更多的，她根本不需要唤他，一个眼神，一下轻轻的肢体触碰，可能他就知晓她的意思。

周霁年只加快了步伐，抛下这烦人的碎碎念，假装自己的耳朵没有红得发烫。

宋杳得了便宜就卖乖，小跑着跟上他，一屁股坐在他自行车后座上，攥住他白色衣服的下摆。

拂面微风夹杂着不知来处的隐秘花香，是昏昏欲睡的舒适。

转过三个街角，路过两个红绿灯，再直行三四百米距离，就到了实验中学门口。

学校门口一堆老师和学长学姐忙着迎新，高考的红榜表彰依旧鲜亮地高挂在最显眼的地方。

在拥挤的家长和新生群中，宋杳仰着头看着那一堆对她而言还相当遥远的学校名称与分数，忽然陷入一种迷茫的情绪中。

但她还没迷茫多久，就被周霁年一把攥住手腕，从喧闹的人群中拽出来。

"傻呀？那么多人挤来挤去还干站着。"周霁年小声念叨着，对于自己刚才一回头瞧不见她的心悸闭口不谈。

宋杳只拽紧了自己的书包背带，像小尾巴一样缀在周霁年身后，好奇地继续左顾右盼。

周霁年对于实验中学的各种主干道和小路早已轻车熟路，熟稔地领着宋杳走去初中部教学楼。

走进初一（1）班，宋杳和周霁年随便寻了个位置坐下。

一切都显得如此陌生和新鲜，无论是新鲜的教室，还是陌生的同学，又或是新奇的电脑白板……宋杳像新生孩童观察世界一般观察着她崭新的初中生活。

但还是见到了很多熟悉的面孔，比如宗成豫，比如班长李羡渝，还有许多叫不出名字的隔壁班同学。

宋杳热情地跟他们打招呼，无论相不相熟，都跟他们随便扯上几句。

在陌生的环境中，这一点点熟悉感便能给她带来喜出望外的安全感。

初一（1）班的班主任及时赶到教室，教室一瞬间就安静下来，刚刚还叽叽喳喳的同学们你看看我，我看看你。

大家正襟危坐地齐刷刷盯着班主任老赵站上讲台，然后开始惯例自我介绍和开班训话。

老生常谈的话题与内容，扯一扯学习，再聊一聊校规校纪，又讲一讲初中展望……

明明是一堆听一句就知道下一句的语句，也只有这些初中新生才有性子耐心又兴致勃勃地听下去。

训话的结尾，老赵拧开保温杯慢悠悠地喝了口热茶，然后朝教室外挥了挥手，叫进来穿着校服的学长学姐模样的一男一女，冲着初一新生们介绍：

这个叫向鸽，那个叫陈之韫，是一班的新生辅导员，也是现在初二（1）班的班长和副班长，都是很厉害的学长学姐，在开学军训的这一周时间内会和大家好好相处，帮助大家适应初中生活，让这群新生有什么问题都可以大胆问他们。

然后，老赵踱步走下讲台，把位置留给向鸽和陈之韫自我介绍，顺便再按着花名册顺序让新生们一个挨一个地上去自我介绍。

向鸽小小的个子，小小的脸，眼睛却圆溜溜的像薄荷口哨糖，说话带笑，两个酒窝沉下脸颊，盛起点青涩的爱恋目光，用着清脆的声音介绍自己是初二（1）班的班长，也将会是陪伴他们一周军训的新生辅导员。

陈之韫则默默地插着兜站在一旁看着她，黑框眼镜藏不住他的视线，待她认真介绍完，才接过话头随意讲了几句，他是初二（1）班的副班长。

宋杏双手撑着下巴认真看着台上的两人，用手肘碰了碰周霁年，低声冲他说了句："好般配哦！"

周霁年皱了皱眉，不解地看着她，搞不懂她的小脑瓜都在想什么。

"好适合当青春伤痛文学里面的男女主！"才一会儿时间，宋杏已经在脑袋里构思出一个曲折酸甜的故事了。

"你先当好你自己的青春励志故事大女主吧。"周霁年不解风情地止住她的话。

然后就是熟悉的自我介绍、分发课本和排座位环节。

一个个青涩的新生走上讲台或是腼腆，或是自信，或是平淡地介绍自己，用着简简单单的话语构建初中三年的初印象。

排座位环节是逃不开地按身高排，男生们都偷偷踮着脚尖若无其事地往后排挤，而女生们则是左右张望着先选好同桌。

一班共四十二个人，男生二十三个、女生十九个，座位排到最后还是出现了男女同桌的困难情况。

老赵皱着眉看着这些小兔崽子，想起老同事陈秀兰开学前打点关系般的嘱托，目光捕捉住有过几面之缘的周霁年和他的小青梅。

依着陈秀兰话语中的亲昵，两人关系应该也和兄妹差不多吧，那把他们俩安排在一起再合适不过了。

老赵胸有成竹地想，然后大手一挥把周霁年和宋杏安排成同桌。

宋杏将书包塞进桌肚里，忍不住叹气，幽怨地瞥了周霁年一眼："我本来说好了和陈桢桢一起当同桌呢！"

陈桢桢是宋杏刚才在门口排队预备分配座位的十几分钟准备时间内火速相识的女同学，脸蛋和眼睛都像是圆圆的葡萄，很可爱。

可她这话刚落，陈桢桢就乐滋滋地背着书包顺着老赵手指的方向奔到她前桌坐下，转过头跟她热络地聊天："嘿嘿，没想到做不成同桌，我们还能做前后桌！"

"对哦！好巧！"宋杳一见到可爱女生就跟变了个人似的，刚才的坏情绪烟消云散，笑得脸颊肉都盈起，像是学校门口圆滚滚的冰糖葫芦。

周霁年听着两个小女生叽叽喳喳地聊天，抿抿唇，认真地帮宋杳给她的新课本包着书皮，拧开笔盖习惯性地为她写上名字。

有点不开心。

他莫名地想。

军训一周，一半上课，一半训练，偶尔穿插一些班级布置和班干安排。

一周时间，一班四十二个人混得已经半生不熟，班级氛围明显融洽了些，课前课后的窸窸窣窣交头接耳的声响也多了些。

老赵看着时间合适，参考着大家的自我陈述，再通过一一约谈考察，终于在军训结束的当天，定下了一班的班委。

周霁年稳坐班长职位。

而宋杳云里雾里地成了团支书，张虹乐得不得了，当晚就把珍藏在柜子底多年的燕窝分了几碗拿去201室。

每个人都在大跨步的初中生活中慢慢调适着自己的定位。

开学第一个月，大家都在试探着初中学习的深度，搞不懂考试的题型，不清楚上课的节奏，不明了周边一同嬉闹玩乐的同学水平。

在入学第一场月考中，就已经出现了明显的两极分化。

一部分新生摸不着底，于是就将学到的那些知识颠来倒去地来回复习；而另一部分新生则是不以为意地随便应付过去。态度问题就明晃晃地在成绩单上呈现。

周二下午考完月考最后一科生物，当天晚上就陆陆续续有关于成绩的小道消息传出，刺激他们考后敏感的心理。

比如：听说全年段有七八个数学满分的！

比如：好像语文年段最高分在一班，作文只扣了两分！

比如：据说一班的英语平均分都快140分了！

…………

各种消息漫天纷飞，晚自习也跟着隐隐躁动，但周霁年与宋杳这桌却是意外地安静。

周霁年对自己的学习状态和水平胸有成竹，自然也不怕这些杂音来打扰，只自顾自地按着分发下来的参考答案订正试卷。

宋杳则是压根儿没空理这些事情，正如饥似渴地翻阅着她溜去实验中学图书馆从落灰的书架上借出来的一本《女儿红》。

十二三岁的宋杳其实读不懂其中那些漂亮又隐晦的词句中所描述的愁苦与欢欣。

只知道阅读那些句子时，她的心好像被澄澈溪流中偷偷携着的鹅卵石轻轻磕了一个小口，说不出的感受。

于是，她只将那篇《四月裂帛》反反复复地读，读得长长叹气，读得轻声叹息。

周霁年都忍不住顿下手上正在草稿纸上重新梳理数学压轴题思路的笔，扭头看向她。

然后，他便看见她微微蹙起的眉和抿起的唇，让他莫名联想到一枚酸倒牙的青青杏子。

"嗯？"

他疑惑，为什么自己的心脏好像也在变酸？

宋杳轻手轻脚地将书合上塞进书桌里，只用力摇头，深呼吸来提起精神，拿起笔看向卷子，尝试让自己转移注意力，可心口的细小伤疤好像仍未痊愈。

周霁年扭回头，也跟着皱眉。

要不然晚上买根冰糖葫芦哄哄她？

但幸好，宋杳的这种愁闷状态只短暂存在了一会儿，很快就被晚自习课间分发下来的语文月考试卷打断。

看着答题卡上鲜红的"142"，宋杳震撼得合不拢嘴，心脏有力地"怦怦"跳，刚才细小的伤疤早已自愈被遗忘。

她怎么想也弄不懂为什么自己能拿这么高分。

周围叽叽喳喳地围着一群慕名来观看语文年段第一试卷的同学，大家左一嘴右一句的，吵得宋杳都听不见自己说出的话。宋杳攥紧了自己的卷子，低下头躲避着各种目光。

还是周霁年重重放下笔,难得发挥一回班长的威严,他用一句"晚自习马上又要开始了,大家先回座位吧",将众人驱赶。

宋杳松了一口气。

"谢谢你。"宋杳眨眨眼睛,冲他说,"晚上回去请你吃鸡蛋汉堡!"

后面这句话是她压低了声音说的。

毕竟身为护士的张虹可是耳提面命好几次,让他们两个不要在外面小摊乱吃东西,宋杳难免心虚。

可是学校门口小吃一条街的香味,一放学出校门就热腾腾地往鼻子钻,谁能经受得住!

"别请我了,"周霁年看着她挤眉弄眼的可爱模样,嘴角忍不住往上翘,语气缓和了几分,"你把你的语文试卷借我看看就好了。"

宋杳热情地将自己的语文答题卡双手向他奉上,能用一张语文试卷代替自己的私房钱当然是更好的。

接过她的试卷,周霁年还是小小惊叹。

虽然一直以来都知道杳杳的语文成绩很好,但看看自己试卷上的"129",再看看她的"142",他还是察觉到了明显的差距。

他认认真真地将她的工整试卷看过一遍:她填涂的方方正正小黑块,她圈点的圆溜溜句号,她书写撇捺时习惯性地拖长笔锋,她一气呵成的漂亮记叙文……

就连好学生周霁年也偷偷在晚自习上压着声音用气音夸她。

"杳杳,你的作文写得真好。"

除了夸奖的情绪,他还有一种与有荣焉的骄傲感。

宋杳拿回自己的语文试卷,措手不及地被他这样直白地一夸,小脸慢慢地爬上点红晕。她伸手摸了摸桌肚里的那本书,又看看自己认真书写的作文,默默地在心中立下仅她可见的誓言:我一定,一定要成为很厉害很厉害的女作家!

但是等晚自习结束,其他科卷子陆陆续续都下发完毕,宋杳就从为语文而激动雀跃的情绪抽离出来,不得不垂头丧气地直面自己考得一塌糊涂的数学卷子。

宋杳与那一页答题卡面面相觑,翻来覆去地改写草稿仍得不出正确答案,她被打击得都不急着回家了，绷着一张小脸埋头苦算。

越算越乱，越算越急，最后，宋杳只得可怜巴巴地求助一旁好整以暇地对照着答案补充着自己150分试卷上的答题步骤的周霁年。

周霁年对上她苦得像黑巧的眼，胸膛中像是咕噜噜滚着开水，无可奈何地凑向她，俯下身子帮她耐心讲解题目。

宋杳将所有标着成绩的卷子摊开在301室的客厅茶几上。

张虹与宋清平的表情一会儿欢喜一会儿愁，一人拽着语文卷子，一人拿着数学卷子，趁着宋杳去洗澡的时间忧心忡忡地交流着。

但最后也没能得出什么好的结论。

关于语文，好像是宋杳与生俱来的天赋；而数学，他们两个人早就把关于数字的一切丢到不知道多远去了，该给杳杳报的数学补习班也报了，该买的数学教辅书和练习册也买了，好像他们也插手不了多少了。而且，这才初一呢，不急的，总能学会的。

学习是属于小孩的事，只要她学得开心、学有所得，那可能就足够了吧。

于是，两个人轻手轻脚地将试卷归回原位，只扯起笑脸，毫不吝啬地给予宝贝女儿鼓励、表扬与安慰。

宋杳总是想，感谢宋清平与张虹一如既往的支持与无保留的爱，让她有勇气能走上关于文学的道路，虽然没有行得多远、走得多快，但终究还是迈出了那一步，也有勇气在初二时朝着杂志投出自己那篇幼稚又青涩却宝贵的作文。

同时，或许她最需要感谢的应该是——周霁年。

初一一年的数学学习，让宋杳明确了她对数学的痴情单恋是难得圆满的；而初二的一年物理学习，让她预知了自己对物理的深情苦恋隐约也将会是虐文的走向。

相对于理科的"埋头苦学还只能得个普通成绩"，文科"轻轻松松拿下年段高分"的幸福感让宋杳在初中时期便早早就放下豪言明确自己的文科生身份选择。

纵使理科会给予努力听课与刷题的她在攻克难题成功的片刻带来无与伦比的成就感，可宋杳不得不承认，受力分析与解析几何对她而言是无尽的缠绵回南天，是笼在肌肤上的无法避免的潮湿。

而轻松掌握的文史则好像象征着波光粼粼的璀璨春季，是她拔腿奔去的自在春山，是她的美丽伊甸园。

宋杳便加倍地把时间花在了文字书籍中，关于阅读的秘密花园也从街角小书店转移到了实验中学鲜有人问津的图书馆，阅读的界限也从一些简单轻松的杂志和故事书扩展到散文和小说。

无数个阳光晒得人暖烘烘的午休时刻，宋杳都窝在图书馆熟悉的二楼窗边座位上翻阅着磨出毛边的泛黄的旧书，手边还堆着高高一摞书等待阅读，桌上满满一杯温水由热变凉，水位不见任何变化，只有水中晃晃悠悠倒映的枝叶在婆娑。

在陈旧的纸张上遇见不知来处的铅字语句，有提笔抒情的，有工整画着重点横线的，也有看不懂的抽象语句，更有莫名其妙的数学草稿公式与符号。

在一本不算厚的书籍中，宋杳用指腹一一翻过的不仅是文字，轻薄又沉重的也是时间。她痴痴地读着美妙的语句，一颗心掉进文字建构的迷梦中，用着这些被文学灌溉的瞬间来催生自己的青春。

即使整个实验中学初二年段都沉浸在小中考的紧张氛围中，宋杳还是能挤出时间泡在图书馆中。

各类中考模拟卷子下压着的是文学杂志与小说，草稿纸上除了数学符号还有边边角角夹杂着词不达意的句子。

就是在这样的日子中，宋杳认真写下了属于她的第一篇还像话的文章，两三千字，这个字数在以八百为计量标准的中学时代算得上是高昂。

她还认认真真在方格稿纸上用着端正的楷体抄录了一遍，红着脸夹进日记本中，又总是忍不住拿出来反复阅览。

每次都有修改重写的冲动，但每次又总舍不得下笔，只用着一双眼睛为它润色。

周霁年是那篇文章的第一个读者，也是宋杳的第一个粉丝。

他或许永远也忘不了宋杳慌乱地将那三页薄薄稿纸塞进他手上时睫毛颤动的频率，像是蝴蝶的振翅，他的心脏下起燥热的阵雨。

她笨拙又期待地冲他小声说："这是我最近写的一篇文章，你要不要帮我看一下？"

周霁年自然是马上抛下手中的笔与答到一半的题，虔诚地看起那三页稿纸，看她书写的横竖撇捺与青春愁绪。

现在的宋杳回望，只觉得稚嫩得好笑。

十三四岁的年纪，写得出什么深刻的东西呀？

都是"少年不识愁滋味，为赋新词强说愁"的沾沾自喜，虚构与肆意编织的情感全是蹩脚的破绽，一些浮夸的自作聪明的描写只显得"飘浮"与满是语病。

可就是这样没有营养的东西，却让周霁年花了半个晚自习的时间翻来覆去地换着法子夸奖她。

宋杳的脸红成了红富士苹果。

而宋杳在文中随笔写下的一个拉着小提琴的男生，搭配上幼稚的青春伤痛文学必备的暗恋情节，明明是无趣的情节，却让周霁年忽然之间乱了心。

一夜辗转难眠。

是我吗？

是在暗示我吗？

是我多想了？

…………

一个接一个的问题像涨潮的浪一般轻轻侵蚀着心脏的边岸。

第二天，周霁年顶着两个浓浓的黑眼圈、打着哈欠、故作漫不经心地，把他昨天睡不着偷偷跑去书房，在陈秀兰订的那堆文学周刊中翻找出并一一摘录到纸片上的投稿方式趁着语文早读时夹进她的语文书中。

宋杳看着那堆联系方式愣神，正读着《桃花源记》的嘴张成一个圆圆的"O"。

她扭过脑袋，举高了书挡住脸，仰着头紧紧看着周霁年，用蹙起的眉去无声询问他。

周霁年瞥了她一眼，做着口型无声回答她："去投稿。"

一个月一平移调换的座位，恰巧这个月换到了窗边。

周霁年背光捧着书站着，他的发梢沾着光，像一只毛茸茸的金毛小狗。

思绪被搅乱，倒背如流的《桃花源记》变得模糊，宋杳的心脏"怦怦"跳。

明明他并没有出声，可"投稿"两个字却在她耳边吵了她一整天。

陈桢桢敏感地察觉到宋杳的不对劲。

于是代表体育课自由活动时间开始的哨子一吹响，陈桢桢就挽着宋杳的手跑到小卖部。

陈桢桢打开冰柜，在迎面的冷气中抽出两瓶水溶C，一瓶西柚味、一瓶柠檬味。

陈桢桢豪爽地在收银台的机子上刷校园卡付款请客，然后将宋杳喜欢的柠檬味冰饮塞进她怀里。

陈桢桢将刚才因跑八百米而汗湿的刘海一股脑捋到脑后，拧开瓶盖，痛饮一口平息胸膛中灼烧的高温，才缓下神去问她："杳杳，你今天怎么啦？总感觉你心不在焉的。"

宋杳也拧开冰饮，瓶身上弥着的冷气沁得她一激灵，高温兴奋了一天的脑袋被冷却降温，理智也慢慢回归。

酸酸甜甜的柠檬味饮料溜进胃里，她晃了晃头，马尾甩呀甩，下意识地回避这个问题："没事没事。"

陈桢桢才不信，继续追问："我才不信呢！你早读是跟周霁年聊了啥啊？别以为我没看见你们在说悄悄话！"

"他跟你吵架了？"陈桢桢和宋杳并肩走在树荫下，胡乱猜测着。

陈桢桢并没察觉出什么不对劲，只故意逗她，她脸红红的模样真可爱。

"我看好多小说写的都是青梅竹马呢！可甜了！

"青梅竹马加暗恋再加上久别重逢！真的不要太好看了！"

言情小说十级发烧友陈桢桢一聊到这个，刚才跑八百米带来的疲累全部一扫而空，兴致勃勃地为她讲解起来。

"呜呜呜，真的好甜好好看！"陈桢桢就着通宵看的小说剧情喝水，就连酸酸的西柚味都变得清甜无比。

宋杳的脸却是红了又红，一瓶柠檬味水溶C在手中转了好几圈，都无从下口。

她张了好几次嘴，反驳和阻止的话堆了一大堆在嘴边，却都插不进陈桢桢越说越兴奋的话语。

幸好下课铃及时响起截住陈桢桢的话头，才给了宋杳一点喘息的时间。

可"青梅竹马"开始伴随起"投稿"一同在宋杳容量有限的脑袋中手牵手跳起兔子舞。

于是，宋杳趁着一个数学补习班短暂取消的周末午后，揣着好几个牛皮纸信封，装着她认真誊了好几份的文章，偷了几张宋清平收藏的邮票郑重地贴上，再在信封上落下周霁年给她的小纸片上写着的收件地址。

她捏着好几封信，跟抱着一只精力充沛的小兔一样，撞得她心神不宁。

然后，她顶着大太阳，骑着自行车驶向淮市邮政局。

她双手捧着信封，无比虔诚地往深绿色的邮筒中投递那几封信件。

那时的宋杳不知道的是，她寄出的不只是文字，也寄出了她的文学梦。

只是后来某天，宋清平翻着他的集邮册，看着里面突然空缺的几格，疑惑极了，在301室里里外外都翻了个遍，仍是找不到丢的那几枚邮票，于是只能拍着脑袋，归咎于自己老了记性差了。

那几天，301室一到饭点便飘出鱼头豆腐汤的香味，连吃好几天，可把宋杳吃得怕了。

将自己的心事完整寄出一部分后，宋杳就被迫直面两位数的生地中考倒计时，短暂地将阅读搁置，好像掩盖什么似的发奋读书。

幸好那年生地中考难度不大，她也意料之中地考了个理想的分数，开开心心地过起了暑假。

有时宋杳也会想起那几封下落不明的信，会疑虑是不是没有被寄出，会怀疑是不是丢件了，但其实更多的是害怕自己被退稿了。

然后，她用加倍的阅读量来让自己遗忘这件事。

直到某天空调"嗡嗡"响的暑假午后，301室的门被敲响。

她随意地赤着脚跑去开门，还以为是周霁年上楼来和她一起做暑假作业了。

可一开门，她收到的却是一份当月文学杂志，附着一封信和几百块钱。

她的文字被刊登了。

奇怪的是，翻开那本杂志，找到自己文章的那页，看着大大的铅字标题，宋杳第一瞬间想起的却是——

周霁年。

当宋杳藏不住脸上的笑，故作漫不经心地将手上那本崭新的杂志递到正嗑着瓜子看电视的宋清平和张虹面前时，他们俩还没意识到发生了什么。

直到她跺着脚，有点扭捏地催促着他们"再认真看一下"后，他们才恍然大悟地瞥见了封面上印着小小的"宋杳"两个铅字。

于是，两个人同步地瞪圆了眼，张大了嘴，万般珍视地接过杂志，两个脑袋凑在一起，已经记不清是多少年没有认真翻阅过一本书了。

宋清平和张虹其实读不太懂他们家杏杏写的是什么，看不懂里面繁多的视角转换，搞不清他和她的关系，读不来拗口的浮华的语句……

他们一字一句地认真浏览着，眼眶莫名开始积攒"雨水"，嘴上不停地冒出："太棒了""杏杏写得真好""我们杏杏要当大作家"……

宋杏将手背在身后，十指交织成解不开的复杂绳结，嘴唇紧紧抿着。

真是奇怪，明明应该是一件值得高兴的事，看见爸爸妈妈为她自豪她也应该幸福而骄傲，可在这个瞬间，察觉到他们俩沉甸甸又湿漉漉的眼神，她却莫名扯不开笑。

一颗心酸酸胀胀的，像是一枚夏天还未熟透，却又想迫不及待冲破青涩果皮生长的杏子。

她吸吸鼻子，努力压下胸膛中翻涌的杏子酸甜汁液，轻声开口止住他们滔滔不绝的夸赞声："我才没有你们夸得那么厉害啦！这本作文杂志是比较容易就可以投稿的！"

虽然语气装得冷静，可脸颊还是"咻"地便红了起来，像是一颗鼓满了气的、飘飘然的笑脸红气球。

"我还拿到了一点稿费。"宋杏一边说，一边低头从兜里掏出几张被她叠得棱角分明的一百元纸钞，披散的几缕头发松松垮垮垂下来，笼罩住发红的脸庞和耳朵。

"我想用这笔钱请你们周末去外面吃顿大餐！"她笑着宣布，"然后……我还想叫上周霁年一起出去吃。"

只是后面缀着的这句话说出口时，明显没有前一句大声。

"我们杏杏长大了啊。"张虹深深地感叹。

"这是你赚到的第一笔钱，当然要自己好好保管好好花，也可以存到妈妈给你开的银行卡里，和之前的压岁钱一起攒着。"宋清平放缓了动作将杂志合上，无比郑重地抚平封面，一直笑呵呵的脸上难得认真，"叫上小苹和你的好朋友，周末爸爸请你们去吃大餐！"

张虹仰着头看着那好像忽然长大了的女儿，看着她年轻的面庞，看着她青涩的身体，看着她闪亮亮的眼睛，笑着应和："你和好朋友商量一下，庆祝你第一次刊稿，也简单去玩一玩，看是去吃麦当劳、肯德基，还是必胜客或火锅，爸爸妈妈请客。"

一下子守住了自己的小钱包并拥有了那么多的选择权，宋杏的眼睛就像小灯泡一样忽地亮起来，又恢复孩子模样，刚才故作的成熟一下子就淹没在"KK"与"麦麦"的幸福里。

她掰着手指头细数着要邀请的人。

而关于吃什么，那就更难选择了！

淮市前几个月才接连新开了麦当劳、肯德基和必胜客。

思来想去，宋杏还是选择去吃麦当劳。

因为周霁年喜欢吃麦当劳的红豆派！

解决完一个小问题，宋杏就开始思考下一个问题：

这一笔稿费应该怎么用呢？

宋杏辗转难眠，摸出她的小小最新版诺基亚，这是宋清平在生地中考后奖励她的。

她用被子蒙着脑袋，闷得满头汗，手机屏幕荧蓝的亮光变成了夜晚中若隐若现的萤火虫。

她想不到答案，只得在手机通讯录中找到"陈桢桢"这三个字，然后点击寻求帮助。

宋杏放轻了力气小心敲打键盘，可仍是无法藏住"嘀嘀嘀"的按键声。

消息发了一条接一条，宋杏心里犯嘀咕，开始愁起这个月的话费。

但幸好饱读各类青春小说并广泛潜水各类贴吧的军师陈桢桢最后给出的答案还算靠谱，还贴心附上了一条敲着各种注意事项的短信来帮助指引她。

于是第二天，放在枕边的诺基亚罕见地在暑期响起闹铃。

宋杏打着哈欠艰难起床，睡眼惺忪地胡乱洗漱完后便急匆匆往嘴里塞了一个包子，再拎起一瓶纯牛奶跟张虹报备了一声后就出门了。

她眯着眼睛乘上摇摇晃晃的公交车，拣了个窗边的位置坐下。

夏日早晨和煦的风与路边开得郁郁葱葱的槐树混杂，吹得好不容易才清醒的宋杏又开始昏昏欲睡。

乘了小半个早上的公交车，穿过大半个淮市，路过摇摇晃晃的盛夏。

脸颊被透过车窗朦朦胧胧映下的太阳晒得红通通的，在电子女音的贴心到站播报中，宋杳揉了揉困得快要睁不开的眼睛，直起身跑下车，终于到达目的地。

她按着短信中的"直走""左拐""过马路"等各种导航手忙脚乱地走着，被绕得快要晕过去前，终于找到了那家数码店。

她仰头看着高高挂着的"咔嚓研究所"五个随笔粗糙大字、装扮得过分花里胡哨的店面、透过玻璃橱窗与她打着招呼的各式各样的色彩斑斓的毛绒玩偶，以及从敞开的玻璃门中腾腾冒出来的咖啡香气……

怎么看怎么不像是一家正经的数码相机店！

宋杳迎着橙红色的太阳眯起眼，皱起眉头，忍不住开始怀疑陈桢桢消息的可信度。

宋杳深呼吸几次，捏紧了钱包和手机，还是迈开腿走进了这家奇奇怪怪的小店。

一推开门，就与浓郁的咖啡香味扑了个满怀，宋杳嗅嗅鼻子，探着头往店内张望，被无数沉默的镜头夺走了注意力。

宋杳拉开小钱包的拉链，点了点自己身上的钱，又俯下身凑近了去看安安静静坐在柜台上的那台店员推荐的佳能 A590。

鼻尖呼出的气在它灰黑色的机身上迅速凝成一小片灰白的雾，又飞快地消散，映出宋杳澄澈的眼。

于是，她掏出钱，付款，买下。

像抱着一只毛茸茸的新生脆弱小猫一样，宋杳抱着她的新相机，也是她的第一台相机。

她的脸有点红，但并不是被晒的。

回途的公交车上，宋杳的心情好像都松弛多了，她哼着小曲认真研究起她的新相机来。

玩了一整个回程，不知道坐了多久的公交车，在电子女音到站播报中，宋杳在建华食杂店前的"玉兰小区"站台下车。

她脚步轻快地走回家，捧着相机将镜头对准玉兰小区，熟悉到厌烦的一切忽然在取景框中显现出陌生又绚丽的光彩。

她举着相机，一路边玩边走，从镜头中认识全新的世界，却不舍得按下快门浪费内存，也浪费"第一张照片"这样独特的意义。

宋杳磨磨蹭蹭地走了六七分钟才到D1栋楼下。

取景框中突然闯入某个熟悉的身影，宋杳开心地冲他挥了挥空着的手，连声唤着："周霁年！"

而他也应声回头，脸上带着笑。

宋杳的手一抖，不小心按下快门。

于是，这台出生于一两年前的佳能A590，在宋杳手中捕捉到的第一帧照片是——周霁年。

闪光灯闪烁，周霁年下意识地闭上了眼，再睁开眼，脸庞对着的就是捧着宝贝相机忽然蹦到眼前的宋杳。

她凑得很近，他都可以看清她脸上的杏子般的小小绒毛。

周霁年下意识往后退了一步，看着宋杳脸上不加遮掩的愉悦和她手上的相机，心下已有了几分了然，开口询问："这是你的新相机？"

"对！"

宋杳清脆地回答道，声音像是咬下一枚外婆每个暑假都会酿的甜津津的青梅酒中的小小青梅似的甜蜜。

"我用了稿费和一些攒了很久的压岁钱买的！"

"说起来，我还得谢谢你呢！"

宋杳举着相机，绕着他絮絮叨叨地打转。

"要不是你帮我整理了投稿方式还一直鼓励我，我可能一辈子都鼓不起勇气去投稿。能拿到这笔稿费，还有买下这台相机，这样算起来都是你的功劳嘞！"

她低下头调试着相机，调出相册页面查看刚才不小心拍的那张照片："我本来还在犹豫这个相机拍下的第一张照片是什么才会比较有意义！现在一想，好像拍你才最有意义！"

她举起相机凑到他面前，将相册中仅有的那张照片调出来给他看。

"虽然好像有点手抖，但还是蛮好看的嘛！"宋杳叉着腰自卖自夸道，"你看，是不是光线也很美，背景也很漂亮，我相机中的你也很好看！"

明明没有什么动人的词句，周霁年却莫名地昏了头，心口被下午温热的太阳晒得滚烫。

像是一枚完美的溏心蛋，她稍微触碰，就会流淌出璀璨的爱意。

此刻的宋杳回忆起那张照片，只会忍不住掩面。

一张拍得一团糟的照片。

背景杂乱,闪光灯不识时务地过曝,构图凌乱,也就只有照片中的人是好看的。

那时无比天真与自信的自己会觉得好看是情有可原的,可周霁年会觉得好看,是为什么呢?

二十四岁的宋杳裹着那条温柔的毛绒围巾,在伦敦天蒙蒙亮的窗边点开电脑上笨重的照片文件夹,光标停留在十年前的那张糟糕的照片上。

好青涩,好笨拙,也好可爱。

第五章
成长取景框

两个小脑袋凑在一起，呆呆地站在 D1 栋楼下的玉兰树下，看着巴掌大小的屏幕上的那张照片。

热气蒸腾的阳光洒在树上，在屏幕上流淌成浓绿的河，免费为那个瞬间上着夏季滤镜。

镜头恰好捕捉住了周霁年抬起头望她的那一瞬间。

闪光灯把他的脸照亮，漂亮的眉眼像山水画中浓墨重彩的一笔，鼻梁间的小痣像是一滴雨的泪渍，嘴唇弯弯的，在燥热的夏日里冰凉得像一汪化开的雪水。

宋杳想起那场大雪。

于是，她仰起头兴致勃勃地想与他分享关于雪的有趣隐喻，可他凑得太近。

她的鼻子撞上了他的下巴。

鼻子很酸，像是被一百颗柠檬汁溺住了。

宋杳捂着鼻子忙叫唤，手还不忘小心拿着她的宝贝相机。

周霁年轻轻握住她的手腕，脸上的笑瞬间消散，眉皱得很紧："抬起头我看一下。"

宋杳瘪着嘴，可怜兮兮地抬起头，圆圆的杏眼里沁出生理性的泪花，好不可怜。

他不敢去看她的眼睛，下意识地敛了敛眼，避开她的目光，可视线又落在她娇滴滴噘起的嘴上。

他又狠狠地移开眼睛。

他用手小心地碰了碰她的鼻子，确认完没什么大问题后，他才敢使上力帮她揉了揉鼻子。

鼻尖的酸涩逐渐褪去，取而代之的是说不出来的感觉，宋杳挤眉弄眼地看着一本正经帮她揉着鼻子的周霁年，总觉得他的动作有点莫名熟悉。

只是……两人好像凑得太近了吧？

她仰着头，他低着头，他牵着她的手腕，揉着她的鼻子。

鼻息交缠，阳光暴晒下的空气慢慢升温。

宋杳察觉脸有点热，便学着他敛眸。

只是睫毛颤呀颤呀颤，像是纷飞的蝶翼，漫不经心地掀起某人心中一场热带气旋。

气氛在夏日迅速升温变质，最后还是宋杳捂着鼻子跳开，她瓮声瓮气地说："我没事啦！"

"那就好。"他轻声回应。

有风吹过，玉兰树沙沙响，两人之间也慢慢降温。

"我跟你说哦！这台相机生产在两年前哎！"

宋杳察觉到自己或许需要说点什么来缓和局面，努力调动活泼语气开口："我感觉那一年就是我的幸运年！

"那年我们家换了新电视！

"那年外公给我送了一个MP3做小学毕业礼物！

"那年我小学毕业，很幸运地和你一起考进实验中学！

"那年也是我们俩第一次一起出门旅游！我好想和你再去沪市玩一玩呀！"

…………

宋杳折着手指数了一大堆，最后抬起头看着他，眼睛亮晶晶的，是刚才的生理性泪水留下的余烬。

"你还记得那年的那场大雪吗？我第一次见到那么那么漂亮的雪！"

她笑着说。

淮市属亚热带季风气候，冬天偶尔会飘雪，但其实是称不上雪的，勉强只能说是小冰疙瘩。

雪花薄薄一层地飘落，覆盖在水泥路上，降落在光秃秃的枝丫上，亲吻行人的发顶与脸颊……为整个淮市笼上一个灰白色的憔悴滤镜。

每至初雪，陈秀兰便会很有仪式感地煮上一锅红糖姜茶黑芝麻汤圆，催促着周霁年趁热吃下一碗，又使唤他端上一小盆拿上去给301室。

周霁年捧着空盆下来时，口袋里也总会揣着几枚张虹煮的拿手茶叶蛋。

雪下一夜，也不过只积了浅浅一层。

宋杳并不在乎雪大与否，天一亮就迫不及待地下楼敲响周霁年的卧室门，急匆匆地牵起他的手就往楼下的空地跑。

她的一张小脸红通通的，不知道是被张虹裹得密不透风的围巾闷的，还是因为初雪而激动红的。

她穿着雪地靴在雪地里蹦蹦跳跳，雪粒被她踩得"吱吱"作响。

"周霁年，你听！"她脸上的笑久久挂着，"这像不像是花骨朵绽放的声音！"

周霁年无奈地在一旁看着她玩闹，明明理解不了她的兴奋，可脸上却也莫名牵起了点笑意。

宋杳有时会调皮地掬起一捧雪，趁着手心中的温度还没将它融化的瞬间，轻手轻脚地将手往周霁年裸露的后脖颈一贴。

他激得一哆嗦，后脖颈上好像还流淌着融化的初雪与她温热的体温，顺着脊柱滴到胸口，有股说不清的感受。

回头找她，却只能看见她笑弯的眼，而周霁年一如既往地无可奈何。

那年的淮市冬季创下了最新低温纪录，雪下得纷纷扬扬，爽快极了，不同于往年的吝啬。

铺天盖地的雪，映入眼的只剩白茫茫一片。

宋杳趴在窗边，呼出的热气很快在玻璃窗上凝成一小片雾，朦朦胧胧的，她伸手不厌其烦地反复擦拭，手心里冰冰凉凉的，就像雪花降落在手心中融化了一般。

然后，她也来不及换鞋，就蹬着双棉拖一溜烟地跑下楼去，耐心地在201室门口敲着只有他们俩知晓的摩斯密码。

周霁年不紧不慢地来开门，鼻梁上架着的近视矫正眼镜还没来得及摘下，惹得宋杳忍不住往他眼睛上瞥。

"周霁年！外面雪下得好大好大！"宋杳夸张地做着动作补充证明。

"我看到了。"周霁年被她看得浑身不自在，故作漫不经心地抬手摘下眼镜，背在身后虚虚握着。

"那你想不想和我下去玩雪啊？"宋杳诚挚邀请，"这么大的雪我可是第一次见呢！"

通过每天坚持不懈地串门，宋杳对陈秀兰的课表也算得上是一清二楚了，歪着脑袋算了算就知道今天是陈秀兰去学校值班晚自习的日子。

那么201室目前就只剩周霁年一个人，于是她更猛烈地发出邀请。

她扯着周霁年的毛衣袖子，小幅度地来回晃着，无声地撒娇。

周霁年哪经受得住，犹豫了一瞬后便点头答应了。

两个人在小区楼下的公园里疯玩了一个下午，从伤痕累累的涂鸦墙玩到乒乓球台，再玩到儿童跷跷板。

直到天都暗得看不见对方的脸了，两个人才气喘呼呼地跑回家，两人的脸一样红，像是被冻坏的红富士。

然后不出所料地，两个人都受凉发了烧，张虹和陈秀兰是如出一辙地又气又恼，但也只能衣不解带地守在两张小床边看护了好几晚。

搞得宋杳而后好几年冬天都不敢随便出去玩。

"真的好巧哦！"宋杳细数一系列关于那一年的隐喻，捧着宝贝相机落下结论，心中对这台佳能A590与相册中的这一张以周霁年为主角的照片无比满意。

她拍着胸脯信誓旦旦地对他立下毫无凭据的誓言。

"我一定要用这台相机帮你拍好多好多照片，也要为你写好多好多故事！"

周霁年对她突如其来的诚挚话语有点惶恐："嗯？"

"谁叫我们是好朋友呢！"宋杳眯着眼睛笑。

可周霁年却发现自己连牵起嘴角都困难。

他们的青春期是一个酝酿着未知的时代。

没有逐渐臻于高清的手机摄像头与越来越精致的妆容；5G、短视频与自媒体都显得如此遥不可及；报刊栏依旧熙熙攘攘，贴吧成为想法聚集地，新华书店是最权威的阅读基地……

青春还是诺基亚相册中噪点过高与模糊不清的蓝调照片，是MP3中那一首"又回到最初的起点，记忆中你青涩的脸"，是小小电视机中偶然跳出来的清穿剧，是笨重电脑中"嘀嘀嘀"的洛克王国。

他们凭借着青涩的本能去编织自己的青春，一步一步，笨拙、狼狈、摇摇晃晃地走下去。

而宋杳顶着一头为所谓的"备战中考"而剪至齐肩的短发，背着她的宝贝相机，沉甸甸的书包里时刻揣着一本文学杂志与被视为违禁品的课外书，每天在玉兰小区与实验中学间两点一线地奔波。

背着相机不好骑车，于是，宋杳便有了名正言顺的理由每天嚷着让周霁年骑自行车载她上下学，给的报酬是遥遥无期的"你载我上学，我给你拍很多很多漂亮的照片嘛"。

周霁年给的回复是一句语气硬邦邦的嫌弃的"我要那么多漂亮的照片干什么"。

可他还是认命地用力蹬着自行车脚踏板，咬着牙骑上坡，脖子都暴起清晰的青筋。

偏生宋杳这个天然呆的，还语气惊讶地抬手轻轻碰了碰他的脖子："哎！你的脖子怎么了？"

明明只不过是再轻微不过的触碰，可却像是一枚针一般，尖锐地戳破了周霁年憋着的气。

于是，自行车在上坡路上猛烈地摇摇摆摆地倒退，两个人在被桂花掩埋的街道中摔作一团。

周霁年伸手揽住宋杳的脑袋，下意识护住她，叹息般地掉出一句："真是笨蛋。"

宋杳蜷着身体护住相机，闷闷地砸在他手心中，听着这像是骂人的话，皱起眉，闷闷不乐地拍拍他重重压下来的肩。

周霁年又认命地爬起身，伸手将她扯起来，不动声色地拍拍她身上的灰，扶正自行车，待她拽住他短袖校服的下摆，他呼气，继续蹬起车来，载她一起去上学。

整个初三一年，两人都是这样一同上下学。

当然，宋杳在冲刺中考的繁重间隙，还是时常举起相机对准周霁年，然后按下快门，履行自己的承诺。

所有漂亮的一切都被宝贵地捕捉进相册里。

有周霁年戴着眼镜对着七八页的政治提纲皱着眉的，有他微微张着嘴小小打着哈欠的，有他扭过头来与她对视的，有他被不知什么笑话逗得前仰后合的……

一张张不完美的照片，构建成了宋杳眼中的周霁年。

十四五岁青春的脸庞像是柔软的动物奶油，不黏腻的甜蜜，柔软的洁白。

而他是椰子味的奶油，清白的味道，光是遥遥看着好像就可以嗅到海风的味道。

他一笑起来，奶油便融化，于是蜂蜜在流淌。

他笑起来时会下意识地皱皱鼻子。

宋杳在翻开照片时发现，而他鼻梁间的小痣也被揉皱。

因着这台佳能A590，宋杳的初中生活生出了许多趣味。

先前，她只在教室、食堂、图书馆三点一线地奔波着，每天都背着几本书风尘仆仆地跑来跑去，偶尔跑去陈秀兰的办公室被她投喂一些零食与书籍；课堂上又安静得毫无存在感，只睁着她圆圆的杏眼看着黑板上瞬息万变的板书，认真听着课，编织着自己眼中的世界；课后又屈着背，双手环住写得乱七八糟的稿纸，左看看右看看，怀揣着一颗随时会被惊到的心慢吞吞地写着她的文字……

好像小学的所有雄心壮志与初中的所有畅想，都在数理化的钝刀子割肉的烦恼中慢慢消散，但或许，它们并没有消失，而是藏进了纸上的一撇一捺，一笔一画中。

她在自己的小小天地中自娱自乐，也足够快乐，因为还好有她的文字陪她。

对了，还有周霁年陪她。

可拥有相机后，宋杳的生活好像开阔了许多，许多栩栩如生的文字在照片中获得更深刻的阐述，取景框让她看见更美丽的世界，好像，除了阅读，背着相机看世界也是一件很不错的事情。

而班级里一些可爱的小女生看见宋杳每天背着相机上下学，于是便手挽手红着脸腼腆地在一些早操的间隙小跑着在人群中追上她。

她们蜻蜓点水般拍了拍她的肩，分外不好意思地冲着宋杳小声拜托道：

"那个……宋杳！可以麻烦你帮我们拍张照吗？"

然后，几个女生后知后觉地发现自己的请求太过没条理，于是玩闹地推揉着，派出另一个女生来解释："就是……这周五运动会，我们四个人是好朋友，这次要参加4×100米接力，然后，可以麻烦你在比赛结束后帮我们拍一张合照吗？"

"因为我们一直看你带着相机，而且好像很会拍照的样子，然后我们也没有手机，初三了，我们四个人还没有留下一张正经的合照，所以感觉有点可惜，就想着能不能拜托你帮我们拍一张合照！"班级中酷酷的女生也开口辅助补充。

几个人轮流开口，你看看我，我看看你，脸都红红的，声音也软软的。

宋杳的心也软软的，握紧了一旁陈桢桢的手，点点头，慢慢被时间蓄长到肩后的头发也一荡一荡的。

"好呀！能够给你们拍照，我也感觉很开心！"宋杳的眼睛弯弯的。

初中时期的最后一个运动会，好像所有人都特别认真地对待，所有项目都报满了不说，后勤工作大家也都积极地去组织，全班其乐融融的，为着共同的荣誉而不断努力。

看得老赵也有点小感动，同时夹杂着点小伤感，他偷偷掏出了点自己瞒着老婆藏的私房钱给一班买了点零食，举着自己的不锈钢水杯来回踱步，一边还反反复复念叨着："一个会读书的班级绝不是只会读书而已！一个好班级需要德智体美劳全面发展！"

一班众人被他这样一鼓动，更热情地投入运动会准备中。

运动员们自发地组织着在晚自习后训练，后勤人员把应援的海报和加油稿弄出各种花样，所有体质稍微好点的同学都人手一项项目，就连不怎么爱长跑的周霁年也报了项1500米。宋杳看着，也忍不住自告奋勇地将班级拍照录像的记录事务揽到自己身上。

运动会那天很快就到了，一个天朗气清的春天。

整个一班激动得就像咕噜噜沸腾着冒着泡的热水。

陈桢桢跑去广播站播加油稿了，宋杳背着相机，揣着好几块备用电池，一个人满操场跑着，头上冒汗，气喘吁吁地争取不落下每一个项目的拍摄记录。

她还依照之前的约定给那四个跑接力的女生认认真真地拍了好几张合照，脸上的笑容一直保持着。她用着数不尽的美好的形容词去夸赞她们，指导她们摆出漂亮的动作。

　　哄得那几个女生脸颊红得像涂了腮红，宋杳也收获了一口袋的糖果和饼干。

　　宋杳咬着巧克力，捧着相机蹦蹦跳跳地跑回班级大本营去寻周霁年，迫不及待地跟他分享自己拍下的照片与收获的糖果。

　　可还没到大本营，宋杳就见着周霁年了。

　　好吧，确切地说，不仅见到了周霁年，还有他面前站着的一个女生。

　　她抿了抿唇，收回脸上的笑。她认识那个女生，好像是隔壁班的班花。

　　不知班花小声对周霁年说了些什么，他竟露出了微笑，眼睛下的卧蚕像是一道温柔的月牙。

　　宋杳默默拽紧了相机肩带。

　　然后，她转过身，离开。

　　宋杳垂下头呼气，相机屏幕上添上一层朦朦胧胧的白雾，就像她的心一样，半明半昧，看不清楚。

　　她的心像嘴里温暾融化的巧克力一般，苦涩慢慢在蔓延。

　　宋杳不得不承认，她有点不开心，但是却搞不懂这些情绪的由来，只知道兜兜转转，或许都是和周霁年脱不了干系的。

　　是因为周霁年有了其他的朋友了吗？还是因为原来他冲其他女生也可以笑得那么好看，或是因为他的高人气其实缺了她一个人也是无所谓的……

　　明明他们是青梅竹马！

　　宋杳忍不住愤愤地想，却也在这个想法跳出脑袋的一瞬间，下意识地呆了一瞬。

　　他们不过也只是青梅竹马罢了。

　　如果抛去家长们的关系，删除地缘上的联系，再扣除一些"迫不得已"的相处，或许，他们至今可能都不会主动开口聊几句天。

　　周霁年身边不缺她这样的角色，她的存在于他而言好像并没有什么专属意义。就算没有她，也自然会有不会抢他青苹果味早餐奶喝，不会缠着他骑自行车载自己上下学，不会让他一道简单的物理题讲几十遍的更好的人出现。

而她也断然不会主动开口去和陈桢桢描述的这种存在于青春校园文学中的帅哥学霸男主角攀谈。

因为——他们看起来就很不相配。

周雾年白白瘦瘦，戴着个黑框眼镜，校服扣子永远系得完完整整，冷冷的一张脸，可笑起来却会让人联想到"可爱"两个字。

简单到简陋的蓝白呆板校服都能被他的高挑身材穿得好看几分；一张脸光是在学校里多晃几圈就可以收获冒出桌肚的各种礼物；安静听课认真做题勤奋读书，然后名字高高印在年段的月考前十名的表彰上；艺术节上拉着小提琴简单伴奏几句，都能收获闪光灯无数……

宋杳用手指轻轻拭去相机屏幕上的水雾，猝不及防地撞见映着的一张湿漉漉的黯淡的脸。

是的，与他相比，她是无比枯燥的存在，是一低头，就会消散在人群中的存在。

头发软塌塌地垂下，习惯性地驼背，脸颊上偶尔冒出几颗不识趣的青春痘，一个团支书当得心惊胆战，满目红笔打叉的理科试卷是难言之隐，排名往下掉了一位是不可想象的恐怖事情，总被张虹嫌弃几句"拧巴""倔"……

她就像是一块在回南天里潮湿、陈旧、拧不干的灰扑扑抹布。

头顶上的广播热情澎湃地播放着"也许我没有天分，但我有梦的天真，我将会去证明我的一生"，操场上不断传来欢呼声与齐声呐喊加油。

宋杳深呼吸，再抬起头，灰蒙蒙的眼睛重新焕亮。

是的，就算她只是一块抹布，不也能将玻璃擦拭出透亮璀璨的水钻般的光芒吗？

她就读于最好的学校，待在最好的班级，拥有最好的朋友，写出属于自己的最好的文字，享受最好的爱，这些小小的美好叠加在一起，足以成为一簇闪亮的阳光，将她晒得暖烘烘的。

宋杳有时会将自己幻想成故事中英勇向前的帅气骑士。

文字是她的宝剑，而书籍是她的盔甲，前路的荆棘是恼人的一切，割破她的衣衫，划过她的肌肤，她永不疲倦地向前奔走着，因为她知道自己的归属在遥远的前路，而一切，潮水般消逝的一切都将成为回忆。

她需要做的不过是珍惜此刻漫过脚踝的澄澈流水，然后，任它们流淌。

周霁年拥有其他朋友，又或是拥有高人气，这或许都不应该是值得她烦恼的事情，宋杳或许还需要祝福，然后继续做好自己的事情，读好自己的书。

毕竟，他们可是青梅竹马。

于是，宋杳脚步轻快，循着绿色校道，捧着相机跑向操场，继续将取景框对准她爱的一切，然后捕捉，用力去经历她所剩不多的美好的初三生活。

一早上的运动会暂时被午餐时间打断，所有人都精疲力竭地奔到食堂抢饭补充体力。

宋杳不跟他们抢，小心地将相机塞进桌肚里，然后在座位前呆呆站立着，犹豫片刻，还是往校服口袋里揣上手机，然后顺着楼梯爬到顶楼此刻寂静的教师办公室，轻车熟路地左拐右拐，来到陈秀兰的工位前，撞进她与周霁年其乐融融的氛围里。

"杳杳，快坐下来吃饭！"陈秀兰一看见她就热情招呼着，还贴心地帮她把餐盒打开。

运动会期间不用上课，老师们也终于落得个清闲。陈秀兰寻思着两个小孩运动会这几天运动量应该也挺大，而且小苹还报了个1500米，她干脆给他们中午做些爱心营养餐来改善一下伙食。

得知这个消息，周霁年和宋杳下意识地对视，同步面露苦涩。陈秀兰的厨艺他们有目共睹，实在不敢恭维，可又不忍心拒绝兴致勃勃的她，于是只能咬着牙点头。

幸好陈秀兰对自己的厨艺还是有着清楚认知的，周末还专门跑上301室去找大厨宋清平取了经，学了几道较能拿得出手的菜后就迫不及待地准备给两个小孩露一手。

舍去过程中的盐糖弄混、锅差点烧坏两个等小小意外，陈秀兰对自己的这几道菜还是很满意的，于是热情地招呼着两人赶紧尝尝味道。

宋杳拉开椅子坐下，甜甜地冲着陈秀兰笑着道谢，一边将长袖校服外套脱下——一口气爬五楼也让她闷出了点汗。

陈秀兰可稀罕宋杳这乖巧贴心的模样了，一下笑得脸上的皱纹都荡开了，忍不住关切地道："杳杳，我可听你们语文老师陈老师又在语文教研组研讨会上夸你了呢！上次月考语文和历史又是年段第一，可真棒！"

然后，陈秀兰又瞥了眼一旁低着头挑食地拣着菜的周霁年，故作嫌弃地冲她道:"我可得多念叨念叨让小苹跟你学一学!"

"没有没有!小苹文科也学得挺好的呀!"宋杏郁闷地戳了戳黄澄澄的菠萝炒饭,"倒是我,理科烂透了,得好好跟他学才对。"

难得听见她又唤他"小苹",周霁年夹着菜的动作顿了顿,不动声色地望了她一眼,敏感地察觉到她不算好的情绪。

"离中考还久呢!不用急,也不用怕,不会的、不懂的尽管问小苹!让他好好教你!"陈秀兰一边安慰着,一边冲周霁年使眼色。

周霁年连忙咽下嘴里的那口饭:"嗯,你理科成绩又不算差,又有文科可以拉分,后面几个月集中补补,肯定就能上去。"

宋杏不看他,点了点头,调动着轻快的语气,转换话题与陈秀兰聊天。

周霁年其实几下就吃饱了,却不急着放下筷子,只悄悄将目光轻轻挪到宋杏身上。

她的头发长长了些,柔顺地耷拉在白豆腐般的脖颈上,她会将头别到耳后,然后就会露出月亮般的耳朵。

他记得她春节的时候还和张姨闹了好久要去打耳洞,终究还是以失败告终。

看她小巧的鼻子,翘翘的,很适合一只蝴蝶去停留。

她张嘴的时候,唇边偶尔会陷下一个孤零零的小窝,旋涡一般席卷他的目光……

春天到了,她的头发同窗边的绿芽一样热腾腾地生长着。他最近好像看到了四五次她烦闷地捋着头发,不让它们遮挡视线,可她反复几次,还是拿那些俏皮的头发没办法,只能冲着自己生气,下意识地噘起嘴。

真是奇怪,为什么一望见她,他的思绪就被吹散,化作春花,落了她满身。

周霁年搞不懂。

他用力地移开目光,回忆起早上那段短暂的对话。

那个不认识的女生说,她的可爱水果发夹是在城南大学路的那一家手作店买的。

或许,他这个周末可以去一趟那家小店,寻找一枚杏子发夹,或是苹果发夹?

光是看着宋杏细细碎碎掉落在脸畔的短发,他就可以想象到那枚可爱发夹别在她耳边的模样了。

"小苹？"

陈秀兰唤醒走着神的周霁年，撞见他一瞬间慌乱的模样。

周霁年掩耳盗铃地放下筷子解释道："我吃饱了。"

"你晚上载着杏杏去吃顿好的，吃点健康的。"陈秀兰不放心地嘱托着。

周霁年点点头，然后习惯性看向宋杏。

她刚抿了口汤，唇上亮晶晶的。

"嗯。"周霁年慌乱地移开视线，轻声应答。

宋杏顺着话语轻飘飘地看了他一眼，却看见他红成苹果的耳朵。

陈秀兰看着两个小孩勉强算得上光盘的餐盒，只为着自己进步的厨艺而沾沾自喜，并没有注意到两人暗流的潮涌，嘴上还碎碎念着："你下午跑步前可得好好热身一下，如果坚持不下来就及时退出，身体最重要。"

"那妈妈可得来看我比赛。"周霁年在陈秀兰面前一直是乖巧贴心好儿子的形象，笑着邀请。

"我肯定得去看的！"陈秀兰动手把两人的饭盒收拾清楚，"不过我的手机像素太低了，到时候还得麻烦杏杏给你拍点照片，我去洗出来。"

陈秀兰再笑笑地看着宋杏："我打算等你们俩考完，带你们出国玩一玩，顺便去找小苹的舅舅。"

他们处在一个藏不住心事与情感外泄的年纪。

一颗糖能换得一整天的好心情，一个错过的招呼也可以兑成一节晚自习的胡思乱想。

可偏生有人就是很能藏，藏情绪，藏爱意。

"哎？"宋杏听见"出国"这个字眼，忍不住小小惊讶，期待与欣喜的情绪从圆圆的杏眼里溜出。

出趟省旅游已经是一件可以含在嘴里咂吮回忆很久甜意的事了，至于出国，是再遥不可及的事情。听到的瞬间，不论真假，都还是会很开心的吧。

宋杏用力地点了点头："我会帮小苹好好拍照的。"然后揶揄地笑着补充打趣，"好多小女生都托我得给他拍照呢。"

明明是一句很轻松的话语，可她说出口时心口却奇怪地感知到沉甸甸的情绪，她分辨不清。

周霁年无奈地撇撇嘴："妈，你可别听杏杏添油加醋。"他笑着看了宋杏一眼,"我这边也有好多人拜托我拿几本作文杂志让她签名呢!"

于是,宋杳的脸"咻"地就热了起来。

陈秀兰笑眯眯地制止了两个人幼稚的吵闹,丢下一句"怎么还跟小孩一样呢"的评价,给他们俩塞了一盒洗好切好的水果后,连声催促着他们赶紧回教室午休。

周霁年落在宋杳身后几步,跟着她在校园广播电台的每日点歌栏目乐曲声中走下楼梯。

"你最近还好吗?还爱看少女漫画吗?最近几乎没露面你有新对象吗……"

粤语歌曲要很认真听才能听懂歌词。

两人的脚步声伴随歌曲在空荡的楼梯内回荡。

宋杳敲着键盘,手腕又开始发酸。

今天的伦敦还是阴天,浓云堆叠在窗外,遮住了代表时间的光线,空气中弥漫着潮湿的气息,让她一瞬间回到了南方小镇的回南天。

她瞥了眼电脑屏幕上的时间,才发现她一晃神已经在电脑前坐了四五个小时了。

白色文档上的黑色光标不知疲倦地闪烁着。

宋杳忍不住问自己,然后呢?

然后,她和陈桢桢去看了很多场比赛,一边喊"加油"喊得声音沙哑,一边举着相机一刻都不敢分神地去抓拍1500米赛场上的周霁年,在人声鼎沸中,好像并不缺她这一声加油,可宋杳还是嚷得脸都红了。

1500米结束,周霁年自有宗成豫与体育委员任桥去搀扶,宋杳沉甸甸的帆布单肩包中的那瓶矿泉水最后还是只落得一个自己饮用的结果。

身旁陪她一同看完比赛的陈秀兰还是唤来了周霁年,央着宋杳帮他们母子以浪漫晚霞为背景拍了张合照,再伸手将宋杳扯到身边,让一旁看着热闹的宗成豫帮他们仨又拍了张合照。

"要不,杳杳你和小苹也拍一张?"陈秀兰忽然询问。

宋杳自然没有拒绝的能力,于是任由摆布地站在周霁年身边。

她忽然发现,原来周霁年长这么高了啊!宋杳用眼神丈量,才发现自己的脑袋只能堪堪到他脖颈处。

在陈秀兰"三二一！茄子"的指挥声中，在闪光灯燃起的瞬间，在周霁年偏头向她的那一刻，宋杳胸膛中好像忽然结出了一颗苹果。

酸酸的，甜甜的。

然后呢？

她和周霁年好像去吃了顿麦当劳。

然后呢？

他们一同分享了耳机与物理试卷。

然后呢？

他们忙忙碌碌地与想象中无比凶险的中考决斗。

然后呢？

周霁年与宋杳的名字在两家人乐呵呵的笑声中共同登上实验中学校门口的中考表彰榜。

然后呢？

便到了那一个多事之秋。

中考结束的那个夏天热极了。

热得窗外知了不停歇地叫唤着，惹人心烦；热得窗台边的茉莉花盆栽与长命花生苗都晒得蔫蔫的，宋杳心疼极了；热得两人中考成绩出来后不过多纠结地就选择了留升实验中学高中部；热得两人都不愿意出门，轮流上下楼泡在卧室中，开着空调冷气纳凉；热得陈秀兰飞速瘦了下去，脸上与身上一下子都薄了，好像只剩下空荡荡一层皮囊与骨架，但她只笑着解释说自己不过是苦夏而已。

春天那一句出国之旅的畅想好像到了夏天只剩宋杳在铭记，这句话在热腾腾的天气与陈秀兰日渐消瘦的身体叠加下，不出所料地落了空。

宋杳只在那个暑假中着了迷一样疯狂地阅读，其实只是囫囵吞枣地浏览着，记不住什么也读不懂什么。宋杳撑着下巴，趴在周霁年皂角与阳光气息混杂的床上，只默默地想着：好想出国读书。

但或许是命运的巧合吧。

她最终来到了英国。

宋杳翻过一页书，在周霁年的床上翻了个身，玻璃窗敞着，空调开久了总让人感觉昏昏沉沉的，让风吹进来些，让阳光晒进来点，或许才可以深呼吸。

整个人被柔软的阳光气息包裹，宋杳感觉眼皮发沉。

一边书桌前的周霁年摊开本物理高一练习册，边照着课本内容预习着，边埋头苦写预先刷着题。

笔尖在纸上划过，留下"沙沙"的摩擦声，与两人清浅的呼吸声交杂。

"放点歌吧。"宋杳突然开口说，伴随纸页翻动的细碎声响。

"阳光晒得我舒服得快要睡着了。"她噘起嘴，半是埋怨半是撒娇。

周霁年放下笔，回头看了她一眼。

第一秒映入眼的就是她因来回翻滚而衣角上扬露出的那一小截白嫩如豆腐的腰肢。

他下意识地马上扭回头，心跳声在耳边炸开。

周霁年喉结一滚，只慌乱地按着她的话，拿起陈秀兰攒了几个月的钱遵守诺言为他优异的中考成绩兑换的手机按下随机播放。

然后，柔软的曲调在小小卧室中慢悠悠地晃荡流淌，男歌手深情唱着"我无法只是，只是做你的朋友"，而宋杳轻飘飘地开口问："什么歌啊？"

周霁年重新捕获自己的心跳，握起笔。

"《普通朋友》。"他学着宋杳的语气回答，只是声音有点沙哑。

但可惜，缠缠绵绵的歌声并不能驱赶重重压在宋杳眼皮上的困虫，反而给她营造了一个更为舒适的环境。

暖烘烘的阳光夹杂洗衣液神秘的安心气息，伴随悠扬的慢情歌，纸页上的印刷字体开始伴随着歌跳起舞、重影、模糊，然后宋杳闭上眼。

获得一个悠长的午觉。

手边的书不知什么时候掉落，砸落在地板上，发出沉闷的响声，像是正在播放的音乐伴奏的鼓点一般。

周霁年忍不住再次回头，然后便看见躺在他灰黑格子床榻上睡得正沉的宋杳。

阳光透过敞开的玻璃窗毫无遮拦地映在她的脸上，长长的睫毛在眼下卧蚕处谱写着安静的俳句，一呼一吸间，带起胸膛轻轻起伏，脖子上戴着的彩色水晶项链摇晃着折射出斑斓的光。

周霁年忽然感觉口干舌燥，待回过神来才发现自己下意识地屏住了呼吸，手心里冒出细密的汗，一颗心热腾腾的，牵连起胸膛的震颤。

放缓动作起身,周霁年站在床边,敛了敛眼,低头看她。

她睡得香甜,让他想起幼儿园时她在耳边孜孜不倦重复的那些故事,是白雪公主,是睡美人,是豌豆公主;可在此刻,被晒得脸蛋红彤彤的她,在周霁年眼中更像是苹果公主,他自创的童话人物。

这是他十三岁时换置的新床。

那一张属于童年的小床已经容纳不下他如一场春雨后蓬勃生长的身躯,在周霁年第九次早上一瘸一拐皱着眉走出房间,疑惑抱怨自己昨晚小腿又抽筋后,陈秀兰搬回了一张新床,更宽也更大,更适合容纳一个青春期男生的美梦。

那个晚上,宋杳照例背着一书包作业,再夹杂几本作文杂志,一手拎着自己可爱的猫猫新水杯,一手拿着一盒巧克力派,"噔噔噔"地快步跑下楼,按时出现在201室。

宋杳换上自己的专属毛茸茸拖鞋,跟陈秀兰甜甜打过招呼后,便轻车熟路地舒舒服服地窝进周霁年的卧室中。

周霁年的卧室没有他,却多了一张崭新的大床。回忆刚才路过厕所时听见的"哗啦啦"水声,宋杳一下就猜到他去洗澡了。

软塌塌的大床不同于她碎花的小木床,一下子拥有了无限的吸引力,宋杳丢下书包,放好水果和零食,脱下鞋就扑上床。

周霁年洗完澡后,套上件松松垮垮的白色T恤和灰色运动短裤随便当作睡衣就走出热气腾腾的浴室,带着淡淡的白茶沐浴露芬芳走进卧室。

他一扭开门把手,就看见宋杳穿着一件吊带纯棉睡裙,抱着她送他的十二岁生日礼物——一只毛绒玩具小狗——在床上来回翻滚。披散在肩的头发完全混乱,而她玩得自得其乐,绿底白色的碎花睡裙被弄得皱巴巴的,两条白嫩嫩的腿与漂亮精致的锁骨不加遮掩地映入眼帘。

听见开门声,宋杳抬起头,还傻乎乎地冲他扯开笑,语气松弛得像一团蓬松的白色棉花糖:"周霁年!你这大床也太舒服了吧!"

周霁年明显感觉到自己脸上不断攀升的温度。

明明刚洗完澡,但是莫名浑身燥热,口渴得要命,他只能咽了咽口水,不自然地急速将目光转开。

不敢去细想她胡乱说出口的话,周霁年开口,却发觉声音沙哑,于是挤在嘴边的话又咽回去重新润色,他耳朵通红:"你的裙子有点乱了。"

他也不敢去看宋杳慌张整理的动作，转过身径直走向书桌，动作僵硬得像是一个卡壳的小机器人："赶紧写作业吧。"他毫无威慑力地催促。

而在中考后的这个悠闲夏日假期，周霁年垂眸看着宋杳的睡颜，下意识地慢慢攥紧了拳头，才能抑制住自己去捋一捋她脸庞凌乱发丝的冲动。

看她长长的睫毛，看她翘翘的鼻子，看她红红的唇，就连她鬓角那颗新鲜的青春痘都显得无比可爱。

宋杳好像在他不知晓的某一瞬间，从枝丫上一颗青涩的小小杏子长成一枚香甜饱满的甜杏。

她总是这样，周霁年忽然委屈地想。

她总是忽冷忽热的，像一道他最不擅长的谜题，比数学压轴题还难以找到答案。

小学时，她莫名其妙地冷落了自己一阵，说不清缘由的，就连他攒了一堆她最爱的苹果味糖果也无法挽回。

中考前，她又忽然显得生疏与冷淡，他们的关系就像一盒被她遗忘的鲜切苹果，迅速氧化，奇怪的味道，但也只能用力咀嚼后藏着苦涩咽下。

如果她能从一而终地疏远自己也好。

可她偏生就是这么坏。

可以毫无理由地疏远他，也可以不需任何铺垫地又凑上前来。

但他却甘之如饴，束手无策。

毕竟——如她所说的：

他们是青梅竹马。

周霁年乱七八糟地想了一大堆，等到阳光慢慢上移，将他的衣角晒得热滚滚的，他才恍然回过神。

他将椅背上披着的衬衫外套拿下，轻手轻脚地为她盖在身上，然后他还是没忍住，伸出手，用食指小心翼翼地将她的鬓发别在耳后。

他还是碰到她的脸颊了，像是一根烟花绚烂地燃到底，不小心牵连手指被灼到，他急忙缩回手，做贼心虚似的急忙回过身又在书桌前坐下，握起笔开始继续做题。

只是一直做，一直错，好像他与她的关系一般。

他不知道的是，在他转过身的瞬间，宋杏的睫毛悄悄颤了一瞬。
宋杏这一觉睡了很久，直到陈秀兰敲响卧室门唤他们出来吃晚饭，她才恍然大梦初醒。

那晚的晚餐格外沉默。
小小的四方木质餐桌上盛满了无声的尴尬。
"杏杏，赶紧尝尝这个虾！"陈秀兰强撑起笑容，只是消瘦的脸颊牵不起什么笑意也挂不住什么肉，"这可是我专门找老宋学的呢！"她一边说着，一边夹了一只虾进宋杏的碗中。
宋杏敏感地察觉到她今天情绪的不对劲，但是又说不出什么缘由，只能急忙把虾塞进嘴里，然后扯开大大的笑，还来不及咽下去，就口齿不清地认真赞美着陈秀兰的厨艺。
陈秀兰难得也抿开今天的第一个舒心的笑容，只是很快又消失，下意识看向一旁的周霁年，碰见他皱着眉直望着她，不掩担忧的眼神。
她心中泛上苦意，但是好像也一瞬间清醒了，一整天的浑浑噩噩都被周霁年沉甸甸的担心目光所驱散。
怨天尤人没有用，沉湎苦痛没有用，自怨自艾也没有用，陈秀兰此刻唯一能做的，就是像1997年抹抹眼泪告别周文才一样，丢掉自己糟透的情绪，洗把脸，重新冷静面对。
陈秀兰深呼吸，重新牵起笑，这个笑松弛了些许。她也夹起一只虾放进周霁年的碗中，笑着催促着："快吃！不然菜都凉了。"
周霁年也夹了一筷子她最喜欢的空心菜放进她碗里："妈，你也多吃点，最近都瘦了。"
陈秀兰重重点头，语气里夹杂着一些突如其来的坚定情绪："好，妈肯定好好吃饭！"
比起说给他们听，她更像是说给自己般地念叨着："我还要好好看你高考上大学，陪你娶妻生子的！"
右眼皮忽然跳了几下，宋杏咀嚼的动作一顿，胸腔中涨潮般地漫上不安的情绪，总感觉有什么不好的消息在酝酿。

宋杏心事重重地回到301室，洗了个澡，随便抹了抹张虹淘汰送给她的面霜，戴上耳机。宋杳趴在书桌前，翻开日记本，开始写起自己三天打鱼两天晒网的日记。

写很多，写今天的天气，写今天的心情，写今天的点滴，漫无目的地写，偶尔写着写着，就延伸成一篇新的小说或散文。

而今日日记的结尾，宋杳一笔一画地认真写着：

  好像要下雨了，气压很低，天气很闷，只让人无端想起一句"山雨欲来风满楼"，只能祈望，明天是个晴天。

如宋杳在日记里所期许的那般，第二天是个大晴天，只是从201室传上来的消息却是不亚于晴天霹雳。

"秀兰昨天去医院体检，说查出来是癌。"张虹被陈秀兰一通电话喊去楼下201室，再次回来连鞋都没换就忧心忡忡地坐在沙发上对着一旁慢悠悠泡着茶的宋清平说。

张虹眉心拧成复杂的结，脸色都暗淡几分，伸手拿过桌上的遥控器，重重地冲着咿咿呀呀吵个不停的电视机按下关机键。

"啊？"宋清平满脸惊讶地扭头看向张虹，连着茶杯中的茶水漫出来了也没察觉。

毕竟是十几年的老邻居了，算得上是半个亲戚了，听闻这种噩耗，心情怎么也好不起来，他问："什么癌啊？严重吗？"

张虹抬头望了眼宋杳紧闭的房门，压低声音："好像是乳腺癌，已经是中后期了，得马上去检查，然后赶紧手术化疗。"

"秀兰命怎么这么不好呢！"说到这里，她忍不住加重了语气叹息，"明明那么好一个人！"

"新婚宴尔，小苹出生还没多久，一家三口热乎日子还没过上几天，老周就这样去了。"张虹刚讲了个开头，胸膛就喘不过气来，"现在好不容易小苹懂事了，长大了，成绩还好，还指着他考个好大学，有个安安稳稳的未来，秀兰却突然患上这种病……"

张虹说到动情处，眼眶忍不住就红了。宋清平笨手笨脚地扯了几张纸巾递给她，一如既往地不会哄人，只能低声重复着："没事的，没事的，秀兰肯定没事的，我们能帮就多帮些，肯定会好起来的！"

当宋杏捧着个水杯拧开卧室门准备出来倒水时，看到的就是她老夫老妻的爸妈难得温情的这一幕，她脚步一顿，不知道是否该上前。

宋清平不小心一瞥就看到了无声无息站在客厅处愣愣看着他们的宋杏，于是瞬间浑身僵硬，看着惆怅埋在他胸口哭的张虹，眼神暗示无果，只得大声咳嗽了几声。

张虹皱着张脸抬起头，举起手里的纸巾用力拭去脸上的淡淡泪渍，嘴里想埋怨宋清平的话还没说出口，就撞见宋杏揶揄的眼神。

宋杏权当没看见，径直捧着杯子走到茶几前，给自己倒上满满一杯水，喝了几口润润喉后，又蓄满，然后小心翼翼地捧着水杯，刚想假装什么都没发生一样转身继续窝回卧室里看书时，张虹却叫住了她。

"杏杏，"张虹神色有点犹豫，而宋杏转过身，"我有件事要跟你说。"

张虹开口道："你秀兰阿姨生病了，妈妈这几天都需要陪阿姨出门看病，小苹上楼和你还有你爸一起吃饭。如果你爸没空，你就去门口鞋柜上的零钱筐里拿点钱去请小苹吃饭，千万不要让小苹花钱。"

"多关心关心小苹，你们可是青梅竹马，是要在困难时候互相依靠的。"

"小苹不喜欢吃香菜、玉米和苦瓜，老宋你最近这几天多做点肉和海鲜，小苹喜欢吃，也给他们两个小孩好好补补身体。"

张虹絮絮叨叨地嘱托着，脑袋里一边不停调动着记忆，思考着自己在省医院有没有啥同学同事朋友之类的可以帮帮忙。

"我对他才不坏！"这句话下意识地就想溜出口，但是宋杏识相地憋住了，看着张虹难得的伤感神色，她敏感地意识到妈妈口中简简单单"生病"两个字或许并没有那么简单。

"阿姨没事吧？"她惴惴不安地追问。

片刻的沉默，好像是没人能够回答这个问题，还是宋清平最终开了口："会没事的。"

会没事的。

在这个闷热夏秋成了一个神秘咒语，支持两家人相互搀扶着走向明年生机勃勃的春天。

在张虹口中难以得到的关于生病这个隐喻的答案，宋杏轻而易举地在隔日于周霁年口中知晓正解。

"乳腺癌。"

周雳年委委屈屈地弯起长腿，坐在宋杳相对狭小的书桌前，埋头写着数不清的习题，脸上的表情与情绪被阴影笼罩，让宋杳无从猜测，忽然觉得他好像一夜之间成熟了些。

一瞬间，宋杳就忽然懂得了张虹昨夜的遮遮掩掩，心脏中腾生起不知名的烦恼与不解。

脸绷得紧紧的，宋杳脑袋里滚过无数种想法，最后还是化成了掉落在周雳年宽阔肩膀上的一个轻轻拍打。她深呼吸，又掉落一句："会没事的！"

在那几周中，宋杳只能变着法子地哄周雳年开心，甚至为了他把自己珍藏的不舍得拆封的唱片也拆掉塞进电脑中播放，把攒了一大堆的好吃的零食也献宝一样捧到他面前，还重拾自己讲故事的旧业，从南讲到北，从天明讲到天暗，也只能换来几个他言不由衷的浅淡微笑。

宋杳每天都捧着自己的二手手机准时给陈秀兰打电话慰问，主要是询问陈秀兰的病情，在电话中讲述自己在网络上、在贴吧里、在群聊中捕获的无数成功治愈的鸡汤案例，电话的最后永远是那句："秀兰阿姨，你会没事的！"

但年少的她不知道的是，疾病带给人的不只是生离死别，还有负债累累的沉重又不可摆脱的压力。

在高中报到的前几天，宋杳偶然听见周雳年用着无比平淡、无比理智的声音，在通往大洋彼岸与他舅舅的电话中冷静地叙说着："舅舅，你可以帮我看一下玉兰小区这间两居室最多可以卖多少钱吗？"

嘴里含着酸酸话梅的宋杳一不小心被毫无防备地酸得眉头紧皱，脑袋里空落落的，只剩下一个想法：

她与周雳年当不成邻居了。

是不是也称不上青梅竹马了。

脑袋里一阵眩晕。

眼睛一下子就瞪圆了，宋杳忽然什么都说不出口，嘴巴张了又张，却只能呼出一团团缥缈的热气，像是一个又一个找不到落脚点的句点，只能消散在夜晚昏黄的夜色中。

宋杳踮着脚尖轻轻转身，连高高的马尾都变得有些耷拉，像小狗垂头丧气的尾巴一样。

她一级一级重复无数遍地细数着从 201 室到 301 室的这几级台阶，度量着从二楼到三楼的距离，计算着从他的卧室到她的卧室的间隔，这短短几十米的长度，是十五年的记忆。

宋杳在这级楼梯上摔过跤，乳牙都差点被磕掉一颗，哭得"哇哇"叫，把牵着她手打算去楼下小花园玩跳房子的周霁年急得满头大汗。他抓着袖子一个劲地为她擦眼泪，口中许诺的从表姐给的好吃的进口苹果糖增添到陈秀兰刚给他新买的一套童话丛书，这才把哭得满脸通红的宋杳哄好。

她卧室的墙壁上有一小片彩笔的涂鸦，是两人在墙壁上演绎的小鹿斑比的故事。虽然画出来的不过是一片乱七八糟的线条，可宋杳浪漫地将其形容成流星划过天际留下的伤痕，然后换着法子委婉地劝着周霁年或许可以放弃学习绘画了。

毕竟，能把小提琴拉得那么好已经是一件足够好的事啦！

201 室的客厅墙上挂着好几张他们俩的合照。

有八九岁时被宋杳爷爷带着一起去公园看菊花展的照片，两个人都缺着门牙，傻乎乎地躲在开得正盛的菊花后开怀大笑，眼睛眯成一条缝。

有十二岁小升初考前在实验小学拍的照片，他们穿着红白色的校服，宋杳比着毫无创意的剪刀手，右脸颊上的酒窝又偷偷冒出来，而周霁年从那时起好像就学会耍酷了，单肩背着包，双手插兜，但是脸上透出了点笑。

陈秀兰也搞不懂，为什么小苹越长大越不喜欢拍照片。

她不知道的是，他不是不喜欢拍照，只是一直在等待被某个人拍照。

那一面墙挂着大大小小许多张照片，将前面闪烁的电视机都衬得没有那么吸引人了。

玉兰小区楼下小公园的乒乓球台上还贴着许多小孩子手欠乱贴的卡通贴纸，从神兵小将到喜羊羊与灰太狼，再到守护甜心与魔卡少女樱，贴纸繁杂也见证了童年的变迁。

周霁年和宋杳两个小孩也忽然变成了别别扭扭的少男少女。

…………

宋杳"扑通"向后倒在床上，短短几步路，已经足够她想好多好多，情绪很复杂，但总而言之，或许可以概括成一句话：

她还挺想和周霁年继续做……青梅竹马的。

于是,她忍不住旁敲侧击地向宋清平和张虹询问医疗费的事情。宋杳揣测着该是怎样的花费才会让明明才比她大两个月的周霁年那么早就开始思虑起金钱相关的问题了。

但她的担心总被爸爸妈妈一句"小孩子不要管那么多,好好读书就是了"给轻而易举地打发了。

宋杳偶尔会走神,尤其是看着手机视频屏幕中越来越清瘦与憔悴的陈秀兰时,还有遇见越发沉默的周霁年时,总会不由自主地发呆。

在十五岁的这个恼人夏秋之交,宋杳忽然发现:

夏天是汗流浃背的季节,一切都在升温,一切都在变质,一切都在酝酿酸味;然后秋天忽然降临,干燥冷清,一切未说出口的心事与情绪,都开始腐烂。

她开始期待一个春天,生机勃勃的春天。

高一开学前的最后一天,宋杳约上周霁年去淮市游泳馆花两块钱游了个泳,路上还花了四块钱搭了公交车往返。游完泳后,两人还蹲在公交车站台的阴凉处慢吞吞地一人吃了一个小布丁冰激凌。

以上这些花费都是宋杳抢着买单的。她小心翼翼地看着周霁年的脸色付了钱,努力寻找一个不要让他花钱又能顾全他自尊心的好办法,但具体实践还是笨拙。

她的眼睛藏不住心事,周霁年一眼就明白了她的想法,于是也不跟她争抢让她难做,只想着明天早上要去报到,她的暑期紊乱生物钟肯定还没调整过来,他早起个十分钟帮她买好早饭让她路上吃吧,不会让她那么匆忙,也不会让她饿肚子。

就买她喜欢的麻球、小笼包和甜豆花吧。

周霁年自顾自盘算着,金钱的压力确实有,就算陈秀兰认真瞒着,但他还是从她止不住地叹气与长辈们的愁眉苦脸中可以窥见一斑。

他想问清楚,这种没有着落的感觉实在让人睡不好觉,可所有的大人都下意识地瞒着他,一句"小孩子不要担心那么多"是固定的答案。

他想着能不能卖掉房子让妈妈去更好的医院治疗,却被所有人无情地驳回。舅舅认真说着妈妈的治疗费用他会帮忙负担的,可周霁年却清晰地听到电话那头舅妈干着急的声音,而爷爷奶奶和外公外婆早就退休多年,没能让他们过得更好些，还让他们忧心钱的事，实在是不好。但周霁年找不到解决的办法。

这个暑假，他突然开始渴望一瞬间长大。

实际上，他确实也在那个瞬间长大成人了。

在游泳的瞬间，在带着消毒水气味的池水淹没口鼻的瞬间，在身体因为浮力而随着清澈的波澜来回轻轻荡漾的瞬间，宋杳和周霁年不得不承认，他们短暂忘却了所有的烦恼。

游泳馆的对话如同梦呓一般，在潮湿中氤氲开来，模糊一片，像是水珠滴落在日记本上晕开的圆珠笔字迹一般。

"周霁年，"宋杳朝他游去，喘着气，摘下泳镜，明明没有沾到水，可她的眼睛却如浸泡过一般，湿漉漉的，"开心一点好不好。"

没有前因后果的一句话。

可周霁年却忽然愣了神。

宋杳后知后觉地发现自己的言不由衷，她明明想说好多好多，讲他的好，说一切鼓励的话语，描述无限美好的有可能的未来……可她都说不出口。

目睹了人世的惨淡后，她已经无法表达，她该如何安慰亲历者呢？宋杳想不出来。

于是，她只说出口了一句无关紧要的话，太过于没有重量了，但她却透不过气。

懊恼、后悔、难堪的情绪交替上演，宋杳哑然地垂下头，看着荡漾池水上朦朦胧胧的碎光。

周霁年看着她的背影。她被池水泡白了些，牛奶般的苍白，身上的泳衣还是初中时他们两家一起出门泡温泉时买的，蓝绿色的，像是过曝胶片上的雾蒙蒙的一棵小树，结出酸酸的小果。

胸膛里好像有一枚灯泡忽然被点亮，明亮地发热发胀，周霁年很简单地被安抚了。

安慰的话语是很难拥有效力的，悬浮的语言只能扬起一小阵冷飕飕的风，吹得人眼眶干涩泛红。

可宋杳的安慰是不一样的。

周霁年固执地认为，在那个瞬间，他短暂地逃离了世俗生活，到达所谓开心一点的世界。

"好。"周霁年轻声回答,"我们都要开心一点。"

干瘪的字词遇见此刻湿漉漉的氛围,忽然饱胀,成为一枚沉甸甸的果子。

高中报到的第一天。

周霁年一如往常地努力蹬着自行车载着宋杳走在骑过无数遍的道路上,脑袋里回响着昨天跟妈妈视频时得知的关于病情好转与手术排期已定的稍微还算好的消息,校服下摆被宋杳拽在手里,秋天的阳光透过泛黄的树叶如蜂蜜般柔地温柔涂抹在裸露的肌肤上。

周霁年迎着风,轻轻扯开笑容,踮着脚在实验中学操场上张贴的分班表前努力张望。

太阳晒得人晕乎乎的,宋杳下意识地攥着周霁年的手腕努力往里挤,找寻着两人的名字。

宋杳忽然有些恍神,她好像又回到了初一报到时费力查看分班表的那个瞬间,在同样的地点做着同样的事,而身旁也是同样的人。

可不一样的是,在这个高一,周霁年没有与她分到同一个班。

共同生活、共同学习了十六年后,这是周霁年与宋杳面临的第一次小小分别。

看着一班名单中的"周霁年"三个字,再看看二班名单内的"宋杳"两个字,宋杳莫名有些烦闷。她转过身,拉着周霁年一同从沸腾的人群抽离出来。

宋杳后知后觉地松开手,无所适从地摆动着掌心中好像还残留他微凉体温的右手,找不到合适地方安置,于是只傻乎乎地举到头顶遮太阳,尽量用着满不在乎的语气来叙述:"你在一班,我在二班。"

看见她的脸颊开始泛红,额头上也冒出小小的汗珠,阳光晒得她的手很白,像一对翩飞的鸽翼,周霁年用手里的冰矿泉水去贴宋杳裸露的后脖颈:"没事的,还是很近的。"

宋杳被冻得一激灵,但又忍不住仰起脖颈去贴近这抹冰凉,嘴里也偷跑出一句短暂的叹息。

她抬手接过他手中的冰水,顺手贴上自己泛红的脸颊,不仅给脸降温,也给那颗莫名扑腾扑腾冒着沸腾水蒸气的心脏降温。

"那你可还得继续载我上下学哦。"宋杳低下头,看着自己被红色橡胶跑道染红了的红色帆布鞋,很轻很轻地说,更像是一句喃喃自语。

周霁年虚虚环住她的手腕,领着她逃离纷杂的人群,踩着闪着碎光的树荫,走向即将珍藏他们高中三年光阴的教学楼。

黑板上留着班主任龙飞凤舞的粉笔字迹——"大家按照身高自行寻找位置入座,后续会慢慢调整",讲台上却悄无踪影,教室里目前也只有零零散散几个学生。

教室很安静,连呼吸声都被扩大传播。

老师应该还在迎新吧,新同学们可能也还在看分班表,宋杏抓着书包肩带有点无所适从地揣测着,抿着唇抬头环顾着全然陌生的教室,找寻着适合自己的座位。

脱离了周霁年的捆绑,宋杏自然而然地抛弃了后排的位置,在中间四五排找到心仪的座位归宿。

她边擦拭着积攒了一个暑假落灰的桌椅,边收拾书包中的文具。

走着神整理书桌时,肩膀忽然被轻轻一拍,宋杏吓得小声惊呼回头,然后便撞见陈桢桢笑得得意的一张可爱圆脸。

"嘿嘿嘿!被我吓到了吧!"陈桢桢笑着放下书包在她身旁的座位坐下,见她一脸没好气的样子,讨好地凑近挽着她的手蹭了蹭,拿出擅长的撒娇技能,"人家不就是一整个暑假都没见到你想跟你打个招呼嘛!"

"我看你就是想吓我!"终于在新班级中见到了熟悉的面孔,宋杏悬着的心也终于稍微安稳了一点,刚才的腼腆与不适也被欢欣所取代。

"哪有!"陈桢桢拖长音调回答。

两个人小声打闹着,一时间也忘记了时间的流逝。等嘻嘻哈哈地再回过神时,她们发现教室里已经坐满了人,前面和后面座位上是几个可爱的女生,正热情地扭头互相自我介绍着。

大家都是初中部直升的,互相难免都面熟,有几个还是同班同学或者隔壁班同学。但也有几个生面孔是以中考区或县状元的成绩被择优录取进来的,女孩子占多数,都是很美好的年纪与人,于是很快就叽叽喳喳地热聊起来。

刚入班级的那种隐隐的尴尬已经被驱散了,宋杏聊得满头大汗,欢快地从书包里拿出糖果开始左右分享。

"草莓味的来一颗,菠萝味的也试试看嘛,还有苹果味的哦!"

与此同时，宋杳也收获了许多投喂与软乎乎的夸奖，整个人被哄得飘飘然的。

　　什么周霁年，什么身高，什么分班全部在这个瞬间消失，只剩下冒着粉红爱心的一句发光闪亮的艺术字体"女孩子就是全天下最美好的"。

　　"哎！怎么周霁年没有分到二班呀！我还想看帅哥呢！"不知道从哪里小声传来一句八卦。

　　陈桢桢狡黠地用手臂碰了碰宋杳，一双眼睛紧紧黏着她，明明没有说话，可宋杳一眼就看穿了陈桢桢的潜台词——"哎！你的竹马居然那么热门！"

　　宋杳只轻轻瞥了她一眼，也没有回应什么，只自顾自地从五光十色的一堆糖中给自己挑了一颗糖，然后等撕开糖纸丢进嘴里，才慢半拍地发现拿成了一颗柠檬味的了，酸得人想皱起脸，但只能努力绷紧脸，不让心事流露。

　　"他在一班，也很近啦，下课我们也可以一起去偷偷看他，嘿嘿！"又有女生小声应和，随即引起一小阵热烈讨论，大家开始隐秘又热情地讨论起年段帅哥。

　　当然也有几个初中一班直升的女生，她们当然对周霁年与宋杳的亲密关系有所知晓，只偷偷冲着她笑。而宋杳只能佯作完全不知晓也不关心，动作不太自然地拨了拨耳后的碎发。

　　头发松松散散地散在耳边，遮住泛红发烫的耳垂。

　　不过大家也没什么畅谈的空间，因为很快班主任梁敏就顶着一身在大太阳下纳新的热汗走回教室。

　　梁敏给二班所有人留下了良好的第一印象，因为她年轻又漂亮，举手投足间又很自然地流露出亲切又温和的气息，让人忍不住就想和她亲近。

　　高中一入学就遇见如此清新貌美又可爱的老师，只让宋杳和陈桢桢紧紧抓着手对视着无声兴奋。

　　然后，梁敏简单介绍了班级老师组成与接下来一周的军训安排，没有枯燥地让大家一一上台自我介绍，而是玩了个小游戏，让大家在快乐的玩乐中不断熟悉对方与介绍自己。

　　一时间，二班热闹的氛围都透过门窗，飘呀飘，飘进了气氛严肃认真的一班中，勾得正襟危坐、安安分分听着班主任训话的一班学生都忍不住走神，一颗心恨不得飘到二班去看看他们在做些什么事情。

　　听着隔壁班喧闹的笑声与欢呼声，周霁年习惯性地想起宋杳。

她在新的班级中会不会紧张呢?有没有选上喜欢的座位呢?新的同桌好相处吗……

烦琐的问题堆了一堆,周霁年在脑袋里勾勒起宋杏无措的湿漉漉的小狗一样的眼神。

她总是像毛绒小狗一样看人。

不高兴了这样看着他,受委屈了也这样看他,做错了事情还这么看着他。

他还记得她把他妈妈最爱的《情深深雨蒙蒙》碟片搞花的时候就是这样看着他的,她把他舅舅送给他的福娃玩偶给搞脏的时候也是这么看着他,她不小心把他游戏账号删了时也是这么看他……她故意冷落他、不理他的时候也是这么看他的。

周霁年其实有点受不了她这样看人,但是具体什么原因,他又说不清楚。

他只能在她仰着头这样潮湿又沾着几分小狗气息看他的时候,悄悄用力攥紧拳,努力捋平心脏忽然冒出来的一股说不清道不明的悸动。

从宋杏放学后欢快跑向实验中学停车棚的欢快脚步中,周霁年发现了自己的担忧是多余的。

宋杏蹦上车后座,拽着书包背带,迎着莓果色的晚霞,在喧嚣的车流中,絮絮叨叨地冲着骑着自行车的周霁年生动描绘着第一天的高中生活。

说好久不见的陈桢桢,说居然又在一个班的老同学们,说可爱的新同学们,说年轻漂亮的班主任……说到口干舌燥,说到声音沙哑。

就是没有一句跟周霁年有关。

周霁年沉默地骑着车,静静地听着她说话。她的声音是嘈杂晚高峰的唯一清晰,清晰到锋利,将他的思绪割得七零八碎。

初秋的淮市还是一片闷热,周霁年感觉自己好像中暑了。

"哎,周霁年,你晚上记得来我家吃饭哦!我爸今天要做水煮肉片呢!"

宋杏光是说出菜名,就忍不住咽口水。宋清平所做的水煮肉片好像香喷喷地就在眼前。

一前一后走上 D1 栋的旧楼梯,周霁年忽然开口:"杏杏,我军训请假去陪我妈做手术了,明天就出发,下周没人载你上学,你记得早起一点。

"也要记得吃早餐。

"如果不喜欢骑自行车,那就打车吧,我等一下给你钱。

"晚上下课也不要玩得太晚，路上也要小心。"

楼道里没有其他人，只有两个人一前一后的脚步声与他不放心的念叨在回响。从一楼到二楼的距离明明那么短，但也已经足够让周霁年讲好多好多的话给宋杏听。

还没到时间点，路灯还没开，楼梯那一盏小小的白炽灯也未亮，楼梯内弥漫的黑暗压得宋杏胸口闷闷的。

"那你好好照顾阿姨吧。"她顿了顿，又补了一句，"也要好好照顾自己哦！"然后就"噔噔噔"地迈上楼梯跑上楼。

周霁年低下头呼出一口气，整个人松弛了点，从口袋里摸出冰凉的钥匙，打开空荡的房间。

宋杏闷闷不乐地坐在沙发前，随便按开电视来调节心情，虽然她并不知道自己的情绪为什么忽然出了问题。

电视一打开就正巧播着最近正火的偶像电视剧，她今天还听新班级的同学们讨论着呢。

宋杏耐着性子看了几分钟，便失去了兴趣，小声嘟囔着"这是什么鬼剧情呀"，但眼神仍黏在电视屏幕上。

宋杏搞不懂稀里糊涂的剧情，只恶狠狠地用力再咬下一口那吃了好久还没吃完的苹果，嘴里慢半拍地漫上苦涩。

啊，原来是咬到苹果核了。

估摸着宋清平的下班时间与做菜速度，周霁年算准了时间再去楼上301室，口袋里揣了一把零钱。

301室的门没锁，周霁年一推开门就看见满头大汗布着菜的宋清平和一脸郁闷蹲在电视前的宋杏。

周霁年礼貌地叫了声"宋叔"和一声忽然听不清情绪的"杏杏"，便快步走近帮宋清平端菜。

宋清平看着眼前清瘦又好像忽然长大了的少年，心上难免也涌起一股酸，只拍了拍他的肩，不必多说什么，只嘱咐了一句"明天路上小心点，有事情可以给叔打电话"，然后扭过头，完完全全换了一个音调："宋杏杏！不要再看电视了！赶紧来端菜吃饭！"

将手中的苹果核以一个完美的抛物线丢进垃圾桶中，宋杳起身，小跑凑近帮忙。

小小的餐桌上摆满了一堆菜，有水煮肉片，还有宋杳爱吃的可乐鸡翅、周霁年喜欢但从未主动说过的鲫鱼豆腐汤，还有张虹要求的每餐必备的绿色蔬菜。

宋杳打开电饭煲，酝酿了一个小时的热气蒸腾笼罩在餐桌上，伴着饭菜香气将人笼罩，全身都暖洋洋的，更加衬托出口腹之欲。

三个人围着热热闹闹地开始吃饭。宋清平为两个小孩舀了堆得满满的两碗汤，他不太会说话，于是只一个劲地让他们赶紧吃，偶尔插播问几句高中的新生活。

"你们一班怎么样呀？"宋杳忽然开口问。

周霁年好像被问住了，想了一下，才回答："还可以吧。宗成豫和任桥又和我同班了，之前初中一班的人还挺多的，班主任是教数学的。"

周霁年一板一眼地回答着，却又凑不出什么有趣的回答，于是有点局促地抿了抿嘴。

"有他们那群男生继续陪你，我就放心了！"宋杳咧开个笑，"一班和二班那么近，我们见面也很方便的！"

听到她的这句话，周霁年那颗心终于挣脱了无形的网，重获自由，脸上也出现了一点笑。

"杳杳，伸手。"在闲暇的饭后，周霁年与宋杳并肩坐在狭小的沙发上，对着一台屏幕也小小的电视，耳边传来宋清平稀里哗啦的洗碗声与电视中情感充沛的台词对话，他忽然冲她开口。

宋杳稀里糊涂地冲他伸出手。

然后一把零钱坠入她掌心，他看着电视，却对她说着话："这些给你这周坐车上下学。"

"你一个人骑车，"他的声音绷得很紧，手也攥得很紧，"我不放心。"

"哦。"宋杳握紧手中那一把零钱，只闷闷地憋出一句，"你也要好好的，不然我不放心。"

手术室门口的"手术中"警示灯亮起。

消毒水的气味伴随秋天渐冷的空气在医院走廊中蔓延。

张虹拽了拽僵硬站在门口的周霁年，拉他到一旁的椅子上坐下，一碰才发现他的手那么凉。

张虹常年在医院工作，其实已经见惯了生离死别，但她的心还是泛上一阵酸楚，低声开口安慰他。

"小苹，没事的，秀兰会没事的，手术会顺利的。"

她用最简单的话语讲出最具力量的内容，然后轻轻拍了拍周霁年的肩。

"谢谢您，张姨。"周霁年低着头，心脏跳得很快，胸膛闷闷的，连呼吸都变得生滞。

"这一个多月真的很麻烦您了，我和妈妈都很感谢您。"这句话周霁年讲得无比真挚，当然张虹确实也是实实在在受得起这句感谢的。

为了陈秀兰的病，张虹把年假请了，老公和女儿都抛在家中没管，还到处托人询问更好的治疗方法与药物，帮忙在省里第一医院的乳腺癌名医手下排上手术。

周霁年已经十六岁了，不适合照顾陈秀兰，而且才半大的孩子也不懂怎么照顾人。

陈秀兰的病也还没告诉她六七十岁的爸妈，生怕两个老人家听见这个消息后为她提心吊胆；而她哥又远在海外，压根儿没人能照顾她。于是，张虹一夜辗转难眠后，还是决定请了假来照顾她。

同为女人，十几年的邻居友谊已经接近于亲情了，张虹无法任由陈秀兰一个人来看病。

陈秀兰对于张虹的陪伴百般抗拒，好说歹说想着法子劝张虹回去工作上班，列举着无数解决办法来证明她能照顾好自己，反复强调自己能请护工和朋友来照顾她的，让张虹不要太担心她。

可张虹一看见陈秀兰瘦削到憔悴的脸，怎么可能会放心离开，张虹只板着脸给她塞上一碗刚炖好的鸡汤，粗声粗气地催促着她赶紧喝才能早点好，对于她的话充耳不闻。

一到夜里，两个人都睡不着。陈秀兰是因为病痛，而张虹则是被沉甸甸的心理压力压得喘不过气，两人最好的消遣变成了聊起两个小孩。

聊小苹第一次掉牙，聊杏杏小时候打疫苗都不哭，聊学校有女生喜欢小苹，聊杏杏的漂亮文章……

当女性成为母亲，好像在一定程度上，孩子就变成了她们小小世界的核心。

"有什么好谢的呀！当了这么多年邻居，关系都比亲戚还好了，还说谢干吗！"张虹反驳周霁年，"再说了，应该是我得谢谢你和你妈妈呢！我和你宋叔那么麻烦你们照顾杏杏，你们还对她那么好，比我们教得好多了。"

"小苹，放宽心吧。"张虹不太熟练地伸手，朝上摸了摸周霁年的脑袋，"秀兰会没事的，都会好的，你不要担心，只要好好读书就够了！"

"你和杏杏能健康平安地长大，认真读书，努力学习，有个光明的前程，我们就都满足幸福了。"她低声说，近似叹息，又似祈求的祝语。

两个人在手术室前安静地坐着，呼吸间充斥着消毒水的气味，蓝白色的墙砖映得人脸色苍白，周围很静很静，好像心跳都可以被细数。

命运是一把达摩克利斯之剑，而他们只能手无寸铁地接受，接受一个答案。

但幸好，手术是顺利的。

全部人都重重松了一口气。

张虹先行带着周霁年，跟着陈秀兰那群拎着大袋小袋水果补品赶到省医院来慰问她的学校同事与领导，一同赶回淮市上班与上课，请假太久确实也需要一个提前适应的过渡期。

而手术成功后，陈秀兰才敢跟父母说明情况。两个年近古稀的老人抹着眼泪急匆匆地赶来医院，肚子里堆着的一大串责备的话在看到病床上瘦弱苍白的女儿时一下都哑了声，只含着泪好生照看着她，说了她一百句"不懂事"。

陈秀兰反倒着急地安慰着两个老人，她好像又短暂抛却了一切附加身份，回归最纯粹的"女儿"。

宋杏也终于熬过了高中开学第一周的军训，晒黑了些，衬得牙齿像是洁白的贝壳，于是每天都顶着顶鸭舌帽，涂上厚厚的防晒霜上学。她整个人也瘦了点，认识了一些新朋友，笑容与说话数量一同增长，书包的小格里塞着的小零食也成堆增加。

不过宋杏并没有听周霁年的话，坐公交车或打车上下学，而是默默调低了他的那辆自行车的座椅高度，每天权当运动似的吭哧吭哧骑车上下学。

在玉兰小区 D1 栋楼下偶遇一周未见的周霁年时，宋杳正笨拙地骑车停进楼下车棚中。傍晚的太阳虽然温和，但一路也将她晒出了点汗，鸭舌帽压得低低的，鬓边的发丝汗涔涔的，终于结束了军训最后的演练项目，身上的迷彩服也灰扑扑黏在身上，勾勒出窈窕身形。

宋杳锁好车，拿着丁零当啷各式可爱挂坠的车钥匙，一转身，就撞见了在楼梯口静静站着的周霁年。

他朝她笑了笑。

而宋杳的第一反应就是小跑上前，给了他一个猝不及防的拥抱。

一个泪眼汪汪，一个手足无措。

宋杳搂紧了周霁年，明显感知到他的单薄，搞不懂自己太过突然的情绪，但还是吸吸鼻子，忍着哭腔说："一切顺利就好啦！"

没有前因后果的一句话，却是她真正想说的。

周霁年则笨手笨脚地轻轻拍打着她的肩膀，安抚着她涌动的情绪，低声在她耳边说："没事了，都没事了。"

宋杳又重重地吸了吸鼻子，后知后觉地不好意思起来，伸手捂着脸从他怀里挣脱，声音还是闷闷的："我的意思是，陈姨手术成功，身体健康真的太好了。"

周霁年嘴角带着一抹笑，伸手拨了拨她一路迎风骑车而乱糟糟的马尾："我知道。我和妈妈都很感谢你。"

他弯下腰，从她紧紧捂着脸的手中去寻她躲躲闪闪的眼睛。

"走吧，去吃饭，宋叔饭都做好了，张姨也在上面等你了。"周霁年非常顺手地接过她的书包，领着她走上 301 室。

宋杳压低了鸭舌帽，跟着他一蹦一蹦地走上楼，雀跃的心情可视化，嘴里絮絮叨叨地询问着细节："陈姨怎么样啦？身体还好吗？有人照顾她吗？什么时候能回家呀……"

周霁年一如既往地有耐心，轻声一一回答着。他妈妈手术平安结束，他一颗悬着的心也终于安稳落地。

宋清平刚给厨房的灯换了个新灯泡，暖黄的灯光笼罩周身，桌上色香味俱全的饭菜挑逗被清汤寡水的病患餐豢养了一周的胃。

张虹给周霁年的碗里夹了满满一大搂的菜，一个劲地催促他多吃点。宋清平也帮腔说他最近瘦了。

周霁年只有大口吃着才能勉强抵消碗里各式饭菜增长的速度,空荡荡的胃被填满,心也被装满,浑身暖烘烘的。

宋杏一家三口热热闹闹地聊着天,从宋杏的一周军训生活讲到宋清平单位新来的那几个大学生,再听张虹这小一个月的省城生活。

这顿饭吃得很慢,充斥着各种欢声笑语。

周霁年也跟着笑,清瘦的面庞在柔和的灯光下显得温柔了几分,但是一呼一吸间,胸腔还是充斥着很多说不出口的烦恼。

比如陈秀兰的工作,比如高昂的医药费,比如后期的定期化疗,比如生活的重担……

这是一些会被斥责一句"小孩子不要想太多"的杞人忧天的烦恼,可是周霁年还是忍不住忧虑,他想要也需要对他的家人与家庭负责。

生活的现实像是盛夏时热烈得让人无法直视的晴空。

周霁年忍着眼眶中生理性涌起的泪水,忙于大步向前行走,失去任何停息的时间。

掐灭了闹钟,周霁年准时从床上爬起来赶去上高一新学期第一天的课程。

昏昏沉沉的脑袋被一条潮湿到冰凉的毛巾唤醒。

周霁年慢条斯理地收拾好自己,从冰箱中拿出一瓶牛奶,再给自己热了几个宋清平做的包子,还顺手煎了个鸡蛋。

机械性地咀嚼着早餐,周霁年在脑袋里思考着省钱,或者说是赚钱的方法。

早餐吃完了,他还是什么都没想透,好像除了好好读书,眼前没有其他道路。

算了,不想了,先上楼去唤杏杏起床吧。

周霁年背上书包,拿好车钥匙,再往校服外套兜里装了一把他舅舅上周从海外寄回来的一大堆营养品与补品中夹带的巧克力软糖。

杏杏肯定喜欢吃。

他认真地想。

正式上课一周,周霁年慢半拍地跟上了高中生活,开始习惯与宋杏分隔的那些细小片段;而宋杏每天装着一书包课外书,校服口袋里揣着枚MP3,

每天放学坐上他自行车后座,用耳机中的歌来代替往日七扯八扯的闲聊。

陈秀兰的身体也逐渐恢复,在父母的陪伴下出了院,终于回了她心心念念的玉兰小区D1栋201室。

一场病后,她的身体明显虚弱多了,爬个两层楼都忍不住喘气,可精神却是坚韧了些许,苍白瘦削的脸庞上那双眼睛却是闪亮亮的。

陈秀兰想,或许已经没有什么可以打败她的了。

可当打开201室那扇已经生锈的门后,陈秀兰还是忍不住红了眼。

家里依旧整洁,甚至比她急匆匆赶去医院无力打扫时还干净几分,周霁年不知从哪儿翻出了一张她与他的合照,应该是小学时期拍下的,摆在客厅最显眼的角落中。

陈秀兰眼睛湿漉漉的,费力地挪到沙发上坐下,捧着那张其实拍得不算好看的母子合照,认真地下定决心,就算是为了小苹,她也一定要继续平安健康地生活下去。

陈秀兰是提前出院的,没跟周霁年讲,害怕打扰他上课和学习。

所以,当周霁年小心翼翼地揽着一瘸一拐的宋杳,用钥匙拧开201室房门时,毫无防备地看见许久不见的外婆在厨房里热火朝天地做着菜,外公则拿着扫把耐心地清扫房间,而陈秀兰被外婆强硬地披上件外套,静静地捧着本书坐在沙发上读着。

空荡了两个多月的201室忽然恢复了生机,一切隐秘的不安与焦虑在这一刻被短暂驱赶。周霁年低下头眨了眨眼睛,喉结一滚,翻涌的情绪被覆盖。

倒是身旁的宋杳先欢天喜地开了口,嘴甜地喊着:"陈阿姨,你终于回来啦!还有阿公和阿婆也来啦!"

如果不是她的脚还一瘸一拐的,周霁年想她现在肯定直接奔进他妈妈怀里了。

只要妈妈好好的,那一切就足够了。

周霁年整个脑袋里只剩下了这个想法。

还是外婆从厨房端着盆炖得软烂入味的参鸡汤走出来时,她看着门口两个傻孩子还愣愣站着,忍不住好笑地唤了声:"这两个孩子傻站着干吗,赶紧放下书包准备来吃饭啦!还有几个菜马上就好了!"

周霁年这才回过神,急忙扶着没办法挪开腿只能干着急的宋杳走进屋里在沙发上安置下,习惯性地将他们俩的书包一同放进卧室里,然后又翻出家庭医药箱在她面前蹲下。

才一会儿,宋杳就和陈秀兰叽里呱啦唠了一大堆,宋杳两眼泪汪汪的,捧着陈秀兰枯瘦得不成样子的手,平时的花言巧语不知道全丢哪儿去了,只能将那几句劝慰与关切的话翻来覆去地讲着。

宋杳心里实在不好受,但身为一个小辈,她好像也做不了什么。

在一些瞬间,她不由得想起死,然后发现原来自己离这个残酷的字眼那么近。

看到陈秀兰平平安安地回到玉兰小区,回到201室,宋杳那颗惴惴不安的心也终于安定,但接连洋溢的是近似于心疼的情绪。宋杳只憋着眼泪,强颜欢笑地哄着她开心,不敢看她瘦削的脸。

"把裤脚捋起来。"周霁年无意打断她们之间黏糊糊又酸涩涩的情绪,只默不作声地拿出消毒水、棉签和绷带,然后轻轻对宋杳说。

被周霁年这么一提醒,膝盖处皮开肉绽的疼痛又钝钝地袭涌而来,宋杳龇牙咧嘴地放慢动作卷起灰扑扑的裤脚,还一边分出许多心神来回答陈秀兰的关切。

"就是放学在楼道里不小心摔了一跤。"她一张脸疼得苦兮兮的,但语气居然还能保持几分故意的轻松活泼,"没关系的,而且我皮糙肉厚的,应该马上就好了,陈姨你别担心我!"

周霁年只抿了抿唇,把很多疑问藏回喉咙里,脸色不算好,但为她处理伤口的动作却很轻柔。

她不愿意讲,他好像也没有立场追问,追问那些从楼道里传来的小声争执,她最近的坏心情,还有变得狼狈的衣服和松垮的马尾……

只是,胸膛中好像有钻石碎了满怀,锋利又隐秘地疼痛着,带着若有若无的不安,在她阳光般澄澈的目光下,他情绪折射出斑斓的光,一切都显像。

周霁年用棉签擦拭她膝盖上斑驳的伤口的血渍和灰尘,又用消毒水给她消毒杀菌了一下,最后又裹上一层绷带。

他凑得很近,于是呼吸都扑在她光裸的腿上,像是春天毛茸茸的青草,带着柔和的痒。

宋杳需要紧紧攥着手才能忍住缩回腿的冲动。

从这个角度,宋杳看不清他的表情,只能看见他手指温柔地帮她处理着伤口,还有他颤颤巍巍的长睫毛,鼻尖的小痣像是一颗小小的脆弱的句点,又像是清澈水潭中冒出的气泡，似触手可及的质地，但是又那么遥远，让她只能慌乱地移开目光。

她任由他的指腹在不经意间触及她的膝盖，伤口好像没有好转，反而又泛上隐秘的疼痛。

她在心底偷偷倒吸一口凉气。

而周霁年只无比专注地帮她上着药，裸露的血肉与瘀青在她奶油般的皮肉衬托下显得更加可怖，他感觉胸膛有点说不出来的闷。

"走路还是要小心一点。"处理完后，周霁年低下头收拾着散落一地的物品，貌似漫不经心地说出这句话。

而宋杏则回以一个同样沉闷的"哦"，像是一枚石子掉入绿汪汪的湖泊中，传来笨重的回声。

倒是陈秀兰在一旁笑眯眯地看着这两个小孩的互动，听见这小段别别扭扭的对话，忍不住评价一句，是难得的好心情："我们家小苹都会心疼人啦！长大了呀！"

明明说的是周霁年，倒是宋杏莫名闹了个大红脸。

陈秀兰捏捏宋杏红扑扑的苹果般的脸蛋，笑着说："我们杏杏走路也得小心点哦。"

好久没有见过陈秀兰如此轻松的语气与神情，201室中持续了一个多月的夏季残留低气压好像在这个瞬间才终于褪去。

从今天开始，就是天朗气清的新一天。

第六章

酸涩生长痛

"杏杏，你等一下吃完饭后就和小苹一起去屋里读书吧。"陈秀兰往她碗里夹了一只鸡腿，无声地催促着她多吃点，"阿虹晚上得值晚班，等你爸今晚出差完回到家应该也得十点多，到时候他再领你回家，你先在楼下写写作业玩一会儿。"

宋杏乖巧地点头回应，努力和碗中突然多出来的那只大鸡腿抗争，但心还是乱了一瞬。

毕竟，她好像好久没有和周霁年一起挤在那张小小的书桌前写作业了。

高中好像是一个全新的起点，而他们俩却好像还是一直停滞不前。

他们依然说说笑笑，在颠簸的自行车上一同见证早上七点微冷的白茫茫的朝阳与晚高峰吵闹的喧嚣，学着一模一样的课程，在如出一辙的练习册上书写着自己的高中生活，分享一天，也分享短暂的瞬间。

纵使宋杏有心缓和，但好像一切都如同流淌的河般一去不复返了。

忽冷忽热。

宋杏在崭新的日记本上写下这四个字来形容她与周霁年，然后笔一顿，墨水氲成一个重重的逗号，把他们十五年来的所有与"青梅竹马"相关的情谊都短暂分隔，然后又继续写下四个字——别别扭扭。

没想到倒是一语成谶，为他们后续的相处落下了难解的预言。

宋杏心中挂念着陈秀兰的病情，这段时间对周霁年都温声细语了几分。周霁年在一些难掩脆弱的瞬间也变得很依赖她，眼睛一直偷偷摸摸跟着她跑。

可在更多的时候，他好像总是把眼睛压得低低的，看不见他眼中的神色，只能瞥见不太明显的双眼皮褶皱。

宋杏搞不清他到底在想什么。又不知道怎的，"青梅竹马"这个词很快被大家绑定到周霁年与宋杏身上，很多谣言，许多纠葛，把宋杏搞得更恼了。

于是在学校里一见到周霁年,她就扭头跑,上下学也有很多理由在自行车停车棚里磨磨蹭蹭来错开时间,上下学的颠簸道路变得安静而辽远……这就是成长的必经之路吗?

宋杳并不清楚。

宋杳在某个周五最后一节班会课的电影观看环节被班主任梁敏在闹哄哄的教室中轻轻拍了拍肩,无声叫出教室。

梁敏领着宋杳走到办公室,拖了一把椅子示意宋杳坐下,用一次性杯子倒了杯热茶递给她。

宋杳乖乖巧巧地捧着茶,茉莉花茶被热水激活,香气猛地往鼻尖钻,心烦意乱,不知道自己将会面临什么。

在清澈的学生时代,老师是最权威的一切,而成绩是无形的评判准则。

一杯茶从左手换到右手,却是一口都没喝,宋杳只默默用它暖着手,脑袋里构思一百种追责话语并演化一千种答案。

看面前小女孩可怜巴巴的安静模样,梁敏倒是忍不住笑了笑,小孩子的心事都是透明的,一眼就能望得见鹅卵石般硌人的烦恼。

梁敏语气轻松地冲她说:"快喝口热茶吧,今天降温得厉害呢。"

宋杳心下轻轻松了口气,很秀气地抿了几口,整个人伴着茉莉花茶的清香一下子就变得暖烘烘的。

其实梁敏是蛮喜欢宋杳的,宋杳语文成绩那么好,她作为语文老师面上也有光,而且也看得出来,小女孩挺有才气的,更重要的是,宋杳静得下一颗心。

梁敏不止一次看到在吵闹的课间,宋杳一个人安安静静地坐在座位上捧着书看,不是什么乱七八糟的杂志,也不是什么被严令禁止的言情小说,反而是一些文学书籍,有名著也有小众;也经常在图书馆偶遇她,她整个人埋进书里,是另一个世界。

梁敏扯着笑,终于说清把宋杳唤来办公室的原因:"我今天叫你过来,更重要的是想跟你说一下作文比赛的事情。你作文写得很好,也很有灵气,不应该浪费这种机会。"

梁敏从书桌上抽出一本杂志递给宋杳:"你看一下尾页附带的报名表和比赛信息,也可以稍微翻一下杂志,了解一下风格和类型。"

"但是这个比赛马上截止了,所以你可能得抓紧一点时间。"

梁敏看着手忙脚乱又小心翼翼地看着那本杂志的宋杳,眼中的笑意浓了几分。

"放轻松,我感觉你可以的。"她又拍了拍宋杳的肩,鼓励着。

宋杳的胸膛像是有一壶水在沸腾,"咕噜咕噜"冒着泡,凝成嘴角盛着笑意的酒窝:"谢谢梁老师!我会好好抓住机会的!"

"我看过你的文字,像是一潭柔软的水,我可以这样形容吗?"梁敏斟酌着用词来表述。

这番话惹得宋杳眼眶发热,她只能深呼吸,无比认真地憋出一句:"老师,我会好好写的!"

"但是不要落下功课哦!"

坐在自行车后座上,宋杳没有像往常一般牵住周霁年的衣摆,而是双手紧紧环住胸前的杂志。

周霁年没有主动开口问她为什么今天放学晚了那么久,也没有问她为什么一路这么安静,只是静静地骑着车,载着她回家。

太阳还没完全落下,橙汁一样酸甜的阳光笼罩在两人身上,将影子扯得好远好远,自行车轮转呀转。

"今天我们语文老师推荐我去参加一个作文比赛。"

周霁年没有接话,只是默默等着她继续开口。

"老师说她很喜欢我的文字,也看过我之前写的一些随笔。"宋杳的声音在晚风里轻轻颤着。

"她说,这个比赛门槛有点高,但是她认为我应该尝试!"

"下周投稿截止,我得好好准备了。"宋杳捏紧了拳,仰头看着泛红的树叶,脸庞被照亮,眼睛似水钻。

周霁年牵了牵嘴角,用力蹬着脚踏板爬上坡,笑着回应她:"你可以的,我相信你可以的。"

宋杳用力点了点头,好像先前的那些短暂的卡壳都幻化成细碎的白糖颗粒融化在橙汁中。

宋杳如获珍宝地小心对待着那本文学杂志,废寝忘食地读着,米白纸张上每一个标点都生动。

她第一次知道，原来文字也能成为一场游戏，又或是一首歌，心脏"怦怦"乱跳，一会儿为着一行精妙绝伦的遣词造句而无声感叹膜拜，一会儿胸膛上演沉闷的回南天，那一个个字词就像是朦胧水雾，让眼睛也发涩。

　　她每天都在教室中抓紧每分每秒写着各科恼人的作业与练习，然后早早地回到家中端坐在书桌前，摊开稿纸，用着铅笔一字一句认真书写着，才两天，桌边的纸张就堆了高高一摞。

　　可她还是没有写出最佳文字，整个人愁眉苦脸的，那本杂志都被翻皱了。

　　于是趁着周末的尾声，家长去上班的空隙，宋杳偷偷摸摸地摸到张虹和宋清平的卧室里去开电脑，在搜索引擎中输入杂志名称，然后跳出许多连带的作者名与经典文章。

　　对着电脑看久了，眼睛都疲劳了，一个个小小的黑字牵着手跳着热情的踢踏舞，而宋杳呼吸也跟着局促。

　　她不由得沮丧，是挫败，是不自信，是无可奈何的感伤。原来，辽远的文字世界是这种模样，对比之下，她所写的那些东西不过是"为赋新词强说愁"的过家家般的玩笑。而在同样的年纪，早已有人靠着纸笔写出了名堂，那是她可望而不可即的遥远。

　　宋杳眼睛发晕，恋恋不舍地关掉电脑，脑袋里有一百篇文章在兜圈，连呼吸都沉闷。于是，她捧起草稿本，夹了一支铅笔在耳边，蹬上拖鞋，跑下楼，敲响201室的门。

　　宋杳捏着草稿本和铅笔，捧着一杯陈秀兰递进手里的大麦茶敲响了周霁年的房门。

　　周霁年很快就打开了门，他早就在不太隔音的卧室内从客厅窸窸窣窣的声响中猜测到宋杳的到来，于是一道简单的物理题他磨磨蹭蹭写了十几分钟还是无解。

　　"陈姨让我来和你一起读书。"宋杳没有抬头看他，眼睛直直向前看，才几个小时不见，语气就又变得生硬。

　　周霁年像是雨后的春笋，一个劲地持续往上蹿，于是现在宋杳平视的目的地也从他的脸庞变成了胸口。

　　然后，她就自然地看见了他的白色T恤下影影绰绰的年轻气盛的身躯，鲜活又朝气蓬勃，让宋杳的脸部温度控制系统险些失灵。

"进来吧。"他淡淡地说，听不出任何情绪。

"我还有五道物理大题得先写一下。"周霁年没头没脑地突然说了一句。他都不知道自己为什么要精确到题数与科目，也不知道写完后，应该对她说什么。

"哦。"宋杳学着他平淡的语气拉长了音回复，无比自然地在他的电脑桌前坐下，把手中的一堆东西放下。

唉，201室就是这点好！

电脑都是周霁年专用的！陈秀兰开明，也不会限制他什么；哪像301室，宋杳想查个资料都得讨好爸妈好一会儿才能被准许去他们卧室用十分钟电脑。

"物理好无聊。"她瞥了一眼恍若天书般的不知被周霁年超前写了多少的练习册，撇撇嘴嫌弃。自从确定要选文科后，她所有的物化生作业总是含糊过去的，"你的电脑能借我上一下网吗？"宋杳开口，并知道他不会拒绝。

周霁年点头，转身安静坐回书桌前，握起笔，看着书写到一半的解题过程，却是什么思路都追不回。

他那颗心像是一枚风筝在春风沉醉的晴空中漫无目的地翩飞，而她的笑是唯一的锚点。

宋杳兴高采烈地打开电脑，无比熟练地搜索网页寻找灵感与素材，继续开始自己的浏览与阅读。

宋杳看得头昏眼花，突然福至心灵，急匆匆对着在书桌前默默写着题的周霁年喊了句："我在你电脑上开个文档写点东西可以吗？"

周霁年点了点头，忽地反应过来她看不到，又轻轻地开口"嗯"了一声。

宋杳噼里啪啦地敲着键盘，难得没有像往常那样纠结一个字眼一句语句，屏幕中的文字流淌弥漫页面，积成一摊小水塘，她写淮市这个闷热的夏天，写青春期的迷思，写很多很多。

直到手腕发酸，视线模糊，肩颈生疼，宋杳才心满意足地按下保存，但是又缺乏重新阅读的勇气，只匆匆关掉页面，然后喊了句："我先保存在你电脑上，晚上再拿U盘过来拷。"

不需要明确主语，也无须定位方向，周霁年有种超能力，就是只要她对他开口，他就能敏感地知晓。

"好。"他的语气已经恢复正常，对着新摊开在桌上的化学练习册奋笔疾书。

  宋杏揉着酸涩的眼睛深呼吸。未关的窗拦不住初冬萧瑟的风，南方的空气潮湿，脸庞上蒙着湿润的凉意，宋杏有点失神，已经搞不清他们上一次这样心平气和地共处一室消磨时间是多久之前的事了。

  她瞥了一眼发烫的电脑屏幕，原来已经下午五点多了。手边的那杯大麦茶已经变凉，她一口喝完，起身，丢下一句："我先回家了。"

  周霁年循声抬起头，看着她。房间没开灯，朦朦胧胧的，像是小时候家中那枚老化的白炽灯泡，总让他分不清白天与黑夜。

  而宋杏的脸笼在荫翳中，他又回了声"好"，她的眼睛像是两颗黑黢黢的葡萄，没有尝过，所以不知酸甜。

  宋杏对着在厨房中热情做着饭菜、下定决心要精进厨艺的陈秀兰打了声招呼后，又跑回301室，将草稿本丢在书桌上，然后才后知后觉地发现自己的铅笔落在了楼下的电脑桌上。

  不过也就一支铅笔。

  宋杏把客厅的灯打开，201室热腾腾的饭菜香气升腾而上，引诱着她的肚子"咕咕"叫了声，她从零食袋子里找出包饼干拆开啃着，顺手将手边的遥控器捞起，打开电视。

  电视一打开就是淮市本地频道，播着不知重复了几遍的当地新闻。宋杏光顾着对付掉屑的饼干，一时间也没腾出手去换台。

  于是，她就听到了那则新闻。

  "青年导演彭焕于十一月中旬将至淮市海选寻找筹备中的电影《野池塘》的主角。"

  那时，宋杏只是匆匆看了一眼后就马上换台到最近很火的电视偶像剧频道，边吐槽，边不受控地被吸引着往下看。

  吃完饼干，宋清平刚好也提着从菜市场买的大袋小袋的菜回家了，马上洗手作羹汤。而宋杏闲着没事干地凑在他身旁东看看西摸摸，换来一句"惹人嫌"和驱赶。她嘻嘻哈哈地帮忙收拾着碗筷，在温暖的灯光中等待张虹回来一起吃一顿美味的晚饭。

  宋杏啃着鸡腿，看着爸妈在聊那些她听不懂的贷款与社保等问题，脑袋漫游，只寻思着晚上得去201室拷一下文档，然后跟妈妈磨一磨换得摸摸电脑改文章的机会，如果有剩余时间顺便把相机内存卡里面的照片清一清。

事情按她所预估的那般顺利进行：她忍着羞耻，修改完了文字，明天去打印，后天寄出去，时间安排得刚刚好。随后，她慢悠悠地导完了照片，猝不及防地与初中的自己撞了个满怀，打包照片丢进初中班级群中，换得一片泪眼汪汪。

　　最后，她把压箱底的那些关于自己与周雾年的照片一张张点开查看，感慨自己青春无敌的同时，还是忍不住被照片中人模狗样的周雾年迷了一瞬。她将照片私发给周雾年，顺便将那张初三运动会他与陈秀兰的合影附带发给陈秀兰。

　　周雾年没有回复，宋杳猜测他没上网。

　　但是她没有猜到，她给他拍的第一张照片，那一瞬好天气与玉兰花开，还有他柔和的笑，会在电影《野池塘》海选结果公示报道中出现。

　　最后一节课的下课铃一敲响，宋杳便背起课上就偷偷收拾好的书包，立刻起身，难得不避嫌地跑到隔壁一班探着脑袋冲坐在窗边的周雾年小声喊了句"我今天自己回家，你别等我啦"，然后就步履匆匆地赶往淮市邮政局。

　　她气喘吁吁，心跳也不稳，整了整奶奶亲手给她织的围巾，掩住口鼻挡住料峭寒风。

　　她搞不懂呼吸的急促是因为缺乏运动，还是因为心有期待。

　　她捏着那薄薄几张纸，喘着气，踩着邮政局下班的点小跑走进，买了一个信封，贴上邮票。宋杳小心翼翼地将积攒了好几天的勇气折叠封装，握着笔，手中一个劲地出汗，黑色水笔变得滑溜溜的，她一笔一画认真将报名表上的投递地址抄录。

　　然后，宋杳踮着脚，将手中沉甸甸的信封丢进邮箱中。她眼睛亮亮的，等待了一瞬，却听不到信件掉落的声音。

　　宋杳有点怅然若失地转身，缩了缩脖子，将脸埋进毛茸茸的围巾中，她的那些日夜，好像就这样被无声地吞噬了。

　　她没有将投稿参加这个作文比赛的事情大张旗鼓地宣传，只偷偷忍不住告知了周雾年与陈秀兰。在这个短暂抽离的瞬间，她难得觉得有一些寂寞。

　　于是，宋杳急匆匆踩着夜色赶回家，顺便在小区门口的手推车小摊上买了一小袋香喷喷的糖炒板栗与三个甜滋滋的烤红薯，然后左拐右拐走回D1栋，爬了两层，停到了201室门口。

今晚张虹又轮值夜班，宋清平又去省里开会培训了，所以，宋杳今天的晚饭又得在201室解决了。

她敲了敲门，迎来陈秀兰扬着声音的一句："杳杳吗？门没锁，直接进！"

宋杳两手沉甸甸地推门进去，还没走进客厅就先笑着喊："陈姨！我买了糖炒板栗和烤红薯！一起来趁热吃！"

陈秀兰在围裙上擦了擦两手洗菜沾着的水，笑眯眯地走出厨房："杳杳回来啦！今天我炖了你最喜欢的蘑菇炖鸡，你现在可别吃太多了，留点肚子等一下喝汤。"

宋杳"嘿嘿"笑了两声，继续招呼着："陈姨，你赶紧来吃烤红薯！超级香的！"

左右看了看略显安静的201室，宋杳将眼神又停留在陈秀兰身上，含糊地咽下嘴里暖融融一片如冰激凌融化开来的红薯泥。

"好，我陪杳杳一起吃。"陈秀兰说着在她身旁坐下，捧起红薯慢吞吞地吃着，随口提起，"今天小苹舅舅一家回国了，他表姐拉着小苹出门一起去他外公外婆家坐一坐，等一下顺便打包一点菜回来一起吃。

"他们带了好多进口零食回来，小苹表姐还带了点我都没听过的护肤品和化妆品，晚上你挑点喜欢的带回楼上。"

宋杳温暾地点了点头，撒着娇倚在陈秀兰没动刀的那边肩膀上，甜腻腻地道着谢："谢谢陈姨！"

"今天去投稿了吧？"

"嗯。"这一声轻了点，她莫名有点不好意思。

"那我就等你的好消息啦！"陈秀兰拍了拍她的脑袋。

一个红薯吃得差不多了，两个人浑身暖暖的，冒着松软的香甜气息，而厨房"咕噜噜"滚着汤，鸡汤的香味在飘散。

低声调开的电视机播放着没人在意的新闻，什么电影、什么海选、什么主角都模糊不清地成为背景白噪声。

宋杳倚在沙发上，脑袋里一个一个地蹦出今天和本周的待办事项。

门被推开，娇俏的女声嘻嘻哈哈着，宋杳下意识地挺直了身，眼神不自觉地望向门口。

"姑妈！我和小苹买了好多东西！"一个染着粉红色头发的漂亮女生两手拎着满满两大袋东西艰难地挤进门。

身后，周霁年沉默地扛着好几大箱东西，挽起的校服外套袖子遮不住手臂流畅的肌肉线条。

陈秀兰站起身想帮忙，宋杏也跟着急忙起身，扯了扯身上倚靠得皱巴巴的校服外套，扯开一个她最擅长的腼腆的笑。

见她们俩想上前帮忙，周霁年忙开口："你们俩坐着就好，我们马上就搬完了。"旋即加快了动作。

陈秀兰笑眯眯地冲着两个女生介绍："这是杏杏，小苹的好朋友；这是嘉毓，小苹的表姐。"

陈秀兰："嘉毓，杏杏就住楼上301室，经常下来陪我，很乖。"

宋杏有点扭捏。

"杏杏，嘉毓明年就要继续读博士了，今年刚好有空可以跟她爸爸一起回国玩一玩，你和小苹也可以向她请教些英语问题，练练口语，嘉毓成绩可很好呢！"

陈嘉毓只爽快一笑，气喘吁吁地放下手上的东西："我知道杏杏的！她很小很小的时候我还抱过她呢！"一边说着，一边用手比画着模拟抱小孩的姿势，"而且小苹经常提到她，他的小青梅！"

陈嘉毓挤眉弄眼，语气中的调侃意味明晃晃地在空气中飘散，说着还不忘冲宋杏打招呼："你说是不是呀，杏杏。"

宋杏攥了攥校服衣摆，只能红着脸喊了声"嘉毓姐"，无声求饶。

周霁年毫无威慑力地轻轻咳了声，生硬地扯开话题："妈，我们买了一只烤鸭、一条鱼，还有一些蔬菜，你看看怎么做，我帮你打下手。"

"还买了一大堆零食！"陈嘉毓高声补充，手上不知什么时候就摸上了几颗还热乎着的栗子，下巴冲着墙角的几个大箱子扬了扬，"这些可是我辛辛苦苦扛回来的礼物，你们快拆开看看喜不喜欢！"

"辛苦嘉毓啦！"虽然侄女都已经二十四五岁了，陈秀兰却还像哄小朋友一样，轻声哄着她，快步走去查看那些菜，脑袋里闪现无数菜谱，心中小小的名厨梦又在熊熊燃烧，"姑妈给你露几手，我最近做菜可进步好多！"

陈嘉毓咬下一颗栗子，小小的脸盈满笑意，像小尾巴一样马上跟上去："我也学几招，后面回去给我妈露几手！

"好久没回国了,淮市怎么变了那么多,我都认不出来了!路上遇到好多店可馋死我了,还有什么电影海选,没想到居然还能寻到我们小城,我们家小苹那么帅,我哪天偷偷给他投一个,嘿嘿!

"杏杏还是一如既往的可爱呢!以前软软一小只跟小猫一样可爱,现在咻的一下怎么就长那么大啦!"

陈嘉毓叽叽喳喳地说着,口干舌燥,难得找到机会说中文,有点停不下来。

宋杏则呆呆地站在客厅,看着热热闹闹的厨房,有点无所适从,满肚子的红薯在滚动与膨胀,甜蜜不再,只剩沉重。

"杏杏,喝不喝苹果汁?"

周霁年被陈嘉毓吵得逃出厨房,蹲着拆那几个大箱子,拿出一大瓶苹果味饮料,仰着头向宋杏询问。

略微长长的头发软软地趴在额头上,衬得他都柔软了几分。

一颗心闷闷的,跳得很不畅快,像是受潮的鼓点,但她还是点点头,带着点无缘无故的情绪:"喝。"

周霁年递给她一杯倒得满满的苹果汁,还加了冰块,他知道她喝饮料只喜欢喝冰的,嫌弃常温的太腻。

宋杏一口气将那杯苹果饮料喝得干干净净,只剩冰块还在杯子里慢慢融化,将胃中发烫的红薯浇灭。

眼前又陆陆续续出现几包糖、一块巧克力、一盒曲奇……周霁年挑选出宋杏喜欢的零食,一股脑地往她怀里塞。

宋杏不一会儿就两手揣满东西了,急忙喊停:"我到时候想吃了再下楼找你拿。"

"好。"周霁年顿了顿,心中埋怨自己太笨。

一顿晚饭吃得热热闹闹,在热情洋溢的充满归国快乐之情的陈嘉毓面前,其他三人都显得文静多了。

宋杏的心都被烘干,吃得满头大汗,忍不住夸赞着陈秀兰稳中向好的厨艺,一边伸着舌头不住呼气缓解着川香香辣鱼块的余韵,一边脱下校服外套。

而周霁年看她狼狈又可爱的模样,不动声色地牵起嘴角,往她手边空着的杯子中续上苹果汁。

把一顿晚饭变成一场个人脱口秀的陈嘉毓虽然忙着说话和吃饭,但眼睛却没有错过她这纯情木头表弟的小动作。走过青春期的她一眼就心知肚明,于是,她有意把话题扯向宋杳。不一会儿,两个女生就熟得不得了了。

周霁年任劳任怨地收拾着一片狼藉的厨房和餐桌,而陈秀兰则坐回沙发上,掏出几团毛线球为几个小孩打着围巾。

从一个又一个的纸箱中翻翻又找找,陈嘉毓满头大汗,终于掏出一瓶小香水,笑着露着虎牙冲宋杳说:"杳杳,你闻闻看喜不喜欢这个香味!"

虽然从来没见过那些牌子,但是看包装,宋杳就知道肯定不便宜,连忙摆手拒绝:"不用啦,嘉毓姐,我现在还在上学,哪用得上这些!"

"趁着年轻漂亮才更要认真打扮自己呀!"陈嘉毓有自己的一套道理,"那么漂亮的年纪,不好好打扮才是浪费!"

宋杳被这话给吓得一愣一愣的。

"你快闻闻这个香味!"陈嘉毓不等她拒绝就直接拆封包装放进她手里,"好像是黑莓与月桂叶,应该挺适合你的!"

"还有这枚发夹,设计成枝头的小果,我一看到就想到你!"陈嘉毓边说着,边直接上手帮宋杳别上那枚闪亮又可爱的发夹。

于是,当周霁年走出厨房时,他猝不及防地就撞见宋杳鬓间的发夹,嗅到惑人的莓果气息,一颗心全系在她弯起的嘴角上。

一个接一个的酸甜气泡变成汹涌的情绪,"砰砰砰"地在胸膛中绽开。

印象中,高一那一年淮市的冬天好冷好冷,难得的大雪纷飞,好像也是宋杳短短十六年人生中最不对味的一个冬天。

窗外纷飞的雪花朦朦胧胧,将世界模糊成家中电视机不时接触不良跳出的雪花屏。宋杳站在阳台边,双手笼在唇边,一口口地哈着气聊胜于无地暖着手。

难得地,她失去了赏雪的心情,只觉得这大雪落得心烦。

"傻孩子,在阳台不冻吗?"张虹一边布着菜,一边高声冲着阳台喊,"赶紧洗洗手来吃火锅!"

宋杳应了一声"好",但心情却不如语气那般轻松。

她忍不住掏出手机,点开堆满了班级与朋友各类搞怪热闹新年祝福的社交软件,点开备注着"周霁年"这三个字的头像,咬着唇,踌躇着。等坐到餐桌前，火锅"咕噜噜"氤氲的水汽将人衬得暖烘烘的，宋杏还是没有想清楚她到底想干吗。

张虹看她捧着手机魂不守舍的模样，忍不住嗔她："吃饭怎么还玩手机呢！"

于是，宋杏一鼓作气敲下"你几号回来过春节"发出后，就做贼心虚地将手机揣回兜里，拿起筷子往锅里捞，才发现原来还没下菜。

她下意识地瞥了一眼聊得热火朝天的张虹与宋清平，发现他们俩才没空看她的傻样。她这才放下心，夹了几片肥牛丢进鸳鸯锅中浮着红油与辣椒的那一半辣锅内。

"哎呀，人的际遇真的是说不准的啊！"张虹往清汤锅里丢了几截玉米，忽然有感而发难得哲理一下，"你说小苹家庭那么坎坷，老周早早地就走了，秀兰也命不好患上那种病，也算九死一生。但小苹运气好啊，怎么一下就被那什么导演挑中去当男主角了呢！"

"我听科室里的小姑娘们讨论，说这导演可厉害呢，国际奖都拿了好几个，小苹终于也算熬出头了！"前面张虹还压着声音小声说，后面越说声音越高，刺得宋杏耳朵不舒服。

宋清平为母女俩下着虾滑，语气慢悠悠地说："那也是人家小苹有福气，长得那么俊，人家导演不找他找谁。"

"但也真是运气，要不是他表姐闲着帮他邮了份简历，恰巧他那表姐学的也是导演这方面的，了解了下剧本就赶着他去试镜，小苹那安静乖巧的性子怎么会主动去试镜啊。"张虹捞起一截玉米丢进宋杏碗里。

"但一试镜就直接被选上了，也真是好运气啊！我看宣发海报中他那张照片好像还是我们杏杏拍的嘞！不过也真没想到，那么快就得跑去沪市拍电影了，寒假只能回来几天，不过听说片酬都有六位数呢！"

宋清平给自己倒了一小杯酒："小苹那么乖的一个孩子，去拍这个电影其实也是为了秀兰吧。"

他闷了一口酒，继续说："这孩子心事多，之前好几次打探问我他妈妈这个病花了多少钱，我一直打哈哈，他应该心底一直惦记着。"

"真的是乖得让人心疼。"张虹长长叹了一口气。

宋杏在一旁默不作声地听了一整段对话，只觉得自己像是锅中翻腾起伏的番茄，酝酿出不合时宜的酸意。

"哎呀！肉都被煮硬了！"张虹见她呆呆的样子，高声提醒。

像是大梦初醒一般，宋杏急匆匆把肉捞起塞进嘴里，却被红油呛了个猝不及防，喉咙里像是炸开了个催泪弹，眼睛里酝酿着融化的雪水。

宋杏不住地咳嗽着，张虹一边碎碎念着，一边倒了杯果汁在她手边。

这是周霁年赴沪前送上楼来的苹果汁。

宋杏慢吞吞地喝着那杯苹果汁，嘴里各种味道交织，口袋里的手机细微地振动了一下。

是周霁年发来的消息。

她毫无理由地揣测。

于是，宋杏急匆匆地结束一顿心不在焉的晚饭，捧着一杯堆满冰块的苹果汁回到卧室，也不管张虹在背后念叨的那句"怎么大冬天还喝冰的"。

宋杏在书桌前坐下，没有开卧室的灯，只留书桌上一盏小台灯的光，随后掏出手机。

周霁年：我可能21号才回去。

宋杏瘪了瘪嘴，不开心。

她将手机倒扣在桌上，翻出一份寒假物理作业开始奋笔疾书。

这次期末考，她的物理和化学考得糟透了，只有生物意外地考得好，搞得物理老师和化学老师吹胡子瞪眼的，恨不得揪起她的耳朵狠狠给她再布置一百套卷子。还是梁敏及时救下了她的耳朵，梁敏替她立下军令状，保证在下学期开学考中她的物理和化学能上85分。

宋杏心虚地揉揉耳朵，闷声不响，吸了吸被冻红的鼻子，嗅到梁敏身上淡淡的咖啡气味，再想起自己杳无音信的投稿，应下了这份军令状。

送走两位老师后，梁敏并不急着让宋杏离开，轻声细语地询问她这次期末考物理和化学成绩退步那么多的原因，不是斥责，也不是咄咄逼人，只是柔和的问句。

宋杏却支支吾吾说不出个所以然来，总不能说因为她赌气跟周霁年单方面冷战，所以任何错题都拉不下脸去问，一知半解地硬熬着，遇到期末考原题还是不会做吧。

见她扭捏，梁敏也不为难她，只摆摆手让她赶紧回家过寒假，叮嘱了几句让她好好休息、好好调整之类的话语，还塞给她一颗甜甜的砂糖橘。

可宋杏却莫名地迈不开腿了。

十六七岁的小孩脸皮还很薄，于是，梁敏就盯着她红成红豆粥的耳朵看。

宋杳不好意思地开口："对不起，梁老师……那个作文比赛我没有进决赛。"声音越说越小声，需要用力咬着唇才能忍住眼中朦胧的一片水雾，手攥得紧紧的，于是手心中烙下月牙印。

梁敏急忙哄她："哎呀，没有进决赛又怎么样！一个小比赛而已，又不能代表什么，你写得很棒，老师很喜欢！只要你写的是你想抒发的，你喜欢你所书写的文字，这便足够了。"

可她越说，宋杳眼中那场雨就越发沉重。

梁敏手足无措地说了很多，最后看着面前委委屈屈却更显可爱的小姑娘，索性两手一伸，轻轻搂她进怀里："没事的，明年继续写嘛！"

宋杳后知后觉地不好意思，只双手紧紧捂着脸："啊啊啊，本来没有进决赛就很丢脸了，现在哭了更丢脸了！"她苦着脸带着哭腔说。

梁敏憋不住笑了，轻拍她的背，认真地回答："一点都不丢脸，而且你已经很棒了不是吗，这次期末全市联考你语文又是第一呢，文科也都考得很好，数学也进步很多，应该高兴的！"

宋杳渐渐平稳情绪，揉了揉泛红的眼睛，已经记不清还跟梁敏聊了些什么，她只知道当她背着装满寒假作业的沉甸甸的书包走出空无一人的教学楼时，有无限斑斓灿烂的晚霞不期而遇地撞入眼帘。

宋杳挠挠头发，抓抓耳朵，喝口饮料，再吃片饼干，皱着眉继续答着物理卷子。她埋头苦写了两个小时，一对答案错一半，顿时垂头丧气，只将手边那杯冰块融化的苹果汁一饮而尽。

她忍不住想：如果周雾年在就好了。

然后，她更沮丧了。

因为……他们好久都没聊天了。

刚才的那两句简短又生疏的对话好像又把下个月的聊天给截住了。

她叹了一口气，人也跟着往下滑，趴在桌上，脸颊被摊成一朵塌塌的奶油。她懒洋洋地握紧红笔，认真订正。

看着满卷子的红色字迹，宋杳又叹气，无可奈何地摊开草稿纸对着答案继续推算。

手机突然振动，她僵住。

但她还是耐着性子将整张卷子的错题重新搞懂了后，她才拿起手机，动作有点自己都察觉不到的急切。

周霁年发来了一张照片。

宋杳咬着唇，点开。

是一片雪景。

算了，原谅他吧。

心上的积雪忽地融化成一片月光，把心事都照亮，宋杳又趴回桌上，绷着脸，忽然想。

他也没做错什么。

宋杳搞不懂自己的不高兴从何而来。

可能是从别人那儿才知晓周霁年去参加《野池塘》试镜时，也可能是当知晓周霁年成为彭焕导的片中最年轻的男演员并搭配了一个超漂亮的女童星时，当然也或许是在网上看到这部电影的缠绵爱情元素时……

从淮市的纸质报纸到网站的热搜，从笨重电视机一闪而过的娱乐频道到学校擦肩而过的学妹花痴的话语中，宋杳听见好多好多"周霁年"这三个字。

林珊好几次故意来刺她，用着"青梅竹马"这个字眼来看宋杳的笑话。宋杳权当没听见，继续翻着手上的书。但只有她自己知道，其实她什么都没看进去。

为什么周霁年对于这件事跟自己闭口不谈呢，宋杳想破脑袋也搞不懂。

只是看着周霁年越来越忙的模样，听着201室越来越热闹的声音，她憋着一股无名的劲，扭开了头，下意识地选择逃避。

宋杳抿着嘴用力在日记本上写下好多好多颠三倒四的话语，写的故事中所有的坏人都不爱喝青苹果味早餐奶。

宋杳缠着宋清平给她买了辆新自行车，开始自己骑车上下学，偶尔在路上或学校遇见周霁年，只马尾一甩就马上避开。

等到期末考考完，宋杳还是没解气，但这种单方面冷战还是让她感觉到累了。

于是她想，只要周霁年再来主动找她一次，她就原谅他了。

毕竟有一个去当大明星的竹马，还是一件蛮酷的事情的。

只是，在等到主动攀谈前，宋杳先获得了电影开机周霁年奔赴沪市拍摄的消息。

宋杳点开聊天页面的那一张雪景照片。

她闷闷地看着纷飞成白色噪点的落雪，以及背景中掩不住灯红酒绿的沪市夜景，忽然抬眼看向窗外渐歇的小雪。

他们看的会是同一场雪吗？

脑袋昏昏沉沉，宋杳与满纸的物理公式眼对眼，还是搞不懂为什么楼下那个好像还在为着不喜欢喝的青苹果味早餐奶而皱鼻子的周雾年忽然一下子就变成了小明星，走进了离她那么那么遥远的成人世界。

而她，依旧是没有魔法教母眷顾的灰姑娘。

桌上的手机忽然"嗡嗡"作响，振动个不停，牵动着她的心脏也加速跳动。

宋杳懒散地趴在桌上，伸手捞过手机，眼神刚撞上闪烁的屏幕，就忽然睁大了眼。

是周雾年打来的视频。

她手忙脚乱地直起身。长长的刘海挡在眼前，遮掩视线，她下意识地接通视频。

周雾年那边或许是刚下戏吧，脸上画上了些应该是剧情需要的擦伤的血痕与瘀青，头发剪短了些，让宋杳联想到青色的麦茬。

周雾年整个人裹在厚厚的羽绒大衣内，是宋杳从未见他穿过的衣服，伴随着呼吸有白色雾气笼罩在他的脸上，一切都显得那么陌生。

只是那一双眼睛还是一如既往的熟悉。

宋杳忽然不知道说什么了，然后后知后觉地发现另一个小屏幕中的自己是如此朴素，披头散发，复杂的物理题促使她纠结地揪头发从而造就了此刻乱糟糟的发型，尴尬期的刘海遮在眼前，人都衬着死气沉沉了几分。

因为熬夜看小说，她脸上的痘痘争先恐后地冒出来，嘴唇干燥地起皮了，身上穿着的还是整日窝在家里而未换下来的睡衣，是初中遗留的幼稚草莓花纹。

宋杳偏转手机，让镜头不要对准自己。宋杳咬着唇，感觉隔着屏幕，沪市光鲜亮丽的雪花已经落到了她的身上，融化的雪水将她冲洗，一切都无处遁形。

宋杏忽然联想到小学时她宝贵的塑料笔盒,上面印着花里胡哨的梦幻公主,那是她依靠三张一百分的卷子才向张虹艰难换得的心爱文具。

在没有见到周霁年的笔盒前,她或许会将那个笔盒视为小学那一学年最珍贵的财富,可惜她看见了周霁年的新笔盒——从遥远的只存在于大人话语描述中的加拿大邮寄回国的,拥有着可变色的闪亮盖子,可以磁吸合盖,还拥有着计算器与削笔刀的功能。

虽然是宋杏不喜欢的蓝色,但是,宋杏还是可耻地被打败了,于是,她桌上每天常驻的笔盒悄无声息地迁徙到了桌肚阴暗的角落中。

这不仅是笔盒与笔盒的差别,还是白开水与苹果汁的差别,或许也是玻璃球与钻石之间的差别。

宋杏乱七八糟地联想着,而周霁年看着屏幕里那小小一块的她,忽然轻轻叹气。

"杏杏,淮市也下雪了吗?"周霁年开口,打断她的神游,声音有点哑,刚拍完一场在雪地里拔足狂奔的戏码,喉咙里有铁锈腐烂的血味。

"下雪了。"宋杏一板一眼地回答,屏幕里只露出一双眼睛,眨呀眨。

"雪大吗?"周霁年慢慢问。

"反正比不上沪市。"她硬邦邦地落下这句话。

小孩子一样,周霁年只敢在心里偷偷想,也不敢说出口,片场收工闹哄哄的。他没有签公司,自然也没有什么经纪人和助理,于是一个人默不作声地沿着街边小道走着,等回宿舍后才有力气收拾一身。

"寒假作业多吗?"

他知道自己在没话找话。

一提到作业,宋杏就忍不住垂眸看向桌上摊着的满页血泪的物理卷子,她实诚地点了点头,语气也松动了些许,像是抱怨,但好像又在撒娇:"好难啊。"

"我物理和化学还是搞不懂。"她闷闷不乐地说着。

周霁年下意识就想将那一句"哪些不会我教你"说出口,可话到嘴边又硬生生地咽回去。他忙得昏天黑地的,哪有什么时间做作业呢。

于是,几次张嘴,肚子里的话都快排成一首十四行诗了,他还是搞不清楚应该说什么。

还是宋杳先心软了。

周霁年边走路，边开着3G奢侈地打着视频，但信号依旧不好，低像素的画面一直卡壳，于是他的脸忽明忽暗的，眼下淡淡粉底液遮不住的黑眼圈也闯进她的眼睛里。

好吧，他好像也很累。

于是，她软和了音调，轻声问："你累不累啊？"

看着手机屏幕里那么小一团的宋杳，周霁年扯开个笑，算得上是来沪十几日唯一真心的一个笑了。

他摇摇头："不累。"

宋杳却心疼了，看着他瘦削了好多的脸与在纷飞大雪中冻红的鼻子，好像积攒的一切都在这遥不可及的大雪中烟消云散了。

"你傻不傻啊！"宋杳忍不住嗔了句，声音里却全是心疼，"怎么可能不累哦！每天拍戏黑白颠倒的，身体怎么撑呀！而且你又是素人，不知道怎么被欺负呢！"

一堆语气词的堆砌明晃晃地彰显着她的不开心，她叽里咕噜说了一大堆，小一个月积攒的所有面对面说不出口的话语一个劲地倾泻。宋杳还不忘气鼓鼓又掩耳盗铃地补一句："哼哼，你真是自讨苦吃！我才不心疼你！一个人跑那么远去拍戏，丢了学业不说，还每天苦兮兮的！不知道陈姨得多心疼呢！"

明明说的是"不心疼"，可说出口的话越堆越多，宋杳的脸都涨红了。

周霁年也不反驳，只捧着手机静静地踩着雪漫步，看着手机屏幕中的她，一颗心暖烘烘的。

"我错了。"他干脆地认错，虽然好像并没有做错什么，脸上的笑也一点没有反省的样子。

"作业都写不完，知识也都落下了。"周霁年顿了顿，用着刚启蒙的演技，眨了眨眼，回忆着彭焕为他请的表演老师所教授的技巧，偏了偏头，低敛着眼，压着嗓子，"可以麻烦杳杳老师教教我怎么写吗？"

呼吸的声音忽然变成了噪声，一门之隔的电视欢闹声大得刺耳，心脏"怦怦"跳得像是巨大的鼓点，宋杳好像忽然被拉入了一场喧嚣无比的舞会，而她是误入的生手，只能拎着裙子踮着脚尖慌乱地逃窜。

此刻，宋杏的脑袋里只有他的声音在回荡。

她不敢开口，害怕声音搞不清缘由地跑调。她把头埋进交叠的手臂里，眼睛盯着压着的那一张物理卷子，含含糊糊地跑出个"好吧"。

奇怪，什么自由落体，什么惯性，什么受力分析，好像都在这个瞬间变得和蔼可亲了。

宋杏的眼睛追随了周霁年一路，陪他在沪市街头漫步回旅店。

幻想中的什么五星级酒店的奢华画面都在看见那一间小小的阴暗的宾馆房间时幻灭，她不满地瞰起嘴："怎么男主角就只住这种酒店啊！"

"其实已经住得很好了。"周霁年将手机立在一旁，空出手去调空调暖气。为了图便宜，他选的房间是坐南朝北的，阴湿灰暗，空调老化，正慢吞吞地吐着暖气。他不动声色地裹紧了身上的羽绒服。

"我一天能省个一百多的住房补贴呢，到时候给你买礼物回去。"看着宋杏蹙起的眉头，周霁年故意哄她。

宋杏咬着唇不开口，有好多话想说，比如她不想要礼物只想要他早点回来，比如他不要省钱了也不要那么累了，再比如，她其实有点想他……

好像青梅竹马的奥义在此刻才显现，枝头的青梅在此刻才成熟泛甜，而先前被风吹拂着轻轻晃动的不过是酸掉牙的酸梅。

从小耳边缭绕着的一直就是"杏杏比小苹爱读书""小苹比杏杏更乖巧"这样来回谦让着比较的话语；除去玉兰小区，他们一同生活在同一个学校、同一个班级，甚至是同一个补课班；小初高的每一张试卷都不只属于一个人，而是来回在两个家庭中打转。谁更好，谁更棒，谁更乖巧，他们生活在比较中，渐渐地，青梅竹马不过是张贴在悄然滋生的青春竞赛上的一张漂亮贴纸。

比起爱，或许他们先学会的是，嫉妒。

"小苹……"她闷着声开口。

周霁年却是愣了一下。

好像，好久没有从她嘴里听到这两个字了，好像一瞬间，他就被扯回淮市明媚又湿润的夏天，宋杏站在 D1 栋楼下跳脚，将手拢在嘴边做喇叭状，仰着头迎着阳光，冲着他的卧室窗户连声大喊着"小苹"。

好像还是八九岁，小学二三年级的光景，她背着小包，在楼底下急匆匆等着和他一起去上英语辅导课。

宋杳却迟迟搞不清自己想要说什么,还是只是想简单唤他一声,像是老旧磁带一样卡壳了好几瞬,终于跑出一句:

"等除夕,我们一起去天台放烟花。"

第七章
心跳加速中

只可惜，那一年的除夕夜下了一场潮湿的雨，冰冰凉凉的，夹着点碎雪，纷纷扬扬地落下。

这场雨也浇灭了宋杏心心念念好几天的那场有可能的盛大烟花。

连日的雨，衣服干不了，201室与301室飘着同样沉闷的洗衣液香味，混杂着春节期间各种高热量的糖油混合物气息，构建成一股难以言喻的独属于冬末的记忆。

宋杏皱着鼻子拉开卧室窗户，雨丝挟着风细碎地飘进来，笼在毛茸茸的厚厚棉被上，每次她躺进去的时候，总会误以为自己躺在一片空山新雨后的草丛中。

文科的寒假作业她倒是都认真写了，撑着昏昏欲睡的脑袋，将烦人的如同天书一般的数理化作业勉勉强强地做了个七七八八，宋杏挪出了更多的时间瘫在床上，窝在沙发中，蹲在小椅子上翻书。

是周霁年从沪市给她带回来的好厚一沓书。

每当宋杏指尖勾勒黑色方正铅字时，她总会感觉自己在勾勒的也是周霁年在大大小小的书店与报刊亭精心挑选这些书的身影。

冬天难得撞见的璀璨阳光透过蓝色玻璃窗在卧室内荡漾，米白色的书页上盈满仿佛游泳池中波光粼粼一般曲折的蓝色光渍。

宋杏一字一句读得很慢，明明阅读与写字的速度很快，但桌边那一摞书她却不忍心飞速翻阅，而是每字每句认真地咀嚼读个好几遍。

每次周霁年捧着自己那一大堆作业上301室找她时，他总能看见她戴着耳机，倚在窗边或趴在桌上慢慢翻书。

而他的寒假作业因着拍戏根本没动多少，他在她小小粉红少女书桌前坐下，也戴上耳机，拧开笔盖，安安静静地开始写起作业。

其实拍戏也是趁着期末考完后才去的，他功课没落下多少，只是作业需要赶一赶。但当张虹热情地邀请他每天下午都来楼上和宋杳一起写写作业读读书时，周霁年还是没有任何犹豫地就点头了。

胸膛里那些隐秘的情绪，他有点不想承认，但是每天都能撞见宋杳甜甜杏眼的狼狈与不齿的快乐却又是如此强烈地存在着。

"古人在谈到诗歌创作时曾说：'作诗不过情、景二端。'请根据情和景这两个角度来分析诗句。"

周霁年一板一眼地轻声念着题目，然后拿着习题册，转头看向宋杳，咬了下唇，稍微蓄长了些的头发柔软地耷拉在额前。他眨了眨眼，好似很不好意思般地开口："杳杳，我这题有点搞不懂，你可以教教我吗？"

宋杳不得不放下书，寻着声抬头看他，脑袋里一瞬间就冒出小区楼下"建华食杂店"那只乖巧安静的小白狗，而耳机里安静唱着"每次一见你心里好平静，就像一只蝴蝶飞过废墟"。

她愣了一瞬，在"我又能呼吸"中摘下耳机，放下手中的书搭在膝上。她直起身侧向他，伸着脑袋去看他手里的卷子。

宋杳一边给他讲解着自己也不算完美的解题思路，一边脑袋里冒出"美色误人"四个红色黄边闪烁加重的大字。

真是奇怪，在他没有去拍电影之前，明知道他是好看的，但她看他从来不会有这种心脏震荡的奇怪感觉。

但是才短短一个月未见，她看他时，总是会失神。

宋杳的文科脑袋搞不懂多巴胺、荷尔蒙这种东西，于是只能将这近似于溺水的不顺畅的想躲开的感觉简单归咎于"明星的魅力"。

"我感觉——"宋杳在某天忽然开口，表情有点严肃，脸部线条绷得紧紧的，轻轻皱着眉，门外是张虹和宋清平剁着馅准备包饺子的轰隆隆动静。

老式小区总是不隔音，于是她压低了点声音，迎着他水一般澄澈的目光继续开口：

"你变坏了。"

其实是毫无依据的话，事后，宋杳也搞不清自己为什么会忽然无厘头地冒出这句话，只是在莫名久久盯着周霁年的侧脸失神后，随着耳机里的鼓点猛然回过神后，脱口而出这句话。

刚说出口的瞬间，宋杏就后悔了，脸皱成一团，抿着唇，脑袋里构思一百句道歉与解释的话语，只恼着自己的乱说话。

周霁年也不生气，只扭头看她，冲她扯开一个笑。

"变坏了，也只对你好。"

心脏跳得很快，胸膛有点疼，宋杏悄悄深呼吸，不知如何反应，只能傻傻开口："我也对你好。"

本以为尴尬的话题应该就此结束，没想到周霁年还跟了句："那我们约定好。"

宋杏只能红着脸点点头，胸膛里的那只笨兔子还在狂跳。

他转过身，俯身向她，伸出右手，幼稚地翘起大拇指与小拇指，笑着说："那我们拉钩。"

她只得伸出手，钩起他的小拇指。

一瞬间好像回到幼儿园或是小学时光，他们俩手牵手，小拇指相钩，互相保证今天下课后偷偷跑去小卖部买魔法士干脆面吃的事，或是上课说小话被老师点名批评的事不能跟家长讲。

"拉钩上吊一百年，一百年不许变！"

这句魔法咒语时隔多年在此时被诵读，手心的温度依旧温暖，好像他们还是孩童时期的"杏杏"和"小苹"，而不是宋杏与电影男主角周霁年。

他的手在她不知道的瞬间好像一刹那就生长延伸变大了，轻轻松松就能包裹住她的手。

小拇指相牵，指纹相印，好像心脏也一同颤动。

宋杏红着脸念完这一句魔法咒语后，便急匆匆地想撤回手。

但不知周霁年是故意的还是不小心，轻轻地用指尖触了触她的手心。

一瞬间，手心滚烫，像是一簇忽然被点燃的烟火。

而周霁年偷偷谴责自己的坏心思，少女手心柔软的温度好像还残留在指尖，顺着静脉流回心脏。

他确实变坏了。

在被彭焕告知有吻戏的那个瞬间，他的脑海里浮现出来的是宋杏夏日里被汽水湿润的唇，那一刻，他就知道他变坏了。

苹果的外表依旧光鲜，可苹果核周围开始发酵出醉醺醺的甜意。

宋杏做贼心虚般地在"咚咚咚"的宋清平剁馅的声音中调大了耳机的音

量，好像这样就可以掩盖她越跳越快的心跳声，脸颊染着红，被一杯苹果酒给醉倒。

那天晚上，张虹热情地招呼着陈秀兰也上来301室吃，他们两口子包了好些水饺，还有陈秀兰最爱吃的白菜猪肉馅。

于是，五口人坐在略显狭小的餐桌边，客厅里的电视叽里呱啦地播放着《我要上春晚》的预热节目，桌上刚出锅的热腾腾饭菜驱散着冬日寒意。

张虹将白菜猪肉馅的饺子放到陈秀兰面前，端了鲜虾馅的放在两个小孩面前，又一人倒了一碗滚烫喷香的鸡汤，桌上还有清蒸鱼和红烧肉，还有清炒时蔬，宋清平特意都做得清淡了点。

两家家长闲聊着。

陈秀兰说自己下学期就要回去上课，请了那么久的病假害怕工作也落下。而张虹贴心地安慰她，也说起自己评职称的烦恼，学历不高还是吃亏。宋清平只是静静听着，夹了几块肉放进两个小孩碗里。

周霁年和宋杳肩并肩坐着，桌底下，两个人的腿也轻轻相碰。

宋杳坐在他身旁，只觉得热得慌，于是加快了吃饭的速度。而周霁年只是不紧不慢地吃着，看她喜欢吃鲜虾馅饺子，于是筷子伸向了三鲜馅的。

"哎，小苹什么时候要回剧组继续拍戏啊？"宋清平抓住个餐桌上难得安静的瞬间开口，本意是想关心关心他，可却闹得桌上寂静一片。

张虹偷偷踩了宋清平一脚，恨他没眼力见儿。

陈秀兰一直不赞同周霁年去拍戏，在她心目中，学生就应该好好读书。知道他去试镜也是为了还她的医药费，陈秀兰心中就更难受了，也埋怨自己没本事，这病生得不好。

由于身体问题和定期化疗，她也没办法跟组去照顾周霁年，留周霁年一个人在外，她实在难安，好几个晚上都梦到了周文才。

陈秀兰几次都想阻拦他，但也深知孩子长大了，她做不了主了。再加上周霁年心思已定，她哥与侄女也都支持，她只能自己生闷气。

这次周霁年放短假，母子俩僵持着的关系终于缓和，但宋清平这一问，又让陈秀兰的肩膀垮了下来。

"初七就走。"周霁年咽下嘴里的鱼肉才回答，将陈秀兰脸上的落寞看得一清二楚。

周雾年只挑着好听话来缓和气氛:"剧组里挺好的,每天都有补贴,片酬也不低,一天三餐都很丰盛,而且也不累。要拍的景不多,导演还派了个大学生助理照顾我,还教我读书呢,都挺好的!"

宋杳听着只低下了头,嘴里的鸡汤还是温热的,她莫名地鼻子发酸发热。

骗人。

她知道,都是骗人的。

宋杳知道,拍戏才没有如他所说的那么轻松。

他越发清瘦的脸庞与眼下青黛的阴影都是佐证。

无数个突如其来的瞬间,宋杳下意识地在浏览器搜索引擎中输入"周雾年"或者"《野池塘》"。

其实是搜不到什么东西的,偶尔跳转出一些探班报道与路人随手拍的照片,同个剧组其他演员有时也会发一些宣传的微博。

宋杳在这些如同万花筒一般所折射出来的破碎角落里,拼凑关于周雾年的一些切片瞬间。

比如他们有很多夜戏,许多戏码在雪天,在剧组女配角丢出来的照片角落,周雾年裹着一件黑色羽绒服,看着脸色更显苍白,像是白花花的素描纸,而他的五官是最伟大的作品的拓印,鼻尖的小痣是生动的落款。膝上落着的厚厚一本,或许是剧本,宋杳猜,但也可能是数学习题。

还有在一些娱乐新闻版面上,彭焕是性情直爽的精益求精的电影人,而他是新人菜鸟,总是被训,总是被批,拍得很艰难。

在他视频的边角中,宋杳总能捕捉到冷冰冰的盒饭,与墙纸剥落的酒店房间,还有他步行时的气喘吁吁。

明明还在生着来路不明的闷气,明明伴作毫不关心,但当光标在"周雾年"这三个字上闪烁时,宋杳却无力为自己争辩。

好像她总是爱无能,这或许是一种后天缺陷,她成为主观色彩中的哑巴。

但这是她在后来的后来,才忽然想通的事情。

宋杳用力戳了戳碗里的饺子,露出红色的虾肉痕迹,好像是冬日里冻裂的红苹果。

他明明没有过得那么好,他骗人。

想了很多，宋杳却什么也没有说出口，只将那只破了馅的饺子塞进嘴里，囫囵吞枣地咽下，捧起碗几口将鸡汤喝尽，在周霁年温和的谎言中落荒而逃。

而周霁年的目光被她乌黑的两条晃呀晃的辫子夺走。

宋杳重重地在书桌前坐下，小小卧室内只有一盏台灯亮着，桌上的纸笔是周霁年残存的"镜头"，她凑近了，能看见他生活的轨迹。

宋杳忽然想：原来成长并不是一种奖励。

成为大人，是一幕滑稽的哑剧。

她随手翻了翻他的作业，才慢半拍地发现，原来他已经将作业写得差不多了，至少比她的作业完整。

那是不是——明天他就不再来了呢？

一切情绪好像都慢了半拍，宋杳合上他的物理练习册，仰起头，幻想窗外纷纷扬扬的雪花此刻在她脸颊上降临，融化的雪水蜿蜒，她的难堪心事全被冲刷干净。

周霁年走进卧室前敲了敲门。

闷闷的声响让宋杳回神，她起身从书桌前的椅子上挪到窗边的小凳子上："进。"

他端着一小碟草莓走进来，将她卧室的大灯打开，没有坐下，而是将草莓放在她手边的地板上："看书的时候要开灯，保护好眼睛。"

宋杳没应话，只是摸起一颗草莓塞进嘴里，又抓了一把递给他。

"很甜。"她说。

周霁年接过，也咬了一口："嗯，是甜的。"

草莓是应季的甜，可两人之间却是微涩的苦。

本以为周霁年作业都写得差不多了，就不会再来楼上了，可第二天下午，他又准时上楼报到，轻轻敲了敲宋杳的门。

宋杳本来百无聊赖地趴在床上，慢吞吞晒着太阳翻着书，可一听到周霁年的专属节拍敲门声，心一惊，一骨碌地就从床上爬了起来。

说不出心底什么滋味，只是等门打开，宋杳顺着他的视线局促低头，然后发现——她忘了穿拖鞋。

重心放在左脚，把光裸的右脚往后藏了藏，她难得扭捏："你怎么又上来了。"

佯装平淡的语气，可她颤呀颤的睫毛与飘忽不定的目光已经将一切暴露。

周霁年弯了弯眼睛。

"想来找你。"他直白地回答。

他认真地看着她，目光勾勒她的轮廓与五官。

宋杳今天穿了一件橙黄色的毛衣，毛茸茸的，胸前还画着一颗橘子。她应该是午休刚结束，脸颊透着温热的红，一头及肩长发毛毛糙糙地翘起。她的皮肤似吸饱了太阳的气味，并酝酿为甜蜜。

很可爱。

周霁年忽然想，可惜他语文不如她，绞尽脑汁也只能想出个"像一颗饱满香甜的砂糖橘"这样的形容。

在他眼中，宋杳一会儿是毛茸茸的奓毛小猫，一会儿是天边璀璨浪漫的虹，一会儿又是可爱的橘子……

或许对周霁年而言，宋杳等于一切美好的形容词。

"过完年，我就又得去沪市了，你有什么想要我买了寄给你的吗？"周霁年从昨晚书桌上散乱的习题作业就知晓了宋杳的澄明心思，于是今天也没有带作业上楼，只捧着一本剧本。

宋杳又坐在窗边那把小凳子上，任由阳光轻抚她的发梢，摇了摇头。

"沪市的白脱奶油蛋糕很好吃，是你会喜欢的味道，我回来时打包了一小块想带给你，但没想到春运动车那么挤，蛋糕变成扁扁一块，东倒西歪的，不好看，就没好意思拿给你。"

他说话总是不紧不慢的，像是淮市遥远的雪花，轻柔又模糊不清。宋杳在雪中患上了感冒，鼻子沉重。

"下次回来可能得是清明了，这次给你带蛋糕我再也不会把它搞砸了。我还想给你带青团，你最喜欢的豆沙和咸蛋黄馅的。"

周霁年看着已经变得皱巴巴的剧本上的台词，眼睛的着落点正好是男主角鼓起勇气在一个黄昏去找暗恋的江晓时小心翼翼说出的那句"我想，我有点喜欢你"。

明明总是被导演彭焕骂不够投入，没有与角色共情，可在这个瞬间，周霁年好像成为李川，可千万个江晓都换不了一个宋杳。

"不知道在暑假前能不能拍完。"周霁年好像又从大人世界短暂逃回了年少时期，难得流露出一些小孩的青涩与稚嫩，嘟囔了句，"落下一个学期的课,也不知道怎样才能补得回来,要被老班骂死了。"

然后,他长长地叹着气。

宋杏在这个瞬间,好像重新又靠近周霁年了,双手支在膝盖上,捧着脸,郑重又自信地对他说:"没事的!我每天晚上下课都跟你视频讲讲知识点!你那么聪明,肯定不会落下学业的!"

然后,她转了转脑袋,补了一句:"数学和物理,还有化学我可能有点无能为力,不然你找找宗成豫?"

瞥见他手里的剧本,她又打了句补丁:"如果你没有夜戏的话。"

三段式的长句,声音是越说越小,她捧着的脸也越埋越低。

活像一颗被晒蔫了的小橘子。

"谢谢杏杏。"周霁年看着她的可爱模样,忍不住伸手揉了揉她的脑袋。

冬天干燥,于是他一摸就带起一小片静电,宋杏的小碎发全部蹦得直直的。

更可爱了。

周霁年默默口干舌燥,望着她阳光下澄澈如琥珀的眸子,有点不太自然地舔了舔唇:"那我给你充话费和流量。"

宋杏感觉自己的脑袋忽然变沉了,脖颈也僵住,其实应该甩开他的手的,但是她却莫名不想动。

她的小小卧室中忽然变得安静,连空气中飘浮的细小尘埃都变得清晰。

"我可以看看你的剧本吗?"宋杏开口打破此刻玻璃一般的气氛。

周霁年将手上用各种彩色笔标注得花里胡哨的台词本递给她,得寸进尺地软着声问她:"那你可以陪我对戏吗?"

宋杏哪里经得住周霁年这种不动声色的撒娇,脑袋也被他抚得晕乎乎的,一下就点头答应了。

宋杏随手翻了翻他的台词本,光是看着文字,就可以稍微想象到周霁年说出这些话的语气与表情。

好像是一个有趣的故事。

但是一旦代入周霁年的脸,就怎么想怎么奇怪。

她下意识地耸了耸肩。

翻了几下,满足了自己的好奇心后,宋杏就伸手将台词本还给了周霁年,单纯地问他:"你是需要和我搭哪段戏呢?"

周霁年在老师和家长眼中是永远的乖学生,在同学眼中是光风霁月的君子,就连在剧组的同事面前他都是内敛沉稳的少年郎。

可唯有在宋杳面前,他成了难掩恶劣心思的竹马。

比如明明这段戏是需要在夏季拍的,根本不需现在就准备,可周霁年还是脸不红心不跳地就将这页翻开递给了宋杳。

宋杳一看那几段台词,被太阳晒得暖烘烘的脸一下就红透了,小声嘟囔确认着:"你们的戏里怎么还有这种内容哦!"

"剧情需要。"周霁年看似冷静地介绍,只是耳朵也被烫熟了。

"喂,你是不是喜欢我?"宋杳努力按着剧本里女配角陈微然的人设调整语气开口,可声音仍有点干涩,手心冒出了点汗。

"不是你在喜欢我吗?"周霁年拖长了音念着台词,夹杂一点点逗弄的情绪。

少女心事忽然被戳穿的恼羞成怒,宋杳拔高了点音量,却差点破音:"你每天上课都玩我的辫子,下课总是在我桌边晃呀晃偷看我,体育课还假装不小心错喝我的水,到底是谁喜欢谁啊!"

"被你发现了啊,"周霁年顿了一下,用着近似叹息的语气说,"我喜欢你。"

宋杳愣了一下,因为剧本上他的台词明明是——我不喜欢你。

"导演改台词了,我还没来得及在台词本上改。"周霁年脸不红心不跳地扯着蹩脚的谎言。

可偏偏宋杳傻傻地就信了,笨拙地陪着他排演了好几遍。

周霁年一边在心底埋怨自己实在坏透,一边又忍不住想逗她,看她脸颊红透。

高三毕业的暑假,《野池塘》全线上映,宋杳按着鼠标来回拖动进度条,怎么都找不到这段剧情与对话,鼻尖在八月橙色的阳光下冒出点汗,只能怀疑起自己的注意力。

为了赶晚上的夜戏,周霁年订的车票是中午的,于是大早上就要出发。

周霁年本来是想瞒着宋杳偷偷走的,不是害怕她舍不得,是怕迎着她的目光,自己没办法拔腿。

可走之前周霁年还是莫名舍不得,出租车司机不耐烦地在楼下按喇叭,而周霁年几步爬上三楼,敲了敲 301 室的门。

周霁年提着陈秀兰给他打包的大袋小袋的行李,脸被裹着的黑白格子围巾挡了一半,只露出双眼睛和鼻梁上的小痣。

301 室只有宋杳,张虹和宋清平早早就返工去赚那点加班补贴了。

等了一会儿后,宋杳穿着睡衣,趿拉着棉拖,揣着手,睡眼惺忪地跑来开门了,嘴里黏糊糊的一句:"谁啊?"

一开门撞见周霁年,她下意识先揉了揉眼睛,然后眼睛瞥见他手中提着的行李袋,还混混沌沌的脑袋一下就清醒了,嘴巴一瘪,轻声问:"你要走了吗?"

他点点头,将行李袋丢在地上,空出手摸了摸她头,将她鬓边凌乱的发丝捋到耳后,艰难地扯开个笑:"我中午的动车,如果剧组有空闲,就努力挤出时间回来。"

看着她微微泛红的眼睑,周霁年的语气变得闷闷的,藏在围巾里,泛上了点潮湿:"最近天冷,虽然雪不大,但是路上可能会打滑,你别骑车上学了,坐公交车或打车,没有零钱就去楼下我房间床头柜的抽屉里拿。"

其实想对她说的话还酝酿了一肚子,可等他说出口,却变成了这样干巴巴的一句嘱托。

还是,他其实只是想摸摸她的头呢?

周霁年搞不懂,而眼前的宋杳只是点了点头。

"我会想你的。"她轻声说。

然后,她好像有点不好意思,咳了一声,调高了声音又说"好好拍戏",好像这样就能把她刚才不小心流露的那句话给掩去。

周霁年弯了弯眼,内双的眼皮褶皱变得更深了些,藏了好多好多话。

然后,在楼下出租车师傅等得实在不耐烦的暴躁喇叭声中,他提起行李,转身下楼,不敢回头,丢下句:"赶紧进屋,不要冻感冒了。"

宋杳看着他的背影,忽然有点失神。

直到楼下响起车辆远去的声音,她才回过神来,慢吞吞地关上门走回卧室,手很凉,心脏沉甸甸的。

她已经提前预知了离别的悲伤。

"永远"与"一起"好像是少女时代最不忍澄清的谎言，而"越走越远"好像才是人生的常态。

宋杏用力仰倒在松软的床榻上，看着天花板上宋清平少女心设计的心形小吊灯，忽然想：会不会，青梅竹马，不会那么容易走散呢？

但是这个问题并没有得到正解，只是在天长日久的琐碎生活的消磨中逐渐被遗忘。

刚开学那几天，宋杏还有闲心思把上课的潦草笔记重新在笔记本上誊写一遍，再拍照发给周霁年，每天有空就给他打电话或者忍着肉痛开着漫游视频，两个人东扯西扯，或许还更亲密了些。

但课程作业越来越多，宋杏自己都焦头烂额不得其法，连着考砸好几次，人也郁郁寡欢，再加上林珊小心眼地有意针对，她过得很是不好，每天一得闲就埋头在稿纸上狂写一通。

这段时间，陈桢桢认识了一位很优秀的学长。作为旁观者的宋杏觉得这段少女心事难得善终，可作为好友的她，却不忍说出一个字，每天都任劳任怨地陪陈桢桢多绕一段路尝试去偶遇学长。

在撞见好几次陈桢桢的郁郁寡欢，还有偶尔捕捉到的一些《野池塘》男女主角互动的片场花絮后，宋杏真是烦透了这群男的！

只可怜周霁年多多少少也被牵连了些。

但周霁年也在《野池塘》的苦海中越陷越深，彭焕的执拗与精益求精他已有所了解，他也渐渐习惯了这种高强度的拍摄，学校中的高岭之花在片场也只能默默忍受挑刺与责骂，然后深呼吸，再看台词，重新拍摄。剧组经费也是紧张，好几个投资方的洽谈告吹，于是整个剧组低气压了好几天。

周霁年有时也会忽然感觉到麻木，好像陷入了一种死循环。

夜戏很多，每次收工都要凌晨两三点，他与宋杏约好的补课也逐渐打水漂，自己在空闲时捧着书死啃知识点，但是在遇见宗成豫拍照发过来的周考卷时又很茫然。

工作的旋涡将周霁年卷得晕乎乎的，他在看着忽然陌生的数学题时总会怀疑，是否，自己选错了呢？

但明天又是新一天。

不知道是不是宋杳的手机和电脑时间又被张姨管控了，还是最近上课考试比较忙，又或是……她最近感情近况有了新进展，搞不清具体是什么原因，她的消息少了好多。

但就算宋杳发来消息，每次待他寻到空闲去回复她时，已经隔了老半天了，共同话题越来越少，消息时效性越来越低。

周霁年感知到不对劲，却不知如何是好，只能越来越沉默寡言。

剧组中的实习大学生们见他得空老是在片场捧着手机发愁，过来人似的开口逗他。

周霁年总是抿着唇，绷着脸，不上他们的当。

"弟弟啊，女孩子是要哄的懂不懂啦！"一个摄影的实习大学生将自己的经验倾囊相授。

"滚开啦！你个单身狗还敢给弟弟乱出主意！"编导实习大学生毫不留情地戳穿他，"但对女孩子还是得温柔点，甜言蜜语就得多说一点！"

"对对对！还有日常小礼物、小惊喜什么记得多安排点！"又一个人过来凑热闹。

…………

他们你一言我一语地说得周霁年脑袋疼，他默默地听着，一句话一直被堵在嘴巴里，不知道怎么说出口。

其实他想说：只是青梅竹马啊。

但最终等到打板开拍了，这句话还是没能说出来。

四月，周霁年连轴了两个月后终于获得了三天假期，他马不停蹄地赶回淮市，还不忘带上白脱奶油蛋糕和青团，又背了重重一袋书，揣了带给妈妈和张姨还有宋叔的礼物，大包小包地深夜坐了一夜车才回到家。

陈秀兰开门迎他的一瞬间就红了眼。

周霁年为电影而剃的寸头还没长长，人也越来越瘦了，个头又蹿高了些，就是脸上神色依旧温和，见着她，认真地喊了一句："妈，我回来了。"

陈秀兰吸了吸鼻子，伸手去接他手里的行李，一些些残存在心中的别扭在这个瞬间都灰飞烟灭，只笑着说："锅里的豆腐鲫鱼汤炖得刚刚好，你赶紧洗个澡换件衣服就来喝！"

周霁年扯开笑点了点头，在她面前永远是孩子模样。

被剧组盒饭喂糟的胃口，在遇见家中餐厅暖黄的灯光与锅中腾腾冒起的热气时，一瞬间又康复了。

周霁年喝了整整两大碗鱼汤，就着宋清平送下来的卤牛肉和拍黄瓜，添了两碗米饭。

他吃得浑身暖洋洋的，倒是陈秀兰坐在桌边支着下巴认真看着他，心里苦得很。

周霁年从口袋里掏出一张银行卡，递到陈秀兰面前，摸摸鼻子，有点不好意思地开口："妈，这是我的一部分片酬，还有一些得等杀青才到账，导演说，等上映了还有一点提成。这些你先拿去用。"

陈秀兰怎么能接，只塞回给他，脸一板，刚要认真拒绝，周霁年就又说："妈，我去拍戏也是为了你，这钱你就收着吧，看是去还之前手术借的钱，还是去购置点新衣服。放我这儿可能哪天就被乱花完了。"

他说得认真，语气是不容拒绝的温和。陈秀兰也只得收下，只是下定决心要替他攒住这笔钱，小苹赚的第一笔辛苦钱，她怎么舍得花呢。

简简单单叙了个旧，陈秀兰让他这几天好好休息，可周霁年执意要回学校上课，苦笑着说能补一点是一点。她心一软，也只能依了他。

然后，周霁年就背着那包书，拿出冰箱里冻着的蛋糕和青团，不嫌累地又跑上楼，履行与宋杳的约定。

敲开301室门后，周霁年先是礼貌地与张虹和宋清平打了个招呼，自是少不了一番嘘寒问暖。把带的礼物送出去后，他就径直走去宋杳的卧室，轻轻敲了敲门。

宋杳戴着耳机来开门，周霁年临时返家，太过出其不意，以至于大家都忘了知会她一声，于是她被门口忽然冒出来的周霁年结结实实地吓了一跳。

"剧组给我放了三天假，我回来读书。"周霁年笑着解释，然后将手里的白脱奶油蛋糕塞进她手里，小声庆幸这次居然没把蛋糕弄倒，又一股脑儿将各种口味的青团，还有一包的书丢在她杂乱的书桌上，都是他精挑细选带回来的。

将心心念念的事情做完后，两个人相顾无言。

宋杳还是没反应过来，忘记暂停的耳机还在唱着"不要你离开，距离隔不开"。

而周霁年是想说的话太多，一时不知如何开口。

"你怎么剪短发了？"

"你什么时候到家的啊？"

好不容易有人开口了，话竟撞在了一起。

宋杳一边捧着沾着冰箱冷气的白脱蛋糕，一边有点不太适应地晃了晃自己的脑袋，好不容易蓄长的头发因着忽然烦躁的情绪而被冲动剪到齐耳，露出细细白白的脖颈。

连对美丑一窍不通的宋清平都在下班回家后盯着她的短发连说了好几声"不习惯"。张虹倒是满意了，在她的心里，长发好像总等于爱美爱打扮，再画一个等号导向不读书。

宋杳还是不习惯，照镜子时总是撇着嘴，匆匆扫过自己的头发，不忍多看。

但是她只愿意自己嫌弃，于是慢吞吞地开口说："《这个杀手不太冷》同款发型，不好看吗？"

她的语气不是疑问句。

周霁年放下手里的书，轻轻伸手拨了拨她的整齐发梢，扯开一个笑，眼睛也弯弯的："好看的，很可爱。"

很乖。

"剧组放假，我得了三天假期，就赶紧回来上课了。"周霁年见她下意识地皱起的鼻子，急忙收回手，揣进兜里。

"顺便回来，给你补过生日。"他轻声说，从口袋里掏出一小根可爱的蜡烛与一个打火机。

这些都是从剧组顺的。

他说话的语调很轻，像是一场太阳雨残留在透明玻璃上的水渍，转瞬即逝，但她却仿佛溺水，无法呼吸，看着他的眼睛，颤动的心是想躲的情绪。

"哦。"宋杳用着再平静不过的语气回复，静静地在床沿坐下，将留有余温的书桌座位让给他，慢慢拆开蛋糕盒，只是眼睛不敢再看他。

周霁年帮她插上蜡烛，点燃，灯影幢幢，将她的脸颊都映红了几分。

"许愿吧。"他一直笑着望她。

"现在都四月了，其实没有必要再过啦。"宋杳虽然小声嘟囔着，但还是乖乖双手合十，闭上眼睛，面对巴掌大的小蛋糕，虔诚地在心中无声许愿。

而周霁年便伴着这微小烛火看她，她鼻尖的青春痘与参差的发尾都显得可爱无比。

再睁眼，宋杳鼓嘴吹灭那一根垂泪的小小蜡烛，右脸颊上的酒窝像旋涡一般将他的一切心神吸附。

宋杳将袋子中附带的两把小勺子分他一把，将手里拿着的蛋糕递向他："快吃呀！"

两人就着书桌上一盏台灯的暖黄灯光，在这个早春，认真分食这一块迟到已久的蛋糕。

植物奶油充斥市场，动物奶油偶尔吃一次已是满足，生日蛋糕口味总是复古的朱古力与水果，奶油顶上装饰着甜津津的罐头水果，其中夹杂几枚流水线的巧克力"Happy Birthday"，其实味道并没有那么值得留念。

但手心里的这块小蛋糕如此不同，不同于淮市常见与盛行的花里胡哨，只是简简单单的白，带着冰凉与细腻的口感，让宋杳一瞬间都不舍得咽下，在温热的口腔中感受它融化的甜蜜。

见她喜欢，周霁年放缓了自己动勺子的速度与频率。

"是不是很累呀？"周霁年看着她眼睑下淡淡的青黑问。

宋杳点点头，因为好强而从未对他人倾诉过的压力，在他面前流淌得却出乎意料地快："数学老是搞不懂，生物的遗传算不懂，物理和化学更是一头雾水。其实如果打算选文科的话，这些差一点好像也没有关系。"

宋杳顿了一下，很是苦闷："但是高二重点班分班好像是看全科成绩，我有点怕。而且，"她稍微拖长了音，"感觉大家都很坚定地要选择理科，连桢桢都有点犹豫了，我也难免会怀疑，是不是自己的选择是错误的。"

她边说着，边郁闷地用力挖起最后一块蛋糕塞进嘴里，愁眉苦脸，实在没想到一直自诩坚定的自己终有一天也会踌躇不得志。

"只要你在明年的今天，或者是后年的今天，又或是很久很久后回想起自己今天的选择而不会后悔，那你的选择就是正确的。"周霁年慢条斯理地收拾着吃剩的蛋糕盒子和勺子。

"或许，选择在一定层面上没有正误，会决定一切的，是选择后的态度与努力。"他好像也在说给自己听。

宋杳双手向后撑着床，微微仰起头，听着他的话，有些失神，但莫名其妙地，好像心上压着的沉甸甸重担一瞬间松垮多了。

片刻,她才忽然从自己的小世界抽身,慢半拍地察觉自己的笨拙,带着点礼尚往来意味地回问他:"那你累不累呢?"

周霁年点点头:"会担心自己演得好不好,会担心自己的学业要怎么办,也会担心我妈身体怎么样。但是,也只能咬牙走下去吧。"

难得看见他身上的颓然色彩,宋杏沉默,明明不太擅长安慰人,但还是开口:"你已经做得很好了,小苹。"

很久没有唤起这个称呼,说出口的瞬间,两人都有点不自然。

但宋杏只能硬着头皮继续感慨一句"或许这就是成长的阵痛"作总结。

吃完蛋糕,周霁年好像就寻不到什么理由继续留在她的卧室,于是站起身。

"伸手。"他手揣进口袋,冲她说。

宋杏懵懵懂懂地下意识就将手伸出去。

周霁年从口袋中掏出一个东西放在她手心里。

他微凉的指尖触到她的手心,牵连起两人心脏中同频的潮涌。

"我先下楼了,明天七点楼下车棚见,我骑车载你上学。"周霁年不太自然地咳了一声,没头没脑地丢下这句后便离开了。

手心是冰凉的触感,像是他指尖的余温在蔓延。

宋杏低头看,是一条细细的银项链,坠着枚小果。

可能是杏子,也可能是苹果。

第二天,宋杏打着哈欠背着书包匆匆踩着点赶到楼下车棚,周霁年已经骑在车上等她了。

宋杏一晃神,竟有些分不清今夕是何年,只背着书包在他车后座坐下,耳朵里塞着的耳机播着听力真题磨耳朵。四月的天气正正好,而她昏昏欲睡,不知不觉,脑袋就倚在了周霁年后背上,搞得他浑身一僵,下意识放缓了骑车速度。

明明是与以往一样的时间安排,但今天差点迟到,害得两人在校园内一路狂奔。

周霁年回校三天,说长不长,说短不短。

他还是没有将数列和三角函数的大题题型全部搞懂,还是没有背下 U1

到 U4 的单词，还是记不起化学公式与生物定义……

但是三天，落在身上的那些长久的夹杂各种情绪的注视目光与各种流言蜚语也已经让他难耐；明明不在学校，但桌肚里冒出好多信与字条，惹得任桥和宗成豫一直打趣他；若有若无的摄像头注视与闪光灯让他无法视而不见。

趁着众人或是趴在桌上睡觉，或是抓住一分一秒认真写作业的午休时间，周霁年努力将第一单元的进度补全，脑袋里忽然响起前几晚宋杳的叹息。

——"或许这就是成长的阵痛。"

是这样的吧。

宋杳好不容易习惯了七点的下楼时间点，一回过神，周霁年便又匆匆赶往沪市回剧组拍戏。

虽然他留足了零钱供她打车或坐公交车，可那天早上宋杳却自己沉默地骑车上学。

在迎面的渐暖春风中，她忽然想：有点想他了。

周霁年没日没夜地拍戏，反反复复地背台词，没有任何功底与经验，于是只能自己揣摩，一句话用着不同语气和表情反反复复练个好几遍，搞得奉彭焕命令来稍微照看他的实习大学生哥哥听得耳朵都长茧了。

彭焕不怎么夸周霁年，唯独拍剧中男主李川暗恋情绪的那几场戏倒是难得开口表扬了他几句，几乎一条就过了。

那几个略微知情的实习生冲周霁年挤眉弄眼，周霁年却只觉得自己的耳朵在发烫。

或许，需要感谢杳杳，他想。

终于，在六一儿童节这天，周霁年杀青了。

彭焕虽然人总是冷冷的，但那天也对周霁年温柔了几分，代表剧组给他订了捧花，还让那几个实习生小孩给他买了礼物，只是让彭焕没想到的是，几个实习生买的居然是一套乐高。彭焕感慨了好几天是不是他已经跟不上这个时代了。

周霁年一手捧着花，一手拎着一大盒乐高拍了几张照，又录了几段花絮后，便马不停蹄地收拾行李回淮市。

那么一小间宾馆，五个多月，居然也积攒了那么多日月与回忆，周霁年最后从《野池塘》带走的，或许就只剩那束花和那套乐高了，但其实还有银行卡中突然增加的数字。

那束花最后被他摆在了宋杳的桌前。

而宋杳在分科选择表中义无反顾地在"文科"后的框框内画下一个钩，递交这张表后的那个晚上，她终于睡了个好觉。

周霁年一回到实验中学，便看见桌上的分科选择表，身旁的宗成豫拍拍他的肩膀，说："你就直接选理科，然后填上姓名和学号，拿给张沛就行。你不在的这几个月，她替你任班长。"

周霁年什么都没说，只是拧开笔盖静静地填写着。

苦读一个多月，熬过恼人的全市期末联考，大家就迎来了暑假。

而暑假刚开始的第一件重大事情，就是高二分科表和分班表的公布。

出乎所有人意料的是，周霁年选了文科。

"你为什么选文科？"

憋了好几天，宋杳实在憋不住，笔盖当作发夹挂在略长的刘海上摇摇欲坠，手中的笔顿在暑假试卷上，她的眼睛直直地望着周霁年，但语气是故作的满不在乎。

卧室里的老旧空调"嗡嗡"作响，周霁年低着头在草稿纸上推演着自己不太熟悉的公式，倒是没有了应付宗成豫和任桥他们追根究底提问时的胡扯，边将几个常见不等式的变式记下，边伴着盛夏琐碎声响开口。

"因为一个学期没有读理科，短时间跟上有点难。而且按着期末考的成绩分科分班，我没办法保证自己能在实验班，去普通班的话，就更没有优势了。"他抿了抿唇。

"在剧组可能什么都没能学会，但是记忆力应该是有提升的，虽然我的文科敏感度不高，但如果能先将课本内容和知识点记下来，应该也不会落下多少，那这样就数学可能会比较拖后腿。"

周霁年很理性地剖析着自己选择文科的理由，但宋杳却莫名地听着不开心。

如果没有这个该死的《野池塘》，周霁年肯定没有任何犹豫地选择了理科，而且肯定会稳妥地考进最好的班级，去接受最好的教育，读他喜欢的数理化。可现在，他却需要多出那么多那么多的考量。

而矛盾的是，这一切并不是因为他不会读书，不爱读书，而是因为生活开的一个小小玩笑。

两个人肩并肩在书桌前坐着，十岁时觉得很宽敞的桌面，此刻却显得无比狭小。

拥挤到，周霁年继续在习题册上向下换行写字时，就会不小心碰到宋杳光裸的如小布丁雪糕一样雪白又冰凉的手臂。

于是，他下意识地屏住呼吸，担心冰激凌会融化，身子也跟着僵硬。

明明空调已经调到24℃，但他仍觉着热。

宋杳抬手拨了拨垂在胸前的麻花辫，两个人之间空出一小段距离。周霁年后知后觉地松了口气，补充了一句："而且，你也在文科班，那总归，应该不会是一个太差的选择。"

窗外热腾腾的温度好像一瞬间在脸上找到落脚点，宋杳感觉到自己的脸在发烫，却说不清理由，只轻轻地"哦"了一声，埋头继续写暑假作业。

小小的卧室内又陷入安静，窗边的那株茉莉花被太阳晒得蔫蔫的，四五岁时玩笑般一起种下的花生苗依旧长青，蝉鸣在耳边吵个不停，小孩子在楼下叽叽喳喳的玩闹声搞得人心烦意乱。

在盛夏的噪声中，宋杳忽然开口："能和你一起继续在一个班里，对于我来说，应该也会是一件幸福的事。"

她说得很小声，但很认真。在那个瞬间，驱散了所有无关声响，成为周霁年脑袋里循环播放的重要画外音旁白。

"谢谢你，杳杳。"

周霁年握着笔，抬起头冲着宋杳粲然一笑。她险些被这个笑晃了神。

暑假的时光就像是手中小心翼翼捧着的清澈溪水，一瞬间，就从指缝中悄然消逝。

宋杳怎么也搞不清楚，只是一觉醒来，她又得背起书包，扎起整齐的辫子，穿好校服，载着瞌睡虫乖乖上学去。

但幸好还有周霁年，有他在，她总归是不会迟到的！

坐在熟悉的自行车后座，宋杳啃着宋清平早上刚蒸出锅的奶黄包，眼睛还睁不开，手里拎着的纸盒牛奶在风中摇摇欲坠。

周霁年下坡一个刹车握不紧，吓得她赶紧拽住他校服下摆，眼睛也睁大了。

清晨七点多的风还微凉,周霁年在这个瞬间忽然回想起与他熟稔的那个大学生场务实习生总在休息时分给他的 MP3 中随机播放的那首粤语歌。

"骑着单车的我俩,怀紧贴背的拥抱,难离难舍想抱紧些……"

周霁年与宋杳又被分到了同一个班。

宋杳从挤着看分班表的人群中脱身,拽住周霁年的书包背带,声音带着点喜意:"太好啦,又和你还有桢桢同班!我看晓秋、惠岚她们也和我都在一班!真不错!"

她步速偏快,走在周霁年前面,而他的余光全部被她乌黑的马尾吞噬。

"真的不错。"他也开口应和。

但或许他们所庆幸的,偏重并不一样。

开学第一天,不可避免地有自我介绍和老师介绍的环节。

班主任刘品贤是教历史的,刚带完高三下来,听说很会教书很有权威,但给人的第一印象也蛮幽默风趣的。

语文老师是宋杳熟悉的梁敏。看到她的一瞬间,宋杳脸上的笑容就止不住了。

按着语、数、英、政、史、地的顺序,老师们轮流到班上露了个脸,紧接着就是同学自我介绍的俗套环节。

没有了高一刚入学时的拘谨,大家一学年下来多多少少混了个面熟,于是自我介绍环节就简洁许多。

只不过,周霁年上去自我介绍的瞬间,还是吸引了不少目光。许多埋头补作业的人都抽空抬头看了这个声名远扬的"电影男主角"一眼。

小半年的拍摄生活磨炼的不只是周霁年的记忆力,或许还增强了他面对目光与镜头的能力,他简洁地介绍了下自己后,就平静地走下讲台,坐回了宋杳身边。

宋杳感受到了一点点的低气压,正犹豫着要不要开口说点缓和气氛的话。

幸好坐在后排的任桥适时激动地拍了拍周霁年的肩,插科打诨地开口:"嘿!年哥,我来文科班找你啦!"

周霁年偏过一点头看他:"你那个时候交的选科表不是填的理科吗?"

任桥胡噜了一下自己刚剃的寸头,大大咧咧地回答:"本来是选理科的,但后面一想，我肯定要走体育特长生这条路，干吗勉强自己去学那个物理、化学、生物，便改了文科！"

"宗成豫肯定又得说我们抛弃他了。"周霁年轻声笑着说。

两个人小声地开始讨论起宗成豫来。

见他面色如常，宋杳也松了一口气，撑着下巴，继续听着陆续上台的同学自我介绍。

自我介绍结束，刘品贤就直接让全体起立，进入了按身高排座位环节。

文科班男生用两只手的手指头就能数完，刘品贤带了好几届文科班了，对于自己防范和抓早恋的本事很有把握，索性让他们男女混坐，然后前后按着身高排，可以自己找喜欢的前后桌。

班级同学喜欢才是最重要的，不然不论他现在排得多好，一放学，可能就有家长打电话过来要求给他们家孩子换座位了。

用了十几分钟将座位排好，宋杳将书包挂在椅背上，很满意自己现在这个座位——前桌是桢桢和任桥，后桌是郑晓秋与张平川，而她的同桌是周霁年。

"居然又做同桌了！"她忍不住对着周霁年小声感慨，"我们的读书生涯或许都要这样捆绑了。"

"这样也挺好的。"周霁年抽出湿巾为她擦干净桌子。

"是挺好的！"宋杳虽然说不出哪几点好，但也跟着点头。

高二分科后的学习进度飞快，语、数、英三门主科依旧占比巨大，但政、史、地的难度也不断提升，搞得一向开玩笑自诩"天选文科人"的宋杳都苦哈哈的，连偷偷看课外书的时间都缩水许多。

周霁年读得也很吃力，一边需要跟着大家上着正常节奏的课程，一边需要自己捧着高一下学期的课本查缺补漏。

他有时对着弯弯绕绕的文科试题也会下意识叹气，但他除了继续握紧笔，好像什么也做不到。

但幸好还有杳杳。

周霁年总是这样想。

她不需要做什么，也不需要说什么，她的存在本身对周霁年而言，就已经是一种幸运。

时间像是枝蔓上的蜗牛慢吞吞爬着，黏糊糊的印渍是生活的琐碎细节。

某天，梁敏又塞给宋杳一本熟悉的杂志新刊。

宋杳低头一看到那熟悉到可以默背于心的杂志名与作文比赛标题，心脏就"怦怦"跳。

"要不要再试一下呀？"梁敏笑着问她，卷得漂亮的大波浪鬈发有淡淡的香水味，一下就让宋杳眩晕了。

"可、可以吗？"宋杳紧张到说话都磕绊。

"当然可以啊！"梁敏看她脸红红的模样只觉得可爱，从桌上摸了几包零食递给她，"多写写，多试试，总不会有什么错的！我相信你！"

想说的话有很多，比如上次的失败，比如她感觉自己已经写不好东西了，比如她其实很糟糕。但宋杳酝酿半天，抓着零食和那本杂志，最后说出口的不过一句："谢谢老师，我会好好试一下的！"

于是，宋杳又开始了反复抓耳挠腮构思小说的死循环，整日皱着眉，将手上的那几本杂志来来回回翻阅，又将目光移到自己在稿纸上歪歪扭扭所写的那几行字，只恨不得全部删去，满心羞愤。

周霁年看她魂不守舍、心不在焉的模样，看得自己也干着急。

终于在一天中午午餐回教室午休时，周霁年忍不住追问："杳杳，你最近好像状态不怎么好，是怎么了吗？"

宋杳忽地被点破，越发不好意思了，含含糊糊地回答："就是梁老师又建议让我去参加那个作文比赛了，但是……我不知道应该写什么。"

"我很重视这次机会，但又害怕只是白做工，我太害怕竹篮打水一场空了。"她重重叹息。

宋杳虽然说着丧气的话，但圆圆的眼睛却是积极地在追问，而周霁年会回应。

"杳杳，你已经很好了，只要写你所想写的，或许不需要多么华丽，多么创新，普通的故事也会是好故事。

"你不是写过那么多公主和骑士，以及恶龙和魔女的故事吗？都很精彩与可爱，我相信你可以好好写成一个故事的！"

周霁年的回应没有什么有力的技巧与佐证，他只是冷静地陈述。

但在他如水的眼神中，宋杳却莫名重新捕获了自己的信心。

灵感被唤醒了些，宋杳一下子在两三天的时间里完成了两篇小说，一篇是写的散文，关于女性、疾病与生死，另一篇是写的小说，不太成熟，甚至幼稚，但是她还蛮喜欢的。

但是，梁敏给她的杂志只有一本，背后附的报名表也只有一张，所以她被置于必须二选一的艰难境地。

写完文章后，宋杳并没有开心多少，而是依旧郁闷，连着好几天马尾也都扎得低低的，像低垂的小猫尾巴。

终于憋不住，在一个阴天放学的傍晚，宋杳皱着眉，苦着脸向周霁年倾诉，寻求他人的裁断帮助。

周霁年蹬着自行车，并没有给她任何关于如何判断两篇文章哪篇更好的帮助与建议，只温柔地对她说："没事的，如果觉得两篇都很喜欢，那就不要做决定了，多写几篇也是可以的。"

他这句话让宋杳云里雾里的，但一瞬间，她却也莫名地拥有了来路不明的底气。

晚上回到家，坐在书桌前，宋杳握紧笔又灵感爆棚地写了好几页新文章。

周霁年在这个周末，顶着大太阳，拎着重重一袋不知什么东西，满头大汗地跑上三楼，脸和脖子都被晒得泛红，他脸上的笑却是轻松肆意。

周霁年跟周末休息在家泡茶看新闻的宋清平笑吟吟地打了个招呼后，便来到宋杳的卧室前，喘着气敲响她的房门。

宋杳好不容易趁着周末一觉睡到饱，却被这短促的敲门声叫醒，于是顶着一头乱糟糟的头发，脸颊也红扑扑的，睡眼惺忪地从床上爬起来后便打着哈欠来开门："谁啊？"

门一打开，吊带睡衣挡不住的白嫩皮肤就映入眼，周霁年不太自然地咳嗽了一声，移开眼，手握得很紧，塑料袋提手在掌心中烙下两道红痕。

"杳杳，我来给你送杂志。"

宋杳清醒了一半，伸手捋了捋自己睡得东倒西歪的头发，难得在他面前有点不好意思的情绪，揉了揉眼睛，又拽了拽睡衣。

淮市的十月依旧是属于短袖的季节，她上周刚在张虹"哎哟哟"心疼电费的唠叨中停掉卧室的空调，但还是得穿着吊带睡衣，敞着窗，才能换得一晚安眠。

接过周霁年递过来的沉甸甸的袋子，宋杳嘴上的那句"谢谢你"还没说完，低头一看，就被袋子里装着的一摞整整齐齐的比赛杂志给惊喜到那个"你"字都升高跑调。

人都蹦了好几下，好不容易捋顺的头发又乱掉，宋杳开心地迎他进屋，脸上的笑是薄荷糖般的甜蜜与清新，让人在秋天无端联想到夏天。

"你哪里来的那么多杂志啊！"她兴冲冲地将袋子里的杂志都拿出来摆在桌上。

"去城东的一家书店买的，恰巧那边有卖。"周霁年一边回答着她的问题，一边尝试给自己无处安放的目光寻找一个妥当的目的地。

可是在慌乱中不小心撞进眼睛里的总是宋杳白花花如牛奶冰激凌般的后背，与破折号似的锁骨……喉结滚了好几下，周霁年忽然觉得一早上晒的太阳都在此刻集中在心脏上灼烧。

"我要的！我下次跟你一起，知道路之后就不用辛苦你跑那么远了！"宋杳来回翻阅着那几本崭新的杂志，语气雀跃，没有注意到周霁年的坐立难安，还在傻乎乎地问着，"多少钱呀？我给你吧！"

"不用了，算是我作为你独家读者的投资。"周霁年勉强找回自己的心跳，但心神随着她搭在椅子上晃来晃去的白嫩小腿晃晃悠悠的。

"小苹！你对我可太好啦！"宋杳开心到用起好久没使用过的落灰的昵称，扭头看他，眼睛和脸颊圆圆的，像冰箱里冰冰凉又甜滋滋的青提。

周霁年一颗心悬着，不知她下一句将会落下什么，于是又紧张地咽了咽口水，手心冒汗。

"果然，我们是最好的青梅竹马！"宋杳毫无察觉地继续雀跃地落下这句话。

明明她是怀着嘉奖的想法，但是溜进周霁年耳朵里却成为一句凌迟。

他扯开个僵硬的笑，快速跳动的、沸腾着的心脏像被泼了冷水一样飞速冷却，明明应该说点什么应和的，但他只能点点头。

任务完成，其实见她开心，好像也已经足够了，周霁年便准备离开，丝毫不提自己早上几乎逛遍全市书店的狼狈，反反复复在书架前找寻，然后空手离开，连失落的时间都没有，就得赶往下一个书店。他只要她开心与如愿以偿。

但在关上她房门前，周霁年还是难为情地顿住了脚步，红着耳朵，眼神飘忽，轻声提醒她："你的睡衣好像要掉了。"

然后门被关上，宋杳能隐隐约约听见他向宋清平辞别的声音，慢半拍地反应过来，低头，于是发现自己的睡衣吊带已经快滑落下肩膀了。

她无声尖叫，一张脸涨得通红。她慌乱地整理好着装，脑袋像糨糊，一瞬间反应过来他刚才扭捏与局促的缘由。

环顾卧室，宋杳只想消除刚才那短短十分钟的记忆，捂着脸叹息。

洗澡换下的内衣被随手挂在床边衣架上，卫生巾丢了几包在床头柜上，床上乱七八糟的，贪凉穿的睡衣更是遮不住什么……

宋杳感觉自己要熟成一颗番茄了，只能默默安慰自己。

没关系的。

反正他们是青梅竹马。

一瞬间就拥有了好多张比赛报名表，宋杳开始更加狂热地书写。

上课写，下课写，她一有空就捧起杂志开始看，长吁短叹，感慨世界上为什么会有人可以写出如此美妙的文字。

于是，宋杳也尝试转变自己的文字风格，希望成熟，再成熟些，过去犹犹豫豫不知该如何选择的两篇文章也被回炉重造。离比赛截稿日期越来越近，她也藏不住地焦虑，理科的课几乎都砸在修改文章上了。

但太明目张胆，也险些被抓包，她在数学课上看课外书差点被数学老师黄泳发现，被点名让她回答问题，幸好一旁的周霁年适时地塞来写着答案的小字条，救她于危亡之中。

宋杳提着心坐下，将数学练习册下盖着的小说迅速抽出塞进书桌里，眨眨眼睛瞥了眼一旁认真听讲的周霁年，稍稍松了一口气。

"还好有你！"她轻声道谢。

周霁年冷着脸，心情郁闷，只随意地点了点头，还是忍不住开口劝她："杳杳，高二的节奏快很多，可能上课要认真一点效率会比较高。"

其实满肚子歪理可以输出，比如她只在划水的课上看书，比如老师讲评的这些题她都会了，但宋杳一看见周霁年低垂的眼睛，她就什么话都说不出口了，只得细声答应他："我会好好听课的！"

他本来还担心自己说出口的话会不会太重，惹宋杳不开心，但见她这乖乖巧巧的模样，心软塌塌得像果冻。

趁黄泳转身在黑板上写数学公式时，周霁年小声冲她说："我们都要好好读书。"

"嗯！"宋杳端正了坐姿，短暂地振奋了些数学学习兴趣。

挨不住拖延症，宋杳又是踩着截稿日期的时间点，将厚厚一沓稿件与报名表寄出，冲着听不见回声的绿色邮箱轻轻叹气，她说不清自己此刻是什么心情。

是终于结束一件压在心坎上的事情的如释重负，还是等待入围名单揭晓的遥遥无期的惶恐呢？

或许是太过年轻，她无法辨别。

所以，她只仰起头，冲着身旁一直默默陪伴的周霁年扯开一个笑，拽起他："走吧！请你喝热奶茶！"

周霁年安静地跟着宋杳往前走，脸上的笑是自己都没有意识到的温柔。

那时还没有百花齐放的饮品店，也没有争奇斗艳的奶茶、果茶与咖啡，大街小巷只藏匿着狭小的奶茶店面。

糖精与色素勾兑的奶精粉被热水冲散，水果的香气与甜味弥漫，没有脆波波，没有麻薯，只有最经典的珍珠。其实是很普通的味道，但在胶片般渐渐过曝的记忆中，叠加并不丰盈的青涩生活滤镜，只显得无比美味。

宋杳点了草莓味的给自己，而周霁年选的是巧克力味。

都是宋杳喜欢的味道。

当撞见宋杳亮晶晶盯着他手中奶茶的眼睛时，周霁年极其自然地往她唇边递了递。

宋杳讨好地扯开一个笑，然后一点都不客气地凑近喝了一口，满足了口腹之欲后，一张小脸盈满了餍足的笑。

周霁年也跟着牵起嘴角，低下头喝了一口。

怎么感觉，好像变甜了一点？

了却一桩心事后，宋杳将更多的心思丢在了迫在眉睫的期末全市联考上。

没有理科当借口与托词，她总得对自己的成绩负责。再说了，是她决定要读的文科，肯定要读出点什么名堂来才符合她的性格。

于是，她每天上课都捧着下巴握着笔，目不转睛地盯着黑板，书桌里藏着的那几本课外书好久没换过。下课除了和陈桢桢去打水、上厕所，她几乎全耗在与考题的斗争中。就连上下学，她坐在摇摇晃晃的自行车后座，往日的碎碎念也被戴着耳机默念的英语所代替。

周霁年有点不习惯如此安静的日子，耳边没有了叽叽喳喳的声音好像连着心也空了一块。

他却也不能说什么，只跟着埋头苦读，渐渐也算终于将高一下学期所缺漏的知识补齐个七七八八，但仍是慢大家一拍，读得很是辛苦。

201室他卧室的灯从晚上十一点熄灭延迟到十二点熄灭，而临近期末，好像深夜一两点才熄灭灯光也成了常态。

两个小孩都读得认真，连着人也清瘦了不少。张虹打趣两人站一起就像两根青翠翠的芦秆似的，惹得宋杳一声恼羞成怒地拉长音的"妈"。

但都高二了，201室与301室两家家长也不免紧张了几分，各类习题一起买了一大堆不说，周末的补习班也找了好几个所谓的名师轮流上岗提分，最近更是嘀咕着要不要每天晚上等周霁年和宋杳从学校上完晚自习回来，也一起炖点补汤给两个小孩补补身体。

宋清平刚调任新岗位，闲散许多，而陈秀兰因着身体问题，学校减轻了她上课和值班的负担。这样一盘算，好像是可行的。于是说干就干，上下两楼那一两个月冰箱都是塞得满满当当。

"一三五"楼上301室准备夜宵，"二四六"楼下201室准备，周日放假一天。

从蘑菇炖鸡到人参炖鲍鱼，从冰糖雪梨到血燕炖花胶，偶尔穿插几天宋清平大展厨艺做的海鲜，恩格尔系数一下飙高。

于是短短一个期末，宋杳和周霁年就被喂得圆滚滚了几分，但并不显得胖或是臃肿，只是脸颊肉又可爱地冒出来。

宋杳下课总忍不住抽出一两分钟举起镜子，捏着自己软乎乎的脸颊肉，一脸发愁，忍不住冲着一旁的周霁年哀叹："你说，你妈和我妈什么时候能结束夜宵投喂呢！真的很难减肥啊！"

周霁年扭头看着她，忍不住丢下笔，也伸手戳了戳她的脸颊肉，于是她的酒窝又陷下，眼睛弯弯。

"不用减，很可爱。"

脸颊上好像还残存着他指尖微凉的触感，宋杳脸上攀上点红晕，突然一下子发愣,脑袋转不过来,只能呆呆地回了句:"哦。"

幸好下一刻上课铃响起,驱散了她的慌乱心事。

周霁年倒没有什么关于脸颊肉的烦恼。

之前为了《野池塘》电影上镜好看,他减肥十几斤,身体与脸的线条流畅了许多。

宋杏总是喜欢偷偷比两个人的手腕粗细,然后恶狠狠地不知代入了什么角色,佯装凶狠地丢下一句:"这么瘦,风一吹就能把你刮跑了!"

但现在稍微长胖点,刚好秾纤合度,宽阔骨架上布着一层恰恰好的肌肉。

只是,有些补汤却是补过头了。

周霁年满头大汗地在梦中与那一双圆圆的杏眼,那一枚右脸的小酒窝暧昧纠缠,然后不得不天蒙蒙亮就认命地红着耳朵从床上爬起来,小心翼翼地在洗衣池旁边搓洗不知怎么忽然弄脏的贴身衣物。

然后那一整天,他都不怎么敢望宋杏清澈的眼。

第八章

青春双人游

在关于夜宵补汤的烦恼中,高二分科后的第一场正式大考——期末考悄悄逼近,但比考试更早降临的是,在圣诞节像圣诞老人的礼物般从天而降的来自沪市的一封邮件。

宋杳拆开信封,里面是作文比赛入围决赛的邀请信。

宋杳手在颤抖,看清楚那一张薄薄纸上写的大字后忍不住无声尖叫,感觉眼眶湿漉漉的。

待到周雩年轻柔地屈起手指碰她的眼睛,擦去许多水渍后,她才慢半拍地发现——或许自己是喜极而泣了。

"恭喜你,杳杳。"周雩年也跟着好心情,笑着冲她说,弯起的眼睛下薄薄的一道,像是月亮的鳞片。

"我初赛过了?"宋杳仍残存了些不可置信,声音和手一起颤抖。

周雩年微微低下身,直直看向她水汪汪的眼睛,继续笑着:"是的,杳杳,你要去沪市参加决赛了。"

宋杳激动得蹦起来:"小苹,我写出了一篇好的文章啦!"

张虹和宋清平知道后同样激动,但总归是大人,并没有宋杳那么外露,只是那几天脸上都挂着笑,出门都哼着小曲。

张虹给了宋杳两张红票子当作奖励,让她多多去买书看,但一边也忍不住敲打她,要期末了,心思还是得更多地放在读书上,等考完再考虑比赛这件事。

梁敏与陈秀兰知道后也都很替她开心,送了她好多书,让她可以好好准备,这次是一个很好的机会。

宋杳心里晕乎乎的,好像被一张从天而降的彩券忽然砸中,有一种不真实感。

157

她却也忽然清醒了，只跟身边较熟的陈桢桢分享了这件事，其余闭口不谈，只更认真地埋头苦学。

等到最后一科政治考完，宋杳忽然察觉到一阵说不清道不明的虚无感，拖沓着脚步到教室领完寒假作业，背着笨重如龟壳的书包坐上周霁年的自行车后座。

宋杳低下头，将口鼻埋进温暖的毛绒围巾中，终于找到一点被自己刻意掩藏的实感，闷闷地开口："小苹，下周我就要去沪市参加决赛了是吗？"

她的声音很淡很淡，像是冬日似雪非雪的小雪粒，但周霁年总是能准确地捕捉。

"是的，杳杳，你将会拥有人生新的可能性。"他说得很慢，但也很清晰，将笼在宋杳心坎上的那缕薄雾吹散，只留下几寸澄明。

宋杳侧身，将脑袋靠在周霁年的背上："好神奇啊，小苹。"

"我明明写得那么糟糕，居然还能进决赛。

"决赛如果写得一塌糊涂，那又该怎么办呢？

"我对待文字总是很没自信，像是一个胆小鬼，这么好的机会像奶酪一样掉落在我面前，如果我还是错过，是不是很值得被骂啊？"

宋杳难得剖白心事，懵懵懂懂的表情像是一只雨天迷路的被淋湿的流浪小狗。

"不会的，你很棒的。只要你写下的故事是你真正想写的，你真正喜欢的，那我感觉你这一趟就已经值啦！"周霁年耐心地安慰她，"而且抛开比赛本身，去沪市玩一趟好像也是一件很不错的事情。"

宋杳重重呼气，又重重点头："不管怎样，开心就好了！"她努力调动着自己的兴致。

下周就要去沪市参加比赛了，张虹重金给宋杳提前购置了一身行头，又买了件羽绒服，还准许了她每天三个小时的电脑使用时间。

周霁年也被委以"领着妹妹去沪市玩一玩"的重任。

酒店和来回火车票是宋清平一起订的，宋杳的迟钝一大半都是遗传他的，宋清平还当两人是七八岁小朋友般订的双人床酒店，惹得两人好生尴尬，不过这是到沪市后才发生的小故事了。

宋杳白天下楼跟周霁年一起挤在那张小小书桌上疯狂赶着寒假作业，下午一半写作业，一半用来看小说。

而晚上，宋杳趁着张虹和宋清平还没睡觉，蹲在电脑前敲敲打打，整理下自己的一些思路，开始有意识地锻炼。她在非官方组织的大赛入围选手交流群中潜水，看一些和她一样的新手发言询问，也看一些老手装老练，偶尔也会有真的厉害的人发言。

宋杳感觉自己生命的边界在拓展，她不再被局限于淮市玉兰小区或是实验中学，她开始接触这个世界的多样性。

但也有意外之喜吧，比如宋杳在群里因为几句关于《黄金时代》的讨论而提前结识了两个人，迟椿与连城。

他们俩都是高三文科生，不同于宋杳的毫无经验，他们在高一高二时就有接触过这个赛事了，这次是他们俩第二次入围决赛。

迟椿是海城人，而连城是沪市本地人，成绩优异与在文学上的一点点开窍，让他们有一种可爱的清高。

出乎意料地，他们相聊甚欢，甚至私下加了联系方式，组建了三人的群聊，约了到沪市后要线下见面，让连城作为东道主好好带她们俩玩。

于是，宋杳满怀着无限的希冀与憧憬，与周霁年踏上了前往沪市的火车。一路雪花越来越密，宋杳将自己裹得像只小熊，又把保温杯里的热水递给周霁年，看着他冻红的鼻子，示意他喝几口热水暖暖身子。

男女之防在这一段相依为命的短暂寒冬旅途中被遗忘。

周霁年轻轻凑近喝了一口，浑身暖烘烘的，尝到一点甜甜的梅子味。

到了沪市已经是夜里七八点了，两个人裹着羽绒服，浑身冒着热汗，按照宋清平留下的地址艰难地找到酒店。

办理完入住，宋杳用房卡刷开门，一进门，看着并排摆放的那两张床，一下子就愣住了。

她低着头放下行李箱，小声嘟囔道："我爸怎么那么抠！都不舍得订套房！"稍微长长了些的刘海散落，却遮不住她发红的耳朵。

周霁年抿了抿唇，打开了酒店内的空调暖气，寻思着是不是这个酒店比较好，怎么暖气才开了一会儿，他的脸就开始发烫了。

急急忙忙收拾了一下行李，两个人便出门觅食，在车上不敢吃东西，于是一路忍下来已经饥肠辘辘。

周霁年带着宋杳左拐右拐去搭地铁。这是宋杳第一次坐地铁，在排队等候的间隙，她兴冲冲地翻出随身携带的MP3，戴上一只耳机，朝周霁年招招手，示意他低头，又分享给他一只。

然后，她按下按键，耳机里开始播放音乐。

地铁伴着音乐伴奏逐渐驶近，有列车呼啸的空鸣声，而耳机里的歌词在地铁停稳的那一个瞬间刚好唱到那一句：

"爱你的每个瞬间都像飞驰而过的地铁……"

跟着人群挤上地铁，耳机也掉落，宋杳手忙脚乱地整理着乱七八糟的线，只留周霁年一个人反复咀嚼那一句歌词。

宋杳或许没有听懂，但是，他想，他应该听懂了。

周霁年领着宋杳去了一家街边小店，有很浓重的烟火气，两个人点了一份排骨年糕、一笼生煎，还有两碗麻酱拌面。

或许是饿得狠了，两个人将一桌食物吃完后竟然还不觉得饱，于是就在附近转了转，偶遇小推车摊子，便又买了两个葱油饼边吃边逛。

宋杳吃了满嘴油，还是忍不住开口感叹："你还记得我们小学毕业那趟来沪市玩吗？"

"当然记得了。"周霁年递给她一张纸巾，"我还记得你晕车晕得脸都发青了。"

"啊！那么狼狈的事情，你不要记！"宋杳有点不好意思，"其实我现在回忆起来，那次夏令营真的超级不划算，又不好玩又累，到处赶景点，玩得囫囵吞枣，饭菜也不好吃，那几天我可馋坏了我爸做的水煮肉片。"

"而且还花了好大一笔钱报名呢！"她小声抱怨，"还不如就现在这样，我们俩一起慢慢散步好玩！"

周霁年被她的孩子气逗笑，轻轻点头："我记得前面好像有一家凯司令，等下去买个白脱奶油栗子蛋糕给你当明天的早餐。"

听说有蛋糕吃，宋杳又笑得脸都皱成了一团，一下子就把小学时的糟糕记忆抛在了脑后，连声应好。

两个人闲逛一路，携着一身的寒气跺着脚躲进酒店房间吹暖气。

一看到那两张单人床，宋杳就开始不自在，于是急匆匆从行李箱中翻出换洗衣服和睡衣躲进浴室。

可流淌的水声并没有缓解她的尴尬，热腾腾的水雾只把她的脸也给蒸红了，宋杳咬着牙洗完了澡，然后换上睡衣，对着浴室镜子，左看看右看看，忽然嫌弃起自己的碎花卫衣款睡衣。

应该带一套好看一点的睡衣的！

她突然想，但是找不到需要这样做的理由。

宋杳推开浴室门，一整个屋子都瞬间装满了水汽和沐浴露的茉莉花香，她局促地擦拭着被不小心淋湿的头发。宋杳难得拘谨，细声细气地让坐在酒店书桌前写寒假作业的周霁年也赶紧去洗澡。

周霁年听话地起身，看着练习册上自己毫无逻辑的答题步骤，忍不住嘲笑自己掩耳盗铃。

洗完澡其实还不晚，于是，宋杳坐在床上捧着一本诗集读，而周霁年在一旁的书桌上写着作业，两人就着一盏灯。

沪市万家灯火，而此刻，他们也拥有了一盏限时属于他们的小灯。

两个人好像都不好意思先开口提"睡觉"，于是挨到夜都发紫，眼睛都泛红才尴尬地熄灯躺下。

辗转反侧同样难免，宋杳忍不住在心底偷偷叹着气，又把拎不清的爸爸臭骂一顿。

于是第二天醒来，两人默契地挂着一对黑眼圈，打着哈欠轮流梳洗完毕，边坐在桌前对着那一块小小的栗子蛋糕下手。

宋杳幸福得连起床气都飘散了，只说着要带好几块回去让妈妈、陈姨还有桢桢都品尝一下。

周霁年看着她嘴角的小酒窝，明明自己不喜欢吃甜食，却在奶油的甜蜜中无厘头地感觉到无限的幸福。

稍微垫了垫肚子，两人就裹上羽绒服出门。周霁年担心宋杳被冻坏，还耐心地给她系上围巾，打了个漂亮的结，看着她颤呀颤的睫毛，还是忍不住摸了摸她毛茸茸的脑袋。

宋杳毫无察觉，兴致盎然地背上小包，包里装着给迟椿和连城带的一些小礼物和两本准备互赠的书。他们约好了晚上趁着参赛大部队线下团建的时候,三人偷偷见面一起玩。

一路上,宋杳絮絮叨叨的,难掩好心情,而周霁年插着兜,认真地听着她讲。

不过两人在经过一个路口时还是没忍住,稀里糊涂地又在一家面馆坐下,一人点了一碗猪肝面,还再点了一份蟹黄小笼。

吃得肚子溜圆,两人才起身。浑身暖烘烘的,宋杳嫌热将围巾拆下,从包里又翻出在家里落灰一段时间的相机,这儿拍拍,那儿拍拍,还指导周霁年成为她的模特摆着各种姿势,然后她按下快门。

"等《野池塘》上映了,等你火了,这些可就都变成你的宝贵资料了!"宋杳胡乱扯着话,丝毫没料想到等电影真正上映后,等他真的走红后,他们已经失去了此刻共游的心情了。

"我们也一起拍一张吧。"周霁年笑着低头看她,脸被冻得更白了,显得鼻梁上的小痣都有点俏皮。

宋杳还在发愣就被他揽住肩,手中的相机被他交给好心路人,刚来得及扯开个笑,闪光灯就亮起,定格这个瞬间。

每张合照都来之不易,每个共同开怀的瞬间也都珍贵,周霁年总会惶恐,担心这种"青梅竹马"的快乐假象何时会消散,于是只能铭记,再努力铭记,然后珍藏她的每一帧镜头。

两个人就这样在雾蒙蒙的寒冬里乱逛,渐渐起风,两个人都瑟瑟发抖。

最后受不了了,他们咬着牙跑进街边咖啡店,忍着肉痛消费一杯热拿铁,宋杳一口,周霁年一口,也不在乎什么界限与防备,认真分享着这珍贵的温暖。

其实那杯拿铁一点都不好喝,甜度很低,咖啡浓缩萃取到发苦,让两个人又一夜辗转反侧,但宋杳还是认真将那杯咖啡写进了她的随手记事本中。

这闲适得像是偷来的一日游,她想她会怀念的。

终于熬到约定的时间,宋杳兴冲冲地奔向已经被包场定好的咖啡厅,并随身携带周霁年。

她不放心他,他也不放心她。

可一推门走进那闹哄哄甚至拥挤到潮热的咖啡厅,宋杳忽然退却了。

准备好的什么自我介绍都说不出口,她局促地拉着周霁年的衣袖走到一旁坐下。

她眨着眼睛认真分辨着吵闹的大家在讨论着什么，听得晕头转向，拿出手机在群里催促迟椿和连城早点到场。

她有点尴尬。

但幸好还有周霁年陪她。

等迟椿和连城赶到，宋杳激动得脸都发红了。见到面，三个人谁也不开口说话，只一个劲地傻笑。

宋杳没想到在网上时常口出狂言的迟椿会是这么一个乖乖女，也没想到不时发出几句酸牢骚的连城还蛮帅气的！

三个人一见如故，也算是找到了一点点的归属感，各自拿出包交换着礼物，交流着自己最喜欢的小说，分析着往年获奖作品的精彩点，更尝试压中今年比赛的题。

小小的咖啡厅里热火朝天，各自三三两两和提前约好的朋友或是拘谨或是开怀地聊着天，也有比较外向的人组织了好一群人在玩刚刚兴起还算小众的"天黑请闭眼"。

周霁年感到闷得慌，婉拒了几个女生若有似无的搭讪，只一个劲地喝着白开水，眼神总是不自在地落在一副风流公子模样的连城身上。

再看看一脸澄澈地肆意笑着的宋杳，他心里有说不出来的担忧，但也只能怨自己读书不够多。

这场聚会熬到很晚才终于舍得散，周霁年刚走出门就发现有雪花掉落在他鼻尖，凉凉的。

"下雪了。"他说。

宋杳仰起头，声音浸着酝酿过度的喜悦："瑞雪兆丰年，明年应该会是很好的一年！"

她在看雪，周霁年在看她。

一觉醒来，宋杳将要去直面她人生中的第一个闪耀如钻石的机会，而周霁年却发起了低烧。

宋杳端着杯热咖啡用来暖手，手腕上松松垮垮晃着的是周霁年在考场门口借给她的，并低头温柔为她戴上的手表，面上强装着冷静，可心脏跳得胸膛有点疼。

宋杳低了低头,将脸埋进宽大的羽绒服中。其实张虹的审美有点糟糕,从她身上过大而粗壮的灰色羽绒服,上宽下窄的小脚紧身牛仔裤,并不防滑但显脏的白色运动鞋,还有红色斑点的围巾,这些奇怪搭配中可以发现。

可宋杳没空感到不好意思,她只觉得自己握着咖啡而裸露在外的手指被冻得僵硬,呼出的气像是雾,遮在眼前,她感觉到不安。

她努力让自己镇定,可脑袋里刚挪出一点空隙,就忍不住思考起早上一起床,就看见周霁年潮红得不正常的脸,止不住的咳嗽声,与他烫手的额温。

周霁年有点低烧。

宋杳也跟着发愁,心中懊恼自己昨晚与迟椿、连城聊得太嗨,都没发现周霁年感冒的不对劲。

那等一下要不要带他去看医生呢？要去医院吗？干脆叫连城安排一下……

考场教室的暖气开得很足,宋杳还没想出一个有效答案,只能烦闷地扯下围巾,大饮一口咖啡,然后被苦得皱起整张脸。

正式开考时间迫近,她却渐渐放松下来,心里只想着:好好写下一些文字,然后带小苹去看病。

当稿纸分发下来,两篇作文题目揭晓后,宋杳却无所顾虑了,抱着一种与纸上所写下的这些文字再难相逢的心情,写得很是淋漓畅快。

她没有过多去组织一些结构上的巧合,之前搜肠刮肚提前准备的"好词好句"也没有派上用场。她用力地书写,害怕把握不好节奏,于是忍不住看表。

低头看见秒针转动的瞬间,她眼前会恍惚出现周霁年因为发烧而发红发烫的脸颊与嘴唇。

其实有点可爱。

她不合时宜地想。

然后,她只能用力摇摇头,把这些乱七八糟的心事都驱赶,咬着唇继续写。

没有熟人在场,或许是只见一面的文字,那些纷纷扰扰的点评她不会知晓,于是宋杳难得在纸上说了些透亮到残忍的真心话。

写的时候并不发觉,等真正响铃走出考场,她才忽然在沪市的柔软小雪里感知到一点凄凉。

从伤春悲秋的情绪中抽离，宋杳缓慢地走出考场，然后一抬眼，就看见插着兜笑着在门口等她的周霁年。

于是，宋杳加快了脚步冲上前，在他跟前站定，眉头下意识皱着，踮起脚尖伸手去探他的额温。她小声埋怨着自己："都怪我，昨天玩到太晚了，天太冷又下雪，把你给冻坏了！哎呀，你早上就不应该陪我出来的，好好在酒店休息就好了！"

周霁年配合地低下头，任由她冰冷的手撩开他的额发触碰额头。

"没事的，小感冒而已。我买药吃了，现在已经退烧了，杳杳不要担心。而且，我很想来见证你的人生重要节点。"他依旧笑着，或许是因为病弱，语气都柔和许多。

"重在参与啦！"宋杳下意识地想逃避刚结束的这场比赛，不知道是害怕还是期待，然后像想起什么似的又懊恼地噘起嘴，"咖啡没喝完，忘拿出来了！"

周霁年直起身，顺手拨了拨她被围巾压翘的头发："没事的，等一下我再给你买一杯新的咖啡。"

不知道是不是因为这一点点隐秘的肢体接触，周霁年感觉自己的感冒与低烧一下就好多了，顺带着心情都变好了。

见她不愿意多提刚才的比赛，周霁年也识趣地不提，领着她从门口拥挤的家长与考生中挤出，慢慢走去周边小店吃午饭。

他给宋杳点了份豪华叉烧饭，而自己吃着是更适合病中吃的清汤面。

食物送上桌，宋杳看着他面前寡淡无味的面，怎么都不忍心，于是忍痛割爱，把自己碗里的叉烧夹几块进他碗里："光吃面怎么能饱啊！你生病，就应该多吃点补充营养！"

她说得理直气壮，换得周霁年一个笑，内双的眼睛上褶皱都明显了。

宋杳在那一个瞬间顿悟了，纣王烽火戏诸侯为的是什么。

在苦苦等待比赛成绩的那一天半，两人百无聊赖地逛了好几个书店，宋杳书包塞得满满的。他们又偶遇了好几家糕点铺，于是手里大袋小袋的是蝴蝶酥、青团与掼奶油。一路上，宋杳碎碎念个不停，要周霁年注意保暖，一日三餐都紧密监督他咽下退烧药与感冒灵。她还和迟椿、连城约出来吃了顿晚饭。

宋杳听他们讲不同小城与都市的生活,讲高二共同的迷茫与高三近在眼前的天光大亮。连城将遇见的粉红感情故事当成笑话讲出逗趣,迟椿讲自己伪装乖乖女的苦闷,而宋杳不知道讲什么,思来想去,只能委屈周霁年当素材,提及一些青梅竹马的小事。

周霁年下意识地排斥连城,但面上却不显,只是继续认真为洋洋洒洒叙事的宋杳切着牛排。

其实,只要她开心就好了。

在沪市晃悠晃悠,终于挨到颁奖典礼当天。

坐在前往场馆的出租车内,宋杳感觉自己的心跳像是司机叔叔正在播放的滥俗 DJ 舞曲的狂躁鼓点。

说不清什么心思,宋杳久违地打开嘉毓姐赠送的香水,虔诚地按了几下香水喷嘴,于是她被月桂与黑莓味道笼罩。

敏感地察觉到她的紧张,周霁年在拥堵的车流、嘈杂的喇叭声与急刹车中轻轻握住了宋杳的手。

像是握住了软乎乎的年糕条,周霁年不敢用力,任凭香甜气息将他包围。

"我买了小蛋糕,晚上结束一起吃。"他的语气也如蛋糕一样松软。

不知道已经多久没有手牵手了,宋杳只觉得浑身僵硬,但内心无声的忐忑也意外被驱散,她试探着回握住他的指尖,轻轻点点头。

"好,我们一起吃蛋糕。"

怀揣着过来跑龙套的准备,宋杳看着场上灯光灼目,听着评委老师慢慢念着获奖名单,脑袋已经停止运转,只默数着自己还有多少寒假作业需要补,还在猜测着晚上周霁年买的那块小蛋糕会是什么味道。

于是,当编辑老师在台上念着一等奖 B 组获奖名单念及她的名字时,她仍完全未反应过来,只瞪圆了眼,怀疑起自己的听力。

直到坐在前排区域的迟椿与连城齐刷刷扭头笑着看向她时,她才后知后觉地狂喜,下意识转头想去寻找周霁年分享,但慢半拍地察觉他的缺席。

比起猛烈的狂喜,她的小小心脏中最先攀升起的是一种说不清道不明的遗憾。

跟着迟椿和连城,三个人一人捧着一个玻璃奖杯一同扯七扯八地走出场馆,都感慨自己的幸运,要他们复述考场上具体写了什么东西,都像短片一样说不清楚。

"感觉像是拿到了一张关于文学的入场券,却是儿童票版本。"迟椿笑着打趣。

连城接话:"不只是关于文学吧,我可等着这个奖帮我冲冲自主招生呢?"

"庸俗!"迟椿谴责他。

而他坏坏地笑了笑:"你可别跟我说你没有走自招的想法哦!我还等着在京市见你呢!"

宋杳听得云里雾里。对她而言,好像高三还是未来遥远的一刹那,她只想着,她要赶紧把奖杯也给周霁年捧一捧!

三个人喜笑颜开地告别,借着刚才编辑老师鼓励他们多多写作、多多投稿的话互相约定着要坚持写东西。

会再相见的,十七八岁的他们莫名地相信。

宋杳捧着玻璃奖杯小跑向周霁年,额头都冒出了点汗,发丝也凌乱,只是脸上的笑无比璀璨。

"小苹!"她轻轻喘着气,"我拿了一等奖!"一边骄傲地将手中的奖杯递给他。

"我们家杳杳真厉害。"周霁年温柔地说着,抬手理了理她跑乱的头发。

他的笑是玻璃质感,却比手上沉甸甸的奖杯轻盈,仅对她可见的甜蜜。

两个人并肩走着,宋杳兴奋得不住地哼着小曲儿,走到最近的地铁站台。沪市的夜晚忽然下起了雨。

柔和得像是绿叶上青翠的露珠,熄不灭宋杳此刻的好心情。

倒是周霁年将她的围巾又往上拽了拽。

夜间的地铁人仍是不少,两人依偎着,坐在座位上,有几个醉醺醺的人在车厢内大吵大闹,宋杳皱着眉,掏出 MP3,一人一只耳机。

耳机里唱着"爱只是爱,伟大的爱情到头来也只是爱",宋杳笑眯眯地冲着周霁年小声说:"或许我对文学就是这种爱。"

周霁年也跟着笑了笑。

地铁有一段在桥上,于是雨水飘打着车窗,在远处万家灯火的映照下,这铺天盖地的雨竟成了发着光的一场雪。

纷纷扬扬。

是很好的一个冬天。

回到酒店,两个人分食那一小块茉莉味的蛋糕。
宋杳含着小勺子,幸福得眼睛眯成月亮:"真好吃!"
两个人凑得很近,呼出来的气是烫的,将周霁年的心烫得千疮百孔。
"我也觉得很好吃。"他笑着应和。
宋杳伟大的天才梦只有在周霁年面前才能开口叙写,她说她要写许许多多文章,用最美丽的比喻,编织最迷人的隐喻,现实的残酷她要写,童话的神秘她也要写,她还要将她爱的一切都用文字颂扬。
每一个句点都将会是一簇雪花,而宋杳相信她会在将来的将来拥有属于自己的雪山。
而关于周霁年的句段,应该会是一株漂亮的雪松。
不论后续的多少个瞬间都被单恋的痛苦纠缠,至少那个瞬间,被她纳进人生未来的周霁年只感知到无尽的幸福。

短暂的沪市之旅就此结束,两人困倦地挤在春运的列车上,身上手上背着拎着的是笨重的行李与乱买一通的伴手礼。
当脚重新踏上淮市的那一刻,他们又变成了再普通不过的高二学生,面对的将是好像怎么也写不尽的寒假作业,什么风花雪月都消散,思考的是要怎么多背几个单词,历史时间轴要怎么整理比较好……
得了几句张虹、陈秀兰与梁敏的夸奖后,好像这个来之不易的奖项的时效性也逐渐衰退,宋杳那一颗扑腾乱跳的心也降温,收拾整理心情,回归与让人头大的数学的战斗中。
而《野池塘》后续依旧杳无音信,周霁年也乐得清静,只趁着这段寒假的空隙努力补着进度。
如果人生是一个大型的闯关游戏,那些什么电影拍摄、作文比赛都像是偶然触发的支线任务,而此刻,两位玩家的身份仍是学生,在这一阶段的最终主线任务依旧是不可撼动的——高考。

寒假在鞭炮声中,在家长里短的拌嘴中,在宋杳与周霁年上下楼的脚步声中,在宋清平制作香喷喷的油炸食物和备年货中忽地消逝。

张虹一嗓子就把宋杏从寒假残余的美梦中唤醒。宋杏像机器人般做着日复一日的上学准备，然后准时准点叼着早餐下楼，眼睛都不用睁，就可以准确无误地在周霁年的自行车后座坐下。

高二下学期的进度比高二上学期快了许多，连着班主任老刘都不苟言笑了许多。

宋杏书桌中供课外书藏身的位置被各种各样的真题卷、习题卷、模拟卷所挤占，课上课下偷偷摸摸写点东西的时间也被繁重学业无声吞噬，每天最大的娱乐或许是与陈桢桢手挽手上厕所时交流几句八卦，又或是说说最近爆火的韩剧剧情。

寒假的肆意与快乐好像昙花一现。

等获奖的光鲜褪尽，她又变成了黑眼圈浓重，偶尔几颗青春痘调皮冒出，每天都与数学拔剑相斗的狼狈辛德瑞拉。

而周霁年也有意地克制自己乱七八糟的想法。

日子一天一天过，气温也一点一点攀升，大家身上的校服也越变越薄。

宋杏的头发也慢吞吞地长长，她想了好多花样来编这些辫子，最简单的马尾与丸子头不说，要是心情好，例如数学月考及格了，或是某场考试拿了单科状元，宋杏就会开心地扎起麻花辫或鱼骨辫。

长长的辫子垂在胸前，她因为数学而抓耳挠腮时，辫子也会左摇右摆，不小心触到周霁年的手臂，又是一阵说不出口的感受。

有时，宋杏不小心将辫子弄乱或是弄散，还得装乖地求着周霁年帮她扎起来。

可怜周霁年一个手工能力极度低下的人，为了她倒是练就了一番还算不错的梳头扎发技巧。

宋杏会照着镜子调整着他为她绑的辫子，嘴上得了便宜还卖乖："我这是帮你提前练习以后给你女儿扎头发呢！你可得感谢我！"

耳朵只捕捉到她说"女儿"两个字，周霁年那一颗心一瞬间就妥协了。

其实，如果能有个像她的女儿，好像也不错。

日子就像流水账似的飞速流逝。

考试是时间绳索上最重要的绳结，而每一天大家嘻嘻闹闹地过，好像一眨眼，中学生涯就所剩无几。

宋杏无数次庆幸自己选择了文科，并有幸被分到八班来。

文科班级女生多，好像也就幸福不少，大家每天都漂漂亮亮的，有着说不尽的共同话题，争吵的话题也只会是关于题目，生理期不再需要扭捏与说不出口，文科班的男生已经被驯服，先一步脱离了讨人厌的男孩队伍。

周雾年"电影男主角"身份也渐渐被遗忘，他又成为那个惹人少女心事"咕噜噜"沸腾的校园高岭之花。

宋杏见证着开学以来他桌上桌内各种漂亮包装的小零食与字迹娟秀的小便笺越堆越多。

虽然他对待这些的态度是一如既往地熟视无睹，可宋杏却莫名不舒服。

是什么情感呢？

宋杏像做不懂数学题一样搞不清，甚至还有一分晕头转向。

于是，她耐心向阅文无数的陈桢桢请教。

陈桢桢啃着一根绿舌头冰棒，嘴巴绿得让人发慌，嘴里说话也黏黏糊糊的，偏生那表情正经得不得了："你说你看到周雾年人气旺就不舒服。首先，应该不会是周雾年的问题，他那个脸和气质就摆在那儿，不招蜂引蝶是不可能的。

"其次，你这种下意识的反应，或许是因为你对他有好感——"

陈桢桢的嘴巴被棒冰粘住，一句话断成好几截说，最后卡在这句让宋杏心惊胆战的话上。

一瞬间，宋杏感觉自己被头顶灼目的太阳晒得中暑了，连着头昏眼花，手中的三色冰激凌也融化成甜腻腻的糖水。

她喉咙里有一堆话想要反驳，但就是说不出口，嘴巴里蔓延的是甜得发腻的草莓味，她只能瞪圆了眼睛。

幸好，陈桢桢及时结束了自己舌头与冰棒的缠斗，龇牙咧嘴地补充完整："但很明显这种可能性几乎为零！你怎么可能会对周雾年有好感！"

"你们可是青梅竹马！那句话怎么说的，"她又咬了口手里逐渐变成软塌塌果冻的冰棒，"近水楼台先得月！你们到现在都没有一点暧昧的火花，就可以证明你们俩是很单纯的友谊呀！"

宋杏一颗心好像沸腾的铁水忽然浸入冷水一样，马上冷静下来，什么头昏眼花的中暑症状全部消失殆尽。她低着头小口挖着冰激凌，轻轻点头："嗯。"

陈桢桢越说越上头，连着音调都拔高："那就只剩最后一个可能性！"

她扭头目光如炬地盯着宋杏,"你也春心萌动了!"

"所以才会被周霁年的高人气刺激到!"她为着自己推导出来的正确答案而忍不住兴奋。

宋杏忍不住叹了一口气,但陈桢桢的话像止不住的机关枪子弹,突突突地往外冒。

"杏杏,你可是文艺才女!而且你这小脸多可爱啊,多招人喜欢啊!"她一边说着,一边伸手摸了摸宋杏白嫩嫩的脸颊,丝毫没有注意到不远处周霁年的走近。

"而且据我所知,我们还在二班的时候,数学课代表那个李什么来着的就对你特别关注!还有你没感觉到隔壁理科七班的那个副班长每次见到你都眼神飘忽吗?还有前几天来我们班传授文科经验的高三(8)班的那个学长,我感觉他一直在看你!"

陈桢桢慢条斯理地细数着,最后落下一句重要总结:"杏杏,你也别太急,如果你想,肯定也能……"

周霁年一边走近,一边将陈桢桢的那番话听得七七八八,心中警铃"叮叮咚咚"作响,忍不住偷偷埋怨她不要把杏杏给带坏了。

陈桢桢在瞥见周霁年的一刹那,马上把嘴给闭紧了,尴尬地扯开一个笑。

宋杏也说不出为什么心虚,手中的三色杯彻底融化成一杯混浊物体。

也没有多说什么,周霁年只是将自己手里拎着的两瓶饮料塞进宋杏怀里。是她最喜欢的茉莉花味。

"还有几分钟体育课就下课了,记得逛一会儿就得回教室了,不然下一节课得迟到了。"他轻声提醒,然后又小跑着离开,赶去和任桥他们再去打几分钟篮球。

怀里的水冰得她手都湿漉漉的,宋杏拿出一瓶递给陈桢桢,两个人都莫名地安静了。

"唉,还是好好读书吧。"陈桢桢仰天感慨,语气复杂。

宋杏也点点头,然后拧开瓶盖喝了一口。

涩涩的,又有点甜。

抛却这个小小插曲,高二下学期一眨眼就过去了。

宋杏每天与周霁年一同骑着车上下学,偶尔下雨,两个人便撑着同一把伞，潮湿又狼狈地挤着闷闷的公交车回家，一个耳机与 MP3 串联起两人的上学路与归家路。

宋杳多数时候听着她爱的民谣和流行歌，偶尔会在考前紧急插播一点英语听力磨耳朵。而周霁年有时也会掌握播放主动权，听点粤语歌。

摇摇晃晃的自行车与公交车，伴着咿咿呀呀的乐曲，他们偶尔沉默，偶尔拌嘴地又走过一年春夏。

携带着不算好不算坏的期末成绩，书包里鼓鼓囊囊的是各类试卷与习题，老师们老生常谈的劝诫让人听到耳朵长茧，越来越亲近的同学酝酿班级松弛的氛围，运动会是忙里偷闲的大好时机，六一儿童节继续嘻嘻哈哈地过，为着高三临上高考考场的学长学姐们撕心裂肺地喊楼加油……

这些普通如白开水的日常是限量的美好。

等到高三生要上高考考场了，还是高二生的宋杳却也跟着紧张。

宋杳提前给连城和迟椿发了祝福的加油消息，还特意跑了一趟高三楼，把自己精心准备的加油贺卡和礼物递给她最爱的向鸽学姐，亲口对她说一声"高考加油"。

放假两天，宋杳和周霁年或许比那些应考生更快知晓高考答案。张虹和陈秀兰提前紧张起来了，每考完一科就迫不及待地从网上找了卷子题目，同步递给宋杳和周霁年做。

两天假期，两个小孩都苦哈哈的。

等宋杳再回过神来，高二期末考结束，她已不知不觉坐在了高三专属教学楼中进行暑期补课小一周了。

走廊内每隔几步就贴着几张每一届的高考状元或高分考进顶级高校的学生照片，楼梯口的仪容仪表镜旁边挂着的是"会当凌绝顶，一览众山小"。而教学楼外高高悬挂的是"须知少年凌云志，曾许人间第一流"，教室醒目地贴着"相对辛苦，绝对优秀"。

这些醒目地提醒着所有在这栋楼中埋头苦学的学生，他们的身份是——高三生。

宋杳忽然感觉喘不上气，明明还没到九月开学季，她就提前被赋予了"高三生"的身份。

每科老师都在疯狂赶着进度，只为能让一轮复习、二轮复习又或是三轮复习的时间再充裕一点。

时间变得无比珍贵,连考试考差了都不被准许伤心多久,只能抹抹眼泪,然后紧急订正错题,全身心地投入下一场迫在眉睫的考试。

他们稀里糊涂地忙忙碌碌读着书,然后忽然从喜笑颜开的老师口中获知了淮市高考放榜的消息。

实验中学斩获文理科市状元,理科状元已经连续五年被实验中学获得了,但这个时隔五年才获得的文科状元却是来之不易。

理科状元是竞赛国奖已经在手的陈之韫,而文科状元是一路稳扎稳打的向鸽。

得知具体成绩后,宋杳的初中班级群又难得热火朝天地聊了起来。

大家都惊叹初中军训时的辅导员学长学姐怎么摇身一变已经成为高考状元,并又开始疯狂地嗑CP。

陈桢桢也忍不住扯着宋杳分析了陈之韫和向鸽之间的细枝末节。

而提前不小心窥探了一眼他们感情答案的宋杳但笑不语。

宋杳很为向鸽开心,忍不住给她发消息祝贺。向鸽是一如既往的腼腆温柔,反倒开始感谢宋杳,将自己高三的笔记与资料装了满满一袋送给她。

宋杳如获珍宝,没日没夜地开始研究,并慷慨地与周霁年共同分享。

每天上下学看见实验中学校门口高高挂起的文理科状元表彰时,宋杳总会想到周霁年。

心像是被忽如其来的雨水浇湿了一样。

宋杳忍不住幻想,是不是如果没有那一场该死的病,没有奇遇一般的《野池塘》,没有荒废的高一下学期,没有那么多人生的打岔,周霁年此刻是不是会骄傲且自信地坐在理科实验班的教室中。

他所打交道的应该是顶级院校与国家级的竞赛,而不是在文科班中郁郁不得志。

是否,明年迎风飘动的理科表彰横幅上会是他的名字。

但人生没有那么多如果。

用力过好今天,就是对明年今日的自己最好的负责。

宋杳只能偷偷在心底叹气,瞥一眼认真奋笔疾书的周霁年,然后低下头继续与数不尽的作业斗争。

迟椿和连城在出分后也都及时与宋杳分享了喜悦，两个人裸分都已经够得到C9线了，加上那些大大小小的奖状与表彰，勉强能冲一冲顶级高校的自主招生。

宋杳诚心替他们感到开心，一直在群里发了好几个"沾沾福气"。

然后，她后知后觉地发现，轮到她面对高考了。

陈秀兰和梁敏帮她收集了好些作文比赛信息，劝她可以多去试试。宋杳在繁重的高三学习中费力地挤出一点点时间来书写，写了几篇文章抱着一轮游的心思去投了投，竟然都得到了好结果。

几轮复赛、终赛厮杀下来，宋杳身上的奖状又多了几张，好像面对高考又有了几分底气。

周霁年则再认真不过地读着书，主动提升了补课的强度，上课更是百分之两百的认真，书桌里装着好几盒薄荷糖，笔袋里永远备着好几根备用笔芯，每天十二点后才睡已经成为常态。

十七八岁的他心无旁骛，只想让自己变好一点，再好一点，能够承担起家庭的责任。

在高三的忙碌倒计时中，在各种讲座与誓师中，高中生涯的最后一年进入尾声，十二月在宋杳心中约等于"小苹生日"。

回想起周霁年去年在她生日时送的项链与今年精心准备并赠送的钢笔，宋杳犯了愁，不知道该送周霁年什么才好。

于是，宋杳翻出了自己的小金库，清点了一下里面积攒的压岁钱与比赛奖金，对自己的财力有了一点小自信，绞尽脑汁思考了好几天，终于想清楚了自己要送什么。

她第一次尝试新潮的网购，每天都掰着手指头倒数着周霁年的生日什么时候到。

周霁年的生日撞上工作日，陈秀兰规划的是买个蛋糕送到学校，让他晚自习前和同学分一分庆祝一下，然后等晚上回家了，在家里再认真点蜡烛许愿。

于是，宋杳足够沉得住气，只在早上上学路上小声对他说了句"生日快乐"，礼物藏在包里，她要等到晚上再送给他！

下午最后一节课一结束，周霁年便拉上宋杳跑到实验初中部的教师办公室，把陈秀兰订好的蛋糕搬到教室来。

其实蛋糕一个人拎就够了，但周霁年就是想唤上宋杳。

今天是他的生日，他也想任性一点……比如让宋杳多陪陪自己。

宋杳好奇地打量着这个蛋糕，猜测着里面会是什么夹心。

而周霁年认真地偷看着她。

她的头发已经长得很长了，而他扎麻花辫已经越来越熟练。只是上次上楼不小心听见她与张姨讨论着什么时候要再去把头发剪短。

他忍不住有点不舍的情绪，但又想，不管长发也好，短发也好，只要是宋杳，那总归是漂亮的。

陈秀兰买的蛋糕足够大，可以让班级里的同学一人分上一小口，周霁年还叫上了隔壁理科实验班的宗成豫过来凑凑热闹吃上一块。

高三（8）班难得拥有了一点点与学习无关的氛围，大家自发地为周霁年唱着生日快乐歌。

有人跑调，有人乱唱都不耽误那一刻的幸福。

宗成豫都忍不住酸溜溜地羡慕起他们班的氛围来，唉声叹气地说应该跟随他们选文科。

任桥听他做作的语气浑身起鸡皮疙瘩，抹了自己碟子中的奶油就糊上他的脸，嘻嘻哈哈打闹起来。

蛋糕你一块我一块的，大家都很幸福，连着寿星周霁年都久违地感知到社交的快乐。

但一些不太相熟甚至不知道今天是周霁年生日的同学也不好意思吃，只送上生日祝福就跑开，于是蛋糕剩下了一小角。

被宋杳投喂了好几块的陈桢桢打着嗝揉着肚子连连求饶，任桥和宗成豫更是举手投降说不喜欢吃甜品。

周霁年与宋杳面面相觑，倒是都莫名其妙地无奈笑开了，两人再各拿上一块蛋糕，转身找人帮忙分享。

好不容易挨到晚自习下课，宋杳难得速度那么快地收拾好书包，乖乖坐在位置上等着周霁年领她回家。

周霁年见她背着书包坐在椅子上晃着脚的可爱模样，心里软塌塌的，只能加快速度整理书包。

"走吧,"他对她说,"我们回家。"

烛光闪烁,宋杳认真地盯着餐桌上摆着的小小蛋糕,双手轻轻鼓着掌打着节拍,嘴里与陈秀兰一起又哼唱了一遍生日快乐歌,用眼神无声催促着周霁年赶紧许愿。

周霁年眼镜都没来得及摘,双手合十,在与他人生中最亲密的两个女生面前虔诚许愿。

玻璃镜片折射着暖黄的灯光,好像他的眼睛都在闪亮,宋杳不小心看失神了。

她急忙回过神,掏出提前准备好的礼物,脸上是俏皮的笑容:"你的生日礼物。"

周霁年接过:"可以现在拆吗?"

"当然可以!"她对自己这次准备的生日礼物非常有信心。

周霁年小心翼翼地打开包装,拆出一个最新款的耳机。

"怎么样?很不错吧!我看官网说有好多新功能来着呢!"宋杳臭屁地双手环胸,等待一句夸奖或感谢,"这样上下学我们就可以自己听自己喜欢的歌啦!也不用挤一副耳机了!"

她以为自己考虑得很周全。

周霁年听着听着忍不住抿嘴,但还得表演出无限欢欣的情绪去感谢宋杳。

宋杳得意地点点头,开心地吃着蛋糕,还不忘与一旁耐心看着他们互动的陈秀兰叽叽喳喳地分享着学校的搞笑八卦。

周霁年看着她脸颊上的酒窝,忍不住轻声落下一句"笨蛋",也不知道是在说谁。

宋杳在她高三的记事本上曾经描述高三就像弹簧,但或许,学生时代就是一段弹簧,家长与老师是不断压缩的重力,而考试、排名与各种比赛是拉扯的动力。

而她是系着弹簧的小车,不断被拉扯,被推着走,但有时也会倒退。

车轮底下的木板可能是光滑的,也可能是粗糙的。

可能会因交友或考试而泛滥的涟涟泪水滴落得粗糙,也可能会因试卷上不断攀升的红色数字而打磨得光滑。

每个人拥有不一样的弹簧，弹性与目标的刻度都不同，而作为小车的他们，只能努力奔跑。

宋杳在高三流了很多泪，比如市一检的失意，比如数学的不及格，又比如与好友的几句拌嘴……

她不知道为什么自己变得这么敏感，但每次也只能边哭边继续订正该死的试卷或者继续埋头写卷子。

但幸好，每次她泪流的时候，身旁总有周霁年轻柔又小心翼翼地帮她擦去眼泪，拍拍她的头。

不需要再多说些什么，好像他的存在就是最大的安慰。

高三，成绩呈现不稳定的状态，宋杳这次能考班级前五，下次就可能掉出班级前三十。她搞不懂为什么，明明自己已经很努力了，还是获得不了心仪的成绩，更害怕自己最后高考时会一塌糊涂。

每次考差回到家，张虹和宋清平都不敢开口说什么重话，宋杳一见他们就忍不住泪眼蒙眬，带着哭泣连声向他们道歉，一开口就是"爸爸、妈妈对不起，我又没考好"。

搞不懂需要道歉的原因，但心里就是惶恐。

在青涩的、只需要"好好读书"的年纪，好像读不好书就成了一种错误。

张虹只能哭笑不得地安慰她："读书是为了你自己，不要感觉对不起爸爸、妈妈""你身体健康对我们已经是最好的回报了""一次考试而已，下次好好考就好了"……

宋清平笨拙不会说话，只能将锅里热着的炖汤舀了满满的料装在碗里，放在她面前劝她吃。

宋杳在这样还算温馨轻松的家庭教育中慢慢找到了弹簧的平衡，开始不畏惧每次考试，而是开始期待每一次试验的机会，重要的不是结果，而是过程，她能查漏补缺。

现在错的每一题，都不要成为高考所失误的分数。

周霁年的高三却平稳许多，勤能补拙，他将数学好好巩固了后就变成了他所能拉分的项目。

所以，每次考试他都能稳定在班级前几。

说没有落差是不可能的，陈秀兰也会有点惆怅，但是，经历过生死后，只要周霁年健康快乐，那对她而言就已经足够了。

张虹和陈秀兰两个人私下也曾讨论过关于孩子未来的话题。

家长总是这样，希望孩子可以飞得高飞得远，但又害怕他们飞得太高离家太远；希望他们出人头地，又害怕他们太苦太累。

好像永远无法找到平衡，永远没有最高界限，而最低的界限是平安健康。

他们从不苛求孩子成为最好的子女，但是希望自己能成为合格的甚至优秀的爸妈。

高三是人生游戏青春期闯关主线的重要节点，而高考是最终任务。

完成这场考试，他们便结束了这一关卡，即将进入更为残酷烦琐的成人世界。

宋杳在无尽的模拟考中忽然察觉到每一天的珍贵。

于是，她将堆在家中久未使用的落灰相机和自己偷偷攒钱买的胶片机和 DV 机一起搬到教室里来。

拍拍每一天都不相似的晚霞，捕捉晚读的同学们，偷拍几张老师气急败坏的搞笑照片，英语老师奖励的糖果和零食也要拍照留念……还没毕业却已经开始怀念，所以好像平凡而枯燥的每一天也变成钻石，在青春的阳光滤镜下折射出绚烂璀璨的光芒。

市二检后，百日誓师与市三检接踵而至。

市二检中，宋杳难得超常发挥，和稳扎稳打靠数学拉优势的周霁年一同挤进了全市前十。陈秀兰和张虹都像中彩票一样激动，宋清平做了一桌的菜犒劳两个辛苦的小孩。但宋杳并不如想象中雀跃，反而陷入难以言喻的惆怅。

如果下次又考砸了，这个落差，她能够承受吗？

宋杳钻了牛角尖，而餐桌一旁的周霁年看她神色微苦，察觉到什么，便轻轻在桌子底下牵起了她的手，不带什么多余的情感，只是温暖地一握。

她下意识地想缩回手，但在抽出手的瞬间，指尖有意无意地碰了碰他的掌心，对他扯起一个笑。

说来也是奇怪，明明没有多说什么，但在那一个短暂的牵手时刻，宋杳倒是松了一口气。

好像，知道一直有人会义无反顾地站在她身后，她便拥有了向前的勇气。

当百日誓师大家同唱那一首《我相信》的瞬间，礼堂中也喷射出彩色礼花，漫天闪亮彩带降落的瞬间，宋杳举起手中携带的小小相机。

她手忙脚乱地对不准焦，于是一切被蒙上了一层朦胧的柔光。多像他们所期待的伟大前程，需要眯着眼睛努力辨别才能看清。

宋杳仰着头拍着照，而身边站着的周霁年低着头认真看她。

她小巧的鼻子，弯弯的睫毛，还有红艳饱满的唇，就连眼下淡淡的黑眼圈都显得无比可爱。

有彩带掉在她发间，好像成为一枚漂亮的发夹。

他忍不住伸手捡下，说不清为什么，但他将那条彩带揣进了口袋里。

前几周班会的主题是"高中梦想"，每个人都轮流发言。

在一种群体性的热血青春氛围下，大家都很认真与郑重地说出梦想，有Top院校，有理想专业，有目标分数……

没有人嘲笑，没有人不解，大家都静静地聆听，中学时代他们拥有最纯粹的关系。

但是轮到周霁年起身的时候，他却不知道应该说些什么。

他在人生的霏霏阵雨中好像长成了一颗早熟的苹果，没有变得甜美的执念，丧失高价出售的目标，他好像只是看起来完整，但如果轻轻咬下一口，就会忍不住皱起脸：

这苹果酸得掉牙了。

但在宋杳仰望的期待目光中，他还是瞎扯了和她一样的目标说了出口。

在百日誓师这美好如梦的场景中，周霁年忽然捕获了自己的梦想。

他的梦想好像就是"宋杳"本身。

百日誓师的最后是家长到校环节，高三学生的家长几乎是集体出动，人手一束捧花。

好面子的张虹和陈秀兰自然也不例外，她们在如潮的人群中一眼找到自家两个孩子，然后急匆匆上前，给予一个拥抱与鲜花的庆祝。

两个妈妈都感性地泪眼蒙眬，而宋清平则是神经大条地愣愣站在一旁，盘算着晚上煮点什么好吃的庆祝。

"我们一起拍个照吧！"张虹热情地组织着。

当然大家也没有拒绝的理由，于是将相机递给周边玩得较好的同学，五个人站成一排，两个孩子被簇拥在中间，一人捧着一束花。

地上是堆叠的还未清理的彩带，两个孩子脸上都挂着笑，连着三个家长都喜笑颜开。

闪光灯亮起，那一瞬间被捕捉。

周霁年很喜欢这张照片。

因为很喜庆。

……很像全家福。

市三检宋杳考得不好也不坏，考试成为日常后，成绩就回归成最普通的数字。

宋杳没什么时间伤春悲秋，只在迟椿和连城的指导下开始研究起自主招生报名的事情。

在报名前，她捧着语文高考背诵默写的小册子，坐在自行车后座，忍不住开口询问周霁年。

"小苹，你会想去京市读大学吗？"

"怎么了？"

"我有点想去京市读大学，最近在搞自主招生的事情，忍不住会胡思乱想。"她有点不好意思，"如果我们能一起上大学，那真是一件很不错的事情！"

周霁年笑了笑："我也想考去京市的。"

不论如何，他都会努力朝着她的方向追逐奔跑的。

临到高考那几天，高三的考生们却没有了高考的实感。

他们收到了很多的祝福，复习到最后返朴归真，家长老师都不敢多说重话，那几天淮市的各种孔子庙挤满了人。

考试太多，好像高考也没什么特别的。

稀里糊涂地考了两天试，因为卷子的简单而沾沾自喜，因为答案的不确定而心神不宁，但总之是考完了。

宋杳结束最后一科考试，脖子上挂着各种证件，拎着透明笔袋走出考场。

那天的晚霞很美,她仰起头,忽然感觉到阳光的灼目,眼睛里盈了泪水。她的青春时代好像在这个下午终结了。

会怀念的吧!

第九章

回温进行时

当宋杏在英国雾蒙蒙的午后将这些时间线、重大事件与细节完整敲下梳理时,她开始怀疑起自己的记忆。

明明在印象中是喜泪交织的一段酸涩的时间,为什么变成文字后却只剩赞颂的情绪。

她忽然想起自己关于摩擦力小车实验的比喻。

那个时候以为短短的一截木板就是生命的旅程,可等小车受力被推开滑出轨道时,宋杏才意识到,原来跑离木板的空间,才是她所要奔跑的道路。

超越摩擦力小车实验的,才是未来。

宋杏关掉文档,忽然发现自己的书写毫无意义,于是对着电脑屏幕放空脑袋。

这几万字算是什么呢?

青春伤痛文学吗?还是陈桢桢口中常提的青梅竹马实录?又或是日记、视频、图片等关于青春的一切转录?

她搞不清楚自己书写的心情,只能叹气,待再拿起手边的水杯想喝水时,才发现里面残留的水渍都已经干涸。

她后知后觉地发现胃的空荡。

宋杏瞥了一眼电脑上显示的时间,恍然大悟般地察觉自己原来在电脑前已经坐到了下午时分。

宋杏捧着水杯起身,先给自己倒了一杯水,仰头喝尽。她打开冰箱门,打量着因周雾年的到来而被塞得满满当当的冰箱,拿出几盒他打包送来的面点。

漂洋过海带过来的蒸锅"咕噜噜"地冒着热腾腾的水汽,宋杏盯着玻璃锅盖下慢慢回温变得松软的饺子与奶黄包,稀里糊涂地走着神。

不知道爸妈现在搬完家了没有？新家装修成怎样了？

圣诞假期前有一篇文献综述需要整理，还有一篇导师指导的论文得出初稿，以及一些小组作业的汇报展示要讨论……也不知道能不能挪出时间回国一趟。

还有……不知道周霁年现在落地了没？

宋杳正胡乱想着，随意披上的外套口袋里的手机却适时地响起。

水达到沸点，水蒸气争先恐后地挤向锅盖上那个小小的排气口，一刹那爆发出难听的高音调响声。

她一边手忙脚乱地关掉炉灶，一边掀开锅盖，还慌忙地拿出口袋里的手机查看。

手机屏幕上显示着几条来自"周霁年"的微信消息。

宋杳心跳忽然一顿，拿着锅盖的手一抖，锅盖上凝着的水汽便顺延倾洒到手腕上。

宋杳吃痛，忍着痛轻手轻脚地放下锅盖——在英国想再买到一个合尺寸合心意的锅盖可不是一件便宜的事。

手腕被烫红，她急忙拧开水龙头，只舍得用小水流慢吞吞冲着。

她忍痛咬着唇，用空着的手打开手机，点开来自周霁年的未读信息。

周霁年：我到京市了。

配图又是她制作的富士的可爱表情包。

然后，他紧接着又是一句：你圣诞回国吗？

宋杳忽然不知道应该怎么回复才好，冰凉的水流砸落在手腕上，那一片泛红的皮肉也渐渐失去了痛觉，而她仍旧不知道该怎么面对他。

宋杳拧上水龙头，手指湿漉漉地点击上屏幕键盘。

Song：平安到达就好啦。［微笑］

Song：圣诞应该会回去吧。

最后，她也只能这样干巴巴地回应。

周霁年回消息的速度比她快多了。

周霁年：我刚好圣诞前也得去英国看一个秀，看看我们能不能一起回来。

事情的发展出乎宋杳的预料，她有点因为自己的诚实而后悔，但事已至此，她也只能回复一个点头的可爱动图表情包。

宋杳刻意让自己忽略这一小段尴尬的聊天，将锅里的饺子和包子认真装盘，甚至还为自己冲了一杯热拿铁，虽然中不中西不西的，但至少仪式感拉满了。

嘴里咀嚼着饺子，桌面上的平板电脑播着电视剧，宋杳看着剧里男女主的对白，突然发现原来这盒饺子是虾仁馅的。

然后，她本就不稳定的思绪一下子又飘散到周霁年身上。

他说圣诞可以一起回去，那就等于他们圣诞前就需要见面。他的生日是平安夜，这是不是又等于她得为他准备一份生日礼物，并有极大的可能需要在他生日当天当面送上。

宋杳被绕得头晕，但有一件事情是清楚的，就是她得为周霁年准备一份生日礼物。

宋杳咽下嘴里的饺子，举起手边的拿铁喝了一口，顿时皱起脸，觉得自己忽如其来的仪式感实在是不合时宜。

然后，她又想，自己还是等一下泡一杯感冒冲剂会比较保险，下周有很多作业，如果被传染感冒可就麻烦了。

于是顺带着，宋杳又回想起周霁年昨天那几声沙哑的咳嗽，筷子夹着的奶黄包一下子就没那么香了。

第一百零一次恨自己的软心肠，宋杳又在电脑前坐下，看着手机屏幕上自己发出的那两条消息无声尴尬。

Song: 饺子和包子我都吃啦，很好吃，谢谢你。

Song: 你感冒怎么样了呢？好一点了吗？感冒冲剂如果喝了没有好转的话，还是及时找医生看一下会比较好哦。

短时间等不到回应，宋杳才发现自己又忽略了时差的存在，瘪嘴，将手机倒扣，随便点开电脑屏幕上未完成的文档，收敛心神，便开始继续进行一些学术废物创造。

一沉浸到各种与文学相关的课程，她就无暇顾及生活的其他。

等到关掉丰满许多的文档时，宋杳才慢半拍地看见周霁年的回复。

他说"你喜欢就好，我下次去看你再给你多带点"，他还说"我感冒已经好得差不多了，多谢你的感冒冲剂"，他最后还补充"下周伦敦降温，你记得围好围巾"。

看到"围巾"这两个字，她就开始心疼不小心落下的那个灼痕。

被各种论文搞得晕头转向的宋杳在那个瞬间对他这番话信以为真，但第二天就在网上刷到"周霁年重病就医"的热搜词条。

她脑袋里冒出的第一个念头是"他果然在骗自己，他没有照顾好自己"，下一个是原来他已经熬到了一举一动都有无数人关注的咖位了吗？

宋杳有点愧疚，怀疑是不是明明身为青梅竹马的自己对周霁年关心不够。

但最后，她把一切原因推到了这个该死的硕士学位上，因为明明她本科的时候对他的那些消息还是很了解的。

他的绯闻八卦她都能掰着手指头细数，刚上线的电影也是一场不落，电视剧初体验她还喊着全宿舍的人跟着一起看……

不知怎的，出国后，好像那一点点感情也被遗忘在大洋彼岸。

或许宋杳不肯承认的是，并不是因为读研而生疏，而是因为他在大三暑假仲夏夜那一番太过意外的表白而使感情变质。

读研究生，宋杳的压力不小。

从放弃保研开始，她这一路就很曲折，雅思托福刷分、申请文书撰写、背景的丰富以及高昂的学费，每走一步，她都会忍不住扪心自问，自己的选择是不是正确的。

但幸好因为一些投稿和文学比赛，她认识了许多相关的学者与老师，能够给予她很多的帮助。张虹和宋清平无条件的支持也让她有了能不回头走下去的勇气。而先一步进行硕士研读的迟椿和连城也为她提供了事无巨细的咨询服务。

好像也需要感谢一下周霁年……她初到英国，所有的衣食住行都是周霁年打点过的。

明明已经拒绝了他的表白，宋杳搞不懂为什么他还对她这么好。

他好像没有自己这么尴尬，一如既往地冲她笑，对她好，好像那一夜的"我喜欢你"都是梦呓，于是徒留宋杳承受双倍的尴尬。

她继续学校和家两点一线的奔波，偶尔在街边的咖啡厅和面包店停留，每周最热衷在打折软件抢购剩菜盲盒，像惊喜任务降临一般忽然被相熟的几个同学邀请参加各式各样的排队。

家里之前被塞满的冰箱又变得空荡荡的，桌面上那一个忽然起意敲下的几万字文档她再也没有勇气打开,手机里关于富士的照片和视频倒是变多了些。

日子就这样不咸不淡地过着,但幸好宋杳终于赶在圣诞假期前完成了这一阶段的所有作业,能放松地回家休息几天了。

周雾年给她发来消息询问她什么时候能动身回家,他好一起买机票。宋杳害怕自己的行程会耽误他的工作,便急忙表示自己随时能出发。

于是,他询问了她的证件信息后便给她发来了航班和座位消息,并约定了平安夜前一天早上来她公寓楼下接她。

宋杳看到航班信息上显示的头等舱就头晕,自觉无力回报,只能将给周雾年准备好的生日礼物再包上一层精美的礼物纸。

出发前一晚宋杳没睡好。

她整理了一晚上的行李,行李箱内挤满了各种要带回去给爸妈和陈姨的保健品,还趁着打折买了好几件开衫和羽绒服带回去给他们。随身背的包里鼓鼓囊囊装满了帮迟椿和陈桢桢代购的化妆品和首饰。而单独装在帆布袋里放在一旁的是给周雾年准备好的生日礼物。

宋杳精疲力竭地瘫倒在地,看着满地狼藉的公寓又怎么都闲不住、只得认命地起身挽起袖子开始整理。

她一边整理,一边盘算着自己银行卡里还剩多少钱,最后得到的数字让她汗颜。

她只能偷偷感谢周雾年的及时出现,不然她可能买完回去的机票后,就没钱再回来上学了。

虽然筋疲力尽,可宋杳躺上床后却开始辗转反侧。

不知是不是太久没和周雾年见面了,她竟感觉有点紧张,然后脑袋像停不下来的陀螺一样转个不停。

为了明天的见面,她这次可做足了背调。

知道了周雾年过来看展是因为刚升了一个奢侈品牌的代言,知道了他年初就要进组拍电影,知道了他这个周末还得跑沪市和京市去录制一个宣传综艺和媒体年度盛典。

周雾年好忙。

宋杳在昏昏欲睡中得出一个不算结论的结论。

不知是不是今天提了太多遍"周霁年"这三个字，宋杳竟难得地梦见他。

应该是高考后的夏天，他刚成名，许多经纪公司来洽谈，他每天奔波于不同的大城市，好像真的成为宋杳在高二高三无数次曾幻想的大明星。

那个夏天，他们碰面并不多，每次见面也都是来去匆匆。

宋杳忽然感知到了大人世界的残酷，好像所有人都在渐行渐远，她在原地打转，空余无可奈何的痛苦。

陈桢桢来她新家找她玩的时候，用折成对半的旺旺棒冰充当采访话筒，看热闹不嫌事大地问她："请问杳杳小姐，青梅竹马忽然成为大明星你是什么样的感觉呢？"

宋杳呈"大"字形躺在床上，悠闲地享受着空调的凉风，慢慢啃着手里的菠萝棒冰，慢条斯理地回答："没什么感觉。回归到最根本，我们好像也只不过是邻居身份。周霁年能火，我替他开心，也挺替他骄傲的。他现在所享受的一切镁光灯都是他应得的。

"他这么好的人，值得让更多人喜爱。"

宋杳感觉嘴里的棒冰冰得牙齿疼。

"但我有一天也会成为很厉害的作家的，总有一天他会因为我而感觉到我此刻的心情。"她也只敢对着陈桢桢大放厥词了。

而再见到周霁年已经临近大学开学前了。

周霁年终于敲定了经纪公司，与目前还算有分量的 YL 娱乐公司签了五年约，以后也算有一个小小靠山了，也不需要像前段时间那样独自一人到处奔波了。

但随之而来的危害也很明显，就是周霁年拥有了数不完的行程，开学报到完，军训后，他或许就得投身于忙碌的工作中了。

在共同出发京市的飞机上，宋杳看着戴着口罩墨镜、一脸疲倦的周霁年，忍不住发问："你……真的决定好要走娱乐圈这条路了吗？"

她努力表达着自己的意思："你知道的，除此之外你还拥有很多选择。"

"我知道的杳杳，"他一双眼睛好像会笑，"但是，我因为目前所走的这条路，已经放弃了很多，我不想再为未选择的道路后悔了。"

他这样一提，宋杳联想了许多，垂头丧气的，像被晒蔫的果子，但仍强颜欢笑地仰起头冲他说:"那你要好好发光,成为我最好的偶像!我会是你最忠实的粉丝的!"

为了增强说服力,宋杏甚至还举起了自己的拳。

周霁年也跟着笑了,只是口罩掩盖下的唇却是抿着的。

好吧,他也是有自己的私心的。

好像再闪亮一点,就能更配得上杏杏,他也想她能为他骄傲。

宋杏被闹铃给唤醒,艰难地从梦境中脱身,梦的最后一帧停留在大学开学初某节校选课的交流中。

主题是"粉丝之爱",课堂上的老师举了许多粉丝与偶像的例子,马尔克斯与海明威、略萨与博尔赫斯……很多只是谣传,但许多关系依旧难以想象。

课堂上有很多人积极举手分享自己的观点,有讲内娱的,也有说韩娱、日娱或欧美的。宋杏猝不及防地被点名。

她绞尽脑汁地思考着应该怎么不落窠臼地回答,然后在那一刹那想起周霁年。

陈桢桢刚刚才发了消息给她,是周霁年昨日被网上夸到"帅得惨绝人寰"的红毯照片。张虹也慢慢学着使用智能手机的新功能,他的新片一上线,张虹就发好多关于周霁年的节选片段。在宿舍或教室,她也总会不小心便听见他的名字。

好像他上个月又斩获了一个电影奖项。

他的明星之路比她所预想的更顺利。

所以许久未更新的聊天页面是不是成为必需的代价,见面的相顾无言是常态,各种粉红绯闻也在无声间隔绝两人的距离……在这场关于友情的游戏中,宋杏先犹豫了。

"我想,如果偶像是璀璨到耀眼的钻石,那粉丝便是心甘情愿的砂纸,用时间,用无尽的爱,用浑身的疲倦去打磨那一瞬间的闪亮。

"粉丝的爱,是崇拜,是仰望,是一场只有自己知晓的全世界最盛大的暗恋。可其中的要素好像总是呈现正相关,你越爱TA,TA越出名,你们的距离就越遥远。

"追星是一场巨大的迷梦,你必须忍耐TA终究远去的事实,继续用自己迷恋的目光去为 TA 塑金身，这是一场豪赌，但你本就不需要回报。

"粉丝的爱是仙女教母对灰姑娘那神奇的不顾一切的魔法。爱将偶像酝酿为最为完美的乌托邦，这是一种刻舟求剑的勇敢。"

宋杳讲到最后也不知道自己到底在胡言乱语些什么，只感觉自己的眼眶有点湿润。

原来，她与周霁年或许只剩粉丝与偶像的关系了。

揉了揉肿胀到需要艰难睁开的眼睛，宋杳直起身，不敢过多耽误就跑进浴室洗漱。

当毛巾吸饱了冰凉的水触及脸庞，她一瞬间清醒，看着镜子里憔悴的自己，忍不住追问，然后呢？

然后，她借着心中忽然汹涌的情感在键盘上敲打出一篇文章，陈桢桢笑称其为言情娱乐圈标签下的佳作，就是这样"飘浮"的酸溜溜的文章竟然成功在文学刊物上发表，宋杳还意外地获得了一个还算有分量的文学奖项。

只是，不知道周霁年有没有看过这篇文章。

宋杳忽然想。

她打开空荡荡的衣柜，目光落在他上次送来的那套衣服上。

其实她根本没穿几次，一个是因为太昂贵了，而干洗的费用她不舍得出；另一个是，这件外套会让她联想到周霁年。

算了，今天穿一次吧。

穿戴整齐后，宋杳照着镜子，脑袋里冒出来上次见面时她的狼狈模样。

等再反应过来时，她已经拿起了粉饼，也掏出来口红和腮红。

这算是怎么一回事呢？

宋杳搞不清楚，但还是给自己化了一个淡妆。

好不容易回家，总得打扮得漂亮一点吧，她这样为自己解释。

当一切都收拾妥当，距离与周霁年约定好的时间还有半个小时，宋杳甚至还能腾出空给自己慢条斯理地准备一份早餐。

在拿出面包准备三明治时，宋杳又犯了难。

要不要给周霁年也准备一个呢？她好像除了这个三明治，对他也无以为报了。

但是，他会不会需要这个三明治呢？

宋杏第一次发现原来自己是这么优柔寡断的人，最后还是一咬牙，拿出了四片面包。

她在心中小声劝着自己，如果他已经吃过了，那她自己再吃一个垫垫肚子也不错嘛！

短短几个月独自在英国生活，宋杏已经将厨艺磨炼得颇有宋清平的大厨风范了。

宋杏迅速地完成了两个蟹柳滑蛋三明治，顺便将冰箱清理了一下。

两个三明治，一个好看点，一个丑一点，宋杏将丑的那个伴着牛奶几口啃完，然后还有闲工夫将另一个三明治打包得漂亮些。

然后手机响起，宋杏边背上背包、拎起行李，边接电话，不用看来电联系人就知晓是来自周霁年的。

"我已经到了，你可以下来了。"周霁年的声音有点低，这样在电话里说话，好像就在你耳边说一样，搞得宋杏后脖颈莫名发痒。

"嗯嗯！"她忙不迭地应答。

"不用急，慢慢来。"周霁年又说，故意顿长了音，惹得陈潮都忍不住冲他翻白眼，轻声丢下句"闷骚"。

宋杏刚提着大包小包的行李下公寓，周霁年就急忙推开车门前去帮她安放行李。

等她坐上车，周霁年先递给她一杯她最喜欢的馥芮白："超大杯，少冰，加两泵浓缩液，应该会是你喜欢喝的味道吧？"

宋杏默不作声地接过，不知道该说什么，于是只能点头，然后扯起笑脸对保姆车内的其他工作人员打招呼。

手里拿着的三明治忽然变得烫手，有那么多人，但只有一个三明治，会不会不太好，她犹犹豫豫。

"你吃早饭了吗？我准备了一个三明治……"宋杏最后还是开了口，只是一句打补丁似的"大家如果饿了也可以吃的"还没说出口，就被周霁年一句"我刚好没吃早餐，谢谢你"给噎住。

周霁年接过三明治，一边吃，一边换着法子夸她的厨艺。

听得前面坐在副驾驶上的陈潮白眼连翻了好几个，还没吃早餐，那刚才去咖啡厅花了几百刀是吃了些什么!

宋杏慢吞吞喝着冰咖啡,周霁年斯文地吃着三明治。

车内偶尔响起几声工作人员交谈的声音。

宋杏戴上耳机,闭上眼,却敏感地察觉到自己的脸上有目光降落。

幸好化妆了。

她听着耳机里的"你靠着车窗,我心脏一旁",偷偷在心底骂自己糊涂。

她敛了眸后,周霁年就更光明正大地看她了。

好像又白了一点,脸颊粉粉的,有点可爱,还有涂着亮晶晶唇釉的口红,会是什么味道的呢……

忽略这些小小插曲不谈,等一行人终于落地淮市时,时间已经是凌晨了。

宋杏拿回自己托运的行李后,纠结了片刻,还是选择了立即将自己准备的礼物送出。

"生日快乐。"宋杏莫名脸红,"平安夜快乐。"

而周霁年却是一副心情颇好的模样,他接过她的礼物,还不忘抬手帮她整理了一下在飞机上睡得乱掉的帽子。

"谢谢你,杏杏。

"也祝你平安夜快乐。"

淮市下着细细软软的雪。

难得感性,宋杏举起手机拍下归家的第一场雪。

宋杏跟着周霁年一起乘车回家。

没想到淮市的冬天变得这么冷了,宋杏将脸藏在那条灼了个洞的围巾下,努力掩盖着自己的畏寒。

但一上车,她就被车内提前打开的暖烘烘暖气给激得打了个大大的喷嚏。

面前伸来一只手,周霁年递给她几张纸巾。

宋杏有点不好意思,低着头轻声道谢。

"要不要先去吃点东西?"他问。

深夜单身男女忽然跑去吃夜宵——这怎么听都不像是当红明星应该有的自觉。

宋杏识趣地摇头:"不用了,我爸应该已经准备了一大堆东西了,你干脆也来我家吃点垫垫胃吧。"

目的也算达成，周霁年欣然同意，将她送的礼物从左手换到右手，又从右手换到左手，却是有好心情可以忍着不打开。

坐在副驾驶的陈潮实在受不了这黏黏糊糊像回南天一样的气氛，他动手打开车载音响，连上蓝牙随机播放一首歌曲。

想看着你我爱的脸
把心里的感情都对你说

明明都已经解开围巾了，为什么宋杏还是莫名觉得热，她小口呼着气，感觉自己的脸在一点一点变烫。

出发前随意化的妆现在不知道斑驳成什么样子了，早知道应该在刚才落地上厕所的时候补个口红，在飞机上睡了一路，头发不用看也知道一定很狼狈……

心中"咕噜咕噜"地冒出这些毫无预兆的想法，一颗心像沸腾的开水，烫得让人有点喘不过气。

看着她的侧脸，周霁年偷偷用指尖在手心里描摹这一段漂亮的线条。

他在这暧昧情感中怡然自得，甚至还有好心情开口逗逗宋杏。

陈潮拿起手机处理公务，这不看还好，一看陈潮脑袋就又大了。

他连声"哎哟"，脸也板起来，怒气冲冲地开口骂："这楚衿和她的团队是什么意思？这戏都还没开拍呢，就急不可耐地捆绑炒作买热搜啊！他们那一声不吭地就搞这恶心事，非得逼我们翻脸是吗！"

陈潮越说声音越尖厉："都不知道多久之前看秀坐在一起的，我们都没说晦气呢，他们怎么就能编出什么一见钟情的剧本啊！小学看图写话分数肯定很高！"

宋杏一面得装出心不在焉没在听的样子，一面忍不住将耳朵都竖起来认真分辨每一个字。

她好像稀里糊涂跑进瓜田的小兔。

楚衿？不是那个长相甜美的当红小花吗？貌似是富家子弟，一出道就全接的好剧本，后面更是只接女主角色！她和周霁年刚刚官宣合作新剧。

周霁年一看宋杏那副模样就知道她对这个很感兴趣，于是轻声开口向她解释:"楚衿她爸爸是连天城地产的董事,她的团队比较喜欢炒作。"

宋杏恍然大悟,刚点着头,就撞见他眼里藏不住的笑意,于是脖颈一僵,她小心翼翼地将目光挪向窗外。

陈潮依旧气急败坏:"我得赶紧让工作室澄清一下,咖位不同还来碰瓷!我们家年年洁身自好得很!痴情恋爱脑人设怎么可能一见钟情哦!"

他骂得畅快,都没听到车后座周霁年尴尬的一声咳嗽暗示。

宋杏望着窗外的脸越来越僵,攥着围巾的手指指节都泛白了。

终于熬到了车子驶进刚搬进去的满庭芳园,宋杏又围上了围巾,因为根本不知道怎么走,于是只能乖乖跟在周霁年身后。

大堆小堆的行李都被他拿着,她两手空空,后知后觉地有点不好意思,主动积极地接过几个小包拎着。

这次搬到的新家是一梯一户,两人又成为上下楼邻居,不过这次是周霁年住在楼上了。

宋清平虽然比较粗线条,但不知何时觉醒了炒房的天赋点,短短几年也算快速入账了一笔钱。而周霁年因为之前一些私生粉的问题而苦恼,家庭住址暴露后,他更不放心陈秀兰一个人在家。

于是,两家一盘算,又欢天喜地地搬了家,这次选的小区安全性可高多了。

外出求学的宋杏在某天忽然被告知又要搬家后一头雾水,但也迅速接受了。她还没赚钱,没什么发言权,而且反正搬来搬去,也是和周霁年做邻居。

宋杏的新家在十六楼,周霁年他们住在十七楼。

两人挤在电梯里,电梯是干净得可以看清每一个微小表情的镜面。

宋杏一抬眼就会碰见周霁年的眼,只能选择长久低头。

"你等一下放完行李来我们家吃点东西吧。"宋杏觉着这样不说话也不是回事,于是尝试开口,"我爸说炖了你喜欢的鲫鱼豆腐汤。"只是眼睛还是不敢看他。

周霁年欣然同意。

宋杏先走出电梯,刚想接过他手里的行李,没想到他拎着行李也跟着她出了电梯。

"我帮你拿进去吧。"他说得理直气壮。

宋杏又变成了不会说话的鹌鹑,一边偷偷在心底叹气,一边乖乖跟在他身后。

按响门铃,张虹未见其人先闻其声地吆喝着来开门。

看见门外的两个小孩,张虹更是喜笑颜开,她选择性地忽略了宋杳,先热情地再三邀请周霁年进屋吃点东西。

周霁年将宋杳的行李搬进屋,笑着对张虹礼貌回应,说等他回家收拾整理一下就下来吃。

宋杳吭哧吭哧地整理着行李,看着陌生的卧室,有点不真实感,探索着将行李归位,把准备好的礼物单独放置。

她脱掉大衣,在屋内穿着薄针织衫都觉着热,用手无用地扇着风,在书桌前坐下。

她好奇地拉开抽屉,便看见她初高中那几个随身记事本,一旁摞得整整齐齐的是从小到大的相册。

宋杳刚拿起相册想翻开,就被屋外张虹嚷着开饭的声音给打断,她只能起身,将手机揣进口袋。

走出卧室前,没有理由地又顿住脚步,她折返从背包夹层中翻出随身携带的梳子和发圈,给自己扎了个马尾。

然后,她又顺手抽了张湿巾将脸上残余的那一点妆都擦尽。

打扮清爽,人也会舒服一点。

她又忍不住找理由。

一走出卧室,她就看见已经忙前忙后帮着布菜的周霁年。

她用手拨了拨鬓前的刘海,也急忙走进厨房准备帮忙,却被张虹不留情面地赶出来,让她坐好准备吃饭,不要再来添乱了。

宋杳噘着嘴,难得又流露出俏皮的小女儿情态,打开冰箱拿出两瓶冰镇的饮料在桌前坐下。

苹果汁留给自己,绿茶摆在对面给周霁年喝。

宋清平为着这桌接风宴可谓是大展身手了,十八般武艺一起展露。

汤是豆腐鲫鱼汤,热菜有红烧肉、辣子鸡、青椒杏鲍菇,凉菜还有他一大早就开始准备的醉蟹,主食更是既有饭,还有炒面。

张虹热情地为周霁年打了厚实的一碗面,嘴里念叨着:"小苹今天生日,可得吃点面,长命百岁,健健康康!"

宋杳却是等不及,自己先舀了一碗汤暖暖肚子,心底无数次怀疑过是不是自己和周霁年一出生就抱错了。

张虹就坐在一旁看着他们俩吃饭,嘴里的话没停过,一会儿问宋杳在英国读书怎么样、伦敦好不好玩,一会儿问周霁年现在忙不忙、累不累。

宋杳都要被问烦了,却见周霁年还是慢条斯理地认真回答着,忍不住感叹,果然偏爱都是有理由的。

"哎,小苹啊,我今天看那个新闻说你谈女朋友啦!真的假的?"张虹还是忍不住八卦的本性,状似无意地提问,手里掰着砂糖橘的动作倒是慢了些。

宋杳险些被汤呛到,偷偷摸摸在桌底下去踢张虹。

但她还是高估了自己的准头,因为张虹还在好奇地询问着,而周霁年倒是不动声色地瞥了她一眼。

她踢错人了。

她又低了低头,脸险些埋进汤碗里,感觉自己的脸烫得可以煎鸡蛋了。

"没有的张姨,都是谣言。"周霁年放下筷子解释。

"是下一部戏要合作的演员买的热搜要炒作,我的工作室应该今天就会澄清了,"他一字一句清楚地说,"我目前还是单身。"

他讲后面这句话的时候,不知是有意还是无意地望着宋杳。宋杳不敢看他的眼睛,于是只盯着他那一枚鼻尖痣。

"哦!我就说嘛,"张虹的八卦心满足后继续扯着话,"那个楚什么来着的小姑娘一看就和你面相不合适!"

"你们做明星的确实谈恋爱需要警惕一点,"她想起陈秀兰每天都为着周霁年的情感问题唉声叹气的,忍不住又多嘴说了几句,"但小苹,你也二十三四了,也是需要好好考虑一下情感问题了!总不能一直不谈吧!"

明明挨念叨的是周霁年,宋杳却忍不住流冷汗,只能一个劲地夹着菜吃,害怕话题不知什么时候就转移到自己身上。

毕竟是明星,见过了大场面,周霁年游刃有余地面对:"目前主要重心还是在事业上。感情这种问题我也强求不来,相信缘分。"

他假装不经意地望向宋杳。

刚出炉的红烧肉烫得很，宋杏冷不丁夹了一块进嘴，被烫得舌头都没知觉了，但听见他口中那句"强求不来"，硬生生将肉咀嚼吞下，大气都不敢出。

她拧开手边冰镇苹果汁的瓶盖，一口一口慢吞吞喝着，小口呼着气。

酸酸甜甜的不仅是苹果汁，还有她忽然加速的心跳。

但她的低调并不能让她安安稳稳吃完这一餐，张虹很快就掉转话题方向到她身上了。

"杏杏啊，你去伦敦有没有认识不错的男孩子了解一下呢？"张虹剥完橘子就开始摘草莓蒂，"虽然我和你爸都不太能接受外国女婿，但如果实在优秀，你实在喜欢，我们也没办法。"

心惊肉跳。

宋杏僵硬地扯开笑："读研很忙的，我哪有空谈恋爱，不急不急！"

"不急什么啊！你高一同班的那个林珊好像都订婚了，就等着开年结婚了呢！"张虹皱眉，"你上学忙我们能理解，但是我感觉连城那孩子也还不错，也搞文学相关的，你们也有共同话题，而且都相处这么久了，也都知根知底了。"

宋杏开始后悔假期回家的决定了，总不能把"连城暗恋迟椿"的秘密公之于众，只能苦笑："不合适，不合适！"

"这也不合适，那也不合适，我看还是我给你介绍几个比较合适！"张虹终于起承转合引到了自己的最终目的，"我和你爸盘点了单位的一些相熟相知的男孩子，找了几个感觉和你挺般配的。刚好你放假这几天应该也比较闲，当交朋友一样去见几面吧！"

张虹给一旁有女万事足的一脸祥和的宋清平疯狂使眼色，他只得也应和了几声，表明与张虹立场相同。

一瞬间头脑风暴，宋杏已经在思考杜撰一个虚拟恋人的可能性了，但幸好周霁年及时开口拯救了她。

"张姨，我身边一个助理最近离职了，团队人手空缺，我回来路上刚跟杏杏商量着让她这几天过来帮帮我。"周霁年心平气和地编着谎话。

宋杏在这个场景下忽然感知到了演员的专业性所在，她看着周霁年脸不红心不跳、谎话信手拈来的模样，忽然开始怀念以前那个一逗都要脸红个半天的小苹。

但她也没多少时间可以伤怀。在张虹灼灼的目光下，宋杏只能点头："对的，我和小苹约好了这些天去帮他忙，顺便积攒点工作经验，也算公费旅游去娱乐圈玩一玩！"

"你这笨手笨脚的，可别没帮上什么忙，反倒耽误了小苹的工作啊！"被正当理由一反驳，张虹也不好意思说什么了，只能不放心地叮嘱着。

周霁年斯斯文文地喝着汤，笑着替她解围："不会的，杏杏很聪明的，倒是我这几天得麻烦杏杏了。"

在他敛眸的一刹那，宋杏才忽然知晓自己稀里糊涂答应了什么，回忆了一下自己临时抱佛脚搜索到的周霁年接下来几天的行程，脑袋顿时发晕。

洗漱完毕躺倒在张虹晒得暖乎乎的有皂香的柔软床榻上，宋杏才迟钝地感觉到舟车劳顿的疲倦。

脑袋发晕，手边手机在响。

宋杏伸手捞起查看。

是来自周霁年的一堆消息。

周霁年：杏杏，我后天可能就得出发沪市去拍摄综艺了，你要不要一起去？

周霁年：其实不需要做什么的，你就当去旅游一趟就好了。

脑袋里有声音在连声叫唤"拒绝他拒绝他"，但宋杏知道这是自己答应的事情，虽然很扯，但如果不真正跟他走，或许这个假期张虹是不会饶过她的。

而且，沪市也蛮好玩的嘛！连城和迟椿都在，她也可以去找他们叙叙旧。

再说了，周霁年是当红偶像，那么忙，应该也不会和自己有什么过多交集吧！

…………

宋杏不断给自己找着理由，才能狠下心在输入框中敲下"我和你一起去"这行字。

Song：我下午睡醒想去你家看富士。［可怜］

她甚至还得寸进尺地又补了一句。

好吧，就是这样的，对小狗的爱能战胜一切困难！

从来学不会如何拒绝宋杏，周霁年只能急急忙忙忍着困意将自己的屋子又打扫了一遍,不知道在期待些什么。

在这个平平无奇的平安夜清晨,周霁年难得地重新找回了他的情绪。

也侥幸拥有了最好的生日礼物。

一觉睡醒已经日薄西山,沉醉的夕阳像橘子糖,甜甜腻腻地泼洒在敞着窗帘的卧室内。

打着哈欠从柔软的床上爬起,宋杳艰难地倒着时差,隔着卧室门都可以嗅到宋清平在厨房炖汤的香气。

一想到毛茸茸的可爱富士,宋杳一瞬间就精神了。

她趿拉着拖鞋走进浴室,掬起一捧水轻轻泼在脸上,用冷水唤来困倦的清醒。

深深呼气,看着镜子里湿漉漉的自己,头发被睡得软塌塌的,脸颊上还有熟睡的红印,睡衣品位一如既往的幼稚⋯⋯

细细的眉又蹙起,宋杳噘嘴。

好吧!

宋杳实在搞不懂,在同龄人都很成熟并拥有各式各样关于情感与事业烦恼的年纪,她为什么还在纠结睡衣要换成可爱小狗的还是漂亮维尼熊的呢?

但,好像现在也挺幸福的。

当生活变得纯粹,好像人也就松弛多了。

宋杳胡思乱想着,在自己的粉红樱桃印花睡衣外套上一件薄风衣,梳了梳头,甚至还涂上了一层淡淡粉红的润唇膏。

她走出卧室,揣上自己从英国专门带回来的小狗罐头和中老年保健品。宋杳难掩好心情,哼着小曲儿,跟在厨房忙前忙后的张虹和宋清平说了声后就迫不及待地跑到十七楼。

敲响门,她就听见陈秀兰的声音。

"杳杳来啦!"

然后有小狗汪汪叫和奔跑的细微声响。

可开门的却是周霁年。

他穿着一件燕麦灰薄卫衣,裤子也是很舒适休闲的运动裤,头发应该是洗过,很乖顺地耷拉在额前,鼻梁上架着副黑框眼镜——他一见着她就笑。

好像高中生。

宋杏莫名有点恼,又开始马后炮地怪自己太过邋遢。

但这一点小小的情绪瞬间被扒拉在她睡衣裤脚边的暖乎乎一团小狗给驱散。

宋杏一瞬间眉开眼笑,两手拎着满满的东西也不嫌重,甚至还要弯腰去抱富士。

她刚俯下身,宽松的睡衣领口就掉下,奶油质感的肌肤又明晃晃曝光在冷空气中。

周霁年抿了抿唇,弯下腰接过她手里的东西,又将富士抱起小心翼翼放在她臂弯里。

"要不要吃块蛋糕再回去?"他压低了声音问,可能是连天奔波的劳累,声音沾上了点磨砂质感。

宋杏感觉自己的耳朵像是被富士湿漉漉的舌头舔过一样,虽然它此刻正热情舔着的是她的手。

她下意识想拒绝,可眼睛却瞥到高高挂在客厅墙壁上的日历。

12月24日是红绿配色的,也是属于周霁年的。

所以,她点点头,语气故作轻松:"好久没陪你过生日了,今天肯定要好好陪陪你!"

周霁年跟在她的身后走进客厅,一低头就可以看到她柔软的发旋。

他只感觉心脏上也有这样一个旋涡,吞噬着关于宋杏的一切,然后在多巴胺与荷尔蒙的催化下酝酿成难言的爱意。

处理完厨房里的海鲜,陈秀兰便急急忙忙洗干净手出来迎宋杏,看见周霁年满手的东西,一猜就清楚。

"杏杏,你干吗给我带东西啊!多破费啊!"陈秀兰看见许久没见的宋杏,笑得眼尾的褶皱都明显了,但仍佯作生气地推托着,"你一个人在外读书本来就辛苦,好好照顾自己就好啦,我们都不用你担心的!"

宋杏一边摸着富士的小狗头,一边凑上前去挨着陈秀兰撒娇,嘴甜地哄着她:"我的一点心意而已啦!而且陈姨开心了,我也就开心了!"

陈秀兰拉着宋杏在客厅坐下,喜笑颜开,细细打量着她,一会儿说"杏杏瘦了",一会儿又说"杏杏变漂亮了",把她夸得飘飘然。

富士乖乖地趴在沙发上,圆溜溜的眼睛看看陈秀兰又看看宋杏,尾巴摇得像螺旋桨。

周霁年放下手中的东西,洗了盘水果又端了些干果放在茶几上,便挽起衬衫袖子走进厨房。

好心情像是鼓满了气的气球忽然被松开了气口,"咻咻咻"地到处乱窜。连落日在此刻都显得无比绚烂。

陈秀兰将平日里攒着的话一股脑地全讲给了宋杏听,讲她的调皮学生,讲周霁年都二十多岁了还挑食,讲实验中学的搞笑八卦,讲富士的活泼调皮……

她讲得连喝三杯水,宋杏兴致勃勃地听着,看着陈秀兰越发精神的面貌,心里也跟着松快。

周霁年将菜处理完毕,汤也放进锅里慢慢煲着,瞥了眼手表上的时间,洗净手从冰箱里拿出蛋糕。

"杏杏,陪我吃个蛋糕好不好?"他放轻了声音问着。

陈秀兰也拍了拍她的背:"杏杏,一起吃吧!你好久没和小苹一起过生日了!"

宋杏扯了扯身上不成样子的睡衣,有点不好意思,只能抱着富士遮掩尴尬。

"好呀。"她软声回答,心中却无声懊恼,埋怨自己的邋遢。

下次见面一定要好好打扮!

三个人坐在餐桌前,小小的蛋糕顶着飘飘晃晃的烛火摆在桌中,是宋杏喜欢的水果蛋糕。

"许愿吧!"

宋杏撑着下巴望着周霁年,小声催促着,生日快乐歌的旋律已经在喉间酝酿。

周霁年乖乖地双手合十,垂下眼,在宋杏与陈秀兰的轻声合唱中,他悄悄许下愿望。

有什么祈望吗?

那就……希望此刻的幸福能够永远鲜活吧。

看着他颤呀颤的睫毛，宋杳的心也莫名同频共振。

假装忘怀的记忆像雨季喧嚣的水汽潜藏在南方一般在她脑袋里如阵雨似的悄然落下，浇湿她的手心。

周雾年在昏暗烛光与盛大晚霞的交相映衬下，柔软得像清澈碧波中一块漂泊的羊毛围巾。

清澈的潮湿，又混杂着橙色的阳光气息，让宋杳想到十四五岁的他。

没有不小心误入成人世界，没有经历痛苦的余震，没有变成疏离又让人忍不住仰望的偶像，那个周雾年是青涩又酸甜的青苹果，吸饱了阳光的气息，是存在于青春言情小说中标准答案般的少年。

青梅竹马，是属于那时的他们最为恰当的形容词。

周雾年和宋杳，像是两片属于童话世界的百分之百契合的拼图碎片，相信自己会漂亮地镶嵌在对方的未来中。

但此刻的他们，已经成为被时间磕坏棱角的拼图碎片，怎样绞尽脑汁地摆放都找不到契合的角度。

太可惜了。

他们在不知爱为何物的年纪拥有了透明如水钻的玻璃之爱。

现在却只拥有满怀折射出微光的玻璃碎片与流血或结痂的伤口。

周雾年睁开眼，吹灭蜡烛。

"我们吃蛋糕吧。"他好像很开心。

不知道为什么一小段生日歌都能唱得她唇舌干燥，宋杳掩盖地低头喝手上的饮料。

是樱桃汁。

她下意识低头看了看印满睡衣的樱桃，险些被呛住。

她放下玻璃杯，又发现上面的图案是小鹿斑比，不合时宜地想到放在伦敦公寓书桌上的那个玻璃杯。

桌前被递来一块蛋糕，奶油顶上缀着彩色的水果。

宋杳急忙双手去接，嘴上说着"谢谢"，眼睛却落在他右手食指上一道小小的疤上。

那是他去年拍摄一部武打电影时不小心伤到的，那部电影票房很好，口碑也很好，大大小小也有几个奖项提名，但与之伴生的是骨折与各种擦伤。

宋杳是从陈桢桢口中得到的消息，于是急匆匆从繁忙的毕业论文中抽身，捧着束花，从陈潮口中打探到他的病房信息，坐了一个小时地铁跑去找他。

推开病房的一瞬间，她看着昏昏沉沉在病床上睡着的周霁年，很瘦，比电视上还瘦，也比上次见面瘦。

可……上次见面或许已经是春节的事情了。

宋杳放轻动作在病床旁坐下，安静地看着他的脸，像是在浏览一本她已经遗忘的童年书籍。

再反应过来时，她才发现自己泪流满面。

其实很多话想说，但是在他醒后，只剩相顾无言。

病房也变得拥挤，什么制片人、导演、场务，还有公司经纪人、老板、助理来了一批又一批。宋杳感觉自己成为晴天无用的透明雨伞，于是只能丢下句"保重身体"后，又急匆匆地离开。

宋杳不知道的是，她带去的那捧茉莉花被周霁年带回家，摆在床头，花开了很久很久。

宋杳慢吞吞地挖着蛋糕吃，发觉自己这几天老是容易失神，不愿深究，但或许应该去医院挂个号看看，别是什么身体原因。

一小块蛋糕落进肚子，嘻嘻哈哈地与陈秀兰又漫无边际地聊了几句，再恋恋不舍地逗了逗富士，宋杳还是赶在了张虹发消息来催她下楼吃饭前起身。

周霁年很有礼貌地送她到门口。

站在门口玄关，他将一个印着奢侈品标志的大袋子递给她，露出招牌笑容。

"杳杳，谢谢你的生日礼物，我很喜欢。

"这个是提前送你的圣诞礼物。

"希望你会喜欢。"

周霁年温和地笑着，是那种会被他的粉丝"积雨云"们发到超话配文"心跳空了一拍"并获得五六位数转评赞的笑。

看着袋子上那一串英文字母，宋杳好像也看见了那串自己在三十岁之前都无法主动负担的数字，接过袋子，像是拿了块烫手山芋。

她想起自己为他准备的生日礼物——一瓶蒂普提克的谭道。

明明是精心挑选的礼物，柏树纯粹的木香让她联想到高三坐在窗边被盛夏日光镀上一层光的他,但好像在对比下忽然被衬得普通了。

说不清应该雀跃还是暗淡,宋杏用着同样的笑感谢他,虚伪地丢下一句"也提前祝你圣诞快乐"后,便不加留恋地走进电梯。

电梯门关上的那一刻,她脸上的笑也消失了,看着电梯门上映着的自己,重重呼出一口气。

周霁年隐隐约约察觉到一些不对劲,边收拾着碗筷边思考,但还是得不到答案,只能向给他出"送礼物"这个馊主意的宗成豫寻求售后服务。

"为什么?"他疑惑,"我感觉收到礼物后,杏杏并不是很开心?"

宗成豫拿着手机走出酒吧,忍不住嘲笑他:"不是啊!我就随口一提,你怎么就真的马上实施了,暗恋那么多年真的忍不住了吧!你送了什么?"

忽略前面那句有的没的,周霁年针对性回答:"一个包,是最新款的限量版。"

"很贵吧?"宗成豫无奈地叹气。

"我感觉这个价格才能配得上她。"有人顾左右而言他。

"大哥,你也知道宋杏是一个自尊心很强的人吧。"宗成豫彻底无语,但也只能循循善诱地教导他,"你忽然拿一个很贵的包给她,无功不受禄,她肯定不会开心的。"

周霁年摘下眼镜,难得地不知所措:"可是,她也送了我生日礼物,我很喜欢,只是想回赠她也不行吗?"

"她送你的礼物有你送她的贵吗?"宗成豫叹气并发问。

沉默了一瞬。

"没有。"

"那不就得了。"宗成豫一语点破,"不对等的礼物,没有明确的理由,甚至是有点尴尬的关系,宋杏的性格只会觉得受之有愧,甚至会感觉到你们之间的差距,然后逃避。"

懊恼自己又搞砸了,周霁年皱眉:"那我要怎么办?"

宗成豫瞥见一个漂亮女孩被拦在酒吧门口,被要求检查证件,一边看她絮絮叨叨,一边随意地分析着:"虽然送错礼物了,但是幸好你发现得早,还能补救。"

门口保安有点动手动脚的,那个女孩虽然长相清纯但脾气火暴,当下就不饶人,大喊大叫要追究清楚。他继续看着戏:"接下来你可以多些互动,你们不是上下楼吗？多走动走动，小狗也能当道具，反正就是拉近你们的距离。

"虔诚地献上你的真心。"他简单总结，看着那边事情越闹越大，忍不住挽起袖子走上前。

"我这边有点事，你不是拍了那么多言情戏码吗？多研究研究！不要跟个木头似的！"

电话被挂断，周霁年难得惆怅，抿唇，抬手用手背碰了碰鼻子。

他反复告诉自己不要操之过急，更不要乱了阵脚，但他不得不承认，当今天凌晨听到张虹催宋杳相亲的消息时，他确确实实心烦意乱。

好像呼吸不过来，他提前预知错过的心悸，表白被拒的痛苦又一次席卷了他，于是慌乱地开口。

脑袋转不动，周霁年开始厌烦这样多愁善感的自己，呼气，拿着换洗衣物走进浴室。

他冲了个澡，希望能将自己灰头土脸的心事冲洗干净。

躺在床上，伴着月光拿起手机，周霁年在聊天页面输入框中敲下一长串文字，又长按删除键，他难堪的情感与文字一起被吞噬。

然后，他又忍不住按入文字，又删除。

一个死循环。

周霁年一句话还没编辑清楚，倒是聊天界面左侧的那个音符头像先跳出来了消息。

他心脏跳得很快，胸膛被撞得好像有点痛，像是青春期半夜脚抽筋的生长痛。

Song：你什么时候需要出发沪市跑行程呢？我到时候需要具体做什么吗？

搞不清她的情绪……是要拒绝他吗？

周霁年的呼吸跟着沉重，字字句句都斟酌。

在感情上，在宋杳面前，他是不折不扣的胆小鬼。

周霁年：这周五上午出发去沪市，下午需要对一下台本彩排一下；周六正式拍摄；周日下午需要去做个造型，晚上有一个活动红毯需要出席。

好忙。

宋杳想。

包很漂亮,她有点喜欢,但是更多的是不开心。

说不清楚的感觉,好像——这个包应该被摆在闪亮的橱窗中,又或是被她拼搏多年心满意足地买下,而不是被周霁年轻飘飘地赠予。

标签上的数字,是他们之间暂时难以跨越的距离。

但眼前飘过他手指上那道淡淡的疤痕,宋杳又可耻地心软了。

周霁年:你不需要做什么的,好好玩就好啦。

跟着的表情包是富士卖萌的动图。

他懊恼于自己的嘴笨,更担心那无法预测的"相亲"。

情感是一种很玄的东西,没有人比他更清楚,于是惴惴不安。

他好像成为一颗临期的巧克力,酸酸苦苦的,如果他的心不在此刻被光顾,或许,下一刻就会沦落到杂乱垃圾桶中。

一层之隔,楼下的宋杳看着聊天页面顶端反反复复跳出的"对方正在输入中",忽然不知道怎么回复。

页面又跳出来一条消息。

周霁年:你要是不想奔波也没事的,我会帮你跟张姨打掩护的。但如果你也想去沪市玩一玩,我这边帮你订票。这周末活动很多的,你想要什么明星签名或品牌折扣什么的,我都可以帮你问问看。

他努力让自己的语气显得不那么可怜,但宋杳在看到的瞬间,就自动为他脑补了富士委屈的形象。

叹气。

宋杳认命,在被窝里翻了个身,呼出的水雾蒙在屏幕上,她敲字,指尖沾上点水渍。

Song:我可以和你一起去吗?

Song:当个小助理好像还蛮好玩的,我刚好可以积攒点写作素材,而且看看能不能帮上你一点忙!我会努力工作的!

Song:但是我笨手笨脚的,希望你不要嫌弃我。[可怜]

手机里"叮叮咚咚"跳出他为她设置的专属消息铃声,周霁年莫名不敢点开。

他起身,走去厨房,打开冰箱,拿出瓶冰啤酒回卧室。

易拉罐瓶盖被拉开，周霁年仰头喝了一口。

他不喜欢喝酒，但碍于圈内各种交际与饭局也不得不学会了喝酒。手中这瓶酒是任桥为庆祝他乔迁之喜送来的，说是他妈公司新研制的果酒。

周霁年本以为或许这几瓶酒会在冰箱中寂寞地度过保质期。

没想到在生日当天就打破了他的预想。他是胆小鬼，需要酒精来渲染他的勇气。

是苹果味的酒，比起酒，或许更像饮料。

周霁年不可避免地想起幼儿园时期他与宋杳分享的青苹果味的早餐奶，醉意挥发蒸腾上脑袋。

他只希望自己永远不要忘记那份澄澈的爱。

脑袋醉醺醺的，周霁年终于积攒了足够的勇气打开聊天页面，在看见宋杳答应的话语的瞬间，心中的那块巧克力被红艳艳的唇咬下一口，不是预估的苦涩，而是枯木逢春的甜蜜。

于是，他急匆匆发消息回应安抚，又找到与陈潮的聊天界面，将这件事情安排下去。

陈潮的夜生活被打搅，索性一个电话直接打过来，聊天的语气也跟吃了炸药一样："大哥，你不想想星期六要怎么宣传，也不考虑周日要怎么争取新代言，满脑子都是宋杳宋杳宋杳！我真的是服了你这个恋爱脑了！你可是准一线大明星哎，怎么还被一个小青梅牵着鼻子走！"

不知是因为那瓶只有四五度的苹果酒，还是因为与宋杳那一点点忽然"柳暗花明"的可能性，周霁年的心情很好，没有计较陈潮的话，只是努力用着转速缓慢的脑袋编织着为宋杳澄清的话语。

他的杳杳很好很好。

她拥有初雪一样雪白的心事；她圆圆的眼睛是杏子，甜津津的；她所写下的文字是全世界最轻盈的雨，把他轻而易举地浇湿，困在无名春夜中。

杳杳爱穿斑斓的颜色，裙子是浓得发稠的藏蓝色，身上的衬衫是新生的鹅黄色，外面的马甲是葱绿，脖子上亮晶晶的是夸张又漂亮的各种彩色星星样式的项链，耳垂上晃来晃去的会是红红的玛瑙。她漂亮得像是童话故事中的可爱魔女。

她一句简单咒语，却让他心甘情愿地签下单方面终生契约。

……………

周雾年的话还没说出口,就又被陈潮噼里啪啦一顿话给堵住。

"我知道你很喜欢她,我也知道你一直拼死拼活地远离'流量明星'这个头衔,拍那么多戏,受那么多伤,忍那么多委屈,努力熬成所谓的'实力派',都是为了有一天能光明正大地公开恋情。"

陈潮叹气,电话里能听到打火机点火的声音,他的声音也有点哑。

"你是准备好了,但是你确定宋杳愿意接受那么多目光吗?这周末的行程人多眼杂,万一被拍到什么,你能怎么办?公关团队的脑袋都得系在裤腰带上。"

不知道应该说些什么,周雾年只能握紧易拉罐酒瓶,仰头一饮而尽。

"你是周雾年,但'周雾年'不是你,你懂吗?"陈潮慢慢说,"这次我能帮你,但你下次还是好好想想。地下恋爱本就不是一件简单的事情,太明目张胆,已经是一种罪了。"

然后,他干脆地挂掉电话。

苹果的甜味伴着气泡消散,只剩酒精在脑袋里乱窜。

周雾年沉默。

明明选择咬着牙攀爬是为了能够让自己的爱更值得,稀里糊涂的,为什么会忽然越走越远。

他搞不懂"周雾年"的存在是为了什么呢?

周雾年搞不清楚。

明天的未来会怎样。

十七八岁的周雾年或许也得不到答案,但耳边或许会有她清脆的声音:"明天会是新的一天,美丽的一天,漂亮的一天,属于我们的一天。"

但此时的周雾年,拥有的只剩寂静到会有回音的夜晚。

他或许太自私了。

但——请容许他最后一次自私吧。

第十章

暧昧压轴题

宋杳舒舒服服在家里享受了几天惬意假期。

工作日，张虹和宋清平都不在家，根本没人念叨她。每餐也都能幸福地点外卖，她立志把在英国吃不上的中餐全部吃个尽兴，上学时被压缩的睡眠终于重新吸饱了时间。

睡醒，吃完，她便打扮得漂漂亮亮地出门玩，牵上富士，背着相机到处晃悠。她最喜欢找一家漂亮的咖啡店，舒舒服服地待一下午。

她久违地又拥有了些松弛感。

这几天终于玩得尽兴了，等宋杳缓过神来，瘫在床上一看时间，才忽然发现已经周四了，明天就要出发沪市。于是，她只能急匆匆地从床上爬起来，手忙脚乱地收拾行李。

她收拾了几件衣服，装好化妆品和护肤品，又塞进几份给迟椿和连城的礼物，行李箱就这样搞定。而随身包中放着腮红、粉饼和口红，还有她小心准备的口罩，再丢进一条围巾，宋杳在拉上背包拉链的时候随手又丢进一个一次性胶片机。

就这样，准备出发吧！

但宋杳稀里糊涂地在这个夜晚又失眠了。

她翻来覆去都找不到睡意，只能放纵思绪神游。

沪市。

这是她和周霁年两个人第一个旅游的城市，也是两人第一次独自旅游的落脚点，好像关于这座城市的记忆总是与周霁年挂钩，就连这次出门，也是与他一起。

说不清是什么滋味，但是十二岁时站在黄浦江边紧紧交握的手心中的黏腻好像还记得，十七岁时在狭窄酒店头挨头幸福分食那一块茉莉蛋糕的滋味好像还在舌尖盘旋。

明明还没衰老，却已经提前开始了怀念。

迷迷糊糊地睡着，等被闹钟叫醒时，宋杳的困倦都不见了，一刻都不敢耽搁地从床上爬起。

她迅速洗漱并换上衣服，还抽空化了个淡妆，但在抹口红的时候顿了一下，她拿起一支口红，在唇上点缀了一点乌龙色。

跟张虹和宋清平打了招呼后，宋杳便拎着小巧的行李箱走下楼，提前了几分钟去与周霁年约定好的地点等他。

可一下楼，宋杳就看见了他的车子，于是加快脚步上前。周霁年下车帮她拎行李。宋杳攥紧了背包肩带，有点尴尬地寒暄："你那么早就收拾好了啊？"

"我也是刚到。"周霁年为她拉开车门，"你是不是还没吃早餐？"

鼻子能嗅到他大衣上的一点雪松气息，是她送他的生日礼物。

宋杳有点晕乎乎的，点头。

接着，她怀里又被递来一杯花生浆和一袋早点，有她最喜欢的虾饺和茶叶蛋，还有几枚阿强早点的招牌水煎包。

热乎乎的，把她的手都给焐热了。

"谢谢你。"宋杳只能道谢，然后慢条斯理地吃着这份独属于她的早点。

周霁年自己开车去机场，所以车内只有他们两个人，没人说话，只有她窸窸窣窣吃早餐的声音。

好像有点尴尬，宋杳一边咬着虾饺，一边尝试提起话题，可半天也不知道该说些什么。

幸好，周霁年忽然打开了车载音响。

"有谁能比我知道，你的温柔像羽毛……"

是存在于青春耳机中的音乐，宋杳忍不住跟着旋律哼起来。

周霁年静静笑着听她唱歌。

落地沪市时是下午三四点，周霁年一行人走的贵宾通道，宋杳紧紧戴着口罩，围着层层叠叠的围巾，甚至还戴上了一个毛茸茸的猫耳朵毛线帽，落后几步跟在周霁年身后。

她只与陈潮还有几个见过面的工作人员相熟,于是若有似无地遭受着一些好奇目光。

上了车,周霁年侧过脸轻声问她"热不热"。

宋杏忽然不好意思说话与摘下口罩,只摇了摇头。

见他们俩的互动,一些八卦的目光更灼热了。

周霁年递给她一瓶冰矿泉水,大大方方地向工作室的其他人介绍:"我妹妹。"

接过水,突如其来地听见这一声"妹妹",宋杏红了脸,感觉围巾和口罩闷得她难受,但也顺着话题介绍自己:"大家叫我小宋就好啦。"

露在车内暖气中的一双眼睛湿漉漉的。

"她这几天想跟着玩一玩,我顾不及的时候,辛苦大家多照顾照顾她。"周霁年像极了不放心的好哥哥。

手中的冰矿泉水有点冰手,瓶身上凝着的水雾顺着手心滑下,浸润了复杂的掌纹,宋杏忽然说不出话。

一旁的工作人员笑着接话,好几个胆大的助理笑着打趣说他是"妹控",更有女生窃窃私语羡慕有这样一个哥哥真好,保姆车内盈满了欢声笑语。

宋杏低着头看不清神色,口罩下的唇不知不觉被咬出印子。

而周霁年眼神黏着手机,好像有什么急事要处理的样子,只有他自己知晓他此刻的心脏或许酸得可以拧出一杯柠檬汁。

他可以是哥哥,但杏杏绝不是妹妹。

坐在副驾驶静静围观的陈潮忍不住翻了一个又一个白眼。不得不承认,周霁年虽然演绎了数不尽的痴情或浪荡人设,但他确确实实,是一个情感笨蛋。

一行人浩浩荡荡地在酒店办完入住,宋杏分到的酒店房间在周霁年隔壁,她搞不清是无意还是有意,只觉得或许自己需要摘下口罩了。

沪市的冬天突然闷得透不过气了。

收拾好行李,周霁年便马不停蹄地赶往电视台进行综艺节目彩排。

宋杏乖乖巧巧地跟在他身旁,口罩虽然摘下来,但围巾却恨不得拉高到挡住整张脸。

周霁年新招的助理小温瞥见她的脸，忍不住向着周霁年夸："周哥，你妹妹长得也好漂亮啊，你们应该一起去参加什么家庭综艺！肯定热度很高！"

陈潮边忙碌地对着行程，一边忍不住让小温安静点。周霁年想带宋杳上的是家庭综艺吗？他看是恋爱综艺才对吧。

哦，好像家庭综艺也可能在周霁年的畅想内。

宋杳权当没听见，继续在周霁年身边扮演哑巴挂件的角色，但又忍不住睁大了眼睛在电视台内部和后台到处打量。

她心想着等回去一定要跟陈桢桢打个电话交流交流，让她赶紧认清那些无脑娱乐圈背景言情小说的套路！

见宋杳好像挺感兴趣的，周霁年放慢了脚步耐心为她介绍着，她的每一个小表情在他眼底都显得无比可爱。

这次来宣传的是上次拍摄的电影，一部悬疑片，周霁年扮演的是一个高智商刑侦学教授，也是电影中的犯罪嫌疑人之一。

宋杳兴致勃勃地听着他介绍，忍不住追问剧情答案："那凶手是你吗？"

周霁年一边翻着台本，一边等着化妆师准备妆造，听见她的问题后抬起头冲她眨了眨眼。

"凶手嘛，这是秘密。不过过几天去趟电影院，你就知道了。"

陈潮听着也跟着笑，倒是在化妆室内宣传了起来，欢迎大家都去影院支持一下。电视台的工作人员也被刚才一波三折的剧情描述给吊起了点兴趣，积极配合着回应，氛围一下子融洽很多。

化妆老师终于搭配完衣服，拎着一套黑色西装过来给周霁年团队看。

全黑的西装，袖口点缀着金色，胸前口袋别着枚藤蔓样式的胸针，整套服装最大的亮点是西装的深V和没有内衬。

周霁年试穿了一下，一拉开帘子，小小化妆室内顿时生起倒抽气的声音。

肩颈是宽敞的大陆架，好身材若隐若现，骨骼线是流畅而有力的行书，而他的锁骨是点睛之笔。

就连看惯了这张脸的宋杳，都忍不住愣了一下。

"要不要——戴上眼镜？"她有点踌躇地开口。

化妆老师一拍脑袋，连声夸着好主意，翻箱倒柜找出一副银丝眼镜递给周霁年。

他顺从地戴上，不需要过多表情，一眼就可以让许多少女心回春。

宋杳在随身背的包里翻来覆去，终于找到自己随身塞的胶片机，打开闪光灯，拧好胶片，犹犹豫豫地举起来。

周霁年冲她笑着点点头，配合地摆姿势。

于是，闪光灯亮起，宋杳没有理由地捕捉住这个瞬间。

大家都对周霁年这个装扮很满意，连一起上综艺的其他电影主角都感觉很不错，说这套衣服也很符合他在剧里的病娇精英形象。

宋杳忽然觉得还挺有意思的，于是连脚步都雀跃了，继续绕着周霁年转。

周霁年见她凑近，微微俯身凑近她耳朵。

"凶手不是我，是王成钢老师扮演的刑警。"

宋杳眼睛瞪得圆溜溜的，嘴巴也成了圆圈。她感到震撼，抬眼盯着周霁年。

他将手指竖在嘴边，笑着比了个"嘘"的动作："不要剧透给其他人哦。"

宋杳用力点点脑袋，也学着用手在嘴上一划拉，做了个"拉拉链"的动作。

几个主持人和片方宣传人员走上台调整着站位和流程。

宋杳被陈潮带在身边，她第一次亲眼见着综艺录制后台准备，左看看右看看，每个流程都显得无比有趣。

终于处理完行程安排和应付完公司事项，陈潮喘了口气，见着宋杳小朋友般的模样，倒有了好心情，依着周霁年的嘱托，与她偷偷分享起八卦来。

"这个剧是双男主，你们家周霁年和王成钢老师是男主角。男配陈谌是选秀上来的，嗯，和某互联网大亨千金有点暧昧。女主林菀青是电视剧转战电影，前男友是唱电影OST的歌手，戏里暗恋周霁年扮演的角色，但我看她戏外对他应该也有点意思。"

"但可惜啊，她注定是和周霁年无缘了，都怪你们家周霁年是个痴情种。"

他说着说着还是忍不住刻薄，有意无意地酸着她。

宋杳只能装作什么都听不懂，目光飘忽。

这趟彩排折腾到晚上七八点才结束，宋杳饥肠辘辘，手里被周霁年塞进几颗巧克力，是她喜欢的牛奶巧克力。

也不知道他怎么会随身带着巧克力，但宋杳还是忍不住拧开糖纸，小口啃着巧克力。

唇齿间弥漫着甜味,她忽然想起什么似的,将巧克力丢进嘴里,于是脸颊圆滚滚的,拆开一颗新的巧克力。

宋杏举着手,左右慌张地瞥了一眼,发现没人注意到他们俩后,迅速地将巧克力递到他嘴边。

"你也吃。"他今天一整天都没怎么吃东西,也不知道累不累。

周霁年低头,就着她的手吃下那颗巧克力,其实不喜甜,但在口中巧克力融化的瞬间,他忽然发现其实也蛮好吃的嘛。

"谢谢杏杏。"他笑着说,眼睛弯成月牙,刚才的疏离清冷气息全部消散,然后顺便抬起头摸了摸宋杏的脑袋。

宋杏后知后觉地有些不好意思,手心里攥着两张糖纸,跟在他身后走在前往停车场的路上。

"那个……我晚上可能要出门一趟!"手机振动,她低头看了一眼后就忍不住笑,开口对周霁年报备。

周霁年心中的弦一紧,故作无事地询问:"那还要一起吃晚饭吗?"

"不了不了。"宋杏欢快地摇着脑袋,"连城订好了饭店,跟我还有迟椿一起吃饭!"

连城?

怎么又是他?

周霁年皱眉,想说什么,但又说不出口,最后只能憋出一句:"注意安全,吃完给我打电话,我去接你。"

宋杏又摇了摇头,好心情摆在右脸颊的酒窝内:"不用啦,连城有车,他说会送我回来的。"

周霁年眉皱得更深些,闷闷不乐,只能回应一句"玩得开心"。

马上要和好友见面,宋杏连脚步都轻快了不少,一到酒店就急着回房间再打扮一下,顺便拿上给他们准备的礼物。

周霁年看着她雀跃的身影,紧抿着唇。

跟在后面的小温看周霁年低气压的模样,有点不安地询问陈潮怎么了。

陈潮一边和新谈的朋友发着调情消息,一边随便抬眼扫了周霁年一眼,丢下一句:"还能怎么了,拈酸吃醋了呗。"

将近一年未见,宋杏的期待明晃晃地体现在喜笑颜开的脸上。

之前一同在京市读书的时候，三个人的学校离得近，倒是时常见面，每周约饭，也一起去参加读书交流会，亲密关系迅速建立。

也有小插曲，迟椿恋爱那段时间他们见面少了些，全因为她那男朋友是个醋坛子，见着她与连城见面就想着各种法子吃醋，于是那段时间只有宋杳在完整地享受着友情。

不过迟椿把她那男朋友甩了后，他们又恢复了三人行。

如果没有目睹连城醉酒的胡话，宋杳会认为他们三个人的友情是最坚固的三角形。

可她不小心听见了酒醉的连城嘴里连声缱绻地唤着"迟椿"这两个字，于是一些东西不言而喻。

宋杳不小心知道了一个秘密。

她应该撮合他们俩的，如果迟椿没有和她那小男友复合的话，但可惜，他们已经莫名其妙地破镜重圆了。

单恋和暗恋或许都是一件痛苦的事情。

好久不见，三个人畅快地聊着，谈着日益下降的阅读量，聊起文学倦怠期，大骂讨厌的同事与领导，交换着积攒许久的故事与八卦。

除却连城偶尔望向迟椿时的失神，今晚应该是一个愉快的夜晚。

吃完饭，连城开着车载着两人沿江兜风。

一点一点的雪缓缓飘落，宋杳打开车窗，有雪花在亲吻她的脸颊。

"对了，杳杳，你怎么忽然来沪市了？"都快结束见面了，连城才忽然想起来问。

"跟着周霁年过来出差，他工作，我来玩。"宋杳努力让自己的语气听起来毫无情绪。

可迟椿却不饶过她，一边应付着她那男朋友的消息，一边不留情地开着玩笑："怎么，你那大明星竹马还痴痴单恋你呢？"

升起车窗，宋杳将脑袋磕在车窗上，叹气，不得不无奈地面对："我也不知道。"

"其实他对你挺好的不是吗？"迟椿说，"而且看着他那张脸，你这二十几年一点心动都没有吗？"

宋杳沉默。

一向看周霁年不爽的连城难得替他说话:"杏杏,如果你也有那么一点点喜欢的话,为什么不试试?"

"反正大不了浪费时间,但如果错过,或许就成了长久遗憾。"

他话中有话,但宋杏只是长久地沉默。

玩了一整天,终于回到酒店房间,宋杏刚脱掉脚上的高跟鞋换上拖鞋,房门就被敲响。

她好奇地去开门,门外却站着周霁年。

他拎着一个袋子,伸手递给宋杏,让自己努力忽视她眼角亮晶晶的漂亮闪片和水润润的唇:"出门吃饭路过了几家糕点店,想着你可能喜欢吃,所以打包了一些给你。"

宋杏接过袋子,脑袋乱成糨糊,只能看着他说"谢谢"。

周霁年笑了笑,忍不住又摸了摸她的脑袋,落下句"晚安"后便离开了。

宋杏呆呆地站在门口,低头敞开袋子一看。

是一块白脱奶油蛋糕。

是十几岁时他们一起分食的那种蛋糕。

那时的他们所拥有的是一块蛋糕甜度的笨拙的爱,如今遗失的是勇敢说爱的天真。

宋杏慢吞吞地在浴缸里泡了个澡,浑身湿漉漉地起身站在浴室镜子前。

左看右看,她都搞不清为什么周霁年会喜欢自己。

宋杏总是用白开水形容自己,澄澈透明,同时也寡淡无味。

她不是人群中最亮眼的那一个,但她也确信自己并不平庸。这种矛盾让她可以好好爱自己,但似乎无法轻而易举地找到自己值得被义无反顾喜欢的理由。

她应该很适合做一个很好的朋友,但并不是一个合格的爱人。

所以被周霁年表白的刹那,她的心乱得像被胡乱摇晃后的汽水,各种酸甜的情绪汹涌,伴随着心跳声"怦怦怦"地在胸膛绽开。

宋杏突然打了个喷嚏,止住自己没有逻辑的胡思乱想,换上睡衣,简单护肤,戴上耳机,捧着蛋糕盘腿坐在床上。

她一口一口认真吃着蛋糕。蛋糕应该是记忆中的味道,有质感的甜味,同时也夹杂着一点难以察觉的咸。

这个蛋糕并不昂贵,比不上市面上各种花里胡哨、花样百出的动物奶油蛋糕，但宋杳却感知到一种匮乏的幸福。

宋杳回忆起十七岁的那个春天与冬天，然后就不可避免地又想起周霁年。
她叹了一口气，躺在床上，翻来覆去都没有一点睡意。
一些刻意遗忘的事情却争先恐后地一股脑地全部又鲜活起来，比如……那一场尴尬的表白。

应该是大三暑假的某个雨天，宋杳还在为着留学申请文书与准备材料而忙得晕头转向，好像那段时间和周霁年的联系并不多。
好像他们见面的频率是守恒的，当她高频率地看见银幕上的周霁年，那么面对面与他见面的次数就被压缩成几近于零的程度。
周霁年好像在娱乐圈中很吃香，隔三岔五地就能在热搜上看见高高挂起的关于他的绯闻。
陈桢桢会看热闹不嫌事大地转发向她求证，连城也会不安好心地搬运帖子丢在三人小群中，就连陈秀兰和张虹也会偷偷摸摸地来询问她那些关于他的暧昧八卦是不是真的。
但宋杳应该要怎么解释呢，她和周霁年好像变得有点不太熟这件事。
两人虽然都在京市上大学，但周霁年忙碌与奔波在各个地方连轴转地拍戏，所以两人见面的次数直线下降。
刚步入大学时，宋杳还会兴奋地与他发各种消息分享趣事与烦恼，只是周霁年好像很忙，所以消息的回复也总是失去时效性。
宋杳看着聊天页面中属于右边的满屏绿色，渐渐地也失去了对他的分享欲。
周霁年则囿于各种剧本研读、片场拍摄和讨人厌的酒局，"周霁年"的生活糟糕透顶，他好像也失去了分享的权利。
"青梅竹马"最终只成为一句年少不经事的玩笑，他们紧绷如琴弦的关系在大学时期无可奈何地断开，发出刺耳的杂音。
宋杳察觉到有点可惜，心情带着沉闷的难以言明，但，如果周霁年能成为他想成为的偶像，那宋杳愿意永远仰望他。
他们之间有一种隐秘的平衡，一种不温不火的亲密与尴尬。
宋杳甚至会以为，他们这种非典型的"青梅竹马"关系最后的走向是：

除却逢年过节互相串门，见面点头寒暄的机会，再剩下的见面机会就是她或他的婚礼了。

周霁年那么大方，应该会给许多礼金吧！宋杳还有闲工夫猜测。

如果他足够大方，那么她的女儿还可以认他做个干爹！有个大明星干爹应该是一件有点酷的事情吧！

但宋杳的猜想在那个雨夜彻底落空。

他们之间的关系可能性只剩下两种：情人，或，尴尬的陌生人。

在闷热潮湿的江南梅雨季节，缠绵的雨水不需要任何理由地滴落。

那时的宋杳每天狼狈地蹲在家中，忙于与各种留学中介纠缠。

而主动放弃申请夏令营的后果就是，她每晚都睡不好觉。

然后在某个失眠的夜晚，她放在床边的手机忽然跳进来几条消息。

她打着哈欠拿起来查看，发现消息来自许久未联系的周霁年。

周霁年：杳杳，你还醒着吗？

以为是有什么要紧事，宋杳急忙爬起身，捧着手机认真地敲字回复：怎么了吗？

没料到周霁年直接回了个语音电话。

她手忙脚乱地接起。

"怎么了吗？"宋杳小心翼翼地询问，心脏挤满了饱胀的担忧与惶然。

"杳杳，"周霁年近似叹息，然后长久地停顿，"你……现在有男朋友吗？"

窗外的雨忽然急躁，噼里啪啦地拍打着窗，险些将宋杳躁动如鼓点的心跳掩盖。

没有镜子，宋杳看不见自己的表情，但她猜测应该会是僵硬的惊讶。她下意识地咬着指尖，小声说没有。

忽然好静好静，只能听见淅淅沥沥的雨声，和潜藏在其中的两人滞涩的呼吸。

脑袋里有一百种猜测，她的心成了被打乱的拼图，而周霁年温热掌心攥着的是最后一块正确答案。

然后，他说："那我能追你吗？"

宋杳咬着唇，后知后觉地发现口腔弥漫着腥甜的血味。

她不小心咬破了唇。

不知道怎么回复，宋杳忽然失去了言语的能力。

"杳杳，你知道的，"周霁年说得很轻很轻，像是羽毛滑过掌心，"我喜欢你。"

宋杳把牙龈咬到酸涩沉重："可是，你是我哥哥，我们是青梅竹马不是吗？"

童年最不愿意承认的字眼在此刻却成为护身符，她讨厌自己的怯懦。

没有任何铺垫，没有任何前情，搞不懂他叙述的前因后果，他的那句"我喜欢你"像是窗外的大雨，宋杳措手不及地被淋湿。

"哈哈，"她只能尴尬地回应，自己都能听出自己语气的生硬，"是在玩真心话大冒险吗？"

她尝试着找台阶下。

"你在家吗？"宋杳尝试岔开话题。

"嗯，我在卧室窗边。"他叹气。

他的卧室窗边？

那不就是与她的卧室窗子正相对吗？

宋杳急忙下床，连拖鞋都没来得及穿就跌跌撞撞地跑到窗边。

但等真正走到窗边了，她的脚步却犹豫了。

玻璃被水打得潮湿，朦朦胧胧，好似梦境。

于是，宋杳掐了掐自己，生疼，所以不是梦。

她打开窗。

雨水迎风拂在脸上，是毛茸茸的春草触感。

猝不及防地与站在对面窗边的周霁年对上眼，宋杳忽然发现他瘦了，头发也长了，不知道是不是为了新剧角色，染成了浅浅的棕色，像是她小时候最喜欢看的《魔卡少女樱》中的李小狼。

只可惜，她不是小樱，也已经过了爱看动画片的年纪。

整个人在雨丝中也变得潮湿。

周霁年又开口。

"杳杳，我不想当你的哥哥。

"我喜欢你。

"我爱你。

"我讨厌因为爱优柔寡断的自己，也讨厌想牵你的手却只能小心翼翼当作不小心的触碰，讨厌成为你的哥哥，讨厌可以在镜头前对很多人说出'爱'，却在你面前沦为可怜的胆小鬼。

"你喜欢甜，最喜欢牛奶巧克力，水果最喜欢草莓；饮料最爱三得利的乌龙茶；最喜欢的作家是张爱玲和王小波；耳机里是情歌和民谣；讨厌蒜，吃到会皱起整张脸；最想要去札幌旅行；最好的朋友是陈桢桢……"

他细数着关于她的一切，从她幼儿园时会因为一朵小红花而欢快许久，讲到小学因为最喜欢的花裙子第一天就被调皮的小男孩弄脏而哭到眼睛都肿了，还有高中很珍贵获得的那几个作文奖项，以及每天数学课上忍不住偷偷看着的小说。

"杏杏，我知道你那么那么多，"周霁年扯起笑，"却不知道你喜不喜欢我。"

"喜欢是打喷嚏，关于你的风一经过，我的爱便藏不住。"

"不知道你是聪明还是笨，怎么那么久都没发现。"

周霁年轻声说着，细密的雨珠藏着哀愁将两人笼罩。

在雨水的气息中，宋杏嗅到一点点酒精的气息。她不知道应该怎么回应，于是只能假装什么都没听见："你喝酒了吧？"

周霁年点头，动作有点迟钝："没喝酒的话，我不知道应该怎么开口。"

宋杏被浓度过高的无措腌渍，成为一颗在盐水中沉沉浮浮的杏子，漂泊无定。

长久的沉默，宋杏垂下眼，不敢看他清瘦的脸与缱绻的眼，连他鼻尖的那颗小痣都在迷惑她："对不起。"

她只能说出这三个字，声音像是生锈的发条。

"没事的，"周霁年依旧笑着，只是开始后悔没有多喝一点酒，如果一觉醒来能断片该多好，"睡觉吧。"

"晚安，好梦。"他目送着她关上窗，转身离开。

他忍不住咳嗽起来，怀疑自己患上重感冒，头晕，好像她只是幻觉。

脸在发烫，周霁年怀念十七岁时沪市那一场发烧，她踮起脚贴在额头的柔软的手。

宋杏恍惚地又躺倒在床上，身上沾着雨水的气息，她开始疑心这只是一场整蛊，可打着电话到滚烫的手机明晃晃地证实着一切的真实。

为什么要拒绝他呢？

其实宋杳也搞不清楚。

只是，他们好像太不相配。

他是屏幕上每一帧都漂亮闪亮的大明星，而她是跌跌撞撞的狼狈普通人，好像这种搭配怎么看都不相配嘛！

除了青梅竹马的身份，抛开已经习惯的相处模式，忘掉手牵手共同成长的那十几年，他们之间似乎并没有培养出太多的感情。

所以，宋杳疑心那并不是爱，或许只是一种青梅竹马综合征或是猜想。

真的只因为这样才拒绝的吗？

宋杳抱着被子翻了个身，头埋在枕头里，喘息呼出的水汽蒙在脸上，凝成了眼底微小的潮湿。

她记得他们在小学科学课上玩着拙劣五子棋的粉色便笺条，同桌那些年在课桌下故作不小心而碰撞的手指，放学路上摇摇晃晃自行车后座上所触及的他的体温，那两张小小书桌盛放了他们十二年青涩的学生时代……

宋杳在那么多甚至接近于无限的瞬间没有预料到的是，她会在许许多多年后，忽然开始怀念起那一个个微小而笨拙的瞬间。

其实不过是漫长人生电影的几帧分镜，改变不了故事走向，也不是吸睛的剧情点，却让宋杳在这个无声泪流满面的夜晚无尽地反刍。

宋杳找不到应该同意他告白的理由。

他是钻石，天生就应该璀璨，她不应该私藏他的光芒；宋杳下意识怀疑这份爱；她有自己的故事线，他们好像除却设定中必须肩并肩的那十八年，后续的走向其实是不应该有交集的，不是吗？

是不是过了今夜，再也无法成为朋友了。

她忍不住猜测。

其实……面对他时，她也会心跳加速的。

只不过这已经不重要了。

宋杳在很久很久之后才知晓，原来周霁年那场突如其来的告白其实是个乌龙。

不知是哪个高中同学在京市偶遇了她和连城聚餐，好奇地跟其他同学说了几嘴，在众人口中传着传着就变味成"偶遇宋杳和男友在京市买戒指，疑似好事将近"。

任桥这个没心眼的就傻乎乎地跑去跟周霁年取证。

于是，周霁年当晚酩酊大醉，提前预知了一种擦肩而过的苦闷与迷惘。

想着想着，宋杳迷迷糊糊地就睡着了。

一觉睡醒已经临近十二点，她急匆匆地起床洗漱收拾打扮，拎着包，低头在手机上找到与周霁年的聊天界面，边走出门，边输着文字询问他今天的安排。

消息还没有编辑完，一推门，宋杳就被周霁年唤住。

"杳杳。"周霁年冲她招手。他今天穿的是简简单单的黑色卫衣和牛仔裤，外面披着一件薄款的羽绒服，"我刚想叫你起床呢，刚好，一起去吃午餐吧。"

宋杳将手机揣回包里，有点不好意思，小跑上前："不好意思，今天睡迟了！没有耽误你的行程吧？"她诚心道歉。

周霁年摇摇头，伸手把她没折好的领子理好："没有的，你就当来旅游，不用太顾及我的。"

他的手一凑近，宋杳就忍不住想缩脖子，但还是硬生生忍住了，只是攥着背包肩带的手莫名开始冒汗。

"今天中午吃火锅好不好，你之前不是说在英国很少吃到吗？"他收回手，状似无事地询问。

宋杳点头，哪敢有什么意见，笑着卖乖："你定就好啦！"

于是，一行人热热闹闹地跑去预订好的餐厅包厢里吃了一顿热火朝天的火锅。

大家都只单纯地当宋杳是周霁年的妹妹，颇多照顾。于是，宋杳稀里糊涂地就听了好多娱乐圈八卦，听得目瞪口呆，只能咋舌。

见她喜欢听，那些稍微年轻的小孩甚至主动热情地跟宋杳分享起周霁年的搞笑绯闻。

周霁年瞧着宋杳脸颊上浅浅的酒窝，只能任由他们讲。

比如某部剧的女主半夜穿着浴袍拿着剧本跑去敲周霁年酒店房间的门，说要对台本。

还有，网上营销的与周霁年装人设的对家小生其实和周霁年关系挺好的。

以及周霁年其实很保守，什么亲密戏能拒绝都拒绝，吻戏也是借位，之前有武打戏需要他裸上身，可把粉丝高兴坏了，用着那组图做了好多壁纸和海报，那几天接机和上下班都光明正大地举着，周霁年一看到耳朵就开始红。

助理小温一脸谨慎地偷偷凑近宋杳，近似耳语地跟她分享了他们工作室内部最好奇的一个大八卦。

"听说周哥在英国有个神秘女友还是初恋情人什么的，他三天两头就往伦敦跑，"小温跟讲故事似的，还配合了语气和停顿，"手机上还专门搞了伦敦的天气。"

宋杳摸了摸鼻子。

"而且有一次他应酬喝醉酒了，嘴里还碎碎念着什么'伦敦明天下雪，要穿暖和一点'！"小温越说越激动，筷子夹着的牛肉在锅里被烫硬了都没发觉，"而且他还经常偷偷跟我们女工作人员探听现在的小女生喜欢什么衣服还有首饰！"

小温终于想起那块可怜的牛肉，塞进嘴里，嘟嘟囔囔地落下一句评价："你别看我们周哥长得一副浪荡花心模样，实则应该是一个不折不扣的痴情种呢！"

宋杳莫名地感到口干舌燥，睫毛颤呀颤，左顾右盼寻找着饮料。

桌前忽然被放来一瓶冰三得利乌龙茶，一旁的周霁年面色如常，往她碗里夹了几块她喜欢的鸭血："快多吃点。"

宋杳慌乱地点点头，拧开瓶盖猛喝一口，稍微浇熄了自己忽然干燥的心事，也不敢再跟小温八卦些什么，只能埋头苦吃。

宋杳跟在周霁年身后，捧着那瓶未喝完的乌龙茶，乖巧地随着他们一行人跑去电视台准备正式拍摄节目。

小小的化妆间一下就挤满了人，主持人和片方演员各自寒暄地交谈着，欢声笑语盈满了不大的后台。

宋杳不擅长面对这种隐秘的觥筹交错的场景，于是放轻动作成为周霁年的小尾巴，跬步不离地跟着他，提心吊胆的，生怕自己不小心就惹出什么事来。

宋杳蹲在一旁，边小口喝着茶，边走神地盯着化妆老师给周霁年化妆。

化妆老师只随便帮周霁年简单进行了护肤的打底，浅浅地上了一层粉底，都不需要过多遮瑕与点缀，镜子里呈现出来的那张脸已经足够让人惊艳。

真是不公平，好像他皮肤总是很好。

宋杳闷闷地咽下一口茶，愤愤不平地想。

同桌那几年，坐得那么近，宋杳几乎没见过他长青春痘；每晚一起喝各种炖汤的那段时间，补得宋杳都上火了，青春痘藏匿在脸上的角落，可周霁年依旧是白白净净一张脸，戴上眼镜捧着书就是青春偶像剧中最完美的男主；两人也曾一起熬夜侃七侃八，第二天起来她的黑眼圈快垂到地上，可他依旧清爽精神。

好吧，或许这就是他能成为偶像的原因吧。

化妆老师最后在他唇上点缀上一点闪亮亮的唇彩，几乎没怎么在他脸上装点什么，化妆流程就这样简单地结束了。

趁着化妆老师转身去准备他的服装和配饰，宋杳忍不住凑近周霁年，伸出食指，轻轻地戳了戳他的脸颊，语气既惊奇又夹杂一丝藏不住的羡慕："哼，你皮肤真好。"

周霁年被她戏弄也不恼，嘴角带笑，看着镜子里俏皮的她。

宋杳左看看右看看，还是忍不住感叹，周霁年生得实在好看。

高鼻梁，自带三分情的眼睛，薄薄的嘴唇，鼻梁上的小痣莫名为他添了些清冷感，脆弱感与真诚感并不突兀地呈现在他脸上，少年气浓厚，红粉的嘴唇好像很软。

应该很好亲。

忽然反应过来自己脑袋里乱七八糟都在想些什么，宋杳瞬间向后仰身拉开距离，耳朵发烫，但脸上还是不动声色。

化妆老师唤周霁年去换衣服看看效果，他起身，还是忍不住摸了摸宋杳的脑袋。

好吧，这下子，宋杳连着脸都开始发烫。

陈潮出去和台里的领导小小应酬，小温带着几个助理去拎请大家喝的外卖饮品，化妆老师被一个电话叫走去其他化妆间帮忙，刚才还显得拥挤的化妆室瞬间就显得空荡了。

"杳杳。"

周霁年在更衣室内忽然唤她。

宋杳急忙起身："怎么啦？"

"你——"他卡壳，"你可以帮我拿一下腰带吗？应该挂在沙发右手边的衣架上。"

"哦哦,好的!"她乖乖依言去拿腰带。这可能算是她这几天做的唯一一件正经事了。

"你开门吧。"宋杏拿着腰带在更衣室门口等待。

闻言,周霁年直接推门,伸手去拿。

宋杏没料到周霁年会直接开门,对眼前的景色手足无措。

她马上垂下眼,红着脸将腰带递给他。

周霁年看见她一副手足无措的害羞模样,忍不住弯了弯嘴角:"谢谢你,杏杏。"

他特意在"杏杏"这两个字上压低了音。

回到刚才的座位上坐下,宋杏急匆匆地拧开瓶盖,仰头将所剩无几的乌龙茶饮了个干净。

可刚才不小心看见的一幕依旧在脑袋里晃来晃去。

周霁年——他怎么可以不穿上衣就开门啊!

所以,他流畅的肌肉线条暴露在空气中,也撞进宋杏的眼里。

周霁年并不是健壮的那一款,但也并不清瘦,"穿衣显瘦,脱衣有肉"是他粉丝对他的评价,陈桢桢曾分析说这就是"禁欲系"的魅力。

此刻,宋杏脑袋已经停止转动,眼前好像还在掠过他那分明的腹肌,和故意放低的裤腰遮不住的人鱼线。他并没有什么鲜明的肌肉块垒,但是拥有手臂的肌肉弧度与宽厚的肩膀,以及恰到好处掐进去的腰,应该是网上所说的标准的倒三角身材。

吃得真好啊!

宋杏小声感慨,有点羡慕他的粉丝。

明明又不是没见过男性赤裸的上半身,但宋杏就是止不住地脸红。

印象中少年模样的他忽然被那一瞬间荷尔蒙浓烈的他所替代。

一瓶乌龙茶已经全部喝完,宋杏仍觉口干舌燥。

都怪这个乌龙!也怪周霁年,怎么乱开门啊!真是不守男德!

宋杏碎碎念般想着,连着周霁年什么时候从更衣室出来走到她身边都没察觉。

"你晚上还要出去吃饭吗?"他忽然开口,把宋杏吓了一跳。

宋杏仰起头看他,刚好可以看清他干净的下颌线。宋杏摇头,脸还红着:

"不了，我等你录制节目。"

周霁年好像不太适应戴那个眼镜，眼睛不舒服，于是眨眨眼睛又揉揉眼睛："那我们晚上一起吃饭，陈潮说附近有一家很好吃的小炒菜。"

"好。"看他好像有点不舒服，宋杳起身，"你低头，我看看你的眼睛。"

周霁年闻言乖乖低头，但眼睛还是眨呀眨。

她伸手为他摘下眼镜，屏息凑近，用指尖轻轻碰了碰他泛红的眼睑。

他的睫毛好长。

卧蚕像是弯月鳞片。

宋杳小心翼翼地拨开一根掉落的睫毛，松了口气，小声说："好了，睫毛掉了。"又轻手轻脚为他戴上眼镜。

真是好看。

没料到周霁年依旧俯着身，睁着眼："谢谢杳杳。"

已经算不清这是他这几天对她说的第几句道谢了，宋杳不敢看他的眼，于是低头，耳朵烫得像是融化的黄油。

她敛眸，只是没想到躲过了他的灼灼目光，却在下一秒又掉进另一个让人面红耳赤的陷阱。

深V礼服或许就这点不好，宋杳只一眼就一览无余，刚才努力好久才忘却的尴尬场景又换了个角度重演。

而且，或许还更清晰些。

于是，她向后退了几步，紧紧抿着嘴。

她慌慌乱乱地逃窜，却没注意到后面便是化妆桌，于是一退就磕在尖锐的桌角上，小声惊呼，身形也不稳，险些狼狈跌倒。

幸好周霁年及时搂住她的腰，帮她站稳。

但……好像更狼狈了些。

宋杳感觉自己耳朵的温度还在持续攀升，也不敢去看镜子中的自己，只能又退回旁边的小角落，缩成一团捧着手机，目光就稳稳黏在屏幕上，哪里都不敢乱看。

不慌不忙地系着袖扣的周霁年心情颇好，连嘴角都弯起。

周霁年不动声色地瞥了一眼羞得兔子耳朵都滚烫的某人，暗自在心中告诉自己：

来日方长。

节目录制终于正式开始，小温捧着两杯奶茶在宋杳身旁坐下，递给她一杯。

"四季春茶玛奇朵，加珍珠、椰果和茶冻，少冰三分甜。"他跟报菜名一样。

宋杳略微惊奇地接过："哎！你怎么知道我最喜欢喝这个？"

小温摸了摸脑袋，理直气壮地回答："周哥说的啊！他说你喜欢喝这个。"

"哦。"宋杳的语气一下子就蔫了下来。她戳开奶茶，捧在手心里安静地喝着。

"小宋姐，你刚才是没看到啊！"小温就是个静不下来的，一寻着空就忍不住找宋杳分享八卦，"周哥刚才那个造型登场时，台下所有粉丝都沸腾了！我感觉这个造型肯定能上个热搜！"

"确实挺好看的。"宋杳实事求是地回答，故意抒平了自己的语气，让自己显得没有那么在意。

"林蔸青感觉脸上都飘桃花了！"小温态度很明显，"但我感觉她和周哥一点都不般配！我观察了那么久，感觉他们一点CP感都没有，而且周哥挺避嫌的，她假装看不见依旧热情。不过他们俩感觉不如周哥和楚衿有氛围感！现在言情小说市场那种美艳小花和禁欲影帝的搭配不是很火吗！"

宋杳慢吞吞地咽下一口奶茶，好像不太感兴趣："是吗？"

"但是我感觉他们俩也不太有可能，"小温傻乎乎地继续分析，"主要是楚衿上次买热搜捆绑真的把陈哥惹到了，他念叨了好几天呢！不知道进组后得多尴尬。"他叹息摇头。

宋杳咬着吸管，不知道该怎么接话。

"周哥走的一直是清冷路线，吻戏都不接，亲热戏更是没有，要是真的炒CP了，粉丝不知道得哭成什么样了。"小温继续唠叨，"不过我看最近周哥好像是有什么意思了，陈哥跟各个营销号、狗仔，还有各平台的打点都烦琐了很多。"

他转头盯着她："要不是小宋姐你是周哥的妹妹，我还以为你们有什么呢！别说，你们俩单看的话还真挺般配的！"

沉默。

宋杳忽然被噎住，狠狠地咳嗽起来。

小温被她这一呛也忘了刚才的话题，急忙递给她面巾纸，然后下一个话题就又跳到陈潮的情史上了。

宋杳偷偷松了一口气，但心里莫名乱乱的。

像是写满的数学草稿纸，全是乱七八糟的公式和算式，但是怎么运算，都得不出正确答案。

几个人聊聊天，玩着闹着，时间好像过得飞快，等宋杳再反应过来，节目录制已经结束，周霁年摘下眼镜走回化妆室卸妆。

陈潮捧着手机，好像无时无刻不在处理公务，皱着眉小声叨着："这林菀青也是执着啊，怎么还来邀请你一起吃晚饭呢？我怎么就没看到她邀请成钢老师！"

闻言，小温偷偷给宋杳使了个眼色，脸上的神情还有点骄傲的意味，好像在说：你看！我说得没错吧！

宋杳只觉得今天囧透了，什么事都不敢干，眼神也不敢乱瞥，眼观鼻鼻观心，安安静静当她的周霁年牌挂件。

"但是，你刚才那个问题的答案也太冒险了吧！"陈潮不动声色地看了一眼宋杳，见她那副蘑菇模样，心情更是不舒畅，只能"嘟嘟嘟"地将枪口对准周霁年，"主持人问你会不会喜欢剧里女主——"

陈潮长长吁气，好像真被气到了："你老老实实回答会不会就好了！"

好像又有新八卦，小温眼睛都亮了，还不忘偷偷碰碰宋杳，示意她跟着一起吃瓜。

"你干吗回答说比起医生你更喜欢作家啊！还说什么喜欢长发，喜欢有酒窝的！你这不是给人落把柄吗！"陈潮瞪着周霁年。

周霁年面色如常，淡定地喝着矿泉水，平静地解释："昨天彩排台本没问这个问题，他问到我，我不就正常回答吗！"

陈潮感觉要抓狂了："你尽会给我添堵！我晚上还得跟节目组联系一下看能不能把这段剪掉。"

"其实不剪也没关系。"周霁年安抚他。

陈潮翻了个白眼。

天上掉下个大八卦，小温听着大腿都要拍红了，自己沉浸其中还不忘关照宋杳，不停地用手肘捣她，生怕她不小心漏掉什么细节。

宋杳深呼吸，嘴巴里的茶都变苦了，与这段话形成化学反应，酝酿成酸苹果的涩。

宋杳只感觉喘不过气来，她成了枝头上的一枚杏子，春风秋雨，将她摇晃，要她给出个关于"酸甜"的结局。

周霁年很快收拾完毕，打断宋杳那颗灰扑扑的心颤抖谱写着的跑调乐曲。

一行人又轰轰烈烈地离开，当然离开前还去跟主持人和剧组人员打了声招呼，面子工程怎么都得做好。

在拥挤的人群中，宋杳终于看清了林菀青。

一个很漂亮的女生，有着骄傲且青春的面庞，白嫩鹅蛋脸，眼睛像光滑的鹅卵石，举手投足自有风韵。

宋杳不清楚她喜欢周霁年的原因。

或许他本身就很值得被爱吧。

他像是好天气，给人暖烘烘的感觉，也让人泪流，丧失直视的勇气。

喜欢他应该是一件理所应当的事情。

那他呢？

周霁年为什么拒绝林菀青呢？林菀青明明拥有春柳一般的灵动与美丽。

这个问题的同义是：周霁年为什么会选择宋杳呢？他为什么要选择宋杳？

这是一个失焦的问题，宋杳找不清自己在当中的坐标。

晕乎乎地吃了一顿近似于夜宵的晚饭，宋杳一路上很安静，惹得周霁年一直抿着唇望着她。

回酒店的车程会路过一段挤满咖啡店与蛋糕店的小巷。

周霁年忽然喊司机勇哥停车，随即戴上口罩、围上围巾、戴上帽子，遮挡得严严实实地下车。

等他再上车时，手里拎着满满两袋东西，他递了一袋给好奇的小温，嘱咐他等一下分给工作室的人吃，还有一袋被他塞进宋杳怀里。

"蛋糕和饼干，还有一杯饮品。"周霁年轻声解释，"我去年拍戏时来吃过，那个时候就感觉会是你喜欢的味道。"

他笑了笑，鼻梁的小痣都显得生动："好不容易你在我身边，我可得记得让你试试看喜不喜欢。"

明明是冰蛋糕,她却忽然觉得烫手,于是只能小声道谢。

她想,她需要点时间思考。

还是没能睡个好觉。

宋杏将那晚的睡眠问题归咎于三得利乌龙茶、四季春茶玛奇朵,还有……周霁年。

于是,周日一整天,宋杏昏昏欲睡。周霁年所参加的平台活动只需要他出席,于是工作室里除了陈潮,其他人员都被放了个短假。

宋杏也跟着放假,一个人沿着街上枯黄的落叶漫无目的地散步。

脑袋里是周霁年今天穿的那套衣服,一套牛仔套装,主打休闲风格与少年气,是好看的。

只是,她忽然想,他穿这么少,会不会冷呢?

早知道就应该将自己包里的暖宝宝给他贴上几个。

宋杏漫无边际地想着,双手环胸,戴着耳机,在"友达以上,恋人未满,甜蜜心烦,愉悦混乱,我们以后会变怎样"中直行,左转,右拐,过几个红绿灯。

然后后知后觉,她怎么走回了十七岁来参加比赛时与周霁年同住的酒店呢?

记忆中鲜活的存在已经被时间无声腐蚀。

潦草的记忆被翻阅,两人彻夜的畅谈,苦到发酸的黑咖啡,他发烧的体温,还有瑰丽如阳光下肥皂泡的未来幻想……一幕幕都生动。

口是心非。

宋杏低下头,所有的情绪过曝,但贴在伦敦书桌墙上的两人夏日合照倒是清晰。

他脸上的笑,他侧向她的小动作,还有揽在她肩上僵硬的手,一切都明显。

伦敦多雨,或许,她需要期待一个好天气。

在沪市玩了几天后,宋杏又跟着周霁年跑回淮市。

在慢吞吞上升的电梯中,宋杏提着稀里糊涂又买了满满一袋的各种礼物,手心被沉甸甸的袋子勒出一点淡痕。

她开口:"我妈说,让你和陈姨晚上一起下楼吃饭,我爸备了好多菜。"

周霁年好像心情颇好，点了点头，眼镜镜片下的桃花眼弯弯。

宋杳好像忽然想起什么，抬眼，与电梯镜面中周霁年的目光相撞。她小声嘟囔，明明是埋怨，却更像是撒娇："你这次可别拿什么酒下来喝了！

"你又不是不知道我爸酒量不好，要是喝醉整晚都会声嘶力竭地唱《可可托海的牧羊人》！"

她有点不好意思，又补充："而且你胃不好，就不要多喝了，好不容易能有休息的时间，可得好好放松一下。"

周霁年看她一本正经却又忍不住眼神飘忽的模样，只觉得可爱。

他学不会拒绝她："好，我会好好照顾自己，你也要照顾好自己，好吗？"

突如其来的契约，宋杳脑袋宕机，搞不清形势，但还是乖乖点头。

"我这周没什么行程，就周末可能会有个画报拍摄的活动。"周霁年忽然开口报备行程，"你六号飞去伦敦的话，我可以和你一起去吗？"

宋杳愣住，心脏跟着手里的袋子一起沉甸甸地摇晃，搞不清他的意图，只能憋出一句："很累的。"

"我顺便去旅游。"周霁年自有各种方法可以应答。

想不出什么拒绝的理由，他的目光是有温度的，宋杳说不了那些明确拒绝的话语，只能温暾地点头。

晚餐又是摆了满满一桌，宋清平不断钻研精进的手艺在宋杳放假回国后终于找到用武之地，笑得脸上褶子都明显了。

而张虹和陈秀兰两个人有无尽的天可以聊。

从之前玉兰小区楼下"建华食杂店"老板娘六七十了忽然离婚，讲到周霁年的表姐嘉毓忽然宣布她不婚不育，还有他们高中语文老师梁敏的女儿这次中考考了市状元……

宋杳和周霁年只静默地吃着饭，生怕一不小心话题焦点又引到了两人身上。

家里就三口人，所以张虹在挑选餐桌时选择的也不是大桌子。

正方形的桌子，现在五个人吃饭，所以很明确地就需要两个人坐在同一边，而"青梅竹马"的周霁年和宋杳自然成为首选。

桌子不大，两个人勉强挤在一边，但桌子底下的腿一不小心就会相碰，一刹那的体温接触会换得宋杳瞬间的抽离。桌子上的手也狼狈地相撞，手边玻璃杯中装着的苹果汁摇摇晃晃。

这一餐实在难熬，宋杳恨不得把自己缩成一团球，可偏生有某个坏心思的人故意要逗她，吃得宋杳满头大汗，脸颊也红成甜滋滋的红苹果。

周霁年和宋杳还是没逃过战火的波及，陈秀兰首先发动攻势："小苹啊，你这一直做演员我感觉也不是一回事，还是得早日安定下来。"

"对啊，你妈一个人孤零零地在家，你可得早日让家里热闹热闹，你妈妈也不会觉得那么孤单了。"张虹帮腔。

宋杳心底默默为周霁年点燃蜡烛，默不作声地把头埋进碗里，认真啃着宋清平夹进她碗里的鸡腿。

周霁年递了张纸巾给吃得嘴角沾油的宋杳，不动声色地道："公司规划着要转型，实在不是谈恋爱的好时候。"

"偷偷谈不行吗？"张虹好奇。

"签了合约的，不好。"周霁年有来有回地接招，偷偷看了眼一旁连骨头都要啃干净的宋杳，还是给自己留了后路，"但等手上几部电影上映了，应该会好一点。有好消息我会告诉大家的。"

他卖乖地笑着，配上鼻梁上那副眼镜，活像个好学生。

什么好消息。

宋杳一边假装不认真地听，一边想，脸上被空调暖气烘高的温度都降下来几分。

她莫名不开心。

"杳杳也得谈谈恋爱了。"陈秀兰接替张虹开炮，并没有留给宋杳多少酝酿情绪的时间，"那么漂亮的年纪，可得好好享受呀！"

陈秀兰连环出招："阿姨教了那么多届学生，你还别说，真有遇见感觉和你挺合适的，也是高才生，好像也是在伦敦留学，说不定你们还认识呢！"

宋杳一啃，牙齿发酸，才发现自己已经吃到只剩下骨头了："不急不急，我每天光读书都忙得很，没空搞这些风花雪月的。"她讪笑。

"哎呀，又没说现在就得谈，多接触接触，当交个朋友也不错啊！而且在国外有人照应，你爸和我心里也能放心点！"张虹忍不住了。

周霁年伸手为宋杳又盛了一碗汤，开口帮她："没事的，我要是去英国出差什么的，也会去看看杳杳，照顾照顾她。"

"而且就剩半年毕业了，也还不急。"他偷偷用手肘碰了碰宋杳。

她马上领悟到他的意思,能拖就拖:"嗯嗯,我马上就回国了!等回来了再安排也还来得及!"

见她态度软化许多,张虹也才勉强满意,还是忍不住抱怨:"你们俩一个个的都不谈恋爱!打着光棍,到后面找不到男女朋友了,也就只能看看能不能在一起了!"

陈秀兰没说话,但感觉这样也不错。杏杏可是她一路看着长大的,小姑娘乖巧得很,而且家里也知根知底,能在一起也好。但都怪自家小苹不争气,怎么看怎么配不上杏杏。

宋杏和周霁年也瞬间安静。

宋杏心口发烫,而周霁年在心中默默祈愿。

最后还是宋清平出来打圆场,他给两个小孩一人夹了一只虾:"吃饭!吃饭!聊得菜都冷了!"

剩下的几天假期,宋杏和周霁年都窝在家里。

天越来越冷,淮市也飘了点雪,宋杏就更不爱出门了,而周霁年纯属为了减少新闻和八卦而少出门。

唯一的出门活动是,两个人一起牵着富士去遛弯。

富士倒是兴奋得不得了,一路乱跑,让宋杏追得气喘吁吁的,最后还得周霁年冷下声来喊,它才安分了些。

两人一狗绕着小区慢悠悠晃着,还是碰上不少生面孔。

宋杏低着头,将围巾扯高再扯高。而周霁年则戴着口罩,遮着藏不住的笑意。

擦肩而过一对小情侣,那女孩撒着娇对男朋友说:"我也想养小狗!你看人家情侣牵着小狗遛弯多温馨甜蜜啊!"

她声音不大不小,刚刚好能让她男友,以及周霁年和宋杏听得一清二楚。

宋杏眼神飘忽,权当听不见。周霁年笑意更浓,徐徐图之。

只有笨蛋小狗富士什么都听不懂,摇着尾巴一直"汪汪"叫。

宋杏回国十几天,还是没能和陈桢桢见着面,只能将给她准备的礼物一股脑打包寄走。

陈桢桢加班结束才有空给宋杏打来视频电话。

"杏杏！"她这个月都在忙手上的大案子，连着打视频的时间都变成奢侈，视频一接通，陈桢桢鼻尖就酸酸的，软着声撒娇，"我这个月太忙了，你好不容易回来一次，我们居然没见面。"

看她那副委屈模样，宋杏急忙连声哄她："没事的，春节我还会放假的，到时候我们再见面也来得及的！"

陈桢桢漫步在京市的冰天雪地中，脸被冻得红扑扑的，鼻子和眼睛也红红的，不禁也让宋杏情绪低落。陈桢桢连忙吸了吸鼻子，调整情绪，转移话题："你这次回来是不是还和周霁年见面了？"

忽然扯到周霁年，宋杏的第一反应是抿嘴。她点头，看着手机屏幕上那一小块的自己，目睹了脸颊的升温。

"然后呢？又发生什么了吗？"苦读千百本言情小说的陈桢桢敏锐地察觉到宋杏不太对劲的扭捏，继续追问。

"没什么……"宋杏犹豫，挑挑拣拣，舍去小温的调味品八卦和化妆室的意外，将那几天的沪市行程简单浓缩成几句话告知。

陈桢桢捧着手机拐进一家便利店，站在柜台前对着"咕噜噜"煮得正香的关东煮点单："然后呢？"她满肚子八卦碍着有陌生人在身边说不出，只能不断追问。

"然后，"宋杏皱起鼻尖，"我感觉，他好像还喜欢我。"她越说越小声，近似于喃喃自语，莫名开始害羞。

"我百分之两百敢保证！"一整周加班的疲倦被轻而易举地丢在脑后，陈桢桢语气笃定，"他还喜欢你！"

她不敢说出"周霁年"这三个字，只能对着宋杏挤眉弄眼。

"不说了。"宋杏生硬地转移话题，开始分享起她那几天积攒的一大堆八卦，偷偷双手合十希望陈桢桢能够不要再关注那么尴尬羞人的事情了。

终于结完账，陈桢桢听得如痴如醉，目瞪口呆，忍不住咋舌。

聊着聊着，话题又兜回周霁年身上。陈桢桢夹着手机，费力开门："但是，周霁年还挺厉害的。"

她将高跟鞋脱下，挂起积满寒霜的大衣外套，再将包包甩一边，毫不在意形象地盘腿在茶几前坐下，津津有味地开始吃起还算温热的关东煮。

"我们律所好多小女孩喜欢周霁年，但居然没有多少女友粉，我暗戳戳打探，结果她们说能看到他的作品对于她们'积雨云'来说已经很满足了。

"周霁年居然都熬成了实力派了。"险些被吸饱了汤汁的豆腐给烫到，陈桢桢大着舌头感叹。

宋杳举着手机在被窝里又翻了个身，咬着唇，滋生出一点类似心疼的情绪。

但是"熬"的过程本身，就已经是一场脱骨疗伤的修行。

"而且，"陈桢桢拉长了音卖关子，"还有妹妹悄悄跟我八卦，说她们老粉内部都知道周霁年好像有一个暗恋许久的白月光。"

"她们称之为——苹果核小姐。这个好像还是出自他刚出道的某一场采访。"陈桢桢忍不住"扑哧"笑出声。

等陈桢桢慢条斯理地说完，宋杳才蓦地发现自己出了一身冷汗。

陈桢桢又往嘴里塞进一个鱼籽福袋，语气轻松："但是你别担心啦，她们老粉内部都不以为意的，那个妹妹甚至说，周霁年有个念念不忘的白月光至少还能在一定程度上证明他的洁身自好，禁欲系偶像可不是吹的！"

宋杳把脑袋埋进被子里，遮住自己红得可以滴血的耳朵，还是嘴硬："那跟我也没什么关系吧。"只是语气有点飘浮。

"杳杳女士，你真的一点都不想和周霁年谈一场恋爱看看吗？"陈桢桢怒吼，"他可是大明星哎！而且还是暗恋你多年的竹马大明星啊！这不是妥妥的言情甜文爽文吗！"她皱眉，一副惋惜的模样。

"反正又不亏不是吗！大不了不适合就说拜拜。

"你们真的挺般配的。男貌女才，而且两小无猜，明眼人一看，都能发现周霁年看你的眼神甜得可以流蜜了。

"你有什么非得拒绝他不可的理由吗？"

陈桢桢不解。

宋杳低垂的眉眼颤动如蝶翼，深深呼气。

"我只是——不知道我爱不爱他。

"也害怕他的感情只是一时脑热，本质不过是青梅竹马的伴生迷梦。如果现在拒绝他，我们或许依旧能相见打招呼。但如果是正式的分手，我想，前十八九年所积淀的回忆与情绪或许都会灰飞烟灭。

"我并不勇敢，害怕这只是闪烁一瞬的烟花，而我的一时糊涂，会导致爆炸与灼伤。"

陈桢桢听得噘起嘴，放柔了声音："杳杳，为什么要害怕呢？"

"爱便是爱，不爱便是不爱，感情是没有对错的，比起暧昧不清的选择，或许擦肩而过的苦痛会更让人伤怀。

"拜托！你才二十几岁，正是勇敢爱的大好年纪，干吗要成为左右摇晃的胆小鬼呢！"

好像一不小心咬下一颗酸溜溜的柠檬糖，是学生时代在昏昏欲睡的数学课上偷偷摸摸与周霁年分食的酸糖。

咬下一口，会被酸得皱起整张脸。

宋杏闭上眼睛，但眼皮上晃来晃去的却是自行车与公交车上形影不离的他们，半天才干巴巴地冒出一句："我再看看吧。"

知道她现在整个人都乱了，陈桢桢也不多说什么，拣着自己工作中的搞笑事情跟她分享，将她逗得脸上出现了点笑意后，才敢安心挂断视频。

这一聊，手机都滚烫了，电量也掉到了岌岌可危的程度，但陈桢桢更关心的还是宋杏的情感问题。

杏杏是一个很钝感的人，笨拙又稚嫩，对待感情是迟钝的，但是，一旦敞开心扉愿意倾诉情感，就一定是毫无保留的。

陈桢桢忍不住叹气。

或许，周霁年并不舍得让杏杏流一滴泪，他总是这样的。

从以前就隐隐约约可见一斑，只有笨蛋杏杏还傻乎乎地把他当好哥哥。

第十一章
苹果核隐喻

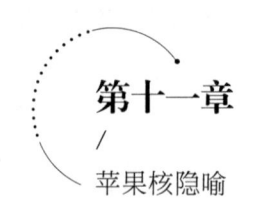

在淮市难得的大雪里，宋杳由周霁年陪着离家飞往伦敦。

虽然她再三尝试劝说，但周霁年送行的态度很坚决，他只是笑着回答说他刚好也要去伦敦玩一玩，而宗成豫刚好这几周出差去英国谈生意，他刚好也能去找宗成豫。而且，他下部戏的男主人设有曾经在英国留学的经历，他刚好去采风一下，丰富一下对角色的认知。

周霁年的理由一重又一重，将宋杳说得都开始怀疑起自己是不是有点自恋了。

降落伦敦时，天空飘着细雨。

宋杳指尖冰凉，还是低估了英国的低温，咬着牙不让自己发颤，等着叫的网约车到。

忽然，脑袋一重，宋杳抬头，才发现周霁年将自己的帽子盖在了她头上，正皱着眉脱下手套递给她。

"不用，不用！"宋杳连声婉拒。

周霁年却自顾自地脱下手套，然后捉过她凉得无知觉的手，耐心地为她戴上手套。

"不要感冒了。"他轻声说。

两个人带着浑身冷意缩进车内。

"等回去，还是得马上泡包感冒冲剂喝。"周霁年用手背碰了碰她发凉的脸颊，不放心地说。

宋杳点头，搓搓手，手暖乎乎的，脑袋也跟着升温，掏出蓝牙耳机塞进耳朵里。

耳机里随机播放的电台是粤语专区。

说到爱侣，同样是好友

我抹角转弯走到这个路口

尚在计划，如何讲爱你

她播放的时机不巧，一首歌恰好收尾。

周霁年身上冷冷的雪松气息沾在她发梢，手套过大，她的手指在里面游泳。

每个瞬间的对视像倒带一样冲回脑袋里，连城和陈桢桢所说的"错过"重叠，那一场夜雨下到现在。

宋杏忽然怀念起那对已经缠绕成结的有线耳机。

她应该勇敢一点的。

两人淋着小雨，拖着行李，小跑着进公寓。

两人都有点狼狈，头发湿漉漉地耷拉着，开口说话间都是淡淡的雾气，衣服也吸了些水汽，连着人都变得沉重。

宋杏一手掩着脸打着喷嚏，一手慌乱地从包里掏出钥匙开门。她吸吸鼻子，鼻音是自己都听得出的浓重："等一下我们还是一人泡一包感冒冲剂喝吧。"

推门进屋，十几天没人光顾的小小公寓静静地飘着灰尘，宋杏按开灯，凌乱的房间忽然暴露在眼前。

她冲着周霁年干巴巴地说："哈哈……有点乱，我整理一下！你先坐。"

他帮她把行李搬进屋。宋杏摘下帽子、手套、围巾和外套，捋起卫衣袖子，洗了个手，拿着抹布便开始收拾屋子。

她将行李箱在地上摊开，衣服整理归位，好不容易背过来的书也安安静静待在书桌上。张虹大包小包硬要她带过来的零食和一些调料，她全一股脑塞进冰箱。然后，她将因为回南天而变得潮湿的床单被套全部换新，最后举起扫帚认真扫地，用着抹布把积灰的桌子椅子重新擦拭。

宋杏的房间终于又变得明亮了！

看着窗明几净的小屋，宋杏的心情也跟着敞亮，又开始不自觉地哼起小曲，最后跑去洗了个手就算大功告成。

走出浴室，宋杏才忽然发现被她遗落在一旁的周霁年，有点不好意思地抓了抓头发绾成一个发髻,不敢想象自己的笨笨动作和行为被他看了多久。

"你干吗呆站着啊!去书桌那边坐下吧,等我烧个水!"

她拿着水壶落荒而逃。

宋杏静静等着水开,"咕噜咕噜"的热气将她的脸也蒸红,手边放着的是两个杯子和两包感冒冲剂。

宋杏咬着唇,在脑袋里无声梳理着思绪,构思组织着语言。

明明写过那么多文字,但此刻还是只能想到四个字:词不达意。

水终于烧开,宋杏用冰凉的手背贴了贴自己有些温度的脸颊,呼气。

她慢条斯理地泡好两杯感冒药,小心翼翼地捧着走出厨房。

周霁年没有坐着,而是站在她堆满了书籍的书桌旁边,静静地敛眸看着她贴得花里胡哨的书桌墙。

房间暖气开得足,他不知何时也将外套脱下了,搭在手上,里面穿着的是白色高领毛衣和水洗牛仔裤,和去年来时穿得一模一样。

宋杏险些失神,忘却时间的边界,以为这稀里糊涂的一段时间原是她一场漫游。

手一个不稳,滚烫的冲剂隔着玻璃杯将她指尖灼痛。

她急忙回过神,走快几步将两个杯子放在桌上。

"一起喝一杯吧。"

她冲着回过头的周霁年,朝杯子的方向努努嘴。

"衣服给我,我帮你挂起来。还有,"宋杏接过他手里的外套,加重了音强调,"你坐呀!"

"谢谢杏杏。"他软着声说,柔软得像是雨后初晴晒干的毛茸茸青草。

宋杏心烦意乱,踮着脚将他的外套挂在衣架最高角,和自己的格子大衣紧紧挨着。

再走回书桌前,她便看见周霁年斯文地捧着杯感冒冲剂在喝。

宋杏拖来一只小板凳,在他面前坐下,捧起另外一杯感冒冲剂暖着手。

他的喉结滚动,下颌线和脖子的青筋都明显,刚才被伦敦大雨天冻到指节泛红的手线条清晰。

短暂失神,宋杏好像好久没有那么仔细地看他了。

记忆中青涩如一杯柠檬气泡水的少年好像在不知不觉中被时间酝酿成一

杯香醇也高浓度的黑啤。

不然，她为什么光是偷偷看他，就能收获几分醉意。

眼镜被杯子里不断攀升的水蒸气氤氲模糊，周霁年轻轻放下杯子，顺手摘下眼镜。

然后，他与发愣的宋杏四目相对。

于是，他又戴上眼镜，眼前雾蒙蒙的，唯独她是清晰的。

宋杏低头遮掩性地喝着感冒冲剂，毫无防备地被烫了个正着，但也只能硬忍着，鼻尖都冒出汗了。

她终于也喝完了，两个玻璃杯放在一起。

怎么……他用的又是那个小鹿斑比的玻璃杯呀！

她习惯性咬唇，撇开头，努力让自己不要去注意这些细节。

"你晚上住哪儿呢？"

"我在附近订好房了，跟宗成豫住一个酒店。"

"哦，那你几号回去呢？"

"明后天？跟着他一起回去吧，刚好有个投资想问问他。"

两人一板一眼地聊天，像是小学忽然被老师叫起来朗读课文的一问一答。

"你刚才在看什么啊？"宋杏终于忍不住提问，朝着她极繁主义的书桌墙眨眨眼。

周霁年抿唇："看你贴着我们的合照。"

"哦。"得到答案后，宋杏却忽然不知道该再说些什么了，只能尴尬地回应，"你要是喜欢的话，我可以找找原图发给你。"

"初三那个夏天拍的吧。"周霁年轻声说，"那个时候你还没有剪头发。"

"嗯，好像还在每天为着中考如何能多考几分而苦恼。"宋杏接话。

她感慨："现在想起来，真是幸福的烦恼。"

初三，或许是他们最幸福的年纪。

没有乱七八糟的事情，没有被追着赶着迈进成人世界，家庭和睦与身体健康是基本，每天在自行车上嘻嘻哈哈，耳机里播着当红流行曲……最大的烦恼或许是关于未来。

"其实，"周霁年忽然开口，然后又犹豫停顿，"我一直想问你。"

宋杏咽了咽口水，紧紧攥着的卫衣下摆都发皱了。

"如果我没有出演《野池塘》，如果我不是现在闪光灯追逐的'周霁年'，如果我不是所谓的明星，"他的心跳有点快，"那你会拒绝我的表白吗？"

他越说声音越轻，宋杏需要很认真才能听清楚。

一颗心好像卫衣下摆一样被攥乱。

"我也不知道。"她老实回答，声音生涩。

不知道是不是感冒药药效强劲，宋杏此刻便开始觉得晕倦。

"但是，我所认识的，一直都是你，而不是'周霁年'这三个字。"

宋杏捏了捏自己发凉发颤的指尖，不知道自己怎么莫名其妙就冒出了这句话。

"十几岁的我们是青梅竹马，可对二十岁以后的我而言，你好像成为偶像了。

"曾被很多人询问过关于偶像的问题，我总是用你的名字作回答。

"是真的喜欢荧屏上闪亮的你吗？我也搞不懂。"

宋杏有点紧张，跳出嘴的每一个字眼都脱离了她一路上的预测，心脏撞得胸膛生疼。

"还是，只有通过'偶像'这两个字，我才可以将自己说不出口的情感合理化。

"这对我而言好像是高三最无措面对的数学题，我千方百计地在草稿上计算，但好像都是无解，于是我只能逃避。

"但你明明不是我的偶像，你是我的同桌，你是住在我楼下的小苹，你是我的青梅竹马，你是我童年与青春的载体。"

声音在发颤，宋杏艰难地说出口。

"你说你是胆小鬼，"宋杏咬唇，右脸颊的酒窝成为涟漪，随着她的一颦一笑而深陷，"但我好像也没有成为我童年所预想的勇敢魔女。

"明明跑八百米总是不及格，但面对这些问题时却是条件反射般迅速地逃避。"

宋杏终于积攒了足够的勇气，抬起头，看着周霁年鼻尖上的小痣。

"其实成为过去式的青梅竹马何尝不是最优解，可我满怀草稿却又再次被你打乱。这两三个月我反反复复梦到七八岁，又或是十一二岁、十七八岁的我们。

周霁年没吭声，眼睛泛上点红，他在等待一场盛大的凌迟。

听了几秒，宋杳脑袋已经成了一团糨糊，怎么搅拌都找不回组织不出完善的话语，只能咬着牙继续说完。

"我想，我们不能一直这样停留在原地。

"我很清楚的是，我不喜欢我们现在如讨厌的苦瓜一样苦涩的关系。

"我或许无法再与你成为普通朋友了。"

宋杳几次张了张嘴，欲说还休，耳边心跳如雷，但就是说不出口。

在雨声做伴奏的沉默中，周霁年成为一颗在温水中沉沉浮浮的柠檬，惶然、酸楚与心悸将他淋湿。

他是一枚硬币，落在宋杳手中，与她体温紧密相牵，眷恋她的笑，可正反的命运被她掩藏。

如果是正面，会怎样呢？

如果是反面，又会怎样呢？

周霁年大脑宕机，无法区分。

他只知晓，无论正反，他都愿意去换一颗糖，苹果味的，完美的爱心形状，是她所喜欢的。

"所以……"宋杳不知道要如何继续，也不知道为什么事情沦落到由她开口。

一颗心跳得好复杂。

"我们，要不要试一试？"

她扎起的丸子头松散，几缕头发掉在耳边，经过长途跋涉，嘴唇干燥，眼下的黑眼圈明显。

可此刻，在周霁年眼中，她是无与伦比的美丽。

灵魂的一部分完璧归赵。

周霁年无法形容自己的心情，只是俯下身凑近她，不需要言语，他的答案就很明显。

呼出的鼻息交织，近得宋杳可以看清他的皮肤纹理，她下意识地想往后缩，可是想起自己刚落下的话，却硬生生忍住了。

他的眼睛在追问，而宋杳含羞带怯的脸红已是最好的回答。

周霁年抬手摘下眼镜，轻声问："可以吗？杳杳。"

明明什么都没做，却已经显得无比缱绻。

都凑那么近了！还问什么啊！

宋杳羞恼，但还是点头。

于是，唇瓣相碰。

宋杳下意识地闭上了眼。

他温柔地吻住她的唇，却不直奔主题，只轻轻地在唇齿间流连，空着的手抚住她的脖颈，指尖在她的发间轻轻摩挲。

宋杳脑袋空白，眼睛眨呀眨，睫毛颤颤巍巍。

缺氧。

于是，她只能主动笨拙地交换氧气。

体温攀升，暖气显得多余，两个人的耳朵是相互呼应地红。

一个感冒冲剂味道的吻。

甜甜的。

将周霁年送走后，宋杳洗漱完躺倒在床上。

好吧，还是怎么都想不通，明明才过了几个月，事情的发展却天翻地覆。

雨天是永恒的故事背景，她的小小公寓好像成为特殊剧情触发点，小鹿斑比的可爱水杯是重要道具，而周霁年的每次到来都能让她的人生游戏剧情线兵荒马乱。

上次周霁年光临她的小屋时，两人相顾无言，只剩局促与尴尬，连看对方一眼都需要做一两分钟的心理准备，无法想象到会有那么多虎头蛇尾的故事被书写完整。

没有半分青梅竹马的模样，倒像是分手后偶然重逢的前恋人，要积攒许多许多的勇气，才能换来一个开口。

可今天那些心脏急速跳动的瞬间，是存在于小说中的小鹿乱撞，是所谓的"butterfly in one's stomach（紧张不安）"，是孤注一掷的勇敢，是拆开一枚错过赏味期的软糖放在唇间，发现自己最爱的苹果味依旧甜蜜。

只可惜——怎么初吻就这么狼狈地发生了啊！

光是想起刚才耳鬓厮磨的温柔，宋杳就忍不住面红耳赤，翻身用被子掩住红成香甜苹果的脸。

青春时代所畅想的初恋告白与初吻总是罗曼蒂克的。

哪像今晚这样的不修边幅与随便。

头发乱糟糟的，衣服经过十几个小时长途的飞行变得褶皱，脸色憔悴；没有灯光，没有鲜花，没有什么甜言蜜语——一切突如其来地发生。

但或许，最纯粹而细碎的情感，起伏而独立的喜爱，无非就是这样子的。

不需要过多灯光与滤镜的点缀，笑得弯弯的眼睛中映射出来的对方，是水钻般的完美无缺。

青春期迟到的叛逆期与早恋全部在今夜被兑现。

他的气息和雪松清香好像还笼在她身上，宋杳深呼吸，却忍不住回溯刚才的吻。

伦敦冬日雨夜，也是春风沉醉的夜晚。

所以——他们是在一起了吗？

从青梅竹马跳脱到名正言顺的初恋爱人，宋杳翻来覆去总有种不真实感，生怕一觉醒来都是梦。

关于恋爱之后的剧情走向，宋杳无法预测，忽然有点懊恼。

她是不是应该去修习一下恋爱修炼手册呢？

她睡不着觉，于是又拿起手机，刚点开社交软件，就看见周霁年在朋友圈发送的新动态。

一个简简单单的歌曲分享链接，没有配图，没有文字。

歌曲是：《天天》。

于是，她下意识开始小声哼唱着歌曲。只是宋杳越唱脸越红，等哼到那句"原来这样就是恋爱"，她就彻底明白了周霁年分享的原因了。

她落下一个赞，然后看着空荡荡的评论区忽然冒出一个又一个的评论。

陈潮：周霁年……你！算了算了！我现在就去跟后援会还有媒体洽谈好了吧！

任桥：歌还不错，不过兄弟啥意思啊？[挠头]

宗成豫：我是不是可以开始准备份子钱了。[偷笑]

宋杳不敢再看，急忙按灭手机，扯起被子蒙住脑袋，努力在脑袋里构思着自己开题报告的思路，认真驱逐着不合时宜的风花雪月的想法。

迷迷糊糊终于睡去，宋杳再醒过来是被手机消息提示音吵醒的。

今天没有课，于是眷恋着与柔软温暖的被窝缠斗一番后，宋杳才揉着惺忪睡眼,摸起手机查看。

睡得迷迷糊糊,等稍微清醒些了,宋杳才发现原来自己这一觉居然睡到了正午时分。

于是再赖床一会儿的心思也都消散了,她裹着被子坐起身,边打着哈欠边点开消息。

周霁年:我明天回国。

周霁年:所以,今天要不要见面?

异国恋终于有了实感,宋杳叹气,捧着手机回复了一个点头的可爱表情包。而周霁年秒回追问:那你想吃什么呢?我们一起吃个午饭吧?

Song:不想吃西餐!其他都可以!

周霁年学着她也回了个富士的可爱表情包。

将短短的几句聊天记录从头到尾地又反复看了几遍,宋杳噘嘴,这怎么看怎么都不像热恋情侣的对话呀!

她丢下手机,掀开被子起身,洗漱干净又认真护了个肤。宋杳一边轻轻拍打着脸加速精华的吸收,一边趿拉着拖鞋跑到衣柜旁,认真清点着要穿什么衣服。

最后挑挑选选,她还是拿出了一套裙装。这还是她刚过来留学时买的,那时还有点闲情逸致打扮,现在早就丧失了这种闲情逸致,每天都灰头土脸地与论文打交道。

换上衣服,卷起刘海,宋杳支起镜子,开始认真地化妆,心中无比庆幸自己昨天洗了个头。

底妆、遮瑕、修容、眼影、腮红……宋杳已经记不清这是自己时隔多久认真化上一个全妆了,不是为了周霁年,其实更多的是为了自己。

谁说"女为悦己者容",将自己妆点美丽的过程也是一种对自己爱意的投射。

看着镜子里漂亮的自己,心情也跟着好起来了,宋杳挑选着口红,本来都已经拿起了一支蜜桃色的唇釉了,她顿了一下,又放下了。

她咬着唇,另外拿起一支玫瑰色的唇膏,涂抹上色。

这支唇膏不小心舔一下会是清甜玫瑰味。

宋杳红着脸将它装进包里,又塞进粉饼和腮红膏,将刘海夹放下,梳了梳头发，扎了个鱼骨辫，最后再穿插着点缀上几个彩色夹子。

看着镜子中俏丽的自己，宋杏心情愉悦，拿起手机对着镜子拍了好几张照。

刚穿上靴子，围上围巾，手机就振动了，宋杏有所预感地背起包，拿上手机和钥匙出门，边下楼边看手机，果然是来自周霁年的消息，他在楼下等她了。

于是，她放慢了步调，努力调整着呼吸，尽量让自己看起来脸不红心不跳。她需要咬着唇才能藏住笑，但右脸颊浅浅的酒窝已经将一切泄露。

刚走出公寓门，她就看见街道对面捧着花、插着兜笑着望向她的周霁年。

好不容易慢下来的脚步又加快，宋杏小跑向他，脸上的笑比她最爱的牛奶巧克力还要甜蜜。

周霁年张开手，接住扑进怀里的她。

一个不太完美的拥抱，却是无比温暖。

嗅得到清甜茉莉花香，宋杏捋着头发，有点不好意思，但仍努力让自己看起来正经，小声嘟囔着："怎么买花了呀！"

"酒店楼下有一家花店，光是路过都能闻到花香，看见这束花一瞬间就想到你了。"周霁年将一整捧花递给她，然后无比自然地牵起她的手，十指相扣，侧过脸认真地含笑看她，"果然很衬你。"

她低头看花，忽然不敢看他。他的手好暖，温度顺着指尖爬到脸颊，宋杏轻声说："我很喜欢。"

察觉到她的害羞，周霁年领着她走，边有意开口说些什么缓和气氛。

"你还记得我们小学一起养的那盆茉莉花吗？放在我卧室窗边。"

宋杏点头。

"张姨鼻炎外加过敏，所以闻不得这种花香，所以明明是你买的花，却养在我的卧室。

"刚开始你还很有兴趣和精力，每天跑下楼好几趟。我其实很高兴，因为一天又能见你好几面。

"那几天一听见你敲门的声音，我就赶紧将攒得好吃的零食全部摆在桌上，只期盼你看完那盆小茉莉，能被这些零食绊住脚步，然后多陪我一会儿。

"只可惜你就是个三心二意的人。"周霁年笑着开玩笑，攥紧了手，而宋杳忍不住皱了皱鼻子。

"那盆茉莉只得了你小半个月的关注就被你抛之脑后，你每天都守在电视机前看《快乐星球》，连下楼都少了。

"害得我只能愁眉苦脸地照顾那盆茉莉，明明不喜欢养花，却得耐心浇水施肥。每次一开窗就会想到你，多想把它还给你，但又害怕如果真这样，我就彻底失去了见你的这一小簇机会。

"幸好那盆茉莉很是争气，我的卧室满是花香。在小学毕业典礼上，我早起半小时将它摘下，用生日时的蛋糕绑带将它扎成小小一束，藏在书包里，趁着你还没到教室放在你桌上。

"可你好像把它完全遗忘了，只捧着花左顾右盼询问着是谁那么有心送花，完全没看到我板着的脸。"

周霁年叙述的故事结束，从她公寓楼下到预订饭店的距离也就这短短一段，他牵着宋杳走进店里，是一家韩餐厅。

"你不吃西餐，我就搜索了一下附近有什么吃的，刚好看见这家，好像好评还挺多的。"周霁年领着宋杳落座，不得不松开手，他看上去好像还有点不满足，"吃点热的暖暖身也挺好。"

"哦。"宋杳将手里捧着的花放在一旁，耳朵被他讲得泛红，眼神也飘忽，怎么都想不到那么可爱的小苹心思这么多！

服务员阿姨拿来菜单，周霁年递给宋杳，要她挑自己喜欢的下单，然后自己再补充着下单。

两个人有一搭没一搭地聊着天，讲他接下来的行程安排，讲她恼人的论文作业。

阿姨笑眯眯地端上菜，热腾腾的参鸡汤、烤肉和紫菜包饭，还有一份炒年糕。

或许是两人实在般配，也可能是难得见到亚洲面孔，那个阿姨温和地直冲他们笑。

暖黄的灯光将他衬得无比温和，周霁年脱下大衣，挽起袖子，为她打了满满一碗参鸡汤。

宋杳撑着下巴看他，好像怎么看怎么帅气，心底是蜂蜜般的甜蜜在流淌。

忽然想起什么，宋杳直起身，敛了笑，认真地开口："如果我们被拍到了怎么办呀?"

周霁年面色不变,好像已经料到了这种可能,用要来的开水将碗筷全部烫一遍递给她后回答:"拍到就公开。"

"啊?"宋杏都替他急了。

"我不是偶像明星,也不是靠着流量与大家的喜爱吃饭。我更喜欢将自己定义为演员,而演技就是我的立身之本。"周霁年看着她弯了弯眼,"大家愿意喜欢我,我很感激。但是能够光明正大地说爱你,或许才是我忙忙碌碌这几年唯一的渴求。"

"可是……"宋杏有好多话想说,皱着眉,"你这样,粉丝会伤心的。"

"你比所有的一切都重要。"周霁年毫不犹豫地回答,"大家爱的是银幕上的周霁年,是镁光灯与各种语言镜头所粉饰的我。只有你,爱的是纯粹的我,是那个很糟糕的小苹,是很笨的周霁年。

"只有在你眼里,我才是我。"

周霁年笑着将烤好的肉片夹进她碗里,催她赶紧吃饭。

"我会好好爱你的!"宋杏鼓起勇气忽然开口。

周霁年忍不住伸手摸了摸她的脑袋,好心情明晃晃地摆在面上:"不是的,杏杏。你要好好爱自己,而我负责爱你。"

周霁年离开伦敦时,宋杏正在课上对着满黑板的专业术语愁眉苦脸,会有点遗憾不能去为他送别,但也只能在手机上发一条"一路平安!春节见!"的消息。

课间,宋杏边啃着早上组装的贝果三明治,边喝着蓝莓奶昔,放空着脑袋,短暂地从繁忙的课业学习中抽离,但下一秒却不可避免地想起周霁年。

想起昨天他温柔的一颦一笑,想起他可爱的鼻梁小痣,想起他下意识摸鼻子的笨拙动作……这就是恋爱吗?

不然每一帧的他为什么都如此生动。

昨天吃完午饭,两个人便捧着花漫无目的地在伦敦难得的艳阳天中闲逛。

兜兜转转,宋杏还是领着周霁年来到了她的学校。

学校里的圣诞装饰有些还未摘下,留了几分节日庆典的气息,古典建筑与现代化的学习设备并存。宋杏踮着脚指着某间教室,笑着向周霁年介绍这是她最常来上课的教室,还挽着他的手,兴冲冲地告诉他,她最喜欢去图书馆自习的角落，还有夏日晴天她会捧着书籍和文献荒废一整天的草坪……

她的生活碎片在周霁年眼中渐渐拼凑完整，好像——他也成了她生活的一部分，从未缺席。

逛到脚酸时，宋杳又将周霁年拉进一家咖啡厅，弯着眼指着菜单向他推荐她熬夜赶作业时必备的冰美式与布朗尼。

再走出咖啡厅门时，一人捧着一杯咖啡，周霁年还提着一个袋子，装着满满当当的面包。宋杳本以为他是买了想当手信带回国的，只是没想到晚上在公寓楼下分别时，他将一整袋面包挂在她手指上。

"要好好吃饭。"他不放心地嘱托。

宋杳每咬下一口贝果，就会想起昨天一个甜蜜到昏了头的瞬间，记忆原来在一定程度上也能下饭。

乘着地铁，宋杳又牵着周霁年的手跑到海德公园。

夕阳的颜色像是情人缱绻的眼睛，松鼠拖着毛茸茸大尾巴从他们身边经过，宋杳难掩雀跃地带着他小跑到池塘边看小鹅闲游。

世界好像在这里都慢了半拍。

"很漂亮吧！"宋杳张开手，仰着头，大口呼吸新鲜空气。

周霁年两手满满地提着东西，看着夕阳余温下自由又明媚的宋杳，笑着回答："很漂亮。"

小径堆满了各色的落叶，草坪坐满了或发呆或看书或聊天的人，宋杳寻了个风景好的长椅，拉着周霁年坐下。

两人肩并肩，慢吞吞地喝着已经变凉的咖啡。落日一寸一寸被满池波光吞没，宋杳与周霁年的呼吸频率重叠，紧绷的肩膀也松垮。

周霁年安静听着宋杳分享她的伦敦生活。

钱包被偷的崩溃，下雨天没带伞被淋成落汤鸡的狼狈，花了好几个周末书写的课堂作业被老师表扬的幸福，异国他乡孤独的脆弱……

"但是，或许读书本来就不是一件简单事吧！"宋杳讲到最后，蓝调时刻下的心情也是淡淡的迷惘，努力调动情绪，咬下一口周霁年递到嘴边的可露丽，含含糊糊地以一句话结束。

没有说什么安慰性的言语，也没有插话，周霁年在她身边总是自动成为最忠实的聆听者。

周霁年知道，她有最至清至纯的灵魂，他不愿让她沾染一星半点的世俗。

脸颊被那口可露丽塞得鼓鼓囊囊的，活像一旁捧着路人赠予的果子路过的松鼠，周霁年忍不住伸出手轻柔地戳了戳。

然后喜迎宋杳一嗔，只可惜品不出责怪与恼怒的情绪，反倒在他眼中显得无比可爱。

好不容易咽下甜丝丝的那口可露丽，周霁年却又递过来剩下的那小半块，乐此不疲地重复投喂的动作。

宋杳酝酿了好一会儿的惆怅情感就这样被轻而易举地吹散，凌乱在波光粼粼的清风中。

终于将那两杯咖啡和那一枚可露丽解决完，宋杳拍了拍手起身，一手抱起那束茉莉，一手拉起周霁年。

"我带你去看大本钟吧！"她忽然开口，没有任何理由地提议。

周霁年与她十指相扣，不需要任何理由地跟着她走。

转了好几趟车，宋杳挑挑选选，从一袋子面包中捡起个肉桂卷，两人你一口我一口地小口吃着，倒是寻回了些小学放学回家路上偷偷分食垃圾食品的隐秘又简单的快乐。

两人到处漫游，宋杳买了一大堆手工艺纪念品，全部挂在周霁年身上。等两人在伦敦桥以大本钟为背景准备拍照时，大包小包的礼物才暂时给了他一次脱身的机会。

他们寻着桥上正在拍照的路人帮两人也落下一张留念合照，宋杳将原图发给周霁年，语气欢欣："这次随便找的路人居然还蛮会拍照的，给我们都拍得挺漂亮的！"

"不是她拍得漂亮，是你生得好看。"周霁年冷不丁地冒出一句情话。

宋杳没被撩到脸红，倒是笑得脸红："拜托，十几年如一日地对着你这张被粉丝叫作盛世美颜的脸，我早该看清楚自己的长相了。"

"我不好看，杳杳好看。"周霁年摇头反驳，"杏眼可爱，酒窝可爱，笑起来的卧蚕也可爱。你在我心里就是审美唯一的标准。"

他说得认真，宋杳却不好意思再说些什么了，只能佯装自己饥肠辘辘，借吃晚饭的话题转移注意力。

一个贝果终于吃完，宋杳慢条斯理地将包装纸折叠，脑袋里却不由自主地想起昨晚那个吻。

明明都各自道完了"再见",可周霁年却忽然轻轻握住她的手腕,把她拉进怀里。

她错愕地抬头看他,铺天盖地落下的却是周霁年的吻。

周霁年一边亲吻她,一边攥着她的指尖有一下没一下地捏着。

开得正盛的茉莉花夹在两人怀中,好像吻也变成了茉莉花味的。

她脑袋失灵,持续闪现了一段时间的接触不良的雪花屏,在如摇滚乐节奏鼓点的心跳声中终于回神。

不应该害羞的。

有人迷恋高空失重的快感,有人眷恋被崇拜的目光,有人喜欢独属于自己的暗恋心事……而宋杏唯爱这份来自她与他之间亲密关系所伴生的多巴胺分泌。

情话、抚摸与吻——都是光明正大表达爱意的方式。

不是吗?

所以,宋杏踮着脚仰着头热情却又笨拙地回应,唇齿缠绵,指尖被捏得发烫,相贴的身体也在升温。

爱情带来的温度足以抗衡伦敦冬季街头的寒风。

分开时,那束一整天都被小心翼翼对待的茉莉花却蔫蔫的,他的名贵大衣上浸着茉莉花香,掩盖一切高档香水味。而宋杏在换下衣服洗澡时,才忽然发觉有片洁白花瓣不知怎的藏进她贴身衣物之间,与她赤裸相对。

忽然好想他。

宋杏翻开一本专业书籍,没有来由地想。

恋爱的消息瞒过了两家的家长,却没有瞒过她最亲密的朋友们。

陈桢桢也有周霁年的社交账号,等她那几天晕头转向地忙完手上的案子后,一刷手机,就看见那个歌曲分享,小声哼唱着,搞清楚歌词后,一拍大腿。

好嘛,她家水灵灵的杏杏一不小心就被人摘下了!

于是计算了时差和宋杏的课程后,陈桢桢一个视频电话打过来,板着脸:"谈恋爱了?"

宋杏正咬着一片薯片看着书,被她忽然地发问一吓,薯片也碎成渣,直线降落在书上,于是慌乱地清理着书,小声地用一个"嗯"回答。

陈桢桢看着视频里宋杏脸上遮不住的春意,只能叹气,还是握起拳头狐假虎威了一下："那你好好谈！千万不要委屈自己，如果周霁年敢做什么伤害你的事，你就跟我讲！姐们可能其他做不了什么，但是一定能告到他狼狈！"

宋杳心口发烫，放下书，专心地捧起手机："谢谢你桢桢！"

"怎么办！好想马上分手和你在一起。"宋杳佯装愁眉苦脸地开玩笑。

陈桢桢眉开眼笑地表示欢迎，能撬走大明星周霁年的墙脚，好像也是一件很厉害的事情嘛！

闲话说了一会儿，陈桢桢便发动八卦技能，反复追问着恋爱细节。

"好像没什么差别吧。"宋杳犹豫着回答，"异国恋，见不到面，只能发消息，也就每天问问近况。好像和没有谈恋爱相比，只是互动消息多了些。"

"哎！怎么可能！"陈桢桢表示质疑，"就你们周霁年那暗恋多年的劲，还不知道都憋什么坏呢！"

宋杳想起聊天页面里满屏的"杳杳""宝宝""老婆"的腻歪称呼，忽然口干舌燥，只能拿起手边的玻璃杯喝口冷水降降温。

"那牵手呢？拥抱呢？还有亲吻呢？"陈桢桢睁圆了的眼睛像灯泡一样闪亮，"还有告白是怎么回事啊？怎么突然就在一起了？"

不可避免地想起那个夜晚尴尬又脸红心跳的瞬间，宋杳刚喝了水的唇又干燥了，只能捧着杯水反反复复地喝。

"我先表白的。"

陈桢桢的嘴巴张得跟眼睛一样圆。

"他送我回伦敦，我想着再这样稀里糊涂地拉扯下去也不是回事，索性一咬牙就表白了。"宋杳努力让自己的语气和叙述不带有任何情感色彩。

陈桢桢眨眨眼，等着她继续分享。

"然后他留在伦敦陪了我一天，牵手了，拥抱了，也接吻了。"忽然发现杯子中的水早就被喝完了，宋杳眼神左右飘忽，就是不敢去看陈桢桢的反应。

"你们这进展神速啊！"她感慨。

"周霁年这不知道憋了多久，要是说他对你没什么坏心思，我才不信呢！

"我偶尔会在网上刷到他粉丝混剪安利的视频，我们事务所好多小妹妹也分享过很多在社交媒体上，不得不说，身材确实挺好的。"

陈桢桢咋舌。

"倒三角、人鱼线、腹肌应有尽有，而且也不会显得壮，是有力量感的肌肉线条,但是不会累赘——手感应该不错。"

宋杏忽然想起那次在化妆室的乌龙一瞥,脸红得不像话,幸好屋子里没开灯,陈桢桢应该瞧不清她脸红的温度。

"而且周霁年也挺洁身自好的,小妹妹跟我说因为他那个白月光苹果核小姐,他都不接吻戏,有这种场面也是借位。亲热戏与激情戏更是接近于没有。"

是这样吗?

宋杏回忆起那两个让人缠绵的吻,对此持怀疑态度。

如果真是这样,那他怎么这么会亲……

陈桢桢最后总结:"跟他谈恋爱应该挺爽的,有钱有颜身材好,而且对你暗恋多年死心塌地。"

不知道想到什么,她嘿嘿一笑:"但就是不知道床上怎么样了?等你反馈哦!"

不用照镜子,宋杏就知道自己现在脸红得应该可以挂在枝头与红苹果媲美,只能小声念叨着陈桢桢不正经,但也止不住自己脑袋里想入非非的速度。

一通视频结束,宋杏像是打了一场仗一样疲倦,但还是又捧起手机,在依旧命名为"重生之我是闪亮大文豪"的三人小群中丢下一个消息。

Song:*我恋爱了。*

迟椿和连城的反应如出一辙,群聊一下子就刷了一大堆问号。

还是迟椿先行反应过来,问了句:和你家那竹马偶像?

宋杏不知道用言语怎么回复,丢下个点头的表情包。

连城:你这一声不吭地谈恋爱!等你回来,看我们俩不得好好坑你几顿!

迟椿:怎么样?恋爱的感觉有没有想象中的美好?

宋杏先回了连城的消息,慷慨表示随便吃,但对于迟椿的提问却不知从何作答。

她索性捧着空荡荡的玻璃杯起身接水,将满满一杯水一饮而尽,又坐回书桌前,看着书桌墙上新增的那一张照片剪影。

是她与周霁年在伦敦桥上拍的合照,被她洗了出来贴在两人初中合照旁。

两张合照,近十年的时间错位。

从懵懂不知爱的年纪一步一步艰难地走到今天，其实是幸运的。

有个人爱了她这么久。

宋杳在键盘上敲打回复。

Song：不知道是不是太过熟悉，恋爱并没有我想象中的罗曼蒂克。

Song：但是真正的爱或许就是这样的，无须宏大宣言，无须刺激剧情。心心相印的每个瞬间，就是浪漫的。

其实学校并没有安排春节假期，是宋杳从七零八碎的课程安排中如同消消乐又像连线题一般，东拼西凑，在繁忙课业中挤出了宝贵的三天空闲。

于是，她咬着牙买了高价回国机票，熬夜收拾完行李，第二天拎着行李箱一起到学校上课，一整天，心情是压抑的雀跃，只等着最后一节课结束，就化为翩飞的白鸽飞回淮市。

她难得舍得花钱打了网约车去机场，可半路上又接到导师的电话，被劈头盖脸地训了一通，认真书写的一切全被否定，临了又丢来一份修订版的论文初稿让她马上照着改。

伦敦的天是灰蓝色的，车窗敞着，于是有苦涩的雨丝飘进车内，凝在披散的发丝上，宋杳关上车窗，认命地从单肩包中掏出电脑，在车内借着细微的屏幕光开始改论文。

在键盘上无意义地删减又输入，她忽然鼻酸，吸了吸鼻子，低下头继续在文档上修改。

司机或是新手，一路颠簸。宋杳感觉自己的胃里有一百只蝴蝶在扑腾翅膀，搅得她胃好痛。

好不容易到机场了，她又急匆匆地将电脑塞进包里，从后备厢中自己拿下行李，步履不停地去办行李托运和安检候机。

一进候机厅，宋杳便又寻了个座位继续将电脑掏出修改论文。身边声响嘈杂，她戴上蓝牙耳机。

歌里在唱"我照顾着自己，写自己的传记，再阅读我自己"，眼睛里积攒泪水，光标与箭头都模糊了，宋杳开始怀疑自己漂洋过海的意义，好像除了孤独，并没有收获什么。

用手背擦了擦眼泪，宋杳吸吸鼻子继续工作。

耳机里忽然传来一阵铃声，宋杳拿起手机接通。

周霁年的电话。

"杏杏,你要出发了吗?"周霁年约好了要来接她。

她深呼吸,努力让自己忽然喧嚣的情绪不要外露,用着轻松的语气回答:"嗯,已经到机场了,再过十几分钟就准备登机了。"

周霁年敏感地察觉到了什么,一顿,放轻了声音:"杏杏,怎么了吗?"

宋杏有点慌张,用发凉的手贴了贴脸,希望自己能够提起点精神,可语调还是她自己所不能察觉的低落:"没什么。"

周霁年不说话,静静等着她继续开口。

"就是……刚才被导师批评了一下,心情有点沮丧。"宋杏深知周霁年对她的熟悉程度,应该瞒不过他,索性自暴自弃地开口。

"我们杏杏,辛苦了。"周霁年并没有过多地说些什么,只是简简单单地安慰一句。

可宋杏却忽然控制不住了,眼泪顺着脸庞蜿蜒到下巴,滴滴答答地落在键盘上。

"我是不是很笨啊?"她边擦着眼泪边问。

"我们杏杏怎么会笨呢?明明是最聪明的小女孩。"她一哭,周霁年就乱了心神,连声哄着,"初中课本里不是说'天将降大任于是人也,必先苦其心志,劳其筋骨',你注定要成为不凡的人,所以现在的这些苦与泪不过是铺垫。"

宋杏还在抽噎。

"你曾经说过,人生不过就是一场大型的游戏,你选择的支线或许会比较难一些,现在的忙碌都是通关任务,但或许咬咬牙熬过去了,打开门,就发现彩带和礼花,共同庆祝你通关成功。"

听着她的哭声,周霁年心都皱成一团,恨不得替她挨这顿批,又想马上飞到她身边。

对面坐着的女孩看她哭得狠狠,还好心抽了几张纸巾小跑着递给她,轻柔地拍了拍她的肩。

宋杏急忙道谢擦泪,后知后觉地感觉丢脸,但这一哭也将积攒了好几个月的压力与委屈全部倾泻。

听着电话那边周霁年哄小孩般的语气,宋杏的坏情绪一下被安抚。

"我想吃冰糖葫芦。"宋杏擦了擦鼻子,闷声说。

"好。"周霁年温柔应下,"不许再哭了,再哭糖葫芦都变苦了。"

毫无理由与关联的句子,可偏生宋杏就是受用,周霁年的语气让她成为小狗富士,被他轻柔地抚摸。

挂断电话,看着电脑屏幕上被自己修改得七零八落的论文,宋杏索性合上电脑,背起包去登机。

总会写完的,也总会写好的。

她足够相信自己。

但刚才被周霁年幼稚轻哄着的瞬间,她好像倒带回了童年。

他真的很不会哄人。

小时候就是这样,初高中也是,就连现在仍不会哄人。

小时候在幼儿园摔了一跤,连门牙都磕坏一半,她号啕大哭,上气不接下气,连裙子的前襟都被哭湿一片。

老师拿她没有办法,只得向她的"哥哥"寻求帮助,唤来周霁年,要他哄哄她。

可周霁年小时候本就是个闷性子,话都不见得多说几句,要他哄人比登天还难。

他只坐在她旁边,一边给她递纸擦擦眼泪鼻涕,一边自顾自絮絮叨叨地讲述着乳牙总会掉的"科学"。

宋杏哪能被哄好,仍放声大哭,一想到自己满嘴牙都掉光的样子就委屈。

最后还是一块巧克力立了大功,周霁年被她哭烦了,从口袋里摸出一块巧克力,拆开包装锡纸塞进她嘴里。

她瞬间安静了。

周霁年在那个忽然安静的瞬间终于察觉:原来哄好宋杏只需要一块巧克力。

但是这个秘诀在初高中时已经沦为过去式,因为周霁年最新发现,哄好杏杏的最好方式是最新上市的书籍杂志或甜食,巧克力已经诱惑力不足,只有小蛋糕和奶茶才能止住她的泪。

那时会惹宋杏哭的只有不如人意的成绩单、倒霉的数学试卷分数,还有极其偶然的和张姨拌嘴吵架。

宋杏一哭就什么话都不说,周霁年嘴笨,只会无措地为她擦泪,怎么问都问不清楚缘由，于是急匆匆跑下楼，骑着车到她最喜欢的蛋糕店买了一块奶油蛋糕捧回家。

将蛋糕摆到她面前，勺子递进她手里，宋杳什么五味杂陈的情绪都被他这笨拙的举动逗没了，破涕为笑，你一口我一口地分食完一个蛋糕。

蛋糕吃完，烦恼的事情也叙述完整，宋杳的泪也干了，周霁年那一颗摇摇晃晃的心也终于安稳。

但现在的情况却是周霁年第一次遇见。

冰糖葫芦？

淮市好像较少有小摊在卖冰糖葫芦，周霁年开着车沿着街寻找，一边打电话给小温咨询现在哪里还能买到冰糖葫芦，而且还得放十几个小时，等宋杳落地还依旧好吃。

小温举着手机狂查一通，表示他无能为力。

生活笨蛋周霁年绕了淮市一圈又一圈，偏偏一个卖冰糖葫芦的小贩都没看见，他忍不住打电话给陈潮询问，被陈潮一句"这周是城市风貌示范周，城管严查"搞得心如死灰。

他下车，跑去街边水果店里买了满满一大袋的水果，有草莓、青提、番茄、苹果，都是宋杳喜欢的。他在手机上搜索着"冰糖葫芦"的做法，确定了做法后，又开车去超市买了一整袋白砂糖和竹扦。

他回家，害怕打搅陈秀兰休息，于是只点亮了厨房的灯，熬夜煮了好几锅糖浆实验着，失败了五次，锅险些烧坏了三个，手被烫伤两次。

他用凉水冲着手，顺便将水果又用小苏打清洗了一遍，叹气，但是并不气馁，只是在心中的计划表中写下"精进厨艺"的目标。

天都快蒙蒙亮了，周霁年终于成功一次，看着包裹着不厚不薄晶莹糖浆的青提，松了口气，将那来之不易的一小串冰糖青提连同未加工的水果一同放进冰箱，顺便把被搞得乱七八糟的灶台和锅碗瓢盆清洗干净。

确保自己真的会做后，周霁年才敢安心梳洗睡觉。

剩下的就等着估算宋杳降落淮市的时间去做冰糖葫芦，刚做成的应该最好吃也最新鲜。

周霁年毫无来由地认为。

而他的杳杳，就应该与"最好"相配。

宋杳哭累了，在飞机上迷迷糊糊睡了一觉，等醒来，不出意外地发现自己的眼睛肿得跟兔子眼睛一样。于是，她紧急要了条冷湿巾敷着眼睛，心中无声祈祷着能在落地前消肿。

不然顶着这红眼睛见周霁年和回家，怎么想怎么尴尬。

她一边冷敷着眼睛，一边又把电脑翻出来，点开未完成的论文，咬着牙继续修改。

其实并没有什么好哭的，宋杳等情绪潮汐褪下后才后悔。

有问题就解决问题，论文需要调整就调整，前段时间她状态实在不好，导师讲的问题也确实存在，知道了方向后，那就努力朝着终点奔跑就好了。

眼泪解决不了任何问题，只有握紧笔，不断书写，才有进步的可能。

想通后，宋杳忽然觉得思绪开阔，下笔如有神，赶在飞机落地前修改完了论文，又在等着拿行李的那一小段时间将论文发给导师，并附上自己情真意切的一段剖白。

完成了手上最紧急的事项后，宋杳才算彻底松了口气，才算能终于好好过这个年了。

一出机场，宋杳首先看见的是一大捧茉莉花，立马拖着行李箱狂奔。

周霁年温和地笑着，张开手等着抱她。

宋杳伸手，从周霁年胸前环过，在背上打结交握，她是个漂亮的蝴蝶结，系在周霁年身上。

他身上有雪松香味，又被浓烈的茉莉花香覆盖，编织成只属于他的专属气息。

宋杳眷恋地嗅了嗅，搞不懂为什么她忽然有要流泪的冲动。

周霁年摸了摸宋杳的脑袋，又将她跑得凌乱的头发捋到耳后，抑着自己紧紧拥抱她的冲动，低下头在她嘴角吻了下："我们回家好不好？"

宋杳慢半拍地红了脸，松开手，心情颇好地接过花，脚步都轻快了，说："我们回家！"

宋杳一开车门，就看见副驾驶位置上放着一个乐扣的透明保鲜盒，她好奇地拿起，眨眨眼睛看了看，是她上飞机前开玩笑般随口一提的冰糖葫芦。

周霁年将那捧茉莉花放在车后座，看她盯着那盒冰糖葫芦，抬手摸了摸鼻子："好像买不到冰糖葫芦，所以我就自己学着做了些水果版的，也不知道好不好吃。"

他只有在宋杏面前才会失去所有信心。

宋杏认真地将那盒冰糖葫芦拆开，拿起一串冰糖草莓，一颗心软塌塌的，像草莓一样，又酸又甜的果实味道。她咬下一口，草莓汁液混杂清脆糖壳一同在口腔中弥漫。

她脸颊圆鼓鼓的，笑着点头："好吃的。"

周霁年发动车，却又转过身，朝着宋杏俯下身。

看着他忽然凑近的脸，宋杏下意识地闭上眼，睫毛却颤呀颤。

脑袋里所预料的吻却没有落下，嘴巴里的冰糖草莓酸酸甜甜地化成一片，宋杏睁开眼，看见周霁年在帮她系着安全带。

宋杏又羞又恼，用力咀嚼着剩下的半颗冰糖草莓。

看着她跟草莓一样红的耳垂，周霁年忍不住弯起嘴角。

"咔嗒！"安全带系上。

周霁年低下头在宋杏唇上轻轻一吻，再直起身坐回驾驶位。他开动车，认真地评价："挺甜的，应该也挺好吃的。"

心脏与嘴里的草莓共感，缓缓地甜起来，宋杏努力板着脸，吃了一串又一串。

牙齿被甜倒，人也差不多。

将最后一块苹果吃完时，周霁年差不多将车开到小区，帮她提着行李，两人一起上楼。

"我妈和你妈是不是还不知道我们谈恋爱的事。"宋杏迟钝地紧张起来，垂着头盯着脚尖，忽然发问。

"嗯。他们应该不知道。"周霁年不怕公开，甚至盼着公开，可宋杏脸皮薄，怎么说都不让他在父母面前讲。

宋杏表面的借口是——会尴尬，可实际没有说出口的是：分手之后，别从两人尴尬变成两家人尴尬了。

"那我们不就成为地下恋爱了。"宋杏笑着打趣。

"挺好的，这样刺激一点。"周霁年故作正经地接话，"我们连约会都要变成幽会了。"

宋杏被逗笑，可电梯门一打开，便迅速表情管理敛了笑，努力让自己与周霁年身上的暧昧气息消散些，才敢走进家门。

宋杳一进门就免不得被张虹从头到脚一顿念叨。然后，张虹好不容易放过宋杳，又趁着宋杳借口放行李逃走的空隙开始说起周霁年来。

周霁年总是一副斯文温和的样子，张虹的嘴上功夫没办法发挥，最后只能放他走，还不忘叮嘱一句："明天年夜饭别忘了叫你妈妈下楼来一起吃！人多热闹些！"

周霁年心底求之不得，可面上还是推托几句才应下。

一人在楼上，一人在楼下，于是沟通方式还是与异国恋时没有差别，依旧依靠聊天软件。

宋杳收纳好行李，舒舒服服地洗了个澡，敷着面膜，打开邮箱看着导师的回复。得到导师正面的回应后，她心情愉悦得可以放几簇烟花，连着跟周霁年的聊天都松快。

周霁年：等你吃完饭，我们借口去遛富士，偷偷约会。

好像在搞谍战，宋杳在心底偷偷吐槽，可回复的却是不加犹豫的"好"。

两人一狗绕着小区走了快一个小时，累得富士都有气无力。

两人十指相扣，有的没的说了一大堆，宋杳热得脸发红，第一次知道什么叫作"有情饮水饱"。

最后走到单元楼楼下才不得不分开，周霁年俯身在她耳畔轻轻落下五个字。

宋杳咬着唇，小女孩的扭捏娇羞，嗔了他一眼，但还是点头。

于是，周霁年便低头亲了下来，一手握住她的手，一手抚着她的脖颈。

每一次接吻都像是一场游泳，浑身湿漉漉，心脏跳动加速，唇舌发烫，喘息都暧昧。

他舔了舔她的嘴角，和记忆中的一样软，好像还尝到了糖葫芦的味道，甜甜的。

周霁年感觉整个宇宙都在他怀中绽开。

宋杳咬着唇，藏匿着嘴唇不合时宜的红肿，又努力深呼吸，藏住自己的心动，用手揉了揉脸，加速降温。

做完一系列准备后，宋杳才敢敲门进屋。

幸好张虹和宋清平正忙着坐在沙发上看周霁年最新上线的电影，一个眼神都没有分给她，她落荒而逃一般躲进卧室。

她忍不住回想起刚才那个吻,感觉心口发烫,嘴唇发软。

口袋里的手机"叮叮咚咚"响个不停,打断了宋杳风花雪月的心思,只好掏出来查看。

又是连城分享在群里的消息。

连城:怎么你家这个小竹马对什么"苹果核"念念不忘啊?

连城:宋杳杳,你可长点心啊!可别被骗了啊!

迟椿:我记得他刚出道的时候好像就提过一次了,怎么现在还敢讲,不怕粉丝全跑了吗?

迟椿:你还是得好好审问一下,这样子算什么男人。[白眼]

迟椿也帮腔。

宋杳指尖泛凉,点开那个分享链接。

是周霁年圣诞时接受的杂志采访的一段回应。

问题是:您曾说过在演过的那么多戏中,没有女主符合您的理想型,那么可以问一下您的理想型是什么样的吗?

周霁年回答:如果一定需要形容的话,我会选择用"苹果核"来描述。

小苹。

苹果核。

这一切搅得宋杳脑袋晕,她反反复复看着那个热度迅速增加的营销号搬运的片段,只感觉她或许这辈子会开始讨厌苹果派了。

其实,她下意识是会联想到自己的。

可是——杳杳和苹果核,左看右看,上看下看,还是毫无关联呀!

心情是郁闷的,明明淮市下着淋漓的雪,可她好像仍被伦敦难以言喻的愁闷的潮湿包裹。

宋杳不想再想,扯上被子笼住脑袋,堵住一切胡乱飘荡的情绪,努力把自己丢进纯粹的睡眠中。

第十二章

/

翻译我爱你

第二天，宋杏是被厨房里张虹和宋清平热火朝天的备菜声响吵醒的，她郁闷地掀开被子，脸上红彤彤的，打着哈欠，趿拉起拖鞋，走进浴室。

刷牙、洗脸、护肤。

一套流程下来，宋杏也清醒得差不多了，从衣架上拿下昨天就熨烫工整的新年新衣换上。

瞧着镜子里焕然一新、光鲜亮丽的自己，宋杏心情飘飘然的，在桌前坐下，本来只想着涂个唇膏提提气色，可忽然想起与楼上约好的一起齐聚的那顿年夜饭，手便不自觉地拿起粉底液、眼影盘、腮红膏……

等宋杏再反应过来，她看着镜子里已是无瑕全妆的自己，也只能继续沾上点亮片涂抹眼睑点缀。

新的一年，就是要漂漂亮亮地过嘛！

宋杏自己劝说自己，全然已经忘记上次回家每天睡衣素颜的自己。

一走出卧室，宋杏就收获了女儿奴宋清平的夸赞："我的宝贝女儿真漂亮！"

张虹看她难得认真打扮，眼前一亮的同时心情也好了点，跟着夸道："对嘛！正是青春靓丽的年纪，就是要打扮漂亮才不会浪费！"

但说着说着，张虹又偏离话题："但是你都打扮这么漂亮了，就不要老是在家里宅着，多出去走走，才能早点找到男朋友！要不要妈这几天再给你介绍几个年轻小伙子看看，我们家杏杏高知又漂亮，肯定一迷一个倒！"

听见张虹又扯到老生常谈的相亲催婚话题，宋杏只能连声求饶，挽起袖子躲进厨房给老宋打下手，关上厨房玻璃门，把张虹持续不断的高杀伤力碎碎念挡在门外。

宋清平看她这副可怜模样，忍不住笑了，开口缓和母女俩的关系："你妈妈也不是硬要催婚，她只是怕你一个人孤单，我和你妈都老了，也不知道能陪你到什么时候，她害怕你照顾不好自己。"

"可是我自己能照顾自己的。"宋杏噘着嘴，认真地洗着菜，"再说了，我现在哪里能抽得出空谈恋爱，天天都泡图书馆。"

好吧，说这句话的时候，宋杏还是有一点心虚的。

"再说了，我妈这样，只会激起我的心理逆反，万一领回来一个凤凰男，一个家暴男，一个妈宝男，那还不如不谈呢？你说呢？"她看向宋清平，眨眨眼，理直气壮地寻求肯定。

清洗干净的鲢鱼连着豆腐和嫩白菜一起下锅炖煮，宋清平边开水洗手边回答："我相信我们杏杏才不会眼光差成这个样子。你说你天天和小苹一起玩，你又那么骄傲，怎么可能找一个比小苹差的。不过确实可能也难找，小苹太好了。"

宋杏将洗净的菜全部装到筐里，听到他这话，下意识地摸了摸鼻尖。

"你们俩小时候玩得热乎那段时间，我和你妈还商量着要不要和你陈姨定个娃娃亲，但是没想到你们越长大越生疏，幸好没给你们乱点鸳鸯谱哦！"宋清平开始片起烤鸭来。

越听越开不了口，宋杏只能继续手忙脚乱地备着菜，脑袋无法预估如果她和周霁年恋情公开后两家人的反应。

而宋清平继续慢悠悠地讲："不过小苹真是个好孩子，也搞不懂为什么你看不上人家，你说你出国回国都是他忙前忙后的，半夜的航班也都强撑着精神开车去接你，他对你的心是真的。"

一说到"真心"，宋杏就忍不住想起昨晚那让人辗转反侧的"苹果核"，瘪嘴，忍不住反驳："哼，我怎么没感觉他有多真心呢！而且这不能只是单纯且美好的青梅竹马友好的友谊吗？干吗什么东西都要往情情爱爱上扯。"

将烤鸭装盘，在一旁放上青瓜、葱丝和卷饼，宋清平点火，开始准备下一道菜。

"小苹要是对你没什么意思，怎么可能每天都上下楼好几趟啊。小时候还说可能是小孩爱玩，但现在他都成大明星了，我看电视上天天有他，不知道得多忙呢，怎么还有空来串门。

"你大学时智齿发炎，疼得嗷嗷叫，饭也吃不下，睡也睡不好，我和你妈都抽不出身去照顾你,不也是人家小苹忙前忙后地带你看医生吗?

"你去留学这段时间,也都是小苹在照顾你妈和我,不给你多添烦恼,我上个月阑尾炎,也是小苹给打点的,手术也是他陪床。"

"还有件事你不知道吧?"宋清平忽然想起什么,拉长了音慢吞吞说,吊宋杳胃口,"你高二和高三不是老爱和那群搞文学的玩吗?迟椿、连城他们,好像是你们隔壁班有人打你小报告说你网恋,你们班主任刘老师电话都打到你妈那儿了,你妈衣架都准备好了,就等你晚自习结束回来。"

宋杳一愣,她完全不知道有这件事,印象中的高二和高三对于她来说是酝酿无数可能性与未来的完美乌托邦。

"小苹应该是从他妈妈那儿听说了,比你还急,在你回家前就先跑来了我们家,好说歹说一大堆,就是替你澄清,劝着你妈不要跟你生气,说你学习压力大,害怕这件事会让你白白流泪。"

宋清平爆炒着辣牛肉:"小苹那时候还说,你可是一股脑全在读书上,他可以确定你没有一星半点的恋爱想法,要是有,也是他。"

"你要说小苹对你不叫情真意切,我都不同意了。"他将牛肉盛出盘,"但感情就是这样的,你情我愿才可以,你不喜欢,就是天大的不能在一起的理由。"

一颗心酸酸甜甜的,好像一阵穿堂风呼啸而过,无声的情绪在酝酿。

整个厨房已经没有了宋杳可以帮忙的地方,她索性收手,在潺潺凉水中反反复复冲洗着手,不知道应该说些什么。在吸油烟机轰隆隆的运作声中,她只能丢下一句:"你应该也跟妈妈说一说的!她这样念来念去只能让我头大。"

"你妈妈那儿我会说说她的,"宋清平开始煮起新的菜,"但是你也不要光顾着读书了,抽空还是得解决一下个人问题。"

"知道了!"宋杳皱皱脸,拉开厨房门,转移阵地。

可没想到,宋杳一推开门,最先看见的是乖巧地坐在客厅陪着陈秀兰和张虹说闲话的周霁年。

轻快的脚步忽然沉重,但张虹才不放过她,张虹拍了拍身旁空出来的沙发位置,唤着她过来陪陈姨聊聊天。

宋杳抬手将耳边凌乱的发丝用闪亮的彩色星星小夹子夹起,偷偷看了眼黑屏的手机屏幕里映照的自己，深呼吸，甜甜地唤了声"陈姨"后就在沙发空闲处坐下。

只是位置选得不巧，就坐在周霁年身旁。见她坐下，他还故意逗她似的，晃晃腿去碰她的膝盖。

胸膛中好像藏了瓶青苹果汽水，随着他亲昵的小动作而摇摇晃晃，酸甜的气息随着二氧化碳而一起膨胀，正等着拧开瓶盖，喷溅。

陈秀兰和张虹正聊着退休的相关事项，宋杳一边剥着夏威夷果，一边静静在一旁听着。

忽然听她们提起"退休"这一字眼，她才在这个瞬间发觉，原来印象中无比高大且无所不能的父母也已经在时间洪流中不知不觉地老去，身躯已经佝偻，头发也花白。

宋杳呼气，忽然感觉自己或许应该懂事点，但是——相亲，于情于理都还是不行的。

与手里的夏威夷果抗争好几分钟都无法胜利，宋杳咬着牙，皱着眉，瘪嘴，忍不住偷偷埋怨连一颗小小的夏威夷果都要欺负她。

下一秒，她就听见身旁有人在轻笑。

趁着张虹和陈秀兰就这金价问题聊得热火朝天，周霁年偷偷牵起宋杳的手，摊开她白嫩的手心，放入一把剥好的夏威夷果仁，又将她无法对抗的那颗夏威夷果接过。

他轻轻一撬，果壳和果肉轻松分离。周霁年捻起那颗果仁，放在她掌心。

她张了张唇，想说些什么，但瞥见张虹若有似无掉在她身上的目光，她还是收回话，将夏威夷果丢进嘴里。

香甜的奶油味。

金价聊着聊着，又聊到房价上，陈秀兰愁眉苦脸在抱怨京市房价太贵，可偏生周霁年老是去那儿出差，总是住酒店也不是法子。

张虹也帮腔，说他们杳杳等毕业也应该在京市工作，毕竟大学在那儿读的，也熟悉些。她和老宋也有意在京市为她购置房产，可户口是个问题，高额房价更是问题。

两人唉声叹气。

"干脆我们俩合力找点法子买一套房，让两个小年轻合住算了，反正也就工作在那儿，成家立业还是得回我们淮市的！"张虹一拍大腿，提出她自认为天才的想法。

宋杏险些被嘴里的夏威夷果噎住，手肘支在膝盖上，手挡着脸，她是万万没想到张虹居然能想出这种法子。

可偏生陈秀兰也被她带跑，兴高采烈地应和。

就连身旁的周霁年都看热闹不嫌事大地说他可以托人问问落户问题和房产限购事项。

宋杏忍不住用肘弯故作不小心地碰了碰周霁年，只觉得果然春节就是一场盛大的家庭喜剧。

见杏杏终于愿意理自己了，周霁年的小心思也不藏着掖着，借着宽大风衣袖子的遮挡，径直牵起她的手。

他捏捏她的指节，指尖又顺着她的指纹蜿蜒，最后十指相扣。

宋杏时常怀疑是不是她不小心与周霁年互换了触觉，不然为什么她触摸自己时，毫无感觉，可周霁年每一次碰她，有意还是无心，总能牵引心脏地震，连着肋骨都酸软。

那瓶青苹果汽水又在"咕噜噜"沸腾，宋杏无力甩开他的手。

终于将年夜饭准备好，宋清平喜气洋洋地摆盘上菜。

两家人的年夜饭总是在中午，明亮温暖，也没有晚上电视机的喧闹，适合安安静静地吃一顿温暖的饭。

宋清平难得兴致起了，倒了一杯又一杯的酒劝着周霁年与他同饮。张虹和陈秀兰数不尽的话题又跳到保健品上。

看到宋清平喝得面红耳赤的，宋杏在桌底下一个劲地拽着周霁年的手，趁着没人在意的瞬间凑近他耳边提醒："别喝啦！"

最后还是宋清平先倒下，红着一张脸被张虹哄回房间睡觉。然后，宋杏自告奋勇地陪喝得也有几分微醺的周霁年回楼上，当然这个理由是远远不足以成立的，于是又拉上富士当挡箭牌。

宋杏刚挽着周霁年走进电梯，电梯门一关，所有视线被阻隔，周霁年刚才的微微醉态全部消失。

"你装醉？"宋杏松开揽着他的手，双手环胸，看着无比清明的他毫无威慑力地质问。

"不装醉，宋叔可没那么容易放过我。"周霁年去牵宋杏的手。

电梯门打开,两人黏糊糊地一起走进门,富士摇着尾巴绕着两人转呀转。

"不解释一下吗?"宋杏努力板着脸说。

周霁年拉她在一旁的沙发上坐下,疑惑道:"解释什么?"

"苹果核小姐,"宋杏顿了一下,那瓶青苹果汽水终于被拧开,酸甜的气体喷涌,"是什么意思?"

周霁年搂着她的腰,将宋杏抱到腿上,在此刻终于对她的失常恍然大悟。

"你是我的苹果核。

"一直如此。"

他低头碰了碰她的唇,气息交织,连宋杏都有些醉。

青苹果汽水飞溅,一颗心被浸泡得酸软,带着黏黏腻腻的甜蜜,宋杏咬着唇,脑袋里编织好的一套话找不到使用方式。

周霁年搂着她的腰,直起身,低头凑近。

嗅到一点点残余的酒味,宋杏晕乎乎的。

"笨蛋杏杏……"他叹气,看着她轻颤的睫毛和被咬红的唇。

"关于爱情,我是一窍不通的废材,可偏生你是我最好的缪斯。

"遇见你,关于爱情,我无师自通。"

心脏跳得好快,被他触碰的腰间软肉发痒,呼吸急促,宋杏刚开口想要辩解些什么,却被他低头咬住唇。

明明刚才他喝的是酒,可此刻却好像含着一颗甜津津的清新水果糖在接吻。

印着她贝齿印的、涂抹着甜话梅般滋味的唇釉的下唇忽然被咬,宋杏吃痛,松开齿关,却给了他长驱直入的机会。

唇齿缠绵,连气氛都变得旖旎,宋杏喘不过气,好似溺水,一双圆圆杏眼变得雾蒙蒙的。

小狗富士不识趣地在周边转呀转,时不时还热情地冲着他们"汪汪"叫几声。

喝酒实在醉人,宋杏的贴身毛衣不知不觉被撩起,紧接着贴在肌肤上的是周霁年温热的掌心,好像黏人的爬山虎,越攀越高。

指尖好像沾上了奶油,柔软、雪白又甜蜜,周霁年坏心思地轻轻咬了下她的唇,收获一声娇滴滴的惊呼。

明明是冬天,可宋杏却感觉被明亮的灼灼阳光炙烤,不然怎么会感觉无尽口渴，只想多汲取一些水分。

每一个亲吻都好像一部漫长的电影，爱人的眼睛是最完美的主演，而暧昧的喘息是最好的节拍，蓬勃生长的情感是天才的导演。

终于结束这个吻，宋杳瘫软在周霁年怀中，气喘吁吁，早上对镜精心涂抹的唇彩全被他吞吃入肚。

周霁年慢条斯理地帮宋杳整理着忽然变得皱巴巴的毛衣，抱着她，轻柔地拍了拍她的脑袋。

宋杳缓过神，直起身，一手撑着他的胸膛，一手小心翼翼地将他嘴唇上沾染的梅子色彩擦尽，语气是沉闷的回南天，潮乎乎的："那你干吗用苹果核形容我？"

"因为苹果核是苹果的心脏。"周霁年回答，一双眼追随着她。

宋杳常怀疑他的目光是不是有温度，不然为什么总是把她的脸晒红。

他是小苹，他用苹果核形容她，而苹果核是苹果的心脏。

一句隐晦的情话。

脸颊红得像红气球，说不清道不明的快乐情绪慢慢将宋杳装满，整个人飘飘然的。

宋杳从他身上爬下来，低头寻找着刚才不知掉到哪儿的拖鞋，整个人还在持续升温，于是什么话都说不出，落荒而逃般地丢下句牛头不对马嘴的"我回去睡午觉了"，便匆匆离开。

周霁年看着宋杳小兔子般逃窜的身影，忍不住弯起唇，弯腰俯身抱起在一旁好奇"汪汪"叫了好久的富士，像摸宋杳脑袋一样也摸了摸富士的脑袋。

"我们富士不要也成为胆小鬼哦。"周霁年意有所指。

除夕夜的春晚节目热热闹闹地走向尾声，宋杳强撑着提起精神，坐在客厅陪着爸妈守岁。

倒计时，三、二、一。

在电视里主持人高亢激昂的报时庆祝落下的瞬间，玻璃窗外也绽起一朵朵绚烂烟花，把夜都照亮。

而宋杳捧着手机，屏幕映着与周霁年的聊天页面，她手指轻点，将删删减减编辑了许久的信息终于发出。

同一个瞬间，屏幕左侧也跳出一长串消息。

宋杏莫名不敢看，抿唇，退出聊天页面，开始在与迟椿和连城的三人小群、与陈桢桢的私聊，以及大学宿舍群中轮流发祝福消息。

窗外的烟火接近停滞，宋杏也在手机上将一切春节社交处理完毕，好像找不到其他躲避的理由了，只能慢吞吞地点开周霁年的头像。

整个页面都变白了，将背景图中肩并肩站着傻笑的初中小苹和杏杏都遮盖。

身旁的张虹和宋清平还在点评今年质量骤降的小品水平，电视机里传来咿咿呀呀的歌舞节目伴奏，宋杏捧着发烫的手机，好似捧着一块价值连城的宝玉，逃一般地躲进卧室。

周霁年的消息好长好长：

亲爱的杏杏：

新年快乐！

终于能正大光明地在你的名字前写上"亲爱的"三个字了。

已经数不尽这是我们一起度过的第几个春节了，其实我一直很喜欢这种节日，因为只有爆炸的喧嚣才能掩盖住我剧烈的心跳，也只有在今天，我才能名正言顺地坐在你的身旁，看你的一颦一笑，将我积攒了一整年的好听话与祝福一股脑地讲给你听。

在烟火中，我们返璞归真，暂时删去以往的磕磕绊绊与酸涩修饰，除却情人节、圣诞节，或许春节会是我最喜欢的节日。

我总会在这一天说上无数句"新年快乐"，明明是一模一样的四个字，但说给你听，总会变得不一样，好像话说出口都变重了，因为藏着无数说不出口的话。

其实在第一次告白前，回来的车上，很偶然的，车载电台播的是《词不达意》，于是我满脑子都是"要如何翻译我爱你"，只可惜我一直很笨，说出口的话也糟糕，只会把你吓跑。

可今年，好像格外不一样，或许是因为你。

应该要感谢你的，感谢你选择爱我，感谢你在我寂寂无名的时刻，成为绚烂的虹，连生命中连绵的梅雨季都变得美好。

新年快乐，杏杏。

希望在我的爱中，你只会感知到幸福，也希望我的爱，能让你成为更好的自己。

新的一年，我会继续好好爱你。

为了能名正言顺地说出这句话，我已经等了无数个春秋。

但因为是你，所以风霜雨雪都值得。

这或许只是一个序，因为我们会在罗曼蒂克中书写无数个章节，尾页不会有。

晚安杏杏，好梦。

紧接着，周霁年又发来一条信息，好像注脚。

周霁年：我的语文一直很差，现在我在听《词不达意》，但是关于"如何翻译我爱你"，我应该有了更正确的答案，答案会一直在明天。

笨蛋、骗子……

眼睛是池塘，他的文字是一场淋漓的雨，于是波光粼粼。

宋杏吸吸鼻子。

明明那么会写，高考语文还考了128分，还骗她说语文很差！而且明明是喜庆的时候，还逗她哭，果然是笨蛋。

但或许她应该也很坏，不然为什么此刻一颗心会因为他而变成吸饱了糖水的柔软海绵。

她指尖往上滑，看见自己那孤零零、干巴巴的新年祝福，只觉得不好意思。

明明每天都在和文字打交道，但总会产生一种类似于"近乡情怯"的怯懦，脑袋里组织的情话，一说出口就变得生硬。

但是，勇敢地表达爱，又有什么错呢？

她咬着唇，敲打键盘，深呼吸，点击发送。

Song：我好像总是慢半拍，迟钝地发现原来自己并不是童年构想的童话故事中的厉害魔女，并没有可以篡改糟糕成绩单的魔杖，也没有神奇扫把能够载我自由自在地流浪，更没有那可以变出一切美好的尖角帽。我总是以为爱情与我无缘，因为我笃定，没有人会比我更爱我自己。可是你的爱却让我拥有魔法，能够挺起胸膛，勇敢面对世上所有的恶龙，成为闪亮的我。

Song：多谢你的爱，我也爱你，很爱。

突如其来的深夜告白，却忽然给了宋杏灵感，于是，她拖过笔记本电脑，支在腿上，窝在床上便开始奋笔疾书。等再晃过神，电脑上的时间已经是"03"

开头了,而文档中的数字也慢吞吞增长到了三千。

她合上笔记本电脑,蜷进温暖的被窝中,忍不住感慨:

爱人是最美好的缪斯。

宋杳一边与周霁年地下约会,一边又争分夺秒地平衡着写作与论文学术,过了简单又幸福的春节三天假,就连人带着被塞得满满当当的行李又飞回了伦敦。

只是这次是她一个人来,周霁年在她出发的同时,也奔波进组拍摄。

应该是习以为常的旅途,可宋杳却在这个时刻觉得寂寞。

她戴着耳机,捧起手机,百无聊赖,想找他,却怕他在忙,于是最后只点进微博。

宋杳是有自己的微博的,是写作号,用来配合杂志宣传的,里面也只关注了杂志、同期作者和一些喜欢的作家及读书博主。她的微博也空荡荡的,除了一些稿件宣传和微小日常分享,几乎没什么精彩的部分。

可她的小号就不一样了,里面有她最爱的动漫同人创作,还有各种留学生奇葩事情分享,更有生活琐碎的吐槽与日常。

宋杳手指滑动,在自己的关注列表里翻呀翻,怎么都找不到周霁年的账号,才忽然发觉原来自己从来没有关注他。

她有点心虚,在首页中输入搜索周霁年,夹杂着些许好奇心,开始对他的微博进行了细致入微的浏览。

周霁年好像并不怎么发微博,其实挺符合他"积雨云"粉丝们所强调的禁欲高冷人设,最多的是各种宣传,偶尔穿插几条广告。

但这半年来,他更新的频率有所增加。

他生日那天发了一组九宫格,一张蛋糕,一张礼物致谢,一张工作室合照,三张新拍的宣传照,以及三张旧照片,他都穿着熟悉的实验中学校服。

那三张旧照片都是宋杳拍的,是她用自己第一台相机佳能 A590 所看见的他。

一张玉兰小区楼下的剪影,也是相机所捕捉的第一张照片。

一张圣诞节时,他捧着那颗她送的苹果的合照,她还记得自己开玩笑的那句"一天一苹果,医生远离我"。

最后一张是初三运动会,他跑完 1500 米后和陈秀兰的合照。

这条微博下面粉丝反响很热烈，也不乏粉丝酸溜溜地评论说"不知道和周霁年青梅竹马是什么样的感觉！那得多幸福啊""姐妹你可真会想，我只敢想想和他做同桌或同学[流泪]""日常羡慕苹果核小姐[烟]"……

而前几天除夕夜，他也更新了一条九宫格。

有年夜饭照片，那碗筷和菜色，一看就是宋杏家拍的。还有他的新年祝福照片，那张脸穿什么说什么都好看。分享小狗富士的照片是正常的，不正常的是那一张手机截图！

歌曲播放页面截图，歌曲是《词不达意》，那一秒所停留的是那句"要如何翻译我爱你"。

于是众说纷纭，有一小部分评论揣测是不是周霁年想恋爱或正在恋爱，而更多的是他的粉丝反驳为他撑腰，所持的态度是：已经是成年人了，也在靠实力吃饭，奖项都不知道拿了几个，我家哥哥爱干吗干吗！

宋杏忽然触动，开始想象。假设她与周霁年不是青梅竹马，那么是否现在，她爱他就像爱一个偶像，像是仰头看太阳，只能忍着泪见证他的璀璨。

胡思乱想着，好像时间都飞逝了，宋杏回到公寓，还没有梳洗休息，就先打开电脑开始写论文。

她要自己成为太阳。

在冰美式与燃到半夜两三点的桌前台灯的陪伴下，在循环了不知多少遍的歌单中，笑与泪共同谱写斑驳的春夏，宋杏捧着电脑，连键盘都敲坏过三个，带着她的黑眼圈与睡眠不足而长的小痘，以及忽然长至腰间的头发，带着她的论文与硕士学位，骄傲地赶在六月，出现在毕业典礼上。

毕业那天，宋杏错峰地在朋友圈分享了一首歌。

《22》。

而她的文案是：漂亮的不是22岁，而是依旧年轻的我。

张虹和宋清平与有荣焉，赶着说要飞来伦敦参加她的毕业典礼。而周霁年也忙不迭地表示他刚好也可以带着陈秀兰过来旅游，两家人可以结伴一起在欧洲玩一玩。

可宋杏与周霁年没料到的是，她与周霁年的恋情被发现，也是因为这一次旅行。

一行人浩浩荡荡飞来伦敦参加宋杳的毕业典礼前，宋杳跟周霁年商量了几天就敲定了这次的夏日家庭旅游行程。

以伦敦为起点，一共七天六晚，他们带着一生操劳的父母游西欧，并收集了父母的意见，还定下了法国、瑞士和芬兰几个地点。

周霁年刚好结束了手上电影的拍摄，相关宣发也已经提前完成，难得也拥有闲暇假日，在家庭旅游的夏日宣传单下偷偷藏了一份自己熬了好几个日夜设计的完美无缺的情侣地下约会计划。

想公开，但杳杳脸皮薄，周霁年也只能陪着她演着蹩脚的过家家。

有但并不限于：在视频通话时总戴着耳机假装和其他不存在的好友聊天，比如在家长询问"最近也没有跟杳杳/小苹联系"时冷静摇头，还比如周霁年飞伦敦"工作"的次数也忽然剧增……

周霁年也委屈，在她小小的公寓厨房，从背后紧紧搂着她，看着宋杳兴致勃勃地给刚烘烤香甜柔软的蛋糕坯涂抹奶油，语气闷闷地道："干吗不让爸妈知道，我很见不得人吗？"越说越小声，横在腰胯间的手也跟着收紧。他像是一只黏人的大型犬，他不否认他掺杂了些故意的表演成分。

裱花袋里的奶油差点挤歪，宋杳放柔了声音哄他："我只是……觉得有点尴尬。"

他的呼吸滚烫，落在耳后，莫名发痒，但宋杳却任由他抱着。

"一想到在爸妈面前和你见面都变成谈恋爱，就感觉不适应。你不是见不得人，你是太见得人了，我恨不得座金屋把你藏起来，所有人都不许看！"

周霁年被逗得轻轻笑了声，心跟着一松。宋杳裱花的动作加快。

"再说了，我可是跟我的好朋友们都公开了！哪有偷偷摸摸的！桢桢、连城他们可都知道呢！但跟爸妈公开的话，"她迟疑，"还是缓一缓吧。毕竟我妈那个性格你也知道，肯定要刨根问底的！那我总不能说，楼下小苹很早就想和我谈恋爱了吧！"

周霁年低头亲了亲她的耳朵，才不如她那么扭捏："你可以说呀。"

"玉兰小区D1栋201室的小苹就是一直很想和楼上301室的漂亮杳杳谈恋爱。"

他说得理直气壮，宋杳却又害羞了，挣开他的怀抱，把他推出狭小厨房，羞的成分多于恼："哎呀，你快出去坐着！你在这儿占位置，弄得我连蛋糕都做不好了！"

周霁年没戳穿她漏洞百出的借口,在她侧脸又落下几个吻后才心满意足地走出厨房。

按照周霁年做好的计划,在瑞士的两天,陈秀兰、张虹和宋清平三个人将会由周霁年的助理小温一行人带着一起玩。

在周霁年飞伦敦极不寻常的行程中,小温才迟钝地发现他们家周哥的感情动态有所变动,再经陈潮看热闹不嫌事大地一点拨,才知道今年年初和他一起快乐吃瓜的小宋原来就是那个苹果核小姐。

他气得直拍大腿,隔空埋怨宋杳没有瓜德!他下次再也不和她一起分享八卦了!

为了安抚小温并不重要的情绪,周霁年把他也跟着一起带来这次旅游了,还连同工作室的几个老员工,也算是变相的免费团建与旅游。

刚分手的陈潮看见小情侣更心烦了,他挥手拒绝,于是旅程就由精力充沛的小温带队。

而在三位长辈去看阿尔卑斯山和莱茵河的幸福时刻,宋杳和周霁年也一人扯着一个借口脱离大部队,进行秘密约会。

宋杳用当地正在举行的书展当幌子,而周霁年则举起电影宣发需要直播做挡箭牌。

两个人戴着大草帽,架着太阳镜,一人举着个冰激凌,在明媚阳光下无所顾忌地手牵手漫游。

计划应该很完整和巧妙地分双线进行,只可惜还是出了岔子。

他们怎么都没料到浩浩荡荡一行人到了莱茵河附近,全部齐刷刷闹了肚子,应该是早上吃的早餐出了问题,只能全员原路返回。

可宋杳和周霁年怎么能提前预知,小温并不是没有想过好心提醒他们,一边面色煞白,还一边举着手机想打电话给他们通风报信。

只是舒舒服服窝在宋杳酒店房间大床上午休的两人手机都不约而同地设了静音。

于是,当张虹用房卡刷开门想来宋杳行李箱里找点药吃的时候,她一推开门,明晃晃映入眼的却是互搂着在同一张床上睡得香甜的两人。

张虹手里的包"哐当"一声掉在地上。她还不敢置信地揉了揉眼睛,但事实却没有更改,小情侣清清白白地被她"捉奸在床"。

怎么前几天两个人还爱搭不理、互相不给眼色、生疏得丝毫不像青梅竹马，现在却可以亲亲密密地相拥而眠？

张虹弯身捡起包，开始怀疑起自己是不是确实和这些年轻人有代沟了。

被细碎声响吵醒，宋杳睁开眼，扒拉下周霁年紧紧抱着她的手，稍微抬起点身，没料到撞见的却是张虹瞪得圆圆的眼睛。

一下子，所有的瞌睡都被驱赶，宋杳急忙拍醒一旁安静睡着觉的周霁年，底气不足地冲门口喊了声："妈……"

周霁年也清醒，看着母女俩大眼瞪小眼，心中一下便了然，无比镇定地开口："张姨，我和杳杳在谈恋爱。"

他一边解释着，一边把还呆愣的宋杳牵下床。

看他们衣衫完整，张虹才微微又放回了点心："那你们前几天闹什么别扭呢？"

宋杳一张脸红得不像话，手足无措地站着看她，一会儿捋捋头发，一会儿又拽拽衬衫下摆，不知道如何回应。

还是周霁年临危不惧，演员的专业素养让他说出什么话都神色自若："前几天杳杳和我有点误会，吵架了，但现在已经搞清楚事情了，也已经和好了，阿姨放心。"

张虹还是有点不自然，走进屋翻找着肠胃药，嘴里碎碎念着："啊，和好了就好了，恋人之间最重要的就是相互沟通相互信任，嗯，嗯，挺好的，年轻嘛，就是要谈恋爱……"

看着张虹自己都没意识到的同手同脚的步伐，宋杳的不好意思也被逗得烟消云散。

周霁年偷偷牵起宋杳紧紧攥着衣服的手，习惯性地与她十指紧握，安抚地捏了捏她发凉的指尖。

等张虹从身体和心理的双重冲击中缓过来后，就是免不了的三堂会审。

陈秀兰作为男方代表先行开口："小苹，你跟杳杳谈多久了？为什么不公开？"

老师的威严依旧存在，让人下一秒就想握紧笔低头假装繁忙，生怕下一个被点名的就是自己。

"刚确认关系没多久。"周霁年难得又戴上框架眼镜，显得认真了许多，

"还没有公开是因为需要配合工作室协调,等相关媒体和品牌合作都沟通确认过后,到时候再公开才比较保险。"

周霁年一股脑儿把所有问题揽到自己身上,搞得宋杳一颗心软塌塌的。

看他表情不像开玩笑,语气也诚恳,陈秀兰一颗心才安稳许多。她最怕儿子欺负杳杳,到时候两家都尴尬,她教不好儿子,等下去了见到老周都羞愧。

"嗯,那这个公开的事情要尽快提上日程,总不能辜负杳杳!"陈秀兰板着脸,"我告诉你,周霁年,你要是敢欺负杳杳,我可跟你没完!"

陈秀兰总结:"人家杳杳那么乖,都是你哄骗,她才傻傻跟你谈恋爱,你要好好待杳杳,要谈恋爱就好好谈,结婚也可以开始考虑了。"

被说得汗颜,宋杳几次想开口替他辩驳,都被周霁年攥住手,轻轻摇头示意。

"我会的。"周霁年一字一句说得清晰,眼镜镜片遮不住那一弯澄澈湖水,"我会好好爱杳杳的。"

张虹用手肘捣了捣在一旁静静喝茶的宋清平,提醒他开口。

宋清平只得放下杯子,若有所思地瞥了宋杳一眼,宋杳一下就回想起在国内厨房的那一番对话,脸和耳朵一起发烫。

"小苹啊,把杳杳交给你,我也算放心了。你们都是好孩子,日常相处中的摩擦和曲折可能是难免的,但我只希望你们好好一起走下去,不管怎么样,这十几二十年的共同成长不是流水,不会悄然逝去留不下什么,而是阳光,你们在温暖中成长。"老宋难得文艺。

"杳杳固执、天真、调皮又薄脸皮,随我。"他笑了笑,不见任何羞愧,是完完全全的自豪,"麻烦小苹你多担待几分,有什么问题两个人解决不了的,也可以找我和你们妈妈。"

宋清平又对女儿说:"杳杳,小苹过得苦,你是知道的,但是爸爸相信你们拥有重新书写甜蜜的能力。"他看着宋杳好像一瞬间成长的脸庞,忽然眼睛有点酸涩。

很多话想说,比如追根问底,又比如催婚催育,可轮到张虹要开口时,她瞧着眼前这两双羞涩又明亮的眼睛,一下所有想法都打消,只挥了挥手,简单丢下一句:"趁着年轻,好好谈恋爱吧!要好好的哦!"

这一场拷问结束后,剩下三天的行程,小情侣也轻松自在多了。

牵手,拥抱,亲密接触,好像本就是日常的一部分,没有任何理由需要害羞。

手机里的合照数量也猛增。

"怎么样，公开也没有多严重吧。"周霁年在回国的路上偷偷给宋杳打预防针。

宋杳才不入他的陷阱："跟亲密的人公开其实是没有问题的，大家都是爱我们的。"

"但你如果要跟粉丝公开，那我或许还没做好准备。"她吃着冰激凌，老实地承认。

"为什么呢？"

"因为在粉丝眼中，偶像是趋近完美的存在，既然完美就应该无情无欲无求。"她抿一口冰激凌，言之凿凿地分享，"可是恋情一公开，粉丝就要伤心了，因为会发现他们其实喜欢的是想象中的你，而你因为情欲，也不再完美。"

"喜欢你的人应该都是可爱的人，我不想让他们伤心。"宋杳语气低落，之前不敢接受他的告白，也有这部分的原因。

"而且，既然你是臻于完美的，那么你的恋人也应该是符合想象的，可是我很糟糕，我也很胆小，我不敢接受那么多的目光，也承担不起这些'审视'。"

一个冰激凌吃完，宋杳幸福地弯了弯眼，举起手轻轻揉了揉周霁年忽然耷拉的脑袋。

"在人声鼎沸、喧嚣与骚动中，纯粹而罗曼蒂克地拥有只属于我们俩的爱情，不是也很好吗？"

周霁年顺势抓住宋杳的手腕，抿唇："是很好。可能是我太虚荣，拥有如此美好的你后只想广而告之，想宣告全世界，我得到了最好的爱。"

宋杳难得主动地牵起他的手，用着哄富士的语气哄他："不是你太虚荣，是你本来就很璀璨，明亮的好天气会连细小灰尘都明显。"

"等我回去努力工作，变成和你一样璀璨后，我们就公开。"她开了张空头支票。

周霁年抬起两人相握的手，什么都没说，只是轻飘飘地亲了亲她的白嫩手背。

宋杳回国前就已经拿到了工作邀约，就等休整后便拎包入驻连城名下的杂志及文学出版公司。

连城是沪市公子哥，她和迟椿是共同知晓的，可等到大家毕业后奔波在各种校招和招聘网站上时，她们俩才对"沪市公子哥"这五个字有了更明确的认知。

谁家的普通毕业生一毕业就可以搞出一家文化公司，甚至设备齐全，规模也不小，策划团队也齐全。

连城也向她们俩抛出了橄榄枝，说他的公司目前主要致力于实体书和文学杂志的出版。迟椿抱着玩一玩的兴趣入了股，宋杳比他们晚一年读书，也就跟看养成游戏一样看着他们搞。

没想到，才短短一年，公司就崛起，与一些国际获奖作家作品都有合作，也做出了许多爆款作品。

宋杳研究生一毕业，刚在朋友圈分享，连城就急忙叫她回国到他公司工作。连城毕竟读的是传媒相关的专业，一开口几句话，就渲染他们二缺一，非宋杳不可。

宋杳一不坚定，就点头同意了。等周霁年知晓的时候，她的入职合同都签完了，正晕头转向地忙着在沪市租房子。

一想到该死的连城，周霁年就忍不住耷拉下尾巴，但又舍不得跟宋杳说什么，只能可怜巴巴地眨眨眼看着她，说他刚好后续要逐渐转型幕后，他签的娱乐公司也在沪市，干脆他们俩一起在沪市定居算了。

看了一眼天价一般的房价，又被他苹果气息般香甜的吻搞得晕头转向，宋杳只得点头。

当了一两个月的都市丽人后，宋杳适应了工作的节奏，其实还蛮喜欢这份工作的，只需要坐在办公室里吹吹空调敲敲键盘，偶尔带上笔记本跟着迟椿手挽手去连城虚头八脑搞的总经理办公室开开选题会。

一回家就有周霁年洗手做的羹汤，还有可爱的小狗富士和在小区楼下宠物店一眼就相中的小猫徕卡可以左拥右抱，各种品牌的礼盒和新品托着周霁年的福也收了不少。

宋杳在回国后又开启的日记本里写：*我终于过上了小学时在《我的梦想》*

命题作文中所畅想的美好新生活。

可生活总有波澜。

12月23日,宋杳好不容易修改好了自己文档内的稿件,整理好了包,正准备下班赶紧回家给周霁年过生日,却忽然被迟椿一脸严肃地唤住。迟椿明明不是话多的人,可今天她东拉西扯就是不让宋杳先走。

宋杳疑惑,认真地问:"到底怎么了?"

迟椿看哄骗不了她,只能愁眉苦脸地将一切告知。

原来宋杳和周霁年在今天下午一起上热搜了,登顶的速度跟乘了火箭一样。

而热搜的话题名称是——周霁年恋情曝光。

不知是哪一家八卦狗仔曝光的,十八宫格,每张都是两人的合照,有伦敦冬季时期的,有以淮市为背景的,有欧洲旅行的偶遇,甚至在沪市的生活照都有。

"积雨云"一下沸腾了,有些比较过激的粉丝破口大骂,更有人凭借宋杳那几张模糊不清的照片开始对她进行人肉搜索。

宋杳就读的学校和经历被扒得差不多,但至少个人信息没有泄露。

迟椿提心吊胆,就是害怕宋杳一出门就被认出、被伤害。

"这些人怎么这么闲啊!我看那些伤害你的,都不是周霁年的粉丝!"迟椿见宋杳在看手机,小心翼翼地安慰。

可宋杳好像比想象中平静。

宋杳一打开微博,跳出来的先是周霁年的回应。

周霁年只发了一张照片,是两人初三时的那张胶片合照。

配文是:两小无猜。

照片上的两人青涩,嗅得到的青涩果子气息,是苹果汁,是杏子干,但更多的会是青春的柠檬被剖开,酸甜的汁液淋漓地飞溅,与碱性的悄无声息的暗恋中和。

不需要任何解释,也不需要各种澄清,周霁年只是无声地告知全世界:

他很爱她,在寂寂无名时,在意气风发时,比所有人都爱,也比想象中爱。

并没有所有人想象中的委屈与无措,宋杳感觉自己冷静得像是早上喝的那杯冰美式,只是在看到他的微博的瞬间,还是有一点流泪的冲动。

他们清白地相爱，不需要任何愧疚与羞耻。

宋杳拍了拍一旁担忧得直跺脚的迟椿，扯开笑，示意她自己真的没事，还反过来劝说她，让她放宽心赶紧回家休息，不然她家那个又要急了。

将她劝回去后，宋杳坐回自己的工位，点开那条微博详情。

出乎意料的是，评论下大部分都是祝福与安慰。

想起那些他昼夜不眠拍戏的疲倦日子，亲身上阵武打戏而残留的瘀青，咬着牙被灌的一瓶又一瓶的酒……宋杳只觉得心疼。

周霁年一步一步满身狼狈地走到今天，都是为了等待今天的温和。

他成为她生命中的好天气。

社交软件里挤满各种消息，宋杳挑选着只回复了一些关心，点开与周霁年的聊天界面，敲敲打打又删删减减，什么文字都无法表述此刻她想拥抱他的冲动。

正犹豫着，他的电话就打进来了。

宋杳清了清嗓子，接通。

"杳杳，"他声音严肃，"你现在不要上网，我会处理好一切的。"

听到她软声应答后，周霁年渐渐冷静。

"我已经看到了。"宋杳才没有那么脆弱。

"我很好，"她笑了笑，"终于公开了，或许也是一件好事呢！"

宋杳努力调动着雀跃的语气。

"对不起杳杳，我没有保护好你。"周霁年的声音闷得像是暴雨前的浓云。

宋杳猜想他或许红了眼睛。

"喂！"她开口，"你是不是小瞧我了！我怎么可能被这些流言蜚语打败哎！

"我很配得上你的喜爱，所以不怕所有杂音。

"你也要自信，我们是最般配的，不是吗？"

周霁年："是的。"

他的鼻音浓重，应该已经哭了。宋杳有点好笑地想。

"来接我吧！我们一起去拿你的生日蛋糕。"她不给他过多道歉与抒情的时间，爽快地丢下这句话后便挂了电话。

宋杳再次打开微博时，发现热搜已经变成了"两小无猜"和"周霁年工作室声明"。

宋杏好奇地点进去查看,是工作室转发的他的公开微博,还有配图一张。她点开图片,是一封周霁年的手写信。

> 她曾问我,为什么用苹果核形容她。
> 我说,因为苹果核是苹果的心脏。
> 我十六岁出演《野池塘》,十八岁正式出道。这么多年,感谢大家愿意爱我。
> 大家知道的是周霁年,是银幕上的我。
> 而她所认识的我是小苹(小苹是我的小名),我们从出生就认识,上下楼是我们的距离,而跨越这段距离,能够牵起她的手,我花了二十多年。
> 感谢她,同我在一辆自行车上,摇摇晃晃地行过幼稚期与青春期。她是我关于美的启蒙,也告诉我心动与爱的定义。
> 苹果核是苹果的心脏,她是我的心脏,宇宙的秘密都关于她。
> 这次公开匆忙,无意占用公共资源。感谢大家的爱与支持,也希望并恳请大家不要去打扰她。
> 我会成为镁光灯下更好的周霁年,用作品与成绩让你们的支持值得。
> 我也会成为只属于她一人的小苹,爱她,已经是我能想到的最浪漫的事了。
> 流水混账,词不达意,感谢!

没有其他话题的风起云涌,在这个微博评论下,只有齐刷刷的理解与赞美,也有不少粉丝学着他写起手写信来回应,但结尾是一致的一句"你的闪耀让我的爱拥有底气,祝百年好合,永远支持你"。

宋杏不知道周霁年得花多少时间与精力让这次的流言蜚语变得温和如春,再严重的骚动也不过变成了乱窜的柳絮,她轻飘飘地打了个喷嚏。

手机又响起,是他发来的消息:我在楼下。

这是宋杏最愉悦的一次下班,忽略一些同事的注视与目送,她拎着包急匆匆赶往地下停车场。

在这个瞬间,她好像又变成了那个期待着下课飞奔去停车棚找他的杏杏。

坐上车，宋杏什么都不急着说，直接直起身扑向他。

难得主动的一个吻。

湿漉漉的，喘息着的，暧昧又明亮的，一个吻。

她抬起头，看着他微微泛红的眼睑，坏心思地用冷冷的指尖去碰："小苹不会还红了眼睛吧？"她语气搞怪。

周霁年只觉得她古灵精怪。

他极少出现类似于害羞的情绪，抿着嘴，不说话。

"我知道，是只属于我的小苹差一点哭了。"宋杏笑着逗他，明明唇上的口红早就斑驳。

"不是让你不要上网吗？"周霁年像是炸了毛的徕卡。

"不上网怎么能看得到你的情书哦。"宋杏小心翼翼地从他身上爬下，坐回副驾驶位置，自觉系好安全带，侧脸看他。

"你只知道惹我。"周霁年摸了摸鼻子，不好意思。

"是你把事情惹大了才对！"宋杏反驳，"我看那些路人评论，都说不结婚很难收场哎！"

提到"结婚"两个字，周霁年就像遇水触电了的小机器人，人都变得卡顿，眼睛闪烁，不敢相信地自说自话："真的吗？结婚？"

"怎么了，你不想和我结婚吗？"

"没有，我在想我的户口本是不是放在淮市了。"

宋杏见他认真得可爱，"扑哧"又被逗笑了。

"拜托！你还没求婚！还想结婚？"

周霁年若有所思。

一场小小风波好像从未在他们之间出现一样，两人一笑而过。

他们将提前了好久就看好款式预订好的蛋糕取回家，这是第一个只有他们俩一起过的生日。

宋杏慢条斯理地将蜡烛插在蛋糕上，好奇地询问："你会不会觉得只有我们俩为你庆祝生日有点太安静了。"

"不是还有富士和徕卡吗？"周霁年轻飘飘地反问，"有你在，我就很高兴了。

"生日对于我，不过是我妈妈的受难日，除却更爱我妈妈一点，仅存的意义只剩一个——能与你一起开开心心地吃蛋糕。"

零点的闹钟响起。

宋杏撑着下巴,看他点燃蜡烛,一颗心好像也成了蜡烛一般,柔软地流泪。

"快许愿!"她催促,小声为他唱着生日歌。

他的脸庞在烛光朦胧中也变得温和。

他许的什么愿望,宋杏无从得知,只是当一边搂着徕卡,一边吃蛋糕时,忽然决定,她可以更爱他一点。

所谓的绯闻八卦热搜只短暂地存在,宋杏依旧做她的事业女强人,周霁年继续拍戏。

只是粉丝对他的评价却渐渐跑偏,从以前深信不疑的禁欲高冷男神变为"喊他小苹会被他红着耳朵严肃矫正的可爱苹果"。

小情侣依旧甜甜蜜蜜,可陈潮却气炸了,他一想到花了那么多钱去摆平这事,就心疼!

而且时间又不巧,刚好在周霁年生日前一天,搞得陈潮心心念念大半年的生日见面会都泡汤了。

陈潮好几天都没给周霁年好脸色,觉得自己再这样伺候他下去,至少要老十岁。

但在宋杏的撺掇下,周霁年还是先松了口,主动问陈潮,2月14日办粉丝见面会好不好。

陈潮一边数落着他总算有点良心,一边夹着手机打开电脑开始联系场地和赞助。

"怎么舍得把情人节让出来,不和你们家那个'她'约会?"他没好气地问。

"我们在一起的每天都是情人节。"周霁年最近说情话的水平大幅提升,把陈潮酸掉牙。

周霁年补充:"而且,见面会杏杏也会来。不要搞到太晚,她第二天还得上班。"

陈潮白眼都要翻到天上去了,可惜周霁年看不到。

"你得对你的粉丝好一点!"宋杏软声说,"她们好可爱的!"

自从上次看了评论后,宋杏每次都很期待周霁年发微博。她爱上看评论,每次都会被逗笑,还会把有意思的留言拣出来跟周霁年讲。

于是，她这次还搜集了许多"积雨云"关于情人节见面会的想法，比如唱歌、跳舞、真心话大冒险之类的，并一股脑地丢给周霁年，眨着眼睛，弯起唇，期待地看着他。

周霁年怎么舍得拒绝她，只能无奈地叹息点头。

情人节的见面会定在晚上，宋杳打扮得漂漂亮亮地出门，拿着周霁年给她带来的两张票，约着刚好来沪市出差并有空闲的陈桢桢出门。

两个人夹杂在粉丝中，乖乖检票入场。

陈桢桢听着"积雨云"的彩虹屁，忍不住朝宋杳眨眼使眼色。

宋杳莫名耳热，只当假装没听见。

对应着票根所在的位置坐下，宋杳拿起从门口后援会处领取的应援物。

一根荧光棒、一沓打印的漂亮照片、一堆以他的不同时期剧照为封面的明信片，还有一条手幅，画着苹果和他的卡通人物形象。

"果然是大明星啊。"陈桢桢忍不住感叹，"真是好运气，这次恋情一曝光，他那个手写信加太多分了，路人粉都变多了，真爱粉更是都在维护你。"

"他本来就很值得被爱的。"宋杳眼神温柔地说出这句话。

她们俩没闲聊多久，见面会就正式开始了。

屏幕上播放起周霁年从《野池塘》到最近刚上映的《再见》中所有他参演的角色的混剪。

从青涩到游刃有余，有哭有笑，仿佛一部生动的成长纪实纪录片。

身边已经陆陆续续有人开始抹眼泪吸鼻子。

视频结束，周霁年出现在舞台上，所有的灯光都聚焦在他身上，他是此刻最耀眼的存在。

他穿着黑色衬衫和黑色西装裤，上衣袖子挽起，小臂肌肉线条明显，鼻梁上架着一副黑色半框眼镜。

一出场，尖叫声无数。

"情人节快乐。"周霁年开口第一句话就是这句，满脸笑容，屏幕高清，他的小痣都清晰可见，"大家好，我是周霁年，感谢大家，来此次我的见面会。"

"能与你们一同度过这个情人节，是一件幸运的事。虽然已经说过很多遍了，"他顿了一下，又笑，"我还是想说，感谢大家爱我。"

周霁年连唱了好多首歌,还穿插着一段唱跳。快到结束时,他换了一身衣服,穿着很简单的牛仔套装,微微喘着气,进入最后的提问环节。

陈潮上台来组织,抽取了五个粉丝提问。前四个粉丝的问题都很温柔,比如下一部戏有什么打算,不打算录录综艺吗之类的。也有一个粉丝站起来握紧麦克风就开始流泪,剖白了自己的追星感谢,惹得大家哭倒一片。

最后抽到提问机会的女生红着脸站起来,说出口的问题却很精彩。

"可以聊聊她吗?"那个女生解释,"我们不仅只喜欢银幕上的你,也想多了解小苹一点!感谢你陪我整个青春,也祝你甜蜜幸福!"

她这个问题引得全场沸腾。

周霁年低头,扯开笑,是在电视上从未见过的害羞,再抬起头,连耳朵都红透了。

"苹果核小姐……"他看着摄像机,启唇又闭上,好像不知道应该如何形容她。

"她挑食,她语文很好,她跑八百米很糟糕,她有一颗敏感又稚嫩的心。"他静静地说着,现场连呼吸都安静了,"搞不懂为什么喜欢她,等发现的时候,已经完蛋。"

"我暗恋了她四五年,表白被拒一次,又追了三四年,"他摇头,"是我太笨,不知道怎么讨她欢心,所以很怕风吹草动吓走她。"

"现在,已经在一起一年了。"周霁年有些紧张,话筒从左手换到右手,又笑,"她十八岁时举着相机对着我问,有什么想说的。"

"我戴着耳机,耳机里唱着《天天》。在一起那天,我忍不住也在朋友圈里发了这首歌。"他抿嘴,藏不住笑,"我没有回答她,也不敢,只能让耳机里的音乐替我说。

"我想对她说:'天天对你说我有多爱你。'"

见面会结束,送别陈桢桢后,宋杏揉了揉眼,按着手机上的信息走进后台。

周霁年倚在门边等她,看见她,不好意思地笑着,对她说:"走吧,我们回家。"

宋杏小跑着上去,牵住他的手。

十指紧扣。

第十三章

苹果成熟时

在一起后,宋杏在无数个瞬间,都会忽然朝周霁年发问:"你是什么时候开始暗恋我的?"

她的眼睛睁得圆圆的,像是闪亮亮的灯泡,把周霁年那陈旧的闭口不谈的暗恋往事都照亮。

宋杏扯着逃避的他的衣角,绕着他转,天真地反复追问,有点她做学术时的执拗了。

"不记得了。"周霁年总是捋直了语调,毫无波折地回答,妄想逃过一劫。

她噘起嘴,连着早上花了好长时间才扎成的漂亮高马尾都无精打采地低垂。她低头,撒开扯着他的手,双手环胸:"哼,我看你根本没有那么喜欢我!"

看惹她生闷气了,周霁年刚才那些千回百转的念头都消散了,温柔地拉她坐下,打算采用迂回战术。

"杏杏,你怎么突然好奇这件事了呢?"

"我的暗恋是失败的。"他习惯性地牵起她的手,黏人的小猫徕卡在两人腿间玩着捉迷藏,"可,最终不还是有情人终成眷属了吗?虽然其中好像没我什么功劳,但还是最感谢你愿意走向我,愿意爱我。"

听着他的话,好像在透过X线看着苹果,血管、细胞、连跳动的心脏都一清二楚,宋杏并不完全存在的情绪一瞬间又被掉落枝头的一颗苹果砸灭。

她顺势倚进他的怀里,再捞起调皮的徕卡,只能道出自己的烦恼。

"嗯……其实我也不是很在意暗恋这件事!"她揉了揉徕卡胖胖的脑袋,努力让语言组织得委婉,"只是,我们杂志下期的主题是'暗恋'……连城自己暗恋失败就丧心病狂,强制要求我们几个执行主编每人得写一篇切题的短文出来!他要新增什么编辑聊天室栏目!"

她碎碎念地抱怨着，话都黏在一起，像是甜蜜蜜的麦芽糖。

说完，宋杏还试探着抬头看他的表情，害怕他在意自己把他当写作素材这件事。

可周霁年这个唯杏杏至上主义者，只觉得她可爱，怎么可能会生气。

"而且——"宋杏又开口，眨眨眼睛，仰着头看他，"我真的搞不懂，为什么你会暗恋我！"

"你不管是初中还是高中都是学校响当当的风云男神，又好看，成绩又好，而且正正经经的模样更招人了。做你同桌那些年，我可实打实地见证了你桌肚里的粉红信件每年只增不减！"她开始细数他的故事，语气都激动，不像捻酸，倒像是眼巴巴等着听八卦的样子。

周霁年刚蹙着眉想开口解释，宋杏就继续叙述，堵住他的话。

"可我，那就普通多了吧！"她才没有一点自卑的情绪，说出口的瞬间反倒沾着点自豪的番茄酱。

"每天都素面朝天，黑眼圈和青春痘是标配，衣服也是灰扑扑的中学校服，扔到人群里，我们家老宋都得找半天。而且，明明有段时间，我的性格好差，或许是别扭的青春期，不喜欢和你凑一起，不想只当那个'周霁年的青梅竹马'。"

她皱着脸总结："所以，我怎么都想不通你怎么会暗恋我呀！好像我们之间也没有什么特别罗曼蒂克的瞬间让你能够钟情吧！"

周霁年忽然脸红，不知想起什么，眼神都飘忽了。

"你才不普通。"他亲了亲她的额头，佯作吃醋，"你在学校可是出了名的文艺小作家。参加学校晨星杯作文比赛最后只获二等奖，你气得大改特改，加了个藏头'晨星杯好烂'，最后还被刊登上校报，这件事还不够你在学校拥有自己的名字吗？那个时候我可记得你的名字和那篇作文在我们学校贴吧和校园墙上挂了好几天呢！"

被说到黑历史，宋杏将头埋在他臂弯，只露出红红的耳朵，小声哀求着他："不要再提啦！年少轻狂！年少轻狂！"

"而且隔壁班的林沛也跟你递过信；那个头发长长的小学弟，在两个班一起上体育课的时候还给你送过水；还有那个学长，不还送了一本书给你，扉页落的文字把我牙都酸掉了……"周霁年揉着宋杏发烫的耳朵，坏心思地逗她。

宋杳眼睛水粼粼的，举起拳头，毫无威慑力地撒娇似的捶捶他的胸膛："你不要再说啦——"

周霁年握住她的手，笑着说："我是想说，我们杳杳一点都不普通，可爱又厉害，值得所有的喜欢。

"你没有暗恋经历，是因为你足够闪亮，你的爱可以清白又敞亮地说出口。这么好的你，成全了好多人的暗恋，或许也是青春的另一种色彩。"

"那你呢？"宋杳撑着他的腿坐直了身子，转身跨坐在他腿上，双手环着他的脖颈，目光如炬地直直望着他，"不说暗恋了，我们聊聊你为什么会喜欢上我，或者说……什么时候开始喜欢上我的。"

周霁年扶着她的腰帮她坐稳，说不出口，只能低头亲她。

他先吻她颤巍巍的眼睛，再吻她小巧的鼻子，又碰碰又红又烫像刚煮熟的番茄酱一样的耳朵，最后落在她涂着亮晶晶唇釉的甜甜唇瓣上。

徕卡被两个人类黏糊糊的气息吓到，飞逃离开，继续和富士"汪汪喵喵"地拌嘴。

吻可以代替一切言语。

周霁年不想承认的是，当他忽然很想偷偷亲一亲宋杳的那个瞬间，他就可耻地察觉到了自己的心慌意乱，暗恋也由此开始。

高一那个暑假。

他每天都捧着因为拍摄《野池塘》而落下的功课准时准点地跑到楼上301室宋杳的卧室，两个人一起挨在那张小小的书桌前埋头苦写。

淮市的夏天是橙黄的，晒得人汗流浃背，连窗外那棵玉兰树都变蔫了。

周霁年在热腾腾的午后与宋杳肩并肩，桌子太小，一伸长腿，就会碰到她白嫩嫩像小布丁般冰凉的腿。

其实应该收回腿的，周霁年所受的绅士教育这样告诉他，可他却好像中暑了，晕头转向的，贪恋这一小片肌肤相触的清凉。

宋杳的卧室是有空调的，只是每天开空调电费太惊人，张虹只舍得在她房间多放一台电风扇。

电风扇从他们后背吹来风，她凌乱的头发乱飘，刚长长的头发像春风中飘摇的婀娜春柳，一不小心就会划过他的肩膀，痒痒的，像是要过敏。

陈秀兰在他每次上楼写作业时总会往他手里塞点东西，要他们一起吃。

有时会是自己熬煮的冰镇酸梅汤，有时会是冰箱里刚拿出的冰棒和冰激凌，更多的时候会是洗净的水果。

从白瓷盘中捻起一颗草莓或是樱桃，宋杳塞进嘴里，幸福地眯起眼，好像连桌子上难解的数学题都变得面目可亲。

嘴唇被染成娇艳的粉红，指尖也沾染了颜色，莫名艳丽。

宋杳在燥热的夏天最喜欢穿吊带裙，松快又舒服，漂亮水灵得像是莓果味的苏打水。

可吊带裙好像什么都遮不住，于是张虹耳提面命，要她出门前得套上外套，或者换下衣服，只有在家她才能舒舒服服地穿着裙子游荡。

只是苦了周霁年。

每次遇见她，他的眼神就忽然失去目的地，她像是一团蓬松甜蜜的奶油，将他搞得狼狈不堪。

那些夏日午后要怎么说出口呢？

周霁年看着宋杳闪亮亮的眼睛，叹气道："在我忽然想要吻你的瞬间，我就发现了自己藏不住的暗恋心事。"

宋杳愣了一下，看着他鼻梁上的小痣，小声念叨："我还以为你走的是纯情暗恋路线呢。"

她坏心思地笑了笑，松开一只手戳了戳他的脸颊："只是想吻我吗？年轻气盛的年纪，就没有想点别的吗？"

周霁年捉住她作乱的手指，垂眸，用着小狗的眼神望着她："我那时候想的，现在不都实现了吗？"

想起昨晚两人闹到半夜的缱绻，宋杳不说话了，瘪嘴："哼，你还好意思说！我的腰还酸着呢！"

闻言，他扶着她腰的手就开始乱动。

"我帮你按一按。"周霁年说得倒是义正词严。

"痒！"宋杳躲了一下，脸上荡着笑。

两人闹作一团，小狗富士和小猫徕卡听着突然盈满房间的声响，迷茫地对视。

搞不懂，或许这就是小情侣的情趣吧。

宋杏敲下一个字，就忍不住叹一口气。

她对着电脑屏幕上半小时仅有寥寥几个字的文档无奈，翻翻手边的书，咬一口手边洗净的饱满草莓，再唤来富士和徕卡摸一摸逗一逗，好像什么都比工作幸福。

看着她心不在焉的身影，一旁的周霁年合上手中的剧本，询问："杏杏，怎么了？"

宋杏趴在电脑键盘上，脸颊指挥着光标在文档上落下一个又一个无意义的字符。

"写不出来。"她哀叹，"我真的不懂暗恋！"

宋杏皱起脸："都怪连城这个疯子！自己情场不得意，就要这样子折磨我。我看迟椿应该也在骂他！你说说他，自己安排这个命题，要是迟椿真写出点什么来，他自己看着不又得窝心死！搞不懂搞不懂！"

"要不然你试试来暗恋我？"周霁年起身走近，轻轻摸了摸她的头，"不过我感觉，如果你先喜欢我，勾勾手指头，肯定就把我骗走了，哪需要暗恋。"

"你别说，"宋杏牵起他的手垫在脸颊下，继续趴在桌上，"如果我们不是青梅竹马，如果你不是小苹，而是周霁年，可能在少女时代，你会成为我关于暗恋的联想。"

"在我们不是青梅竹马的世界，我也许会暗恋你。"宋杏忽然精神，直起身，右边脸颊被压得红红的，酒窝又陷落，她掰着手指头，开始理清思路。

"首先，故事背景还得是玉兰小区，但不是 D1 栋 201 室和 301 室，而是 D1 栋 201 室和 D2 栋 201 室的故事！"她叉腰，"如果我们不是上下楼，就算是隔壁单元，可能故事都不会开展。"

"你幼儿园那些青苹果味早餐奶也就没有人帮忙喝了。"她俏皮地笑着。周霁年低头亲了亲她的酒窝。

"但是，我们应该还是校友的，就我妈那个性格，肯定会把我搞进实验小学的，但是没有了你妈妈的助力，我才不可能进一班，那我就在二班吧！"

宋杏越说越起劲，开始构思起一个陈桢桢高中时痴迷的校园暗恋青春疼痛小说。

"我们不是青梅竹马，也不是同学，更不是同桌，那么我能接触到你的机会只有在实验小学的合唱团！但是按照你的性格，才不会跟我搭话，我们顶多混个脸熟。"

"不过表彰大会什么的,我们还是有机会碰一面的!"

"小学才不能暗恋!小学生就是要快快乐乐地玩!"

"那么我的暗恋有可能发生的地点就是实验中学了!"

宋杳一边思考一边天马行空地遐想,而周霁年站在她面前笑着听她叙述。

"首先,你长得好看;其次,你成绩好;再者,你的闷骚性格和迷妹们给你包装的高冷纯情男神形象很为你加分。"她冲他眨眼,"说不定我还真可能会暗恋你。

"中学,我们倒是都有可能同班,毕竟我对你的成绩和我的成绩都还蛮自信的!但是我们应该不会成为同桌了,学校可是有着'男女不同桌'的隐藏校规。"

"我们可能就在运动会 4×100 接力赛的交接瞬间产生点交集,或许你身为班长,还会找我聊聊我糟糕的数学成绩……"宋杳越说越兴奋,"故事还可能发生的地点除了玉兰小区和学校,就只剩 A28 路公交车了!"

A28 路公交车是从实验中学到玉兰小区最便捷的一路公交车,宋杳与周霁年不知在那辆公交车上一起挤过了多少个湿嗒嗒的雨天。

"我的暗恋肯定是会有契机的!"

宋杳假装推了一下并不存在的眼镜:"会是某个下雨天,我没有带雨伞,落汤鸡一样地上了车,全车人都唯恐避我不及,只有你递给我一包纸巾擦擦湿透的校服。

"因为校服很薄,一湿,什么就都看得见了!所以你还把自己书包里的校服外套递给我,毕竟我们就算不是青梅竹马,但至少还是同学嘛!而且你可是一个助人为乐的好人!

"等下了车,你居然递给我雨伞,也没说什么,就淋着雨跑回了家。我拿着你的伞,披着你的外套,或许那个瞬间,我就知道什么叫作暗恋了!"

宋杳说着说着便扭回身,不愿放过任何一个灵感,在键盘上敲打起来,嘴里继续捋着思路。

"然后你就去拍《野池塘》了,我那幼稚的心意,一下子就更说不出口了。"

"于是只能在网络上争分夺秒地浏览着有关你的消息;上厕所或是在饮水机排队时,竖起耳朵捕捉关于你的一切;要不然就是在小区楼下多嘴的大叔大姨那边听听你的情况。"宋杳忍不住感慨,"哇!暗恋好累啊!"

"然后升华的剧情就要来了!"她充当着人形弹幕,"因为我们会一起乘 A28 路公交车回家，或许某一天等我上车时，车上只剩下最后一个座位了——就是你身旁的座位。我心脏'怦怦'跳，攥紧了书包肩带坐下。

"可车厢里忽然又挤上来一群人，你一言我一语的，好吵，所以我拿起书包夹层里的 MP3，看着你皱起的眉，我平生第一次那么勇敢，我把另一只耳机递给了你，小声问你要不要一起听。

"让人喜出望外的是，你接过耳机，对我说谢谢。"

"耳机里会播什么呢？"宋杳撑着下巴，看着一瞬间变得丰满的文档，犹豫。

"听《小半》吧！"

不敢回看
左顾右盼不自然地暗自喜欢
偷偷搭讪总没完地坐立难安

宋杳小声地跟着哼唱："多适合暗恋呀！

"三站路的距离，一对耳机线的长度，就这样摇摇晃晃听了一路，司机一个猛刹，耳机也掉落，我的暗恋被按下暂停键。

"但是，我开始期待那一个个雨天或阴天，那样我就可以假装不在乎地在你身边坐下，鼓足所有的勇气不动声色地递给你耳机，播放起我熬了好几个夜挑选出来的歌单。

"可暗恋终究难以圆满吧，你是天生的大明星，而我更适合仰望。

"或许某天我行色匆匆地在十字路口等待红绿灯，不远处的广场大屏亮起，会是你的脸，我应该会恍惚的。

"仰起头看着屏幕中的你，耳机里恰好播到那句'走了一段；他的耳机牵住你的夏天'，绿灯闪烁了许久，我才回过神。

"踩着'褪了流行的回忆撑了好几年，转了一圈，还是一个人回到原点'，我走过斑马线，躲过有你的屏幕，却没有躲过关于你的回忆。"

敲下最后一个句号，宋杳声音闷闷的："怎么办，我有点想哭。

"暗恋就是这种感觉吗？酸酸胀胀的？"

她转过身仰头看着周霁年。

"暗恋是酸甜的。"一直静静站在她身后听着她絮絮叨叨的周霁年忽然开口,声音微哑,用指腹蹭了蹭她的眼睛,"以前一直为着我们的青梅竹马身份烦恼,但听你一讲,我却开始庆幸。

"感谢命运,让我们成为小苹和杏杏,让我能够替你流泪。

"或许在这个人生模拟游戏的其他世界线中有着你所说的周霁年和宋杏,但也绝对不会只是这样的结局。

"周霁年可能也在暗自祈盼一个能够乘坐公交车的雨天呢?"

他轻声哄她。

"好吧,我开始懂得暗恋了!"宋杏叹气,主动牵起他的手,"真是辛苦你了。"她认真地说,关于文字的高敏感让她的情绪也跟着跌宕。

"不辛苦,暗恋你是我的幸运。"周霁年弯了弯眼睛。

"我有灵感了!等我写一个酸到流眼泪的暗恋故事吓到连城!"宋杏一下又满血复活。

"不知道其他世界的宋杏和周霁年有没有相爱呢?"她好奇。

"会的,你是我的苹果核,你是我的心脏,也是我的锚点。"周霁年搂着宋杏的肩膀,

"原来我这么重要吗?"

"是的。你是暗恋唯一的代名词。"

求婚在摩天轮定格在最顶端的一霎,而婚礼定在六月,夏天的序章,在欧洲的一个小镇,童话般的罗曼蒂克,宋杏看着浪漫电影敲定的时间和地点。

婚纱经千挑万选终于订下,还有配套的珍珠项链和耳环,看着镜子中穿着婚纱的自己,她都忍不住脸红。

手捧花是周霁年定制的茉莉与白玉兰,穿插着点缀珍珠串成的蝴蝶,可爱又灵动。

婚礼前一整夜翻来覆去,宋杏怎么都睡不着,一大早又被拉起来化妆打扮。宋杏瞧着镜子中漂亮到陌生的自己,忽然有种不可置信感。

宋杏挽着宋清平的手,前面有活蹦乱跳的富十与徕卡带路,她的心脏跳得好快,耳边是《婚礼进行曲》,灯光璀璨,镁光灯为她停留,手中的捧花茉莉花香馥郁。

关于生命的瞬间忽然倒带,一幕幕都生动鲜活。

那个与周霁年紧挨着撑着伞踩着水坑漫步回家的雨天，那个分享着耳机在自行车上晃晃悠悠的艳阳天，那些个一撞上眼就脸红心跳移开眼睛的画面，那些个扭扭捏捏酸甜的对话……

"杏杏……"周霁年开口，却发现声音都在微微发抖。

他深呼吸，看着面前身穿婚纱、头戴花环、捧着鲜花的她，只感觉一颗心软乎乎的。无数个日日夜夜，数不清的拥吻，都变成此刻在周霁年心脏中翻涌的蝴蝶。

心脏的每一次颤动，都在告诉周霁年：

你比你想象中的还爱她。

"第一次见到你，已经记不起来，但是那些个你捧着青苹果味早餐奶，在小太阳幼儿园，坐在小凳子上絮絮叨叨跟我讲着小猫与小狗的自编童话故事的瞬间却无比清晰。

"我们是青梅竹马，是玉兰小区 D1 栋 201 室与 301 室的上下楼，三米的层高，24 级台阶，是我与你的距离，可我真正走向你，却花了十几年。

"搞不清自己为什么这样无可救药地爱你，这是一个无解的命题；我总是太自私，想让你爱我一点，再多一点。明明你是杏杏，却总用苹果核形容你，好像这样你就会住进我心中。

"第一次跟你约会，难得的好天气，可手心又湿又闷，手机从左手换到右手，不知道要怎么牵起你的手才不显得狼狈。连吻你，都需要重复一千个深呼吸。

"我嘴笨，连一个表白都说得结结巴巴、语无伦次，可那句'我爱你'我在心中依着你的模样誊写了无数遍。

"明明演过那么多感情戏，可面对你，积攒的那些经验却全部归零，我的生命是阴雨天，潮湿而又闷热，可你的存在，是越过缠绵雨珠的艳阳天。

"你一笑，我的生命都明亮。

"明明写了好久的宣言稿，可一看见你的眼睛，我却什么都忘记。

"只想说，我爱你，杏杏，而这句话，我想天天对你说。

"你愿意，嫁给我吗？"

周霁年拿出戒指，笑着看她。

需要咬着唇才可以藏住流泪的冲动，宋杳心口发烫。

夏天的真谛好像在这一刹那降临，关于爱，她是初学者，但侥幸拥有了最好的爱。

应该说些什么呢？说她的少女心事，说她的心跳加快，说她的青涩与笨拙……该说的有很多。

可宋杳好像在此刻，除了"我愿意"，什么都说不出了。

"我愿意。"

宋杳柔声说，酒窝甜甜的，是新篇章书写的冒号，也是人生游戏新剧情的起点。

无名指戴上戒指，连同心脏，这是爱的誓言。

周霁年低头，轻轻吻她。

好多欢呼，好多流泪，连富士和徕卡都在"汪汪喵喵"地叫。

可周霁年与宋杳此刻却什么都听不到。

他们俩另成宇宙。

苹果核是宇宙的心脏，盘绕的耳机线是小行星带，爱是这个星球的氧气，201与301是宇宙奥秘的密码，茉莉花是南半球，白玉兰是北半球，日出与日落是吻与拥抱……

爱情是选择题吗？好像不是。

爱情是判断题吗？好像也不是。

爱情或许是两颗心的同频震动，是湿漉漉的吻，是缠绵的夜，是我爱自己也爱你，是不可言喻，是词不达意，是每次对视都想笑的冲动。

在温柔的风中，周霁年亲了亲宋杳的酒窝。

新婚快乐，祝你祝我。

因为几张狗仔的偷拍，周霁年与宋杳的多年恋情也天光大亮，"苹果核小姐"的头衔终于寻到正确归宿。

网友们感叹于他们高颜值的同时，也顺藤摸瓜找到了"苹果核小姐"的更多信息，比如她叫宋杳，比如她十几岁时刊登在中学生作文杂志上的文章，比如她现在作为主编管理的文学杂志，还比如她前几年出的虚构小说。

这是那一年度被高分评价的书籍，书名叫《星期八恋爱》，虽然书名明晃晃地与"恋爱"挂钩，可故事里并没有多少涉及爱情的部分，只描绘着阴晴圆缺的亲情、友情与爱恨，写着几个女生交织的一生，写着泪与笑，却没有几句与两性感情相关。

宋杏的一切被高度搜索，连中学时的人人网账号与大学时的博客都被翻出，一些青涩又靓丽的旧照成为"青梅竹马"的爱情得以酝酿的依据，而一些闲言碎语都能与那时的周霁年所关联。

翻阅各种落灰的细节，网友们只高呼越嗑越好嗑，越嗑越有，一时之间周霁年与宋杏的热度又连着好几天高高挂起。

连着宋杏的那几本书都热销，很快她就收到了连城说要再版的通知，并让她重新写个序。

宋杏对着电脑叹气，撑着下巴，不知道应该写些什么，总感觉第一版的序已经写得够多了。

捧着书在一旁静静陪着她的周霁年看着她愁眉苦脸的模样，忍不住关切地开口："怎么啦？"

宋杏说不出具体的缘由，只觉得自己似乎也迈向了"江郎才尽"的困境，短暂地丧失了表达欲，忽然不知道应该再写些什么。

她索性合上电脑，趿拉着拖鞋跑到周霁年身边，躺倒在他怀里。

"很累就休息吧。"周霁年伸手轻轻顺着她的头发，正看到关键点的书被合上孤零零放到一旁。

"不是。"宋杏顿了顿，努力组织语言，抬眼看着周霁年依旧英俊的面庞，"连城让我写个再版序，可我却不知道写些什么了。"

"那就别写了。"周霁年笑着说，他是认真的，如果杏杏不想做，他可以为她解决一切。

宋杏捉住他的手，百无聊赖地对比着两人手的大小，然后十指相扣："不能不写。"她晃了晃两人相牵的手。

"我只是觉得时间好快，今年居然是我尝试开始写作的第十五年，好神奇啊。"宋杏眨眼，"我居然能坚持一件事坚持那么久。"

"我另外能坚持那么久的事情是爱你哎！"她弯起眼睛，像月牙，卧蚕是月亮柔软的鳞片。

"这样说来，你在我心中可跟文字一样神圣！"宋杏难得说情话哄他。

周霁年的好心情显而易见，用着空着的那只手捏了捏她的耳垂："我也爱你。"

两人闲散地躺倒在一块儿,消磨了一个温暖的下午。

宋杏忽然拥有了些来之不易的灵感,熬着夜,顶着黑眼圈,伴着手边周霁年亲手煮的咖啡,洋洋洒洒写了好些文字,简单挑拣了一下错别字,就一股脑全部发给了连城。

也不等他反馈,她就昏昏沉沉在周霁年怀中睡去。

于是等宋杏下次与这个夜晚的文字见面时,它们已经是以铅字的形式在纸张上存在了。

突然收到编辑的要求,让我写一篇再版的序。

思来想去,我不知道写些什么,与我先生漫无目的地聊,才发现,自我开始写作到今日,掰着手指数,居然快十五年了。

然后回想起我第一次尝试认真写点东西,不可避免地联想到我先生,居然发现,我写作的每个瞬间,都能窥见他的身影。

好像大家都对我们的故事很好奇,而这本《星期八恋爱》也被大家反馈欠缺与爱情相关的部分,那我索性写写与他相关的东西吧。

第一次尝试写东西,在初中,其实都根本算不上是什么,只不过是无病呻吟的酸溜溜的文字,写了满满好几个厚厚数学草稿本,藏在数学练习册下写,小心翼翼用手臂掩着挡着周边的目光写,熬着夜骗着爸妈说是作业没写完点着灯写……

他从初一开始便一直与我同桌,我的小小写作初尝试瞒过了所有人,却没有瞒过他。

但好像从小到大,我们一直共享着许多秘密,于是,我将那些拙劣的文章给他看。那么糟糕的文字,他却赋予了极尽美好的形容词,并鼓励我尝试投稿。

我永远忘不了那天语文早读课,他往我语文书中夹的那张小纸片,他字迹工整,一笔一画认真写着许多邮编与地址,是熬夜翻了数不清的杂志而汇总的投稿渠道。

他好像是我写作生涯的一枚漂亮邮票,支撑着我的文学梦想长出翅膀翩飞。

后面在父母与当时高中语文老师的帮助与鼓励下，我误打误撞地闯进一些重大比赛，侥幸得到继续前进的门票，而那个冬天，陪伴我坐在拥挤火车上，步入沪市雪夜，推开属于人生的另一扇窗口，窥见不一样的迤逦可能性风景的，也是他。

那个时候居住的酒店破旧狭小，可记忆中却是无比光鲜。

我们在老旧而吐不出暖气的空调下分食白脱奶油蛋糕；一杯热咖啡从他的手换到我的手，轮流汲取着那一点点暖意；相机中的纷飞大雪成片却变成独属于我们俩的雪花躁点……

我第一次正式出版书籍，感谢出版社的宣传，我也有幸拥有了我的第一场读书分享会。

来的人并不多，一半是我的朋友。他也在场，戴着口罩，坐在角落，用着并不熟悉的相机为我拍了数都数不尽的照片。

他那天好像比我还高兴，他说能见证我的璀璨，于他而言，是一种幸福。

我们是青梅竹马，青春对于我们像是一场大型的联机游戏，我与他，是携手闯关的主角。

在他将自己的暗恋心事在某个雨夜全盘托出前，我关于感情是百分之百的迟钝。

他在我眼中，是携手长大的青梅竹马，也是水钻般璀璨的偶像，他身上所折射出来的多面有无数闪亮的解读，可我怎么掰手指算，都得不到"暗恋"这个选项。

在十八岁之前，我们住在淮市东区的一个老旧小区。

房子是父母结婚时就开始长久居住的筒子楼，水泥楼梯与生锈楼梯铁杆是我们聚集的永恒背景，楼下的玉兰树与我们一同长大，他住201室，我住301室，上下楼是我们的距离。

小区质量普通，隔音效果也差，我跺脚重一点，他在楼下都听得到。我喊他都不需要下楼，打开我卧室的窗户，探出头，喊一声，他都可以听得一清二楚。

我们爸妈好像一直很忙,很符合我小时候对于"工作"的所有幻想,于是他的卧室与我的卧室成为我们的共同房间。

他的床头柜上有我落下的发绳,我的书架中夹着他的小提琴谱;他知道我喜欢的少女番剧是《魔卡少女樱》《守护甜心》《梦色甜点师》;我知道他最喜欢玩推理游戏和穿格子衬衫;下雨天是他最喜欢的天气,可我唯爱艳阳天……

我们的童年不分彼此,紧密交织,是我小学时爱在课桌底下编织的彩色手链,系在手腕,紧挨着动脉与静脉,心脏是最狭窄的秘密基地,血液循环,细胞更迭,可关于他的一切成为潜意识的条件反射。

我总以为我们只是青梅竹马,却没想到青梅竹马不仅是一个形容词,也可以是故事的序幕。

在高中前,不肯承认却又不得不承认的是,我一直将他视为青春假想敌。

原因很简单,相处太久,我可以默读他的每一个习惯,他看我也似在望另一个他,这样潮湿闷热的环境,生爱容易,生恨也不困难。但或许还没到恨的地步,我只是在意,但或许这其实是一种畸形的爱。

他很聪明,理科成绩很好,各种数字在他笔尖都无比乖顺;他的小提琴也拉得帅气,每次学校或班级文艺会演,他的小提琴演奏是固定环节,台下的掌声与粉红目光在不断递增;他很受欢迎,桌肚里的零食够我从早吃到晚,收到的粉红信件当草稿纸也可供我写完一本超难数学练习册;他是女生话题中不变的核心,沉默而清冷的脸庞滋生许多遐想,一度成为流行粤语情歌中万能的男主角……

而我会是班级中寡淡如白开水的透明存在,没有玻璃红唇,没有聪明脑袋,穿上校服,下一秒就淹没在学生群中,脸颊的青春痘,眼下的黑眼圈,早起失败而被连累的乱糟糟马尾……但我很喜欢这样的我,拥有三两好友,远离绯闻旋涡,没有什么脾气,捧起书可以一天不说话,不惹眼约等于可以肆意做自己。

中学延续至今的好友前几天评价我,说我一直拥有着让人羡慕的松弛感,但只有我知道,在那别扭的青春期,我将所有不松弛的一切都暴露在他面前。

我们不仅在小区中上下相依，在成绩单上的位置也永远相靠。他的名字是我妈妈话语中的常用词。不论是课外辅导班，还是少年宫兴趣班，我们都是捆绑的用户。一天二十四小时，有一半的时间，我们像分食蛋糕一样分食对方的生活。

比起爱，在青梅竹马中，我先拥有的是扭曲而懵懂的竞争意识。

虽然不曾表述，但我想他能感知到我对他紧绷如弦的感情。

我倒背如流的除却语文必背诗词，还有他的学号、他的模拟考成绩与排名，关于他的一切与我紧密相贴，是劣质的作业纸，透过我的那页可以隐隐约约看见底下有关他的那一页。时间的笔在他生长着的骨骼上书写烙印，却牵连在我血肉上也留印。

老师家长评价我，总是用"温和"这个词，好像执拗敏感的青春期从未出现。或许是因为我的青春期依托他而呈现。

我本以为这种隐秘的竞争，会一直蜿蜒，可没想到比成长更早降临的是意外。

于是，我们被捆绑在一起，肌肤相贴，汲取着对方的体温。

心疼——是我那段时间撞见他时，心坎上酸酸涩涩最先蔓延开的情感。

我们好像失去了公平的平台，起跑线也变换了，于是那本就不存在的我单方面臆想的假想敌也随之消散，我重新拥有了纯粹的青梅竹马关系。

然后，他成为大明星。

兜兜转转，青梅竹马又演化成粉丝与偶像的情感。我曾笑说我会是他最忠实的粉丝，他说他会是我的头号读者，我们小心翼翼地嬉笑，有一些隐隐作祟的东西让我们对于"我们"闭口不谈。

大学那几年，故事进展到我们短暂失散的情节。

我忙于应付各种学业，为着让绩点高一点再高一点而焦头烂额，保研考研考公留学成为在脑袋里"嗡嗡"转个不停的苍蝇，我屏着呼吸，伸出手尝试捕捉，但都是无果，双手合十的姿态似祈祷。

而他在偶像的道路上越走越远，电影院是我最常偶遇"他"的场合，他的名字反复在生活中响起，可我却只能聆听。

我以为我们或许就这样了。

如果没有青梅竹马的身份，或许我们只会是渐渐陌生的同学，可关系上与生活上的距离又将我们拴得紧密。

节假日他与我永远准时出现在对方家中，明明那么久没见，却不得不在同一张餐桌上紧挨着坐，被迫听着对方的近况。再如何生疏，在那一顿饭的时间，我们永远是长不大的青梅竹马。

然后——

他的告白打破了我对我们关系的所有估计与评价。

拒绝，是我的第一反应。

我辗转反侧，满脑袋只剩下一句加红加粗的提示语："我们可是青梅竹马！"

青梅竹马怎么能蜕变为恋人啊！怎么看怎么奇怪不是吗？

应激一般，我远离他，只期盼着他早日遇见他的真命天女，然后他恍然发觉，关于我的那一次告白是一种脑袋短路的失误，我们应该会在许多年后的节假日餐桌上将那一个雨夜的表白当成笑话来讲述，然后举起酒杯，一抿，所有复杂的孤枕难眠的夜都被酒精稀释。

可我等啊等，等到我都逃去英国留学了，他好像还是没能纠正这个错误。

某天下课，他久违地打电话给我，说在我楼下。

我只能邀请他上楼，他好像感冒了，声音都透着疲倦，我倒了一杯又一杯的热水给他，好像也被他传染，整个人昏昏沉沉，连错拿了我的玻璃水杯给他喝水都没发现。

那一个多小时，倒是难得地说了很多话，一如既往的没有意义，甚至生疏与尴尬。会感叹的，为什么明明是青梅竹马，是共享青春与成长的人，怎么落得这个连陌生人都不如的地步。

稀里糊涂地，我们尝试恋爱，十指相扣，竟然走到了今天。

在童话故事书中的摩天轮与烟花背景中，他单膝下跪，向我求婚。

我们在浪漫小岛举办婚礼，花童是小狗富士与小猫徕卡。

我是一个很幼稚又很敏感的人，才没有大家所评价的松弛感。是他的包容与爱，让我装点璀璨的光芒。

从相识到恋爱再走向结婚，陪伴我的，除了文字，便是他。

在键盘上敲打下的与在纸张上所书写的文字，林林总总加起来或许有百万，可我忽然发觉，原来我从来没有写过他，也没有为他写过什么文字，好像上次为他执笔，已经是初高中时写同学录留言的时候了。

当我收到通知，要再写一篇序的时候，我犹豫了许久，都找不到文字的落脚点。

文档删删减减，字数又归于零，我忍不住叹气，一抬头，看见他捧着一本书坐在我的视野中，静默地陪伴我。

那个瞬间，我想，我应该写写他。

这是一封写给他的迟到的情书。

他形容我是"苹果核"，可，他对我而言也是一个"="，他的名字，可以与青春挂钩，也是爱与宇宙。

周霁年捧着书，将那薄薄几页内容反复翻阅，每一个标点，每一笔横竖撇捺，都牢记于心。

宋杏见他看得无比认真，忽然脸红，走近抢走那本书，小声嘟囔："没什么好看的！不要看啦！"

他揽住她的腰，将她抱进怀，从背后紧紧抱着她，脸埋在她的脖颈："杏杏，我好开心。"

灰色薄衬衫染上一点湿漉漉的水汽，宋杏的一颗心也软塌塌的，可以拧出水来。

"干吗哦，你不知道我很爱你吗？"宋杏笑他，语气柔软得像富士刚洗完澡被阳光暴晒的温暖毛茸茸的尾巴。

眼睛酸涩，堆积了许多年的情绪汇聚成蒙蒙的水雾，遮住他的视野，除了宋杏，他无法辨清其他的所有一切。

稍微转过身，宋杏抬起手轻轻揉了揉他的头发，无声哄着他。

周霁年的头发很软，宋杏想起张虹曾经随口提的头发软的人性格好，深以为然，恋爱结婚这么多年，他好像从未对她红过脸。

好像所有的争吵都被他的拥抱与亲吻泯灭，周霁年承受着她的小脾气、她的坏习惯、她的泪水与下垂的嘴角。

"杏杏，我好爱你。"不知第几千几万遍说出这句话，周霁年忽然开口说，声音闷闷的。

宋杏的衬衫肩部被打湿，她抱紧了他："我也爱你。"

"好丢脸哦，怎么还哭了？"肩膀上沉甸甸压着的是一朵阴云，宋杏环着他，感受着他平直的肩背，他们紧密相贴，连心跳都共享，"我写那么多，明明是想哄你开心的。"

"这是喜极而泣。"周霁年不敢抬头，害怕被她看到自己红着的眼，"能遇见你，能与你相爱，我好幸福。

"你是我不经意撞上的好运气。"

宋杏捧起他的脸，手心里沾了许多水渍。

他的眼睛红红的，鼻子也红红的，像一只可爱小兔。好像在这个刹那，他又变成了十七八岁的小苹，一颗心是青涩的苹果，稚嫩而甜美。

鼻梁上的小痣好像在褪色，从不小心溅到雪白宣纸上的一滴墨水变成滴入香甜牛奶中的醇厚咖啡。

时间好像什么都没能带走，只让他们更加相爱。

不知道应该怎么回复，他的这几句话分量好重好重，压得宋杏低头碰上他的唇。

难得主动的一个吻。

"你是我所有文字的序，而青梅竹马只不过是我们爱情的序。"

或许，你听过亚当与夏娃的故事吗？

上帝将亚当的肋骨化成夏娃，可夏娃轻咬苹果，于是伊甸园成为寓言中梦幻的存在。

那颗苹果却依旧甜蜜。

在一个夏日，周霁年与宋杏在绵绵雨水中发现了一颗苹果，磕磕绊绊，他们拾起那颗苹果，指尖相触，牵连心脏的隐秘震颤。

张开唇，牙齿碰上香甜的果肉，酸、涩、甜，各种情感交织，共尝一颗苹果，也分享一个吻。

宋杳是周霁年缺乏的那根肋骨，只有拥抱时，他才会完整。

轻咬苹果，他们却拥有了独属于彼此的伊甸园。

寓言故事在他们共同演绎下，成为非典型浪漫童话。

番外

等待下雨天

宋杏总是在从玉兰小区出发去实验小学上学的公交车上遇见那个男生，他沉默、安静，身上有被阳光晒得暖烘烘的肥皂气味。

她只知道这个男生住在玉兰小区 D1 栋，而她住在玉兰小区 D2 栋，宋杏与他，是有点远的邻居关系。

宋杏第一次听见"周霁年"这个名字，是在小学班主任口中，他带着艳羡的口气，酸溜溜地提及此次期中考试语、数、英三科第一全被隔壁一班的周霁年包揽。

宋杏握着笔，对着课后补习班的奥数习题愁眉苦脸，还在为游泳池是出水快还是放水快而晕头转向。对着这三个字，她只默默赞叹一句"好厉害啊"，然后就顺着游泳池中的循环往复的"哗啦啦"澄澈流水而消失在一笔一画认真写下的解答中。

宋杏再一次听到"周霁年"这个名字，是在一家三口的晚饭餐桌上，就着宋清平刚炖出锅的红烧肉，张虹八卦说："听说这次小学毕业考市直第一是我们小区隔壁楼的小孩，好像叫周霁年来着，和杏杏是一个小学的。"

"他爸爸好像早早就离世了，都是他妈妈拉扯他长大的，这小孩真够懂事的。"张虹一边给挑食的宋杏夹了一筷子豆芽，一边感叹。

宋杏皱了皱鼻子，愁眉苦脸地吃下豆芽。

"我们家杏杏也很懂事啊！"女儿奴宋清平急忙开口，"这次也是市直前十呢！也是实验中学打电话过来抢着要的呢！"

被这直白的话夸得有点脸红，宋杏偷偷摸摸把碗里的豆芽拨开，扯开话题："周霁年好像一直很会读书，我们班主任经常在课上夸他。"

"说不定你们初中还能在同一个班呢,那这样还可以和他一起上下学,你爸爸和我也放心点。"张虹开始畅想,寻思着什么时候带点水果去隔壁楼串串门。

宋杳搞不懂为什么妈妈的脑回路如此活跃,只闷声吃饭,寻思着等一下怎么开口去争取延长一下假期看电视的时间。

第一次与周霁年见面,是在初中开学第一天。

如张虹所畅想的,宋杳与周霁年被分到了同班,在自我介绍环节,宋杳才慢半拍地将这个有点耳熟的名字与讲台上让人赏心悦目的少年对上号。

盛夏尾巴的橘黄阳光透过暂无装扮的窗子映在他脸上,好像为他镀上了一层毛茸茸的柔光滤镜。发言最后,周霁年的那一抹礼貌微笑险些让宋杳失了神,她急忙低头翻阅起刚下发的教材,偷偷整理自己莫名其妙乱了弦的心绪。

虽然在同班,他们的交集却少得可怜。

身为数学课代表的周霁年对宋杳说得最多的一句话是"数学作业可以交一下吗",而宋杳只会咬着唇,低下头,莫名耳热地从书包中手忙脚乱地翻出那一本遍布随手草稿痕迹的数学练习册,递到他手里的同时还得附赠一句:"不好意思!"

但听到"周霁年"这个名字的频率却直线上升,隔壁班的小学同学总会换着花样地向宋杳好奇打探关于他的消息,她也总能莫名其妙捕获许多关于他的来源不详的八卦。什么他的QQ好友通知里堆满了学姐学妹的好友申请,什么他的桌肚没有一天不是被粉红少女心思塞满的,还有什么他又参加了竞赛又拿了奖……

其实是有些郁闷的,宋杳趴在桌上,继续对付让人晕头转向的各种数学题,忍不住想,周霁年好像游戏中的唯一大主角,他拥有许多任务,也会成就许多荣誉,他的人生崭新而光明,而她就像游戏中灰扑扑又无人问津的NPC(非玩家角色),生活是由千篇一律的枯燥代码组成。因为他,她才多了几分钟镜头与画面。

他好像无理由就明亮的太阳,而她是借了他的光而微弱闪烁的小行星。

不知张虹是否真的提着水果去隔壁楼串门了，宋杳上了初中后，在上下学路上与周霁年偶遇的频率直线上升。

他骑的山地车总是从她的粉嫩小自行车后默默地加速超过，然后偶尔他会侧过头，轻轻冲她点头算作打招呼，习惯性戴着耳机听歌的宋杳总是等他骑车的背影远去才迟钝地反应过来。

好像就在一瞬间，他的骨架生长，一点一滴地褪去青涩，短袖校服遮掩不住男生磅礴的生命力与流畅的肌肉线条。伴着耳机中的"如果你已经不能控制，每天想我一次"，宋杳心跳莫名错拍。

于是，宋杳无数次下定决心——下次一定要跟他好好打招呼。只可惜下次再望见他那双温水般的眼睛时，她总会将一切忘却。

于是整个初中，宋杳与周霁年只是普通同学关系，或许甚至连普通同学都算不上，只能勉勉强强被称为有点眼熟的同班同学。

最近的接触存在于考试后的单科状元颁奖典礼上，宋杳是间断性的语文单科第一，而周霁年是持续性的数学单科第一。于是在学校礼堂颁奖台上，两个人按着学科顺序被紧紧排在一起，一人拿着一张奖状，迎着有些灼眼的闪光灯，强扯着笑，留下几张表彰合照。

这应该是他们俩凑得最近的时刻了。宋杳想，近得她仿佛能嗅到他身上淡淡的肥皂香味，是在阳光下暴晒过的温暖气息。

闪光灯亮起，无人在意的又一张照片留存。主持人公布起下一个进步奖名单，被台下众人目光短暂拷问过的他们终于可以离场，宋杳尝试偷偷侧过头，趁着礼堂中人声鼎沸无声望向他，遗憾地发现自己只能平视到他的肩膀，需要仰起头，才能看见他的脸——他柔和的面部线条，他蝶翼般的睫毛，他雪山般的鼻梁，他池水般的眼睛。

只可惜，仰望他，于宋杳而言，是一件太过冒险的事情。

中考的时候，周霁年当之无愧地又成为市中考状元，他的照片与名字在实验中学校门口的表彰榜上挂了好几个月，以至于宋杳高中生涯的第一个月，每天都伴着他印刻在照片上明朗又腼腆的微笑上下学。

中考后的整个暑假，张虹反反复复念叨了好几次"周霁年"这个名字，绞尽脑汁地思考着要怎么和陈秀兰攀上关系，好让周霁年带着他们家杳杳好好学数学。

这些牵挂在宋杳身上的千丝万缕的为人父母的愁绪最终只能化作张虹淡淡一句感叹："要是住在同一栋楼就好了，那青梅竹马的关系就让这件事变得自然多了，怎么就一个在 D1 栋，一个在 D2 栋呢。"

"还是差点缘分。"宋清平为她倒了一杯茶，轻声安慰。

坐在电视机前支着下巴认真看着大火韩剧的宋杳听着张虹与宋清平的闲聊，微微愣神。

"青梅竹马"这个词是她从未想过的，而缘分好像又是一个太悬的东西，此刻的她好像实在青涩与愚昧，只能察觉到心脏一刹那无理由的卡顿，并不能参悟些什么人生真谛。

宋杳按部就班地进入实验中学继续读高中，只是好像依旧差点缘分，她在走入高中班级的第一秒就敏锐地捕捉到教室内某个女生满是遗憾的话语——"哎哟，怎么周霁年被分去隔壁班了！好想和他同班啊！"

胸膛中好像有一个无声酝酿了许久的彩色气泡被一下子戳破，只溅出星星点点酸涩的说不清楚的思绪。

宋杳深呼吸，攥紧书包肩带，随便找了个空位置坐下，心脏好像含了颗腌渍梅子，说不清楚地愁闷——她的高中生活就这样开始了吗？

虽然不在同一个班，但依旧能频繁听见"周霁年"的名字，在表彰典礼上，在同学的八卦中，在老师随口的提及中，在父母的闲聊中……他好像依旧闪耀，璀璨得好像与宋杳不在同一个维度与次元中。

但是听到张虹在饭桌上漫不经心地提起"隔壁栋那个周霁年好像通过了什么海选，被一个大导演签约去当电影男主角了"，脑袋里好像被猝不及防丢下一颗原子弹，一切乱七八糟的想法都被夷为平地，宋杳夹着酸菜鱼片的手一顿。

周霁年本就离她太过遥远，而电影与男主角好像更是陌生。

莫名有种无处抒怀的遗憾，宋杳垂下眼，慢条斯理地将鱼片塞进嘴里。

好酸。

伴随着"周霁年被选为电影《野池塘》男主"的消息，他也从实验中学消失，转而出现在新闻与媒体报道中。

其实生活并没有什么变化，他们本就是普通同学。只不过宋杳在数学学科上所花费的心思与时间好像变多了些，同时在每周宝贵的网上放风时间中，她好像总是下意识点开娱乐新闻。

再次遇见，是在上学日的一场冬雨中。

没带雨伞的宋杳被淋成落汤鸡，狼狈地挤上回家的公交车，她将书包反背在胸前，小心翼翼地护着，生怕包中的书与作业被浸湿。

在她手忙脚乱地翻找纸巾擦拭耷拉在额前鬓间的潮湿头发时，她的视野中忽然出现一双手，与几张干净纸巾。

宋杳顺着指尖向上望，猝不及防地撞见周霁年那张温和又疏离的脸。

宋杳耳根顿时发热，急忙接过纸巾道谢："谢谢。"

"没关系。"周霁年轻声回复，声音是介于男生与男人之间的奇妙青春期质感。宋杳的耳朵有点痒。

局促、慌乱、不安……各种情绪席卷而来，逼得宋杳只得垂下头紧紧盯着自己的脚尖。

她搞不清这些来路不明的情绪，但是更讨厌这场雨，把她浇得太过狼狈。

公交车里很拥挤，雨天的潮湿空气仿佛成了空气分子碰撞的催化剂，宋杳感觉自己的一呼一吸都与他的气息交织在一起。

终于熬到公交车到站，宋杳拨了拨吸满了水汽的头发，又抱紧书包，做足了充分的心理准备冲下车，准备以百米冲刺的速度跑回家。

只是快跑了几步后，好像并没有雨滴落到身上的冰凉触感，于是，她懵懂顿下脚步，抬起头，恍然看见一把红色雨伞。

周霁年撑着雨伞，为她挡着雨。

"几步路，我们一起走吧，我送你回家。"他解释着，边将伞凑近她。

"太感谢你了。"宋杳听见自己的声音生硬得像绷紧了的弦。

"没事。"他回答，配合她的步伐放缓了脚步。

从玉兰小区门口到D2栋其实不过几分钟路程，可宋杳却觉得漫长无比，周霁年身上的皂角味险些将她逼得窒息，她忍不住怀疑自己是不是又同手同脚了。

等躲进D2栋楼道后,她的心脏却好像又突如其来地蔓延起怅然若失的情绪。

这一段路,好像太短了。

她反复对他道谢,最后只收获他朗声的一句"没关系"与撑着红色雨伞离开的鲜艳背影。

宋杏咬着唇,慢吞吞地爬着楼梯。

好后悔。

今天应该换上那件新一点的校服与那双白色帆布鞋的。

雨天——好像也是好天气。

周霁年电影杀青后又沉默地回到了实验中学读书,好像更瘦削了些,肩膀也更宽厚了些,那一双眼睛也藏了更多的东西。同时,他书桌里的信纸与礼物好像也堆得更紧密了些。

宋杏其实很少在学校里碰见他,偶尔几次遇见都是在表彰典礼上。最常遇见他还是在雨天潮湿闷热的A28路公交车上,于是,她的心情也跟吸饱了水汽一般迅速膨胀。

就这样慢悠悠地度过好几个雨天,等宋杏某天再握着小花雨伞雀跃地登上车时,她却意外地发现,全车只剩下最后一个座位,也是——周霁年身旁的座位。

于是,她下意识地屏住呼吸,放轻了动作,状似无意地在他身边坐下。宋杏只庆幸今天编的漂亮麻花辫没有被雨水浇乱。

公交车在下一个站台短暂停留,车上拥上一拨人,嘈杂、拥挤。宋杏急忙拿出MP3,戴上耳机,播放音乐来隔绝这一切。

宋杏侧着脸倚在车窗上,悄悄在心底哼着歌,目光不知为何黏在车窗上模模糊糊映着的周霁年的侧脸上。

他蹙着眉,垂着眼,一副不堪其扰的模样。

不知从哪儿来的勇气,或许是多年的积攒与集中爆发,宋杏摘下一边耳机,小声凑到他身边说:"要不要一起听歌啊?"

令人喜出望外的是,周霁年接过耳机,柔声对她说了声"谢谢"。

宋杏后知后觉地发现手心湿漉漉的,她低下头捧着MP3,陷入"听什么"

的困难问题。

她左按按右按按,最后耳机里流淌出:"不敢回看,左顾右盼不自然地暗自喜欢……"

三站路的距离,耳机线的长度,周霁年与宋杳就这样摇摇晃晃听了一路。偶遇司机一个猛刹,公交车停在玉兰小区门前,耳机也掉落,所有暗生的情愫都被按下暂停键。

"谢谢。"周霁年在下车前再次对她说。

宋杳抿出一个笑,不敢看他的眼睛,只摇摇头说"没关系"。

好像,他们仅有的几次对话,都由"谢谢"与"没关系"串联。

哇,真的是再普通不过的同学关系啊。

可从那天起,宋杳发现自己好像开始喜欢上雨天了。

高二分文理科后,一文一理的距离好像让宋杳不得不丢弃自己那些说不清道不明的绮思,低下头,握紧笔,全身心地将自己丢进学习中。

高中生活就像每天都在记录与书写的草稿本,在随手涂鸦中,一下被翻到了底,等宋杳再回过神来时,好像稀里糊涂地已经考完了一场考试,查到了意料之中的成绩,拿到了心仪的薄薄一张录取通知书。

好像一瞬间,就从中学时代脱离,走入了未知的成年世界。

后面陆陆续续再听见"周霁年"的名字,是在电视上,在电影中,在同学的八卦中,在各种闪亮大屏中。

周霁年成为璀璨耀眼的明星,已经脱离出宋杳的生活,成为只能仰望的存在。

某天,已经成为"社畜"走在下班路上的宋杳行色匆匆地在十字路口等待红绿灯,不远处的商场宣传大屏亮起,宋杳突然恍惚。

屏幕上是周霁年意气风发的脸。

她仰起头看着屏幕中的周霁年,他的眉梢嘴角好像依旧熟悉,而耳机里的歌恰好播到那句"走了一段,他的耳机牵住你的夏天"。绿灯闪烁了许久,宋杳才慢慢回过神。

踩着"褪了流行的回忆撑了好几年,转了一圈,还是一个人回到原点",红灯变绿,宋杳快步走过斑马线,躲过屏幕中他温柔的目光,却没有躲过关于周霁年的微小到珍贵的回忆。

　　只是在午夜梦回时,宋杳还是难免想起那些雨天。

　　好想,再等待一个好雨天。

后记

青苹果之味

东京的夜晚下着淅淅沥沥的雨，而我在此刻打开电脑，修改出版稿，重温苹果味的故事，也回顾曾敲下这些文字时我的心情。

听着《小段》中这一句"走了一段，他的耳机牵住你的夏天"而构思出了原本要写的无果单恋故事，就像番外一样，酸酸甜甜的青苹果气息。写了个开头，却无法再写下去了，想着，宋杏这么好的女孩，怎么会有人不喜欢她呀！

于是故事变成了现在的模样，是香甜红苹果的味道。

家庭美满，性格开朗，才华横溢，年轻漂亮……这样的杏杏是全世界最甜美的女孩，这样的杏杏也完完全全配得上周霁年钻石般璀璨无瑕的爱，她是我无意识理想折射写下的完美女孩。

对于周霁年，其实我更多的是不好意思的情感，很抱歉将他写得这么苦，像苹果核一样，但小苹也拥有着强大的内核。

苹果核，是苹果的心脏，是关于未来的种子，酝酿着一个和煦的春天。

贯穿全文的重要要素是苹果，可其实我并不喜欢苹果，总觉得苹果是一个太没有个性的水果，太过温和，以至于很没有存在感。

可青梅竹马的感情或许就像苹果，已经成为一种日常，已经成为肌肉记忆，已经成为条件反射；怎么分清友情与爱情呢？或许就是周霁年某天瞥见宋杏脸上的笑，心跳忽然莫名加速的瞬间。

关于苹果，还让我想起亚当与夏娃。夏娃是亚当的肋骨，宋杏也是周霁年不为人知的一根肋骨。夏娃咬下一口苹果，伊甸园消失。而青梅竹马的暗恋是酸甜青苹果，等苹果成熟时，周霁年与宋杏咬下苹果，书写了属于他们的故事结局。

　　这个故事我慢吞吞写了很久，依旧笨拙，依旧莽撞，依旧没有大纲，只凭借几个一定要书写下来的画面写完全文，或许并不是一个很好的故事，但于我而言已经足够了。

　　连载期撞上很多雨天，我总是会想，此刻杏杏在伦敦的雨中会是怎样的心情呢，小苹在寂寞的十七岁的雨中会与我一般烦恼或不得志吗？

　　而此刻在东京的夜雨中，我也忍不住想，杏杏与小苹在这场雨中是会牵手、会拥抱，还是会亲吻呢？他们拥有自己的故事，而我也会继续我的脚步。

　　从冬季圣诞节开启的这一个故事在春季惊蛰圆满，感谢大家陪我度过冬天，一同走进春天，苹果核也会发芽成为硕果累累的青葱苹果树。感谢遇见！

　　其实想说的还有很多，等真正敲下这些文字时却发现如同小苹对待杏杏一般的词不达意，好像什么文字都无法复述我的心情与思绪，一切都是圆满的。

　　因为《苹果核》，我开始爱上苹果，也喜欢与苹果有关的一切，希望你能喜欢《苹果核》。

yespear